JIANSHE GONGCHENG

GONGCHENGLIANG QINGDAN YU JIJIA

普通高等教育规划教材

建设工程 工程量 清单与计价

李蔚　张文举　丁扬 ▌主编

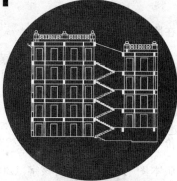

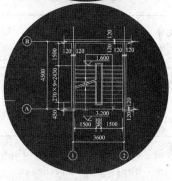

 化学工业出版社

·北京·

本书以工程量清单计价为主线，全面系统地讲述了建设工程工程量清单与计价的概念、内容、方法和应用，在编写过程中注重理论和工程实践相结合，突出了教材的实用性。全书共分为8章，主要内容包括建设工程招投标与合同管理、定额与概预算、装饰装修工程清单项目工程量的计算、园林景观工程清单项目工程量的计算规则、工程量清单的编制、工程量清单投标报价的编制、工程价款结算以及工程造价管理软件应用等，本书最后还附有《建设工程工程量清单计价规范》（GB 50500—2008）以及本专业经常涉及的建筑工程工程量清单项目及计算规则。

本书可作为高等院校艺术设计、环境艺术设计、园林景观建筑设计等专业的主干课程教材，也可供从事工程造价管理实践的工程技术人员和管理人员参考。

图书在版编目（CIP）数据

建设工程工程量清单与计价/李蔚，张文举，丁扬
主编． —北京：化学工业出版社，2011.4
普通高等教育规划教材
ISBN 978-7-122-10177-8

Ⅰ．建…　Ⅱ．①李…②张…③丁…　Ⅲ．建筑工程-
工程造价-高等学校-教材　Ⅳ．TU723.3

中国版本图书馆 CIP 数据核字（2010）第 250913 号

责任编辑：王文峡　　　　　　　　文字编辑：荣世芳
责任校对：周梦华　　　　　　　　装帧设计：尹琳琳

出版发行：化学工业出版社（北京市东城区青年湖南街 13 号　邮政编码 100011）
印　　装：大厂聚鑫印刷有限责任公司
787mm×1092mm　1/16　印张 19¼　字数 516 千字　2011 年 2 月北京第 1 版第 1 次印刷

购书咨询：010-64518888（传真：010-64519686）　售后服务：010-64518899
网　　址：http://www.cip.com.cn
凡购买本书，如有缺损质量问题，本社销售中心负责调换。

定　　价：35.00 元

前　言

随着 21 世纪我国基本建设进程的加快，特别是经济全球化大发展和我国加入 WTO 以来，国家工程建设领域对从事工程建设的复合型高级技术人才的需求逐渐扩大，而这种扩大又主要体现在对应用型人才的需求上，这使得高校环境艺术设计类专业人才的教育培养面临新的挑战与机遇。

《建设工程工程量清单计价规范》（GB 50500—2003）于 2003 年 7 月颁布实施，使我国开始逐步实现"政府宏观调控、企业自主报价、市场形成价格"的新格局。由过去固定的"量"、"价"、"费"以定额为主导的静态管理模式，转变为"控制量、指导价、竞争费"的动态管理模式。该规范又于 2008 年进行了修订，2008 年 12 月 1 日颁布实施，标志着建设工程工程量清单计价进入了一个新的阶段。本教材就是在结合《建设工程工程量清单计价规范》（GB 50500—2008）的基础上进行编写的。

本教材总结以往教学经验编写而成，主要突出以下几个特点。

（1）专业的融合性　艺术设计专业是个多学科的复合型专业，根据国家提出的"宽口径、厚基础"的高等教育办学思想，本教材按照该专业指导委员会制定的平台课程的结构体系方案来规划配套，编写时注意不同的平台课程之间的交叉、融合，不仅有利于形成全面完整的教学体系，同时又可以满足不同类型、不同专业背景的院校开办艺术设计专业的教学需要。

（2）知识的系统性和完整性　因为环境艺术设计、园林景观设计专业人才是在国内外工程建设领域从事相关艺术与技术相结合的工作，同时可能是在政府、教学和科研单位从事教学、科研和管理工作的复合型高级工程技术人才，所以本教材所包含的知识点较全面地覆盖了不同行业工作实践中需要掌握的工程造价专业知识，同时在组织和设计上也考虑了与相邻学科有关课程的关联与衔接。

（3）内容的实用性　教材编写遵循教学规律，避免大量理论问题的分析和讨论，提高可操作性和工程实践性，特别是紧密结合了工程建设领域实行的工程造价管理注册制的内容，与执业人员注册资格培训的要求相吻合，并通过具体的案例练习，使学生能够在工程造价专业领域获得系统深入的专业知识和基本训练。

（4）教材的创新性与时效性　本教材及时地反映工程造价管理理论与实践知识的更新，将本学科最新的技术、标准和规范纳入教学内容，同时在法规、相关政策等方面与最新的国家法律法规保持一致。

这本教材充分考虑了艺术设计专业学科学生的知识结构以及相关专业水平，力求简明扼要，浅显易懂，注重基本概念及实际操作的要求，划定了基本的知识范围，并附上工程案例，以方便教学。

本书由天津城市建设学院李蔚、张文举、丁扬主编，参加编写的还有天津城市建设学院王国诚、赵延辉、朱艳、王新宝、赵燕华，天津华汇建筑景观室内设计有限公司王晓民，海南中电工程设计有限公司杨文龙，具体编写分工如下：王国诚编写第 1 章，赵延辉编写第 2 章，赵燕华编写第 3 章，李蔚编写第 4 章，朱艳编写第 5 章，张文举、杨文龙和王晓民编写第 6 章，王新宝编写第 7 章，李蔚编写第 8 章，丁扬编写附录，最后由张文举和丁扬进行统稿。

特别感谢北京建筑工程学院房志勇教授在百忙之中对本书进行审校，并提出建设性的宝贵意见。

由于编者时间和水平有限，书中不妥之处在所难免，希望广大读者提出宝贵意见，以便再版时不断完善。

编著者　2010 年 12 月

目　录

1 建设工程招投标与合同管理概述

1.1 建设工程概论

1.1.1 建设工程的概念

建设工程属于固定资产投资对象。具体而言，建设工程包括建筑工程、设备安装工程、桥梁工程、公路工程、铁路工程、隧道工程、水利工程、给水排水等土木工程。

固定资产的建设活动一般通过具体的建设项目实施。建设项目就是一项固定资产投资项目，它是指将一定量（限额以上）的投资，在一定的约束条件下（时间、资源、质量），按照一定程序，经过决策（设想、建设、研究、评估、决策）和实施（勘察、设计、施工、竣工验收、动用），最终形成固定资产特定目标的一次性建设任务。

建设项目应满足下列要求：

① 技术上，满足在一个总体设计或初步设计范围内。

② 构成上，由一个或几个相互关联的单项工程所组成。

③ 在建设过程中，实行统一核算、统一管理。一般以建设一个企业、一个事业单位或一个独立工程作为一个建设项目，如一座工厂、一所学校、一条铁路、一座独立的大桥或独立枢纽工程等。

1.1.2 建设项目的组成

建设项目可分为单项工程、单位（子单位）工程、分部（子分部）工程和分项工程。

1.1.2.1 单项工程

单项工程是指在一个建设项目中，具有独立的设计文件，竣工后可以独立发挥生产能力和效益的一组配套齐全的工程项目。单项工程是建设项目的组成部分，一个建设项目有时可以仅包括一个单项工程，也可以包括许多单项工程。生产性建设工程项目的单项工程一般是指能独立生产的车间，它包括厂房建筑、设备的安装及设备、工具、器具、仪器的购置等；非生产性建设项目的单项工程，如一所学校的办公楼、教学楼、图书馆、食堂、宿舍等。单项工程的价格通过编制单项工程综合预算确定。

1.1.2.2 单位（子单位）工程

单位工程是指具备独立施工条件并能形成独立使用功能的建筑物及构筑物。对于建筑规模较大的单位工程，可将其能形成独立使用功能的部分分为一个子单位工程。

单位工程是单项工程的组成部分。按照单项工程的构成，又可将其分解为建筑工程和设备安装工程。如车间的土建工程是一个单位工程，设备安装工程又是一个单位工程，电气照明、室内给水排水、工业管道、线路敷设都是单项工程中所包含的不同性质的单位工程。

一般情况下，单位工程是进行工程成本核算的对象。单位工程产品的价格通过编制单位工程施工图预算来确定。

1.1.2.3 分部（子分部）工程

分部工程是单位工程的组成部分，分部工程的划分应按专业性质、建筑部位确定。一般工业与民用建筑工程可划分为地基与基础工程、主体结构工程、装饰装修工程、屋面工程、给排水及采暖工程、电气工程、智能建筑工程、通风与空调工程、电梯工程等分部工程。

当分部工程较大或较复杂时，可按材料种类、施工特点、施工程序、专业系统及类别等划分为若干子分部工程。例如，地基与基础分部工程又可细分为无支护土方、有支护土方、地基处理、桩基、地下防水、混凝土基础、砌体基础、劲钢（管）混凝土、钢结构等子分部工程；主体结构分部工程又可细分为混凝土结构、劲钢（管）混凝土结构、砌体结构、钢结构、木结构、网架或索膜结构等子分部工程；建筑装饰装修分部工程又可细分为地面、抹灰、门窗、吊顶、轻质隔墙、饰面板（砖）、幕墙、涂饰、裱糊与软包、细部等子分部工程；智能建筑分部工程又可细分为通信网络系统、办公自动化系统、建筑设备监控系统、火灾报警及消防联动系统、安全防范系统、综合布线系统、智能化集成系统、电源与接地、环境、住宅小区智能化系统等子分部工程。

1.1.2.4 分项工程

分项工程是分部工程的组成部分，也是形成建筑产品基本构件的施工过程。分项工程的划分应按主要工种、材料、施工工艺、设备类别等确定。例如钢筋工程、模板工程、混凝土工程、砌砖工程、木门窗制作工程等。

下面以某大学为例，来说明建设项目的组成，如图1.1所示。

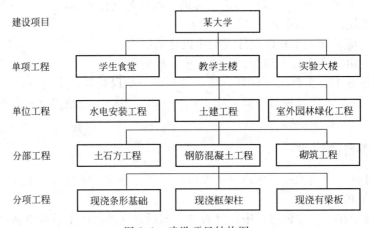

图1.1　建设项目结构图

1.1.3　工程建设程序

项目建设程序也称为项目周期，是指建设项目从策划决策、勘察设计、建设准备、施工、生产准备、竣工验收到考核评价的全过程中，各项工作必须遵循的先后顺序。项目建设程序是人们在认识客观规律的基础上制订出来的，是建设项目科学决策和顺利实施的重要保证。

按照建设项目的内在联系和开展过程，建设程序分成若干阶段，这些发展阶段有严格的先后次序，可以合理交叉，但不能任意颠倒。

我国项目建设程序依次分为策划决策、勘察设计、建设准备、施工、生产准备、竣工验收和考核评价七个阶段。

1.1.3.1 策划决策阶段

策划决策阶段又称为建设前期工作阶段，主要包括编报项目建议书和可行性研究报告两项工作内容。

（1）编报项目建议书　对于政府投资工程项目，编报项目建议书是项目建设最初阶段的工作。项目建议书是要求建设某一具体工程项目的建议文件，是投资决策前拟建项目的轮廓设想。其主要作用是为了推荐建设项目，以便在一个确定的地区或部门内，以自然资源和市场预测为基础选择建设项目。

项目建议书批准后，可进行可行性研究工作，但并不表明项目非上不可，项目建议书不是项目的最终决策。

（2）可行性研究报告 可行性研究报告是指在项目建议书被批准后，对项目在技术上和经济上是否可行所进行的科学分析和论证。

可行性研究主要评价项目技术上的先进性和适用性、经济上的盈利性和合理性、建设的可能性和可行性，它是确定建设项目、进行初步设计的根本依据。可行性研究是一个由粗到细的分析研究过程，可以分为初步可行性研究和详细可行性研究两个阶段。

① 初步可行性研究 初步可行性研究的目的是对项目初步评估进行专题研究，广泛分析、筛选方案，界定项目的选择依据和标准，确定项目的初步可行性。通过编制初步可行性研究报告，判定是否有必要进行下一步的详细可行性研究。

② 详细可行性研究 详细可行性研究为项目决策提供技术、经济、社会及商业方面的依据，是项目投资决策的基础。研究的目的是对建设项目进行深入细致的技术经济论证，重点对建设项目进行财务效益和经济效益的分析评价，经过多方案比较，选择最佳方案，确定建设项目的最终可行性。本阶段的最终成果为可行性研究报告。

可行性研究工作完成后，需要编写出反映其全部工作成果的"可行性研究报告"。

1.1.3.2 勘察设计阶段

（1）勘察阶段 根据建设项目初步选址建议，进行拟建场地的岩土、水文地质、工程测量、工程物探等方面的勘察，提出勘察报告，为设计做好充分准备。勘察报告主要包括拟建场地的工程地质条件、拟建场地的水文地质条件、场地地基的建筑抗震设计条件、地基基础方案分析评价及相关建议、地下室开挖和支护方案评价及相关建议、降水对周围环境的影响、桩基工程设计与施工建议、其他合理化建议等内容。

（2）设计阶段 落实建设地点，通过设计招标或设计方案比选确定设计单位后，即开始初步设计文件的编制工作。根据建设项目的不同情况，设计过程一般划分为两个阶段，即初步设计阶段和施工图设计阶段，对于大型复杂项目，可根据不同行业的特点和需要，在初步设计之后增加技术设计阶段（扩大初步设计阶段）。初步设计是设计的第一步，如果初步设计提出的总概算超过可行性研究报告投资估算的 10% 以上或其他主要指标需要变动时，要重新报批可行性研究报告。初步设计经主管部门审批后，建设项目被列入国家固定资产投资计划，可进行下一步的施工图设计。

根据建设部颁布的《建筑工程施工图设计文件审查暂行办法》规定，建设单位应当将施工图报送建设行政主管部门，由建设行政主管部门委托有关审查机构进行结构安全和强制性标准、规范执行情况等内容的审查。施工图一经审查批准，不得擅自进行修改，如遇特殊情况需要进行主要内容的修改时，必须重新报请原批准部门，由原审批部门委托审查机构审查后再批准实施。

1.1.3.3 建设准备阶段

广义的建设准备阶段包括对项目的勘察、设计、施工、资源供应、咨询服务等方面的采购及项目建设各种批文的办理。包括：落实征地、拆迁和平整场地，落实施工用水、电、通信、道路等工作，组织选择监理、施工单位及材料、设备供应商，办理施工许可证等。按规定做好建设准备，具备开工条件后，建设单位申请开工，即可进入施工阶段。

1.1.3.4 施工阶段

建设工程具备了开工条件并获得施工许可证后方可开工。通常，项目新开工时间按设计文件中规定的任何一项永久性工程第一次正式破土开槽时间而定，不需开槽的以正式打桩作为开工时间，铁路、公路、水库等以开始进行土石方工程作为正式开工时间。

施工阶段的主要工作内容是组织土建工程施工及机电设备安装工作。在施工安装阶段，主要工作任务是按照设计进行施工安装建设工程实体，实现项目质量、进度、投资、安全、环保等目标。具体内容包括：做好图纸会审工作，参加设计交底，了解设计意图，明确质量要求；选择合适的材料供应商；做好人员培训；合理组织施工；建立并落实技术管理、质量管理体系和质量保证体系；严格把好中间质量验收和竣工验收环节。

1.1.3.5 生产准备阶段

对于生产性建设项目，在其竣工投产前，建设单位应适时地组织专门班子或机构，有计划地做好生产或动用前的准备工作，包括招收、培训生产人员；组织有关人员参加设备安装、调试、工程验收；落实原材料供应；组建生产管理机构，健全生产规章制度等。生产准备是由建设阶段转入经营的一项重要工作。

1.1.3.6 竣工验收阶段

工程竣工验收是全面考核建设成果、检验设计和施工质量的重要步骤，也是建设项目转入生产和使用的标志。根据国家规定，建设项目的竣工验收按规模大小和复杂程度分为初步验收和竣工验收两个阶段进行。规模较大、较复杂的建设项目应先进行初验，然后进行项目竣工验收。验收时验收委员会或验收小组由银行、物资、环保、劳动、规划、统计及其他有关部门组成，建设单位、接管单位、施工单位、勘察单位、监理单位参加验收工作。验收合格后，建设单位编制竣工决算，项目正式投入使用。

1.1.3.7 考核评价阶段

建设项目考核评价是工程项目竣工投产、生产运营一段时间后，对项目的立项决策、设计施工、竣工投产、生产运营和建设效益等进行系统评价的一种技术活动，是固定资产管理的一项重要内容，也是固定资产投资管理的最后一个环节。建设项目考核主要从影响评价、经济效益评价、过程评价三个方面进行评价，采用的基本方法是对比法。通过建设项目考核评价，可以达到肯定成绩、总结经验、研究问题、吸取教训、提出建议、改进工作、不断提高项目决策水平和投资效果的目的。

建设过程各项工作之间的关系，如图1.2所示。

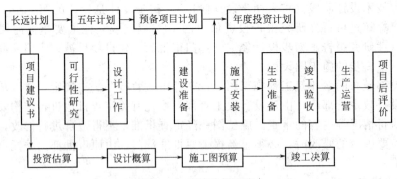

图1.2　项目建设程序

1.2　建设工程招投标概述

1.2.1　建设工程招投标基本概念

1999年8月30日第九届全国人民代表大会常务委员会第十一次会议通过了《中华人民

共和国招标投标法》，招标投标法是调整在招标投标活动中产生的社会关系的法律规范，于2000年1月1日起施行。这标志着我国招标投标活动从此走上法制化的轨道，我国招标投标制度进入了全面实施的新阶段。

1.2.1.1 建设工程招标投标

招标投标是市场经济的一种交易方式，通常用于大宗的商品交易。其特点是由唯一的买主（或卖主）设定标的，招请若干卖主（或买主）通过报价进行竞争，从中选择优胜者与之达成交易协议，随后按协议实现标的。

"标"或"标的"是指招标单位标明的项目内容、条件、工程量、质量、工期、规模、标准及价格等。

建设工程招标是指由建设工程招标人将建设工程的内容和要求以文件形式标明，招引项目承包单位来报价，经比较选择理想承包单位并达成协议的活动。

建设工程投标是指承包商向招标单位提出承包该建设工程项目的建设方案、价格等，供招标单位选择以获得承包权的活动。

1.2.1.2 实行建设工程招标投标制度的作用

① 有利于打破垄断，开展竞争。
② 促进建设单位做好工程前期工作。
③ 有利于节约造价。
④ 有利于缩短工期。
⑤ 有利于保证质量。
⑥ 有利于管理体系的法律化。

1.2.1.3 建设工程项目招标内容

建设工程项目招标可以是全过程的招标，其工作内容包括设计、施工和使用后的维修；也可以是阶段性的招标，如设计、施工、材料供应等。

1.2.1.4 建设工程招投标的特点

① 建设工程招投标是在国家宏观计划指导和政府监督下的竞争。
② 投标是在平等互利基础上的竞争。
③ 竞争的目的是相互促进、共同提高，竞争并不排斥互助联合，联合寓于竞争之中。
④ 对投标人的资格审查避免了不合格的承包商参与承包。

1.2.1.5 建设工程招投标中政府的职能

① 监督工程施工是否经过招投标程序签订合同。
② 招标前的监督。审查招标单位是否具备自行招标的条件和招标前的备案。发布招标公告或者发出投标邀请书的5日前应向工程所在地县级及以上地方人民政府建设行政主管部门或受其委托的建设工程招投标监督管理机构备案，并报送相关资料。
③ 公开招标应在有形建筑市场中进行。
④ 招标文件备案。招标人在发出招标文件的同时，应将招标文件报工程所在地县级及以上地方人民政府建设行政主管部门备案。
⑤ 招标结果备案。招标人应在中标人确定之日起15日内，向工程所在地县级及以上地方人民政府建设行政主管部门提交招投标情况的书面报告。内容包括建设工程招标投标的基本情况和相关资料。
⑥ 对重新进行建设工程招标的审查备案。当发生以下情况时，招标人可以宣布本次招标无效，依法重新招标：提交文件的投标人少于三个；经评标委员会评审，所有投标文件被否决。

1.2.1.6 必须招标的建设工程项目

（1）建设工程项目招标范围 在中华人民共和国境内进行下列工程建设项目包括项目的

勘察、设计、施工、监理以及与工程建设有关的重要设备、材料等的采购，必须进行招标：大型基础设施、公共事业等关系社会公共利益、公共安全的项目；全部或者部分使用国有资金或者国家融资的项目；使用国际组织或者外国政府资金的项目。

（2）工程建设项目招标规模标准　《工程建设项目招标范围和规模标准规定》的上述各类工程建设项目，包括项目的勘察、设计、施工、监理以及与工程建设有关的重要设备、材料等采购，达到下列标准之一的，必须进行招标：施工单项合同估算价在 200 万元人民币以上的；重要设备、材料等货物的采购，单项合同估算价在 100 万元人民币以上的；勘察、设计、监理等服务的采购，单项合同估算价在 50 万元人民币以上的；单项合同估算价低于以上规定的标准，但项目投资总额在 3000 万元人民币以上的。

1.2.1.7　建设工程招标的条件

（1）建设工程项目招标条件　建设项目已列入政府的年度固定资产投资计划；已向建设工程招投标管理机构办理报建登记；有批准的概算，建设资金已经落实；建筑占地使用权依法确定；招标文件经过审批；其他条件。

建设工程招标的内容不同，招标条件有些相应变化，有各自的特点。

（2）建设工程项目招标人条件　具有法人资格或是依法成立的其他经济组织；具有与招标工作相应的经济、技术管理人员；具有组织编写招标文件、审查投标单位资质的能力；熟悉和掌握招投标法及有关法律和规章制度；有组织开标、评标、定标的能力。

1.2.1.8　招投标活动的基本原则

（1）公开原则　招标投标活动的公开原则，首先要求进行招标活动的信息要公开。采用公开招标方式，应当发布招标公告，依法必须进行招标的项目，招标公告必须通过国家指定的报刊、信息网络或者其他公共媒介发布。无论是招标公告、资质预审公告，还是投标邀请书，都应当载明能大体满足潜在投标人决定是否参加投标竞争所需要的信息。另外开标的程序、评标的标准和程序、中标的结果等都应当公开。

（2）公平原则　招投标活动的公平原则，要求招标人严格按照规定的条件和程序办事，同等地对待每一个投标竞争者，不得对不同的投标竞争者采用不同的标准。招标人不得以任何方式限制或者排斥本地区、本系统以外的法人或者其他组织参加投标。

（3）公正原则　在招标投标活动中招标人行为应当公正，对所有的投标竞争者都应平等对待，不能有特殊。特别是在评标时，评标标准应当明确、严格，对所有在投标截止日期以后送到的投标书都应拒收，与投标人有利害关系的人员都不得作为评标委员会的成员。招标人和投标人双方在招标投标活动中的地位应平等，任何一方不得向另一方提出不合理的要求，不得将自己的意志强加给对方。

（4）诚实信用原则　诚实信用是民事活动的一项原则，招标投标活动是以订立采购合同为目的的民事活动，当然也适用这一原则。诚实信用原则要求招标投标各方诚实守信，不得有欺骗、背信的行为。

1.2.2　建设工程项目招标方式

1.2.2.1　公开招标

公开招标又叫无限竞争性招标，是指招标人以招标公告的方式邀请不特定的法人或者其他组织投标。即招标人在指定的报刊、电子网络或其他媒体上发布招标公告，吸引众多的单位参加投标竞争，招标人从中择优选择中标单位的招标方式。

（1）公开招标的优点　可以广泛地吸引投标人，投标单位的数量不受限制，凡通过资格预审的单位都可参加投标；公开招标的透明度高，能赢得投标人的信赖，而且招标单位有较大的选择范围，可在众多的投标单位之间选择报价合理、工期较短、信誉良好的承包者；体现了公平竞争，打破了垄断，能促使承包者努力提高工程质量、缩短工期和降低成本。

（2）公开招标的缺点 投标单位多，招标单位审查投标人资格及投标文件的工作量大，付出的时间多，且为准备招标文件也要支付许多费用；由于参加竞争的投标人多，而投标费用开支大，投标人为避免这种风险，必然将投标的费用反映到标价上，最终还是由建设单位负担；公开招标也存在一些其他的不利因素，如一些不诚实、信誉又不好的承包者为了"抢标"，往往采用故意压低报价的手段以挤掉那些信誉好、技术先进而报价较高的承包者；另外从招标实践来看，公开招标中出现的串通投标并不少见。

1.2.2.2 邀请招标

邀请招标也称选择性招标、有限竞争性招标，是指招标人以投标邀请书的方式邀请特定的法人或者其他组织投标。即由招标人根据承包者的资信和业绩，选择一定数目的法人或其他组织，向其发出投标邀请书，邀请他们参加投标竞争。

《招标投标法》规定，招标人采用邀请招标方式的，应当向3个以上具备承担招标项目的能力、资信良好的特定法人或者其他组织发出投标邀请书。

采用邀请招标是为了克服公开招标的缺陷，防止串通投标。通过这种方式，业主可以选择经验丰富、信誉可靠、有实力、有能力的承包者完成自己的项目。采用邀请招标方式，由于被邀请参加竞争的投标人为数有限，可以节省招标费用和时间，提高投标单位的中标机率，降低标价，所以这种方式在一定程度上对招标投标双方都是有利的。当然，邀请招标也有其不利之处，就是由于竞争的对手少，招标人获得的报价可能并不十分理想；而且由于招标人视野的局限性，在邀请时可能漏掉一些在技术、报价上有竞争能力的承包者。

1.2.2.3 公开招标与邀请招标的主要区别

（1）发布信息的方式不同 公开招标通过招标公告、邀请招标通过投标邀请书发布信息。

（2）竞争强弱不同 公开招标竞争性极强，邀请招标竞争性较弱。

（3）时间和费用不同 公开招标用时长，费用高；邀请招标用时较短，费用较低。

（4）公开程度不同 公开招标透明度高，邀请招标的公开程度相对较低。

（5）招标程序不同 公开招标进行资格预审，邀请招标不进行资格预审。

（6）适用条件不同 邀请招标一般用于工程规模不大或专业性较强的工程。

1.2.3 建设工程招标投标程序

招标投标要遵循一定的程序，招标投标过程按工作特点不同，可划分成三个阶段。

（1）招标准备阶段 在这个阶段，建设单位要组建招标工作机构（或委托招标代理机构），决定招标方式和工程承包方式，编制招标文件，并向有关工程主管部门申请批准；对投标单位来说，主要是对招标信息的调研，决定是否投标。

（2）招标投标阶段 在这个阶段，对于招标单位来说，其主要过程包括发布招标信息（招标公告或投标邀请书）、对投标者进行资格预审、确定投标单位名单、发售招标文件、组织现场勘察、解答标书疑问、发送补充材料、接收投标文件。对投标单位来说，其主要任务包括索取资格预审文件、填报资格审查文件、确定投标意向、购买招标文件、研究招标文件、参加现场勘察、提出质疑问题、参加标前会议、确定投标策略、编制投标文件并送达。

（3）定标成交阶段 在这个阶段，招标单位要开标、评标、澄清标书中的问题并得出评标报告、进行决标谈判、决标、发中标通知书，签订合同；投标单位要参加开标会议、提出标书中的疑问、与招标单位进行协商、准备履约保证，最后签订合同。

建设工程项目招标投标程序如图1.3所示。

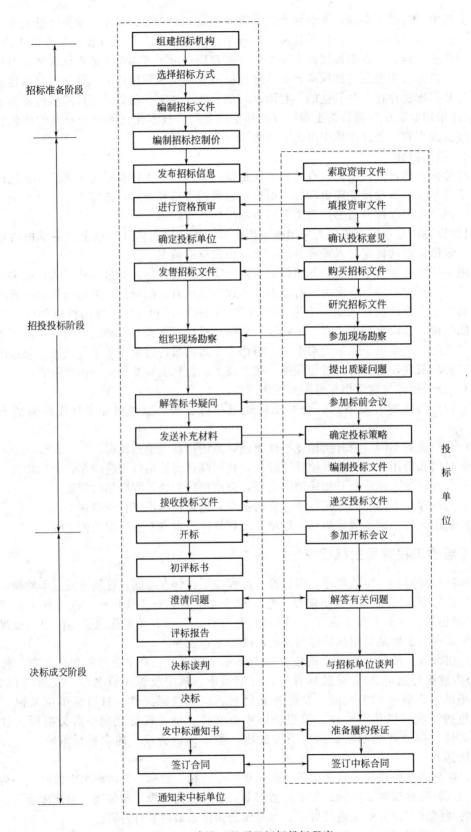

图 1.3　建设工程项目招标投标程序

1.3 建设工程施工招标

1.3.1 建设工程施工招标的主要工作

一般包括招标准备、招标、决标成交三个阶段。

1.3.1.1 招标准备阶段的主要工作

① 建设单位向建设行政主管部门提出招标申请。

② 组建招标机构。

③ 确定发包内容、合同类型、招标方式。

④ 准备招标文件：招标广告、资格预审文件及申请表、招标文件。

⑤ 编制招标控制价，报主管部门审批。

1.3.1.2 招标阶段主要工作

① 邀请承包商投标。发布资格预审公告，编制并发出资格预审文件。

② 资格预审。分析资格预审材料、发出资格预审合格通知书。

③ 发售招标文件。

④ 组织勘察现场。

⑤ 对招标文件进行澄清和补遗。

⑥ 接受投标人提问并以函件或会议纪要的方式答复。

⑦ 接收投标书。记录接收投标书的时间、保护有效期内的投标书。

1.3.1.3 决标成交阶段的主要工作

① 开标。

② 评标。初评投标书，要求投标商提出澄清文件，召开评标会议，编写评标报告，做出授标决定。

③ 授标。发出中标通知书，进行合同谈判，签订合同，退回未中标人的投标保函，发布开工令。

④ 招标结果备案。

1.3.2 施工招标文件

1.3.2.1 施工招标文件的内容

招标文件是投标人编制投标书的依据，应参照"招标文件范本"编写招标文件。招标文件内容：

① 投标须知。包括前附表、总则、投标文件的编制与递交、开标与评标、授予合同等。

② 合同条件。

③ 合同格式。包括合同协议书格式、银行履约保函格式。

④ 技术规范。

⑤ 图纸和技术资料。

⑥ 投标文件格式。

⑦ 采用工程量清单计价的，提供工程量清单。

1.3.2.2 施工招标文件编制要求

招标文件是编制投标文件的重要依据、是评标的依据、是签订承发包合同的基础、是双方履约的依据。招标文件应包括以下内容：

① 投标人必须遵守的规定、要求、评标标准和程序。

② 投标文件中必须按规定填报的各种文件、资料格式，包括投标书格式、资格审查表、工程量清单、投标保函格式及其他补充资料表等。

③ 中标人应办理文件的格式，如合同协议书格式、履约保函格式、动员预付款保函格式等。

④ 由招标人提出的构成合同的实质性内容。

1.3.3　招标控制价

1.3.3.1　招标控制价的概念及相关规定

招标控制价是招标人根据国家或省级、行业建设主管部门颁发的有关计价依据和办法，按设计施工图纸计算的对招标工程限定的最高工程造价，也可称其为拦标价、预算控制价或最高报价等。

（1）招标控制价的产生背景　招标控制价是《建设工程量清单计价规范》（GB 50500—2008）修订中新增的专业术语，它是在建设市场发展过程中对传统标底概念的性质进行界定，这主要是由于我国工程建设项目施工招标从推行工程量清单计价以来，对招标时评标定价的管理方式发生了根本性的变化。具体表现在：从1983年原建设部试行施工招标投标制到2003年7月1日推行工程量清单计价这一时期，各地对中标价基本上采取不得高于标底的3％，不得低于标底的3％或5％的限制性措施评标定标，在这一评标方法下，标底必须保密，这一原则也在2000年实施的《中华人民共和国招标投标法》中得到了体现。但在2003年推行工程量计价清单以后，由于各地基本取消了中标价不得低于标底的规定，从而出现了新的问题，即根据什么来确定合理报价。实践中，一些工程项目在招标中除了过度的低价恶性竞争外，也出现了所有投标人的投标报价均高于招标人的标底，即使是最低的报价，招标人也不可接受，但由于缺乏相应的制度规定，招标人如不接受投标又产生了招标的合法性问题。针对这一新的形势，为避免投标人串标、哄抬标价，我国多个省、市相继出台了控制最高限价的规定，但在名称上有所不同，包括拦标价、最高报价、预算控制价、最高限价等，并大多要求在招标文件中将其公布，并规定投标人的报价如超过公布的最高限价，其投标将视为作废。由此可见，面临新的招标形式，在修订2003版清单计价规范时，为避免与招标投标法关于标底必须保密的规定相违背，提出了招标控制价。

（2）招标控制价应用中应注意的主要问题　对于招标控制价及其相关规定，注意从以下方面理解。

① 国有资金投资的工程建设项目应实行工程量清单招标，并应编制招标控制价。这是因为：根据《中华人民共和国投标招标法》的规定，国有资金投资的工程进行招标，招标人可以设标底。当招标人不设标底时，为有利于客观、合理地评审投标报价和避免哄抬标价，造成国有资产流失，招标人应编制招标控制价，作为招标人能接受的最高交易价格。

② 招标控制价超过批准的概算时，招标人应将其报原概算审批部门审核。这是由于我国对国有资金投资项目的投资控制实行的是投资概算审批制度，国有资金投资的工程原则上不能超过批准的投资概算。

③ 投标人的投标报价高于招标控制价的，其投标应予以拒绝。这是因为：国有资金投资的工程，投标人编制并公布的招标控制价相当于招标人的采购预算，同时要求其不能超过批准的概算，因此，招标控制价是招标人在工程招标时能接受投标人报价的最高限价。国有资金中的财政性资金投资的工程在招投标时还应符合《中华人民共和国政府采购法》相关条款规定。如该法第三十六条规定："在招标采购中，出现下列情形之一的，应为废标：投标人的报价均超过了采购预算，采购人不能支付"。依据这一精神，规定了国有资金投资的

工程，投标人的投标不能高于招标控制价，否则，其投标将被拒绝。

④ 招标控制价应由具有编制能力的招标人或受其委托具有相应资质的工程造价咨询人编制。这里要注意的是，应由招标人负责编制招标控制价，当招标人不具有编制招标控制价的能力时，根据《工程造价咨询企业管理办法》（建设部令第149号）的规定，可委托具有工程造价咨询资质的工程造价咨询企业编制。工程造价咨询人不得同时接受招标人和投标人对同一工程的招标控制价和投标报价的编制。

⑤ 招标控制价应在招标文件中公布，不应上调或下浮，招标人应将招标控制价及有关资料报送工程所在地工程造价管理机构备查。这里应注意的是，招标控制价的作用决定了招标控制价不同于标底，无需保密。为体现招标的公平、公正，防止招标人有意抬高或压低工程造价，招标人应在招标文件中如实公布招标控制价，不得对所编制的招标控制价进行上浮或下调。招标人在招标文件中公布招标控制价时，应公布招标控制价各组成部分的详细内容，不得只公布招标控制价总价。同时，招标人应将招标控制价报工程所在地的工程造价管理机构备查。

⑥ 投标人经复核认为招标人公布的招标控制价未按照《建设工程工程量清单计价规范》的规定进行编制的，应在开标前5日向招投标监督机构或（和）工程造价管理机构投诉。招投标监督机构应会同工程造价管理机构对投诉进行处理，发现确有错误的，应责成招标人修改。在这里，实际上是赋予了投标人对招标人不按规范的规定编制招标控制价进行投诉的权利。同时要求招投标监督机构和工程造价管理机构担负并履行对未按规定编制招标控制价的行为进行监督处理的责任。

1.3.3.2 招标控制价的计价依据

① 中华人民共和国国家标准《建设工程工程量清单计价规范》（GB 50500—2008）。

② 国家或省级、行业建设主管部门颁发的计价定额和计价办法。

③ 建设工程设计文件及相关资料。

④ 招标文件中的工程量清单及有关要求。

⑤ 与建设项目相关的标准、规范、技术资料。

⑥ 工程造价管理机构发布的工程造价信息，如工程造价信息没有发布的参照市场价。

⑦ 其他的相关资料。

1.3.3.3 招标控制价的编制内容

招标控制价的编制内容包括分部分项工程费、措施项目费、其他项目费、规费和税金，各个部分有不同的计价要求。

（1）分部分项工程费的编制要求。

① 分部分项工程费应根据招标文件中的分部分项工程量清单及有关要求，按《建设工程工程量清单计价规范》有关规定确定综合单价计价。这里所说的综合单价，是指完成一个规定计量单位的分部分项工程量清单项目（或措施清单项目）所需的人工费、材料费、施工机械使用费和企业管理费与利润以及一定范围内的风险费用。

② 工程量依据招标文件中提供的分部分项工程量清单确定。

③ 招标文件提供了暂估单价的材料，应按暂估的单价计入综合单价。

④ 为使招标控制价与投标报价所包含的内容一致，综合单价中应包括招标文件中要求投标人承担的风险费用。

（2）措施项目费的编制要求。

① 措施项目费中的安全文明施工费应当按照国家或省级、行业建设主管部门的规定标准计价。

② 措施项目应按招标文件中提供的措施项目清单确定，措施项目采用分部分项工程综

合单价形式进行计价的工程量，应按措施项目清单中的工程量并按与分部分项工程工程量清单单价相同的方式确定综合单价；以"项"为单位的方式计价，依有关规定按综合价格计算，包括除规费、税金以外的全部费用。

（3）其他项目费的编制要求。

① 暂列金额　暂列金额可根据工程的复杂程度、设计深度、工程环境条件（包括地质、气候条件等）进行估算，一般可以分部分项工程费的 $10\%\sim15\%$ 为参考。

② 暂估价　暂估价中的材料单价应按照工程造价管理机构发布的工程造价信息中的材料单价计算，工程造价管理信息未发布的材料单价，其单价参考市场价格估算；暂估价中的专业工程暂估价应分不同专业，按有关计价规定估算。

③ 计日工　在编制招标控制价时，对计日工中的工人单价和施工机械台班单价应按省级、行业建设主管部门或其授权的工程造价管理机构公布的单价计算；材料应按工程造价管理机构发布的工程造价信息中的材料单价计算。

④ 总承包服务费　总承包服务费应按照省级或行业建设主管部门的规定计算，在计算时可参考以下标准：招标人仅要求对分包的专业工程进行总承包管理和协调时，按分包的专业工程估算造价的 1.5% 计算；招标人要求对分包的专业工程进行总承包管理和协调，并同时要求提供配合服务时，根据招标文件中列出的配合服务内容和提出的要求，按分包的专业工程估算造价的 $3\%\sim5\%$ 计算；招标人自行供应材料的，按招标人供应材料价值的 1% 计算。

（4）规费和税金的编制要求　规费和税金必须按国家或省级、行业建设主管部门的规定计算。

1.4 建设工程施工投标

1.4.1 建设工程施工投标的主要工作

建设工程施工投标实施过程是从填写资格预审表开始，到将正式投标文件送交招标人为止所进行的全部工作，与招标实施过程实质上是一个过程的两个方面，它们的具体程序和步骤通常是互相衔接和对应的。投标实施的主要过程是投标准备、编制投标文件、投标文件的送达。

1.4.1.1 投标准备

参与投标竞争是一件十分复杂并且充满风险的工作，因而承包者正式参加投标之前，要进行一系列的准备工作，只有准备工作做得充分和完备，投标的失误才会降到最低，投标准备主要包括以下内容：投标信息调研、投标资料的准备、办理投标担保。

（1）投标信息调研　投标信息的调研就是承包者对市场进行详细的调查研究，广泛收集项目信息并进行认真分析，从而选择适合本单位投标的项目。主要调查项目的规模、性质，材料和设备来源、价格，当地气候条件和运输情况。

承包者通过以上准备工作，根据掌握的项目招标信息并结合自己的实际情况和需要，确定是否参与资格预审。如果决定参与资格预审，则准备资格预审材料，开始进入下一步工作。

（2）投标的组织　在招标投标活动中，投标人参加投标将面临一场竞争，不仅比报价的高低、技术方案的优劣，而且比人员、管理、经验、实力和信誉。因此建立一个专业的、优秀的投标班子是投标获得成功的根本保证。

（3）准备投标资料　要做到在较短时间内报出高质量的投标资料，特别是资格预审资料，平时要做好本单位在财务、人员、设备、经验、业绩等各方面原始资料的积累与整理工作，分门别类，并不断充实、更新，这也反映出单位信息管理的水平。参与投标经常用到的资料包括：营业执照；资质证书；单位主要成员名单及简历；法定代表人身份证明；委托代理人授权书；项目负责人的委任证书；主要技术人员的资格证书及简历；主要设备、仪器明细情况；质量保证体系情况；合作伙伴的资料；经验与业绩；经审计的财务报表。

（4）填写资格预审表　资格预审表一般包括投标申请人概况、经验与信誉、财务能力、人员能力和设备五大方面的内容。

项目性质不同、招标范围不同，资格预审表的样式和内容也有所区别。但一般包括：投标人身份证明、组织机构和业务范围表；投标人在以往若干年内从事过的类似项目经历；投标人的财务能力说明表；投标人各类人员表以及拟派往项目的主要技术、管理人员表；投标人所拥有的设备以及为拟投标项目所投入的设备表；项目分包及分包人表；与本项目资格预审有关的其他资料。

资格预审文件的目的在于向愿意参加前期资格审查的投标人提供有关招标项目的介绍，并审查由投标人提供的与能否完成本项目有关的资料。

对该项目感兴趣的投标人只要按照资格预审文件的要求填写好各种调查表格，并提交全部所需的资料，均可被接受参加投标前期的资格预审。否则，将会失去资格预审资格。

在不损害商业秘密的前提下，投标人应向招标人提交能证明上述有关资质和业绩情况的法定证明文件或其他资料。

无论是资格预审还是资格后审，都是主要审查投标人是否符合下列条件：具有独立订立合同的权利；具有圆满履行合同的能力，包括专业、技术资格和能力；设施状况、管理能力、经验、信誉和相应的工作人员；以往承担类似项目的业绩情况；没有处于被责令停业，财产被接管、冻结、破产状态；在最近几年内（如 2 年内）没有与骗取合同有关的犯罪或质量责任和重大安全责任事故及其他违法、违规行为。

1.4.1.2　分析招标文件并参加答疑

招标文件是投标的主要依据，投标单位应仔细研究招标文件，明确其要求。熟悉投标须知，明确了解表述的要求，避免废标。

（1）研究合同条件，明确双方的权利义务　包括：工程承包方式；工期及工期惩罚；材料供应及价款结算办法；预付款的支付和工程款的结算办法；工程变更及停工、窝工损失的处理办法。

（2）详细研究设计图纸、技术说明书　明确整个工程设计及其各部分详图的尺寸，各图纸之间的关系；弄清工程的技术细节和具体要求，详细了解设计规定的各部位的材料和工艺做法；了解工程对建筑材料有无特殊要求。

1.4.1.3　投标文件的编制与递交

（1）投标文件的内容　投标人应当按照招标文件的规定编制投标文件。投标文件中应载明以下内容：投标书、投标书附录；投标人资格、资信证明文件；授权委托文件；投标项目施工方案及说明；投标价格；投标保证金或其他形式上的担保；招标文件要求具备的其他内容；辅助文件（设计修改建议、优惠条件承诺等）。

（2）投标文件的密封及送达　投标单位应在规定的投标截止日期前，将投标文件密封，送到招标人指定的地点。招标单位在接到投标文件后，应签收或通知投标单位已收到投标文件。投标人在规定的投标截止日期前，在递送标书后，可用书面形式向招标人递交补充、修改或撤回其投标文件，投标截止日期后撤回投标文件，投标保证金不能退还。

1.4.1.4 编制投标文件应注意的事项

① 必须使用招标人提供的投标文件表格格式。招标文件要求填写的内容必须填写，实质性内容未填写（工期、质量、价格）将作为无效标书处置。

② 采用正、副本形式，一正多副，不一致时以正本为准。

③ 投标文件应按招标文件要求打印或书写。

④ 法人签字盖章。

⑤ 对投标文件应反复校核，确保无误。

⑥ 投标文件应保密。

⑦ 投标人应按规定密封、送达标书。

1.4.2 建设工程施工投标报价

建设工程投标报价是投标人对招标工程报出的工程价格，是投标企业的竞争价格，它反映了建筑企业的经营管理水平，体现了企业产品的个别价值。

建设工程施工项目投标报价是建设工程施工项目投标工作的重要环节，报价的合适与否对投标的成败和将来实施工程的盈亏起着决定性的作用。

1.4.2.1 建设工程投标报价的依据

招标文件、施工组织设计、发包人的招标倾向、招标会议记录、风险管理规则、市场价格信息、政府的法律法规及制度、企业定额、竞争态势预测、预期利润。

1.4.2.2 标价的组成

投标价格应该是项目投标范围内支付投标人为完成承包工作应付的总金额。工程招标文件一般都规定，关于投标价格，除非合同中另有规定，具有标价的工程量清单中所报的单价和合价，以及报价汇总表中的价格应包括施工设备、劳务、管理、材料、安装、维护、保险、利润、税金、政策性文件规定及合同包含的所有风险、责任等各项费用。工程量清单中的每一单项均需计算，填写单价和合价，投标单位没有填写出单价和合价的项目将不予支付，并认为此项费用已包括在工程量清单的其他单价和合价中。

1.4.2.3 建设工程投标报价的原则

① 按照招标要求的计价方式确定报价内容及各细目的计算深度。

② 按经济责任确定报价的费用内容。

③ 充分利用调查资料和市场行情资料。

④ 投标报价计算方法应简明适用。

1.4.2.4 建设工程投标报价工作程序

包括投标环境、工程项目调查，制定投标策略、复核工程量清单、编制施工组织设计、确定联营或分包询价及计算分项工程直接费，分摊项目费用、编制综合单价分析表、计算投标基础价、获胜分析及盈亏分析、提出备选投标报价方案、决定投标报价方案。

1.4.2.5 建设工程工程量清单报价的确定方法

投标人应当根据招标文件的要求和招标项目的具体特点，结合市场情况和自身竞争实力自主报价，但不得以低于成本的报价竞标。

投标报价计算是投标人对承揽招标项目所发生的各种费用的计算。包括单价分析、计算成本、确定利润方针，最后确定标价。在进行标价计算时，必须首先根据招标文件复核或计算工作量，同时要结合现场踏堪情况考虑相应的费用。标价计算必须与采用的合同形式相协调。

按照建设部《建筑工程施工发包与承包计价管理办法》中的规定，建筑工程施工发包与承包价在政府宏观调控下，由市场竞争形成。投标报价由成本（直接费、间接费）、利润和税金构成。其编制可以采用工程量清单计价方法。

（1）核实工程量　对工程量清单中的工程量进行计算校核，如有错误或遗漏，应及时通知招标人。

（2）有关费用问题　考虑人工、材料、机械台班的价格变动因素，特别是材料市场，并应计入各种不可预见的费用等。工程保险费用一般由业主承担，应在招标文件的工程量清单总则中单列；承包人的装备和材料到场后的保险费用，一般由承包人自行承担，应分摊到有关分项工程单价中。编制标书所需费用，包括现场考察、资料情报收集、编制标书、公关等费用。各种保证金的费用，包括投标保函、履约保函、预付款保函等。保证金手续费一般占保证金的 4%～6%，承包商应事先存在账户上且不计利息。其他有关要求增加的费用包括赶工、交通限制、临时用地限制、二次搬运费、仓库保管费用等。

（3）编制施工组织设计或施工方案　编制施工组织设计的总原则是高效率、低消耗。基本原则有连续性、均衡性、协调性和经济性。投标竞争是比技术、比管理的竞争，技术和管理的先进性充分体现在其编制的施工组织设计中，先进的施工组织设计可以达到降低成本、缩短工期、确保工程质量的目的。

（4）确定分部分项工程综合单价、计算合价、规费、税费，形成投标总价。

1.4.3　建设工程投标策略与报价技巧

1.4.3.1　投标策略

投标策略是指承包者在投标竞争中的指导思想与系统工作部署及其参与投标竞争的方式和手段。承包者要想在投标中获胜，既中标，又要从项目中盈利，就需要研究投标策略，以指导其投标全过程。在投标和报价中，选择有效的报价技巧和策略，往往能取得较好的效果。正确的策略来自承包者的经验积累、对客观规律的认识和对实际情况的了解，同时也少不了决策者的能力和魄力。

在激烈的投标竞争中，如何战胜对手，是所有投标人在研究或想知道的问题。遗憾的是，至今还没有一个完整或可操作的答案。事实上，也不可能有答案。因为建筑市场的投标竞争千姿百态，也无统一的模式可循。在当今的投标竞争中，面对变幻莫测的投标策略，只要我们掌握了一些信息和资料，估计可能发生的一些情况，并加以认真仔细地分析，找出一些规律加以研究，这对投标人的决策是十分有益的，起码从中能受到启发或提示。

由于招标内容不同、投标人性质不同，所采取的投标策略也不相同。下面仅就工程投标的策略进行简要介绍。工程投标策略的主要内容如下。

（1）以诚信取胜　这是依靠单位长期形成的良好社会信誉、技术和管理上的优势、优良的工程质量和服务措施，合理的价格和工期等因素争取中标。

（2）以施工速度快取胜　通过采取有效措施缩短施工工期，并能保证进度计划的合理性和可行性，从而使招标工程早投产、早收益，以吸引业主。

（3）以报价低取胜　其前提是保证施工质量，这对业主一般都具有较强的吸引力；从投标人的角度出发，采取这一策略也可能有长远的考虑，即通过降价扩大任务来源，从而降低固定成本在各个工程上的摊销比例，既降低工程成本，又为降低新投标工程的承包价格创造了条件。

（4）靠改进设计取胜　通过仔细研究原设计图纸，若发现明显不合理之处，可提出改进设计的建议和能切实降低造价的措施。在这种情况下，一般仍然要按原设计报价，再按建议的方案报价。

（5）采用以退为进的策略　当发现招标文件中有不明确之处并有可能据此索赔时，可报低价先争取中标，再寻找索赔机会。采用这种策略一般要在索赔事务方面具有相当成熟的经验。

(6) 采用长远发展的策略　其目的不在于在当前的招标工程上获利，而着眼于发展，争取将来的优势，如为了开辟新市场、掌握某种有发展前途的工程施工技术等，宁可在当前招标工程上以微利甚至无利的价格参与竞争。

1.4.3.2　报价决策

报价决策是指投标人召集算标人和决策人、咨询顾问人员共同研究，就标价计算结果进行讨论，做出调整计算标价的最后决定，形成最终报价的过程。

报价决策之前应先计算基础标价，即根据招标文件的工作内容和工作量以及报价项目单价表，进行初步测算，形成基础标价。其次做风险预测和盈亏分析，即充分估计实施过程中的各种有关因素和可能出现的风险，预测对报价的影响程度。然后测算可能的最高标价和最低标价，也就是测定基础标价可以上下浮动的界限，使决策人心中有数，避免凭主观愿望盲目压价或加大保险系数。完成这些工作后，决策人就可以靠自己的经验和智慧，做出报价决策。

为了在竞争中取胜，决策者应当对报价计算的准确度、期望利润是否合适、报价风险及本单位的承受能力、当地的报价水平以及竞争对手优势劣势的分析等进行综合考虑，才能决定最后的报价金额。在工程报价决策中应当注意以下问题。

① 报价决策的依据。决策的主要资料依据应当是自己的算标人员的计算书和分析指标。参加投标的承包商当然希望自己中标，但是，更为重要的是中标价格应当合理，不应导致亏损。以自己的报价计算为依据进行科学分析，而后做出恰当的报价决策，至少不会盲目地落入竞争的陷阱。

② 响应招标文件要求，对初步报价的合理性、竞争性、盈利性和风险性进行分析，做出最终报价决策。

③ 在最小预期利润和最大风险内做出决策。由于投标情况纷繁复杂，投标中碰到的情况并不相同，很难界定需要决策的问题和范围。一般说来，报价决策并不仅限于具体计算，而是应当由决策人与算标人员一起，对各种影响报价的因素进行恰当的分析，并做出果断的决策。除了对算标时提出的各种方案、基价、费用摊入系数等予以审定和进行必要的修正外，更重要的是决策人应全面考虑期望的利润和承担风险的能力。承包商应当尽可能避免较大的风险，采取措施转移、防范风险并获得一定的利润，决策者应当在风险和利润之间进行权衡并做出选择。

④ 低报价不是中标的唯一因素。招标文件中一般明确申明"本标不一定授给最低报价者或其他任何投标人"。所以决策者可以在其他方面战胜对手。例如，可以提出某些合理的建议，使业主能够降低成本、缩短工期。如果可能的话，还可以提出对业主优惠的支付条件等。低报价是得标的重要因素，但不是唯一因素。

⑤ 替代方案。提交替代方案的前提是必须提交按招标文件要求编制的报价，否则被视为无效标书。

1.4.3.3　投标人价格风险防范

遵照风险防范程序、风险防范管理体系，编制和利用风险管理规划，充分利用《合同示范文本》防范价格风险。

《合同示范文本》"通用条款"是双方的无争议条款，投标人可利用的条款有合同价款及调整、工程预付款、工程款（进度款）支付、确定变更价款、竣工结算违约、索赔、不可抗力、保险、担保。《合同示范文本》"专用条款"对上述各条与防范风险有关的内容进一步具体化，需通过双方谈判达成一致。

投标人应力争回避风险，使风险发生的可能性降到最低，取消不利条款、约束业主的条款，采取担保-保险-风险分散等办法转移风险，为索赔创造合同条件。

1.4.3.4 报价技巧

是指在投标报价中采用一定的手法或技巧使业主可以接受，而中标后又能获得更多的利润。常用的工程投标报价技巧主要有以下几项。

(1) 灵活报价法　灵活报价法是指根据招标工程的不同特点采用不同的报价。投标报价时，既要考虑自身的优势和劣势，也要分析招标项目的特点，按照工程的不同特点、类别、施工条件等来选择报价策略。例如，遇到如下情况报价可高一些：施工条件差的工程；专业要求高的技术密集型工程，而本单位在这方面又有专长，声望也较高；总价低的小型工程，以及自己不愿做、又不方便不投标的工程；特殊的工程；工期紧的工程；投标对手少的工程；支付条件不理想的工程。遇到如下情况报价可低一些：施工条件好的工程；工作简单、工程量大而一般单位都可以做的工程；本单位目前急于打入某一市场、某一地区，或在该地区面临工程结束，机械设备等无工地转移时；本单位在附近有工程，而本项目又可利用该工程的设备、劳务，或有条件短期内突击完成的工程；投标对手多、竞争激烈的工程；非急需工程；支付条件好的工程。

(2) 不平衡报价法　不平衡报价法也叫前重后轻法，是指一个工程总报价基本确定后，通过调整内部各个项目的报价，以期既不提高总报价、不影响中标，又能在结算时得到更理想的经济效益。一般可以考虑在以下几方面采用不平衡报价。

① 能够早日结账收款的项目可适当提高。

② 预计今后工程量会增加的项目，单价适当提高，这样在最终结算时可多赚钱；将工程量可能减少的项目单价降低，工程结算时损失不大。

上述两种情况要统筹考虑，即对于工程量有错误的早期工程，如果实际工程量可能小于工程量表中的数量，则不能盲目抬高单价，要具体分析后再定。

③ 设计图纸不明确，估计修改后工程量要增加的，可以提高单价；而工程内容不清楚的，则可适当降低一些单价，待澄清后可再要求提价。

④ 暂定项目又叫任意项目或选择项目，对这类项目要具体分析。因为这类项目要在开工后再由业主研究决定是否实施，以及由哪家承包商实施。如果工程不分标，则其中肯定要做的单价可高些，不一定做的则应低些。如果工程分标，该暂定项目也可能由其他承包商施工时，则不宜报高价，以免抬高总报价。

(3) 零星用工（计日工）单价的报价　如果是单纯报计日工单价，而且不计入总价中，可以报高些，以便在业主额外用工或使用施工机械时可多盈利。但如果计日工单价要计入总报价时，则需具体分析是否报高价，以免抬高总报价。总之，要分析业主在开工后可能使用的计日工数量，再来确定报价方针。

(4) 可供选择的项目的报价　有些工程的分项工程，业主可能要求按某一方案报价，而后再提供几种可供选择方案的比较报价。例如某住宅装修工程的地面水磨石砖，工程量表中要求按 250mm×250mm×20mm 的规格报价；另外，还要求投标人用更小规格砖 200mm×200mm×20mm 和更大规格砖 300mm×300mm×30mm 作为可供选择项目报价。投标时，除对几种水磨石地面砖调查询价外，还应对当地习惯用砖情况进行调查。对于将来有可能被选择使用的地面砖铺砌应适当提高其报价；对于当地难以供货的某些规格地面砖，可将价格有意抬高一些，以阻挠业主选用。但是，所谓"可供选择的项目"并非由承包商任意选择，而只有业主才有权进行选择。因此，提高报价并不意味能取得好的利润，只是提供了一种可能性。

(5) 增加建议方案　有时招标文件中规定，可以提一个建议方案，即可以修改原设计方案，提出投标人的方案。投标人这时应抓住机会，组织一批有经验的设计和施工工程师对原招标文件的设计和施工方案仔细研究，提出更为合理的方案以吸引业主，促成自己的方案中标。这种新建议方案可以降低总造价或是缩短工期，或使工程运用更为合理，但要注意对原招标方案一定也要报价。建议方案不要写得太具体，要保留方案的技术关键，防止业主将此方案交给其他承包商。同时要强调的是，建议方案一定要比较成熟，有很好的操作性。

（6）分包商报价的采用　由于现代工程的综合性和复杂性，总承包商不可能将全部工程内容完全独家包揽，特别是有些专业性较强的工程内容，须分包给其他专业工程公司施工，还有些招标项目，业主规定某些工程内容必须由他指定的分包商承担。因此，总承包商通常应在投标前先取得分包商的报价，并增加总承包商摊入的一定的管理费，而后作为自己投标总价的一个组成部分一并列入报价单中。应当注意，分包商在投标前可能同意接受总承包商压低其报价的要求，但等到总承包商得标后，他们常以种种理由要求提高分包价格，这将使总承包商处于十分被动的地位。解决的办法是，总承包商在投标前找两三家分包商分别报价，而后选择其中一家信誉较好、实力较强和报价合理的分包商签订协议，同意该分包商作为本分包工程的唯一合作者，并将分包商的姓名列到投标文件中，但要求该分包商相应地提交投标保函。如果该分包商认为这家总承包商确实有可能得标，他也许愿意接受这一条件。这种把分包商的利益同投标人捆在一起的做法，不但可以防止分包商事后反悔和涨价，还可能迫使分包时报出较合理的价格，以便共同争取得标。

（7）无利润算标　缺乏竞争优势的承包商，在不得已的情况下，只好在算标中根本不考虑利润去夺标。这种办法一般是处于以下条件时采用：有可能在得标后，将大部分工程分包给索价较低的一些分包商；对于分期建设的项目，先以低价获得首期工程，而后赢得机会创造第二期工程中的竞争优势，并在以后的实施中取得利润；较长时期内，承包商没有在建的工程项目，如果再不得标，就难以维持生存。因此，虽然本工程无利可图，只要能有一定的管理费维持公司的日常运转，就可设法渡过暂时的困难，以图将来东山再起。

（8）突然降价法　投标报价是一件保密的工作，但是对手往往通过各种渠道、手段来刺探情况，因此在报价时可以采取迷惑对手的方法，即先按一般情况报价或表现出自己对该工程兴趣不大，投标截止时间快到时，再突然降价。采用这种方法时，一定要在准备投标报价的过程中考虑好降价的幅度，在临近投标截止日期前，根据信息与分析判断，再做最后决策。如果由于采用突然降价法而中标，因为开标只降总价，在签订合同后可采用不平衡报价的设想调整工程量表内的各项单价或价格，以期取得更高的效益。

1.5　建设工程施工项目开标、评标与定标

1.5.1　开标

开标是招标机构在预先规定的时间和地点将各投标人的投标文件正式启封揭晓的行为。开标由招标机构组织进行，但须邀请各投标人代表参加。在这一环节，招标人要按有关要求逐一揭开每份投标文件的封套，公开宣布投标人的名称、投标价格及投标文件中的其他主要内容。公开开标结束后，还应由开标组织者整理一份开标会纪要。

按照惯例，公开开标一般按以下程序进行。

① 主持人在招标文件确定的时间停止接收投标文件。

② 宣布参加开标人员名单。

③ 确认投标人法定代表人或授权代表人是否在场。

④ 宣布投标文件开启顺序。

⑤ 依开标顺序，先检查投标文件密封是否完好，再启封投标文件。

⑥ 宣布投标要素并作记录，同时由投标人代表签字确认。

⑦ 对上述工作进行记录，存档备查。

1.5.2 评标

评标是招标机构确定的评标委员会根据招标文件的要求，对所有投标文件进行评估，并推荐出中标候选人的行为。评标是招标人的单独行为，由招标机构组织进行。在这一环节的步骤主要有：审查标书是否符合招标文件的要求和有关惯例、组织人员对所有标书按照一定方法进行比较和评审、就初评阶段被选出的几份标书中存在的某些问题要求投标人加以澄清、最终评定并写出评标报告等。

评标是审查确定中标人的必经程序，是一项关键性的而又十分细致的工作，关系到招标人能否得到最有利的投标，是保证招标成功的重要环节。

1.5.2.1 组建评标委员会

评标是依据招标文件的规定和要求，对投标文件所进行的审查、评审和比较。评标由招标人依法组建的评标委员会负责。评标委员会成员名单一般在开标前确定。

《中华人民共和国招标投标法》规定，依法必须进行招标的项目，其评标委员会由招标人的代表、有关技术、经济等方面的专家组成，成员人数为五人以上单数，其中技术、经济等方面的专家不得少于成员总数的三分之二。

为了保证评标公正性，防止招标人左右评标结果，评标不能由招标人或其代理机构独自承担，而应组成一个由招标人或其代理机构的必要代表、有关专家等人员参加的委员会，负责依据招标文件规定的评标标准和方法，对所有投标文件进行评审，向招标人推荐中标候选人或者依据授权直接确定中标人。评标是一种复杂的专业活动，在专家成员中技术专家主要负责对投标中的技术部分进行评审；经济专家主要负责对投标中的报价等经济部分进行评审；而法律专家则主要负责对投标中的商务和法律事务进行评审。

评标委员会由招标人负责组织。为了防止招标人在选定评标专家时的主观随意性，我国法规规定招标人应从省级以上人民政府有关部门提供的专家名册或者招标代理机构的专家库中确定评标委员会的专家成员（不含招标人代表）。专家可以采取随机抽取或者直接确定的方式确定。对于一般项目，可以采取随机抽取的方式；而技术特别复杂、专业性要求特别高或者国家有特殊要求的招标项目，采取随机抽取方式确定的专家难以胜任的，可以由招标人直接确定。

评标工作的重要性，决定了必须对参加评标委员会的专家资格进行一定的限制，并非所有的专业技术人员都可进入评标委员会。法律规定的专家资格条件是：从事相关领域工作满8年，并具有高级职称或者具有同等专业水平。法律同时规定，评标委员会的成员与投标有利害关系的应当回避，不得进入评标委员会；已经进入的，应予以更换。

评标委员会设负责人（如主任委员）的，评标委员会负责人由评标委员会成员推举产生或者由招标人确定。评标委员会负责人与评标委员会的其他成员有同等的表决权。

评标委员会成员的名单在中标结果确定前属于保密的内容，不得泄露。

1.5.2.2 评标程序

评标工作一般按以下程序进行：

① 招标人宣布评标委员会成员名单并确定主任委员。

② 招标人宣布有关评标纪律。

③ 在主任委员主持下，根据需要，讨论通过成立有关专业组和工作组。

④ 听取招标人介绍招标文件。

⑤ 组织评标人员学习评标标准和方法。

⑥ 提出需澄清的问题。经委员会讨论，并经二分之一以上委员同意，提出需投标人澄清的问题，以书面形式送达投标人。

⑦ 澄清问题。对需要文字澄清的问题，投标人应当以书面形式送达评标委员会。

⑧ 评审、确定中标候选人。评标委员会按招标文件确定的评标标准和方法，对投标文件进行评审，确定中标候选人推荐顺序。

⑨ 提出评标工作报告。经委员会讨论，并经三分之二以上委员同意并签字的情况下，通过评标委员会工作报告，并报送招标人。

1.5.2.3 评标准备

主要工作是准备评标场所、评标委员会成员知悉招标情况以及制定评标细则。

1.5.2.4 初步评审

大型复杂项目的评标通常分两步进行：先进行初步评审（简称初审），也称符合性审查，然后进行详细评审（简称详评或终评），也称商务和技术评审。中小型项目的评标也可合并为一次进行，但评标的标准和内容基本相同。

在开标前，招标人一般要按照招标文件规定，并结合项目特点，制定评标细则，并经评标委员会审定。在评标细则中，对影响质量、工期和投资的主要因素，一般还要制定具体的评定标准和评分办法以及编制供评标使用的相应表格。

评标委员会应当根据招标文件规定的评标标准和方法，对投标文件进行系统地评审和比较。这些事先列明的标准和方法在评标时能否真正得到采用，是衡量评标是否公正、公平的标尺。为了保证评标的这种公正和公平性，评标不得采用招标文件未列明的任何标准和方法，也不得改变（包括修改、补充）招标文件确定的评标标准和方法。这一点，也是世界各国的通常做法。

在正式评标前，招标人要对所有投标文件进行初步审查，也就是初步筛选。有些项目会在开标时对投标文件进行一般性符合检查，在评标阶段对投标文件的实质性内容进行符合性审查，判定是否满足招标文件要求。

初审的目的在于确定每一份投标文件是否完整、有效，在主要方面是否符合要求，以从所有投标文件中筛选出符合最低标准要求的投标人，淘汰那些基本不合格的投标文件，以免在详评时浪费时间和精力。

评标委员会通常按照投标报价的高低或者招标文件规定的其他方法对投标文件进行排序。

初审的主要项目如下。

（1）投标人是否符合投标条件　未经资格预审的项目，在评标前须进行资格审查。如果投标人已通过资格预审，那么正式投标时投标的单位或组成联合体的各合伙人必须被列入预审合格的名单且投标申请人未发生实质性改变，联合体成员未发生变化。

（2）投标文件是否完整　审查投标文件的完整性，应从以下几个方面进行。

① 投标文件是否按照规定的格式和方式递送、字迹是否清晰。

② 投标文件中所有指定签字处是否均已由投标人的法定代表人或法定代表授权代理人签字。有时招标人在其招标文件中规定，如投标人授权他的代表代理签字，则应附交代理委托书，这时就需检查投标文件中是否附有代理委托书。

③ 如果招标条件规定只向承包者或其正式授权的代理人招标，则应审查递送投标文件的人是否有承包者或其授权的代理人的身份证明。

④ 是否已按规定提交了一定金额和规定期限的有效保证。

⑤ 招标文件中规定应由投标人填写或提供的价格、数据、日期、图纸、资料等是否已经填写或提供以及是否符合规定。

在对投标文件做完整性检查时，通常要先拟出一份"完整性检查清单"。在对以上项目进行检查后，将检查结果以"是"或"否"填入该清单。

（3）主要方面是否符合要求　所有招标文件都规定了投标人的条件和对投标人的要求。这些要求有的是十分重要的，投标人若违反这些要求，一般会被认为是未能对招标文件做出实质性响应，属于重大偏差，该投标文件就应被拒绝。

（4）计算方面是否有差错　投标报价计算的依据是各类货物、服务和工程的单价。招标文件通常规定，如果单价与单项合计价不符，应以单价为准。所以，若在乘积或计算总数时有算术性错误，应以单价为准更正总数；如果单价显然存在着印刷或小数点的差错，则应纠正单价。如果表明金额的文字（大写金额）与数字（小写金额）不符，按惯例应以文字为准。

按招标文件规定的修正原则，对投标人报价的计算差错进行算术性修正。招标人要将相应修正通知投标人，并取得投标人对这项修改同意的确认；对于较大的错误，评标委员会视其性质，通知投标人亲自修改。如果投标人不同意更正，那么招标人就会拒绝其投标，并可没收其所提供的投标保证金。

1.5.2.5　详细评审

经初步评审合格的投标文件，评标委员会应当根据招标文件确定的评标标准和方法，对其技术部分和商务部分做进一步评审、比较。其主要内容如下。

（1）商务评审内容　商务评审的目的在于从成本、财务和经济分析等方面评定投标报价的合理性和可能性，并估量投标人的不同经济效果。商务评审的主要内容如下。

① 将投标报价与招标控制价进行对比分析，评价该报价是否可靠、合理。

② 投标报价构成和水平是否合理，有无严重不合理报价。

③ 审查所有保函是否被接受。

④ 进一步评审投标人的财务实力和资信程度。

⑤ 投标人对支付条件有何要求或给予招标人何种优惠条件。

⑥ 分析投标人提出的财务和付款方面的建议的合理性。

⑦ 是否提出与招标文件中的合同条款相悖的要求，如重新划分风险，增加招标人责任范围，减少投标人义务，提出不同的验收、计量办法和纠纷、事故处理办法，或对合同条款有重要保留等。

（2）技术评审内容　技术评审的目的在于确认备选的中标人完成本招标项目的技术能力以及其所提方案的可靠性。与资格评审不同的是，这种评审的重点在于评审投标人将怎样实施本招标项目。技术评审的主要内容有：

① 投标文件是否包括了招标文件所要求提交的各项技术文件，它们同招标文件中的技术说明或图纸是否一致。

② 实施进度计划是否符合招标人的时间要求，这一计划是否科学和严谨。

③ 投标人准备用哪些措施来保证实施进度。

④ 如何控制和保证质量，这些措施是否可行。

⑤ 组织机构、专业技术力量和设备配置能否满足项目需要。

⑥ 如果投标人在正式投标时已列出拟与之合作或分包的单位名称，则这些合作伙伴或分包单位是否具有足够的能力和经验保证项目的实施和顺利完成。

总之，评标内容应与招标文件中规定的条款和内容相一致。除对投标报价和主要技术方案进行比较外，还应考虑其他有关因素，经综合评审后，确定选取最符合招标文件要求的投标。

1.5.2.6　评标方法

（1）经评审的最低投标价法　这是一种以价格加其他因素评标的方法。以这种方法评标，一般做法是将报价以外的商务部分数量化，并以货币折算成价格，与报价一起计算，形成评标价，然后以此价格按高低排出次序。能够满足招标文件的实质性要求，"评标价"最低的投标应当作为中选投标。

评标价是按照招标文件的规定，对投标价进行修正、调整后计算出的标价。在评标过程中，用评标价进行标价比较。

采用经评审的最低投标价法，中标人的投标应当符合招标文件规定的技术要求和标准，但评标委员会无需对投标文件的技术部分进行价格折算。

经评审的最低投标价法一般适用于具有通用技术、性能标准或者招标人对其技术、性能没有特殊要求的招标项目。

根据经评审的最低投标价法完成详细评审后，评标委员会要拟定一份"标价比较表"，连同书面评标报告提交招标人。"标价比较表"一般要载明投标人的投标报价、对商务偏差的价格调整和说明以及经评审的最终投标价。

（2）综合评估法　在采购机械、成套设备、车辆以及其他重要固定资产时，如果仅仅比较各投标人的报价或报价加商务部分，则对竞争性投标之间的差别将不能做出恰如其分的评价。因此，在这些情况下，必须以价格加其他因素综合评标，即应用综合评估法评标。

以综合评估法评标，一般做法是将各个评审因素在同一基础或者同一标准上进行量化，量化指标可以采取折算为货币的方法、打分的方法或者其他方法，使各投标文件具有可比性。对技术部分和商务部分的量化结果进行加权，计算出每一投标的综合评估价或者综合评估分，以此确定候选中标人。最大限度地满足招标文件中规定的各项综合评价标准的投标，应当推荐为中标候选人。

综合评估法最常用综合评分法。综合评分法也称打分法，是指评标委员会按预先确定的评分标准，对各投标文件需评审的要素（报价和其他非价格因素）进行量化、评审记分，以标书综合分的高低确定中标单位的评标方法。由于项目招标需要评定比较的要素较多，且各项内容的计量单位又不一致，如工期是天、报价是元等，因此综合评分法可以较全面地反映出投标人的素质。

1.5.3　定标

定标也称决标，是指招标人在评标的基础上，最终确定中标人，或者授权评标委员会直接确定中标人的行为。定标对招标人而言，是授标；对投标人而言，则是中标。在这一环节，招标人所要经过的步骤主要有：裁定中标人、通知中标人其投标已被接受、向中标人发出中标通知书、通知所有未中标的投标人并向他们退还投标保函等。

1.5.4　签订合同

签订合同习惯上也称授予合同，因为它实际上是由招标人将合同授予中标人并由双方签署合同的行为。签定合同是购货人或业主与中标的承包者双方共同的行为。在这一阶段，通常先由双方进行签定合同前的谈判，就投标文件中已有的内容再次确认，对投标文件中未涉及的一些技术性和商务性的具体问题达成一致意见；双方意见一致后，由双方授权代表在合同上签署，合同随即生效。为保证合同履行，签订合同后，中标者还应向招标人提交一定形式的担保书或担保金。

1.6 建设工程项目施工合同管理

1.6.1 合同基础知识

1.6.1.1 合同概念

（1）合同概念　合同是平等主体的自然人、法人、其他社会组织之间设立、变更、终止民事权利义务的协议。合同具有下列法律特征：合同是当事人双方合法的法律行为；合同当事人双方具有平等地位；合同关系是一种法律关系。

（2）合同的订立形式　合同的形式以不要式为原则，合同的形式可以是书面形式、口头形式和其他形式。工程项目合同形式为书面形式。

（3）合同订立程序　当事人订立合同，要经过要约和承诺两个阶段。要约是希望和他人订立合同的意思表示。发要约之前，有时做出要约邀请，要约邀请是希望他人向自己发出要约的意思表示。承诺是受要约人做出的同意要约的意思表示。对于建设工程招标项目，招标公告是要约邀请，投标书是要约，而中标通知书是承诺。

1.6.1.2 合同的内容

合同一般包括下列条款。

① 当事人的名称或者姓名和住所。

② 标的。是当事人双方权利和义务共同指向的对象。标的的表现形式为物、劳务、行为、智力成果、工程项目等。

③ 数量。是衡量合同标的多少的尺度，以数字和计量单位表示。施工合同的数量主要体现的是工程量的大小。

④ 质量。合同对质量标准的约定应当准确而具体。由于建设工程中的质量标准大多是强制性标准，当事人的约定不能低于这些强制性的标准。

⑤ 价款或者报酬。价款或者报酬是当事人一方交付标的，另一方支付货币。合同中应写明结算和支付方法。

⑥ 履行的期限、地点、方式。履行的期限是当事人各方依据合同规定全面完成各自义务的时间。履行的地点是当事人交付标的和支付价款或酬金的地点，施工合同的履行地点是工程所在地。履行的方式是当事人完成合同规定义务的具体方法。

⑦ 违约责任。合同的违约责任是指合同的当事人一方不履行合同义务或者履行合同义务不符合约定时所应当承担的民事责任。

⑧ 解决争议的方法。在合同履行过程中不可避免地会发生争议，为使争议发生后能够有一个双方都能接受的解决方法，应在合同中对此做出规定。解决争议的方法有和解、调解、仲裁、诉讼。

1.6.1.3 合同的效力

合同生效应具备的条件是当事人具有相应的民事权利能力和民事行为能力；意思表示真实；不违反法律或者社会公众利益。

1.6.1.4 合同的履行

合同的履行是指合同依法成立后，当事人双方依据合同条款的规定实现各自享有的权利，并承担各自负有的义务，使各方的目的得以全面实现的行为。

合同的履行是合同的核心内容，是当事人实现合同目的的必然要求。虽然建设工程合同的履行是发包人支付报酬和承包人交付成果的行为，但是其履行并不单指最后交付行为，而是一系列行为及其结果的总和。也就是说，建设工程合同的履行是当事人全面地、适当地完成合同义务，使当事人实现其合同权利的给付行为和给付结果的统一。

合同履行是一个过程。合同履行的这一特征的意义是：一方面，它能使当事人自合同成立、生效之时起，就关注自己和对方履行合同义务的情况，确保合同义务得到全面、正确的履行；另一方面，它能使当事人尽早发现对方不能履行或不能完全履行合同义务的情况，以便采取相应的补救措施，避免使自己陷入被动和不利，防止损失的发生和扩大。

合同履行是建设工程合同法律效力的主要内容，而且是核心的内容。合同的成立是合同履行的前提，合同的法律效力既含有合同履行之意，也是合同履行的依据和动力所在。

1.6.1.5　合同的变更和转让

(1) 合同变更的含义与特点　合同的变更是指合同成立以后，尚未履行或尚未完全履行以前，当事人就合同的内容达成的修改和补充协议。工程合同变更有以下特点。

① 合同的变更是业主和承包者双方协商一致，并在原合同的基础上达成的新协议。合同的任何内容都是经过双方协商达成的，因此，变更合同的内容须经过双方协商同意。任何一方未经过对方同意，无正当理由擅自变更合同内容，不仅不能对合同的另一方产生约束力，反而将构成违约行为。

② 合同内容的变更，是指合同关系的局部变更，也就是说，合同变更只是对原合同关系的内容做某些修改和补充，而不是对合同内容的全部变更，也不包括主体的变更。合同主体的变更属于广义的合同变更。

③ 合同的变更也会产生新的债权债务内容，变更的方式有补充和修改两种方式。补充是在原合同的基础上增加新的内容，从而产生新的债权债务关系。修改是对原合同的条款进行变更，抛弃原来的条款，更换成新的内容。无论修改或补充，其中未变更的合同内容仍继续有效。所以，合同的变更是使原合同关系相对地消灭。

当事人变更合同，有时是一方提出，有时是双方提出，有时是根据法律规定变更，有时是由于客观条件变化而不得不变更，无论何种原因变更，变更的内容应当是双方协商一致的结果。

(2) 合同转让的含义与特点　合同的转让是指合同的当事人依法将合同的权利和义务全部地或部分地转让给第三人。承包者对工程建设合同的转让一般称为转包。合同的转让具有以下特点。

① 合同的转让并不改变原合同的权利义务内容。一方面，合同的转让是对合法有效的合同权利或义务的转让。如果合同无效或被撤销，或者已经被解除，则不发生转让行为。另一方面，合同转让并不引起原合同内容的变化。合同转让旨在使原合同的权利义务全部或部分地从一方当事人转移给第三人，因此，受让的权利和义务既不会超出原权利义务的范围，也不会从实质上更改原合同的权利义务内容。

② 合同的转让引起合同主体的变化。合同的转让通常将导致第三人代替原合同当事人一方而成为合同当事人，或者由第三人加入到合同关系之中成为合同当事人。合同的转让并非在于保持原合同关系继续有效，而是通过转让终止原合同，产生新的合同关系。正是从这个意义上说，合同的转让与一般合同变更在性质上是不同的。

③ 合同的转让通常涉及原合同当事人双方以及受让的第三人。合同的转让通常要涉及两种不同的法律关系，即原合同当事人双方之间的关系、转让人与受让人之间的关系。因此，合同的转让涉及原合同当事人双方以及受让的第三人。

(3) 工程合同的转让与分包的区别　合同的转让与合同中的分包是不同的。《合同法》第 272 条规定总承包人或者勘察、设计、施工承包人经发包人同意，可以将自己承包的部分工作交由第三人完成，称之为分包。两者的区别如下。

① 合同经合法转让后，原合同中的转让人即退出原合同关系，受让人与原合同中转让人的对方当事人成为新的合同关系主体。而分包合同中，分包人与承包者之间的分包合同关系对原合同并无影响，分包人并不是原合同的主体，与原合同中的发包人并无合同关系。

② 合同转让后，受让人成为合同的主体，承担原合同的权利、义务。而分包合同中，分包人取得原合同中承包人的工作义务，它的请求报酬权利只能向承包者主张而不能向原合同中的发包人主张。

1.6.1.6 合同的担保

（1）合同的担保概念 担保是当事人根据法律规定或双方约定，为使债务人履行债务实现债权人的权利的法律制度。

（2）担保的方式 担保的方式有保证、抵押、质押、留置、定金。保证是保证人和债权人约定，当债务人不履行债务时，保证人按照约定履行债务或者承担责任的行为。

在建设工程中，保证是最常用的一种担保方式，建设工程的保证人往往是银行（保函），也可以是担保公司（保证书）。如施工投标保证、施工合同的履约保证、施工预付款保证。

1.6.1.7 承担违约责任的方式

承担违约责任的方式如下。

（1）继续履行 继续履行是指合同当事人一方在不履行合同时，另一方有权要求法院强制违约方按合同规定的标的履行义务，并不得以支付违约金或赔偿金的方式代替履行。

（2）采取补救措施。

（3）支付违约金 违约金是指合同当事人违约后，按照当事人约定或法律规定向对方当事人支付的一定数量的货币。支付违约金是合同法普遍采纳的一种责任形式。违约金是预先规定的，即基于法律规定或双方约定而产生，不论违约当事人一方的违约行为是否已给对方当事人造成经济损失，只要有违约事实且无法约定免责事由，就要按照法律规定或合同约定向对方支付违约金。

（4）支付赔偿金 赔偿金是指在合同当事人不履行合同或履行合同不符合约定，给对方当事人造成损失时，依照约定或法律规定应当承担的、向对方支付一定数量的货币。

（5）定金罚则。

1.6.2 建设工程项目施工合同

1.6.2.1 建设工程项目中的主要合同关系

建设工程项目是一个大的社会生产过程，参与单位形成了多种经济关系，而合同就是维系这些关系的纽带。在复杂的合同网络中，建设单位和施工单位是两个主要的节点。

（1）建设单位的主要合同关系 建设单位是建设工程项目的所有者，为实现工程项目的目标，它必须与有关单位签订合同。建设工程项目建设单位的主要合同关系如图1.4所示。

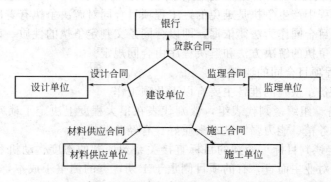

图1.4 建设工程项目中建设单位的主要合同关系

（2）施工单位的主要合同关系 施工单位是建设工程项目施工的具体实施者，它有着复杂的合同关系，其主要合同关系如图1.5所示。

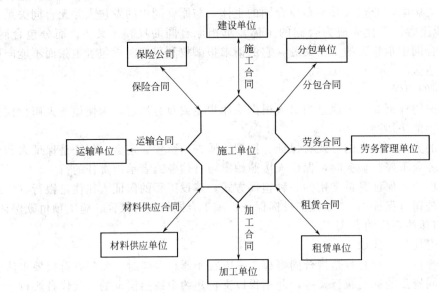

图1.5 建设工程项目施工单位主要合同关系

1.6.2.2 建设工程合同的作用

① 合同确定了工程项目施工和管理的主要目标，是合同双方在工程项目中各种经济活动的依据。

工程项目合同在实施前签订，确定了工程项目所要达到的进度、质量、成本方面的目标以及与目标相关的所有主要细节问题。

② 合同规定了双方的经济关系。工程项目合同一经签订，合同双方就结成一定的经济关系。合同规定了双方在合同实施过程中的经济责任、权利和义务。

③ 工程项目合同是工程项目中双方的最高行为准则。工程项目实施过程中的一切活动都是为了履行合同，双方的行为都要靠合同来约束。如果任何一方不能认真履行自己的责任和义务甚至撕毁合同，则必须接受经济的甚至是法律的处罚。

④ 工程项目合同将工程项目的所有参与者联系起来，协调并统一其行为。合同管理必须协调和处理工程项目各参与单位的关系，使相关的各合同和合同规定的各工程活动之间不产生矛盾，在内容、技术、组织和时间上协调一致，形成一个完整周密、有序的体系，保证了工程项目有秩序、按计划地实施。

⑤ 工程项目合同是工程项目进展过程中解决争执的依据。由于双方经济利益的不一致，在工程项目实施过程中产生争执是难免的，工程项目合同对解决争执有着决定性的作用。争执的判定以工程项目合同作为法律依据，即以合同条文判定争执的性质、谁对争执负责、负什么样的责任等。争执的解决方法和解决程序由合同规定。

1.6.2.3 建设工程项目合同的谈判

（1）谈判的准备 谈判的准备主要有以下几项工作。

① 谈判的准备 组织谈判代表组，谈判代表在很大程度上决定了谈判的成功与否。谈判代表必须具备业务精、能力强、基本素质好、有经验等优势。

② 分析和确定谈判目标 谈判的目标直接关系到谈判的态度、动机和诚意，也明确了谈判的基本立场。对业主而言，有的项目侧重于工期，有的侧重于成本，有的侧重于质量。不同的侧重点使业主的立场不同。对承包商来说，也有不同的侧重点，不同的目的也会使其

在谈判中的立场有所不同。

③ 分清与摸清对方情况　谈判要做到"知己知彼"，才能"百战百胜"。因此，在谈判之前应当摸清对方谈判的目标和人员情况，找出关键人物和关键问题。

④ 估计谈判与签约结果　准备有关的文件和资料，包括合同稿、自己所需的资料和对方将要索取的资料。

⑤ 准备好会谈议程　会谈议程一般分为初步交换意见、技术性谈判、商务性谈判和文件拟定四个阶段。

(2) 合同谈判的内容　明确工程范围；确定质量标准以及所要遵循的技术规范和验收要求；工程价款支付方式和预付款的分期比例；总工期、开竣工日期和施工进度计划；明确工程变更的允许范围和变更责任；差价处理；双方的权利和义务；违约责任与赔偿等。

1.6.2.4　工程项目合同的订立与无效合同

工程项目合同的订立是指两个以上的当事人，依法就工程项目合同的主要条款经过协商达成协议的法律行为。

(1) 签订工程项目合同的双方应具备的资格　具有法人资格；法人的活动不能超越其职责范围或业务范围；合同必须由法定代表人或法定代表人授权委托的承办人签订；委托代理人要有合法手续。

(2) 无效工程合同　无效工程合同是指合同双方当事人虽然协商签订，但因违反法律规定，从签订的时候就没有法律效力，国家不予承认和保护的工程合同。无效合同的种类有违反法律和国家政策、计划的合同；采用欺诈、胁迫等手段签订的合同；违反法律要求的合同；违反国家利益和社会公共利益的合同。

1.6.2.5　建设工程项目合同类型

建设工程合同可以按多种方式进行分类。

(1) 按签约各方的关系划分　可分为总包合同、分包合同、联合承包合同。

(2) 按合同标的性质划分　可分为可行性研究合同、勘察合同、设计合同、施工合同、监理合同、材料设备供应合同、劳务合同等。合同法将勘察合同、设计合同、施工合同三种合同称为建设工程合同。

(3) 按计价方法划分　可分成固定价格合同、可变价格合同及成本加酬金合同。

① 固定价格合同。固定价格合同是指在约定的风险范围内价款不再调整的合同。这种合同的价款并不是绝对不可调整，而是在约定范围内的风险由承包者承担。双方一般要约定合同价款包括的风险费用和承担的风险范围，以及风险范围以外的合同价款的调整方法。固定价格合同又可进一步分为固定总价合同和固定单价合同。

固定总价合同就是按商定的总价承包项目，它的特点是明确承包内容、价格一笔包死。适用于规模小、技术不太复杂的项目，这种方式对业主与承包者都是有利的。对业主来说比较简便；对承包者来说，如果计价依据相当详细，能据此比较精确地估算造价，签订合同时考察得比较周全，不致有多大的风险，也是一种比较简便的承包方式。但如果项目规模大、工作周期长、计价依据不够详细、未知数比较多，承包者须承担风险，为此，往往加大不可预见费用，或留有调价的活口，因而不利于降低造价，最终是对业主不利。

固定单价合同是指采用单位计量工作量价格（单价）固定，以预估工作量签订合同，按确定的单价和实际发生的工作量结算价款的合同。在不具备精确地计算工作量的情况下，为了避免使任何一方承担过大的风险，采用固定单价合同是比较适宜的。工程施工合同中，国内外普遍采用的以工程量清单和单价表为计算造价依据的计量估价合同，就是典型的固定单价合同。这类合同的适用范围比较宽，其风险可以得到合理的分摊。这类合同能够成立的关键在于双方对单价和工作量计算方法的确认。在合同履行中需要注意的问题则是双方对实际工作量计量的确认。

② 可变价格合同。可变价格合同，是指合同价格可以调整的合同。合同总价或者单价在合同实施期内，根据合同约定的办法调整。

③ 成本加酬金合同。成本加酬金合同是由发包人向承包人支付项目的实际成本，并按事先约定的某一种方式支付酬金的合同类型。合同价款包括成本和酬金两部分，双方需要约定成本构成和酬金计算方法。

1.6.2.6　建设工程项目施工合同的内容

建设部和国家工商行政管理总局于 1999 年发布了《建设工程施工合同（示范文本）》（GF—1999—0201）（以下简称《示范文本》），适用于施工承包合同。该示范文本由《协议书》、《通用条款》和《专用条款》三部分组成。

（1）《协议书》　是施工合同的总纲领性法律文件，其内容如下。

① 工程概况　工程名称，工程地点，工程内容，工程立项批准文件，资金来源。

② 工程承包范围　承包人承包的工作范围和内容。

③ 合同工期　开工日期，竣工日期，合同工期应填写总日历天数。

④ 质量标准　工程质量必须达到国家标准规定的合格标准，双方也可以约定达到国家标准规定的优良标准。

⑤ 合同价款　合同价款应填写双方确定的合同金额。

⑥ 组成合同的文件　合同文件应能相互解释，互为说明。除专用条款另有约定外，组成合同的文件及优先解释顺序如下：本合同协议书；中标通知书；投标书及其附件；本合同专用条款；本合同通用条款；标准、规范及有关技术文件；图纸；工程量清单；工程报价单或预算书。

⑦ 本协议书中有关词语的含义与本合同第二部分《通用条款》中分别赋予它们的定义相同。

⑧ 承包人向发包人承诺按照合同约定进行施工、竣工并在质量保修期内承担工程质量保修责任。

⑨ 发包人向承包人承诺按照合同约定的期限和方式支付合同价款及其他应当支付的款项。

⑩ 合同的生效。

（2）《通用条款》　通用于一切建筑工程，是规范承发包双方履行合同义务的标准化条款。其内容有：词语定义及合同文件；双方一般权利和义务；施工组织设计和工期；质量与检验；安全施工；合同价款与支付；材料设备供应；工程变更；竣工验收与结算；违约、索赔和争议；其他。

（3）《专用条款》　是反映招标工程具体特点和要求的合同条款，其解释优先于《通用条款》。

1.6.2.7　工程项目合同的履行与变更

工程项目合同的履行是指当事人双方按照工程项目合同条款的规定，全面完成各自义务的活动。工程项目合同履行的关键在于工程项目变更的处理。

合同的变更是由于设计变更、实施方案变更、发生意外风险等原因而引起的甲乙双方责任、权利、义务的变化在合同条款上的反映。适当而及时的变更可以弥补初期合同条款的不足，但过于频繁或失去控制的合同变更会给项目带来重大损失甚至导致项目失败。

（1）合同变更的类型　合同变更的类型主要有以下几种。

① 正常和必要的合同变更　工程项目甲乙双方根据项目目标的需要，对必要的设计变

更或项目工作范围调整等引起的变化，经过充分协商对原订合同条款进行适当的修改或补充新的条款。这种有益的项目变化引起的原合同条款的变更是为了保证工程项目的正常实施，是有利于实现项目目标的积极变更。

② 失控的合同变更　如果合同变更过于频繁，或未经甲乙双方协商同意的变更，往往会导致项目受损或使项目执行产生困难。这种项目变化引起的原合同条款的变更不利于工程项目的正常实施。

（2）合同变更的内容范围

① 工作项目的变化　由于设计失误、变更等原因增加的工程任务应在原合同范围内，并应有利于工程项目的完成。

② 材料的变化　为便于施工和供货，有关材料方面的变化一般由施工单位提出要求，通过现场管理机构审核，在不影响项目质量、不增加成本的条件下，双方用变更书加以确认。

③ 施工方案的变化　在工程项目实施过程中，由于设计变更、施工条件改变、工期改变等原因，可能引起原施工方案的改变。如果是由于建设单位原因引起的变更，应该以变更书加以确认，并对施工单位补偿因变更而增加的费用。如果是由于施工单位自身原因引起的施工方案的变化，其增加的费用由施工单位自己承担。

④ 施工条件的变化　由于施工条件变化引起费用的增加和工期延误，应该以变更书加以确认。对不可预见的施工条件的变化，其所引起的额外费用的增加应由建设单位审核后给予补偿，所延误的工期由双方协商共同采取补救措施加以解决。当施工条件变化是可预见的时，应该是谁的原因谁负责。

⑤ 国家立法的变化　当由于国家立法发生变化导致工程成本增减时，建设单位应该根据具体情况进行补偿和收取。

1.6.2.8　工程项目合同纠纷的处理

对于工程项目合同纠纷的处理，通常有协商、调解、仲裁和诉讼四种方式。

（1）协商　协商解决是指合同当事人在自愿互谅的基础上，按照法律和行政的规定，通过摆事实、讲道理解决纠纷的一种方法。自愿、平等、合法是协商解决的基本原则，这是解决合同纠纷最简单的一种方式。

（2）调解　调解是在第三者主持下，通过劝说引导，在互谅互让的基础上达成协议，从而解决争端的一种方式。

（3）仲裁　当合同双方的争端经过双方协商和中间人调解等办法仍得不到解决时，可以提请仲裁机构进行仲裁，由仲裁机构做出具有法律约束力的裁决行为。

（4）诉讼　凡是合同中没有订立仲裁条款，事后也没有达成书面仲裁协议的，当事人可以向法庭提起诉讼，由法院根据有关法律条文做出判决。

1.6.3　建设工程项目的风险管理

1.6.3.1　风险的概念

风险就是在给定情况下和特定时间内，可能发生的结果与预期目标之间的差异。风险要具备两方面条件：一是不确定性；二是产生损失性后果。与风险有关的概念如下。

① 风险因素是指能产生或增加损失概率和损失程度的条件或因素，可分为自然风险因素、道德风险因素、心理风险因素。

② 风险事件是造成损失的偶发事件，是造成损失的外在原因或直接原因。

③ 损失是指经济价值的减少，有直接损失和间接损失。

风险因素、风险事件、损失与风险之间的关系为：风险因素→风险事件→损失→风险。

1.6.3.2 风险的分类

① 按风险的后果，可将风险分为纯风险和投机风险。纯风险是指会造成损失而不会带来收益的风险。投机风险则是可能造成损失也可能创造额外收益的风险。

② 按风险产生的原因，可将风险分为政治风险、社会风险、经济风险、自然风险、技术风险等。

1.6.3.3 建设工程项目风险与风险管理

（1）建设工程项目风险的特点

① 建设工程项目风险大，这是由建设工程项目本身的固有特性决定的。

② 参与工程建设各方均有风险，但风险有大有小。

（2）风险管理的概念 风险管理是为了达到一个组织的既定目标，而对组织所承担的各种风险进行管理的系统过程，其采取的方法应符合公众利益、人身安全、环境保护及有关法规的要求。风险管理过程一般包括下列几个阶段：风险辨识，分析存在哪些风险；风险分析，衡量各种风险的风险量；风险对策决策，制定风险控制方案，以降低风险量；风险防范，采取各种处理方法，消除或降低风险。这几个阶段综合构成了一个有机的风险管理系统，其主要目的就是帮助参与项目的各方承担相应的风险。

（3）风险管理的任务 合同风险管理的主要任务有：

① 在招标投标过程中和合同签订前对风险做全面分析和预测。

② 对风险进行有效预防。

③ 在合同实施中对可能发生或已经发生的风险进行有效控制。

（4）风险分析的主要内容 风险分析是风险管理系统中的一个不可分割的部分，其实质就是找出所有可能的选择方案，并分析任一决策所可能产生的各种结果。即可以使我们深入了解如果项目没有按照计划实施会发生何种情况。因此，风险分析必须包括风险发生的可能性和产生后果的大小两个方面。

客观条件的变化是风险的重要成因。虽然客观状态不以人的意志为转移，但是人们可以认识和掌握其变化的规律性，对相关的因素做出科学的估计和预测，这是风险分析的重要内容。

风险分析的目标可分为损失发生前的目标和损失发生后的目标。

① 损失发生前的目标 通过风险分析，可以找到科学、合理的方法降低各项费用，减少损失，以获得最大的投资或承包安全保障；通过风险分析，可以使人们尤其是管理人员了解风险发生的概率及后果大小，从而做到有备无患，增强成功的信心；对整个社会而言，单个组织或个人发生损失，也使社会蒙受损失，而风险分析则可以预防此种情况发生，从而达到应尽的社会责任。

② 损失发生后的目标 完善的风险分析会产生有效的风险防范对策与措施，有助于组织摆脱困境，重获生机；损失发生后的组织通过风险分析，使损失的资金重新回流，损失得到补偿，从而维持组织收益的稳定性，使组织继续发展。

合同风险分析主要依靠如下几方面因素：要精确地分析风险必须做详细的环境调查，占有第一手资料；对文件分析的全面程度、详细程度和正确性，当然同时又依赖于文件的完备程度；对对方意图了解的深度和准确性；对引起风险的各种因素的合理预测及预测的准确性。

在分析和评价风险时，最重要的是坚持实事求是的态度，切忌偏颇之见。遇到风险并不惊慌也不可怕，关键是能否在充分调查研究的基础上做出正确的分析和评价，从而找到避开和转移风险的措施和办法。

（5）风险的防范 风险防范的措施如下。

① 风险回避　通常风险回避与签约前的谈判有关，也可应用于项目实施过程中所做的决策。对于现实风险或致命风险多采取这种方式。

② 风险降低　称风险缓和，常采用三种措施：一是通过教育培训提高员工素质；二是对人员和财产提供保护措施；三是使项目实施时保持一致的系统。

③ 风险转移　就是将风险因素转移给第三方，例如保险转移。

④ 风险自留　一些造成损失小、重复性高的风险适合自留，并不是所有风险都可转移，或者说将某些风险转移是不经济的，在某些情况下，自留一部分风险也是合理的。

1.6.4　施工索赔

1.6.4.1　施工索赔概述

（1）索赔的概念　索赔是指在合同的实施过程中，合同一方因对方不履行或未能正确履行合同规定的义务或未能保证承诺的合同条件实现而遭受损失后，向对方提出的补偿要求。

（2）建设工程索赔的起因

① 发包人违约　包括发包人和工程师没有履行合同责任，没有正确地行使合同赋予的权力，工程管理失误，不按合同支付工程款等。

② 合同错误　如合同条文不全、错误、矛盾、有二义性，设计图纸、技术规范错误等。

③ 合同变更　如双方签订新的变更协议、备忘录、修正案，发包人下达工程变更指令等。

④ 工程环境变化　包括法律、市场物价、货币兑换率、自然条件的变化等。

⑤ 不可抗力因素　如恶劣的气候条件、地震、洪水、战争状态、禁运等。

1.6.4.2　索赔的分类

由于索赔贯穿工程项目全过程，发生范围比较广泛。一般有以下几种分类方法。

（1）按索赔当事人分类

① 承包人与发包人之间的索赔　其内容是有关工程量计算、变更、工期、质量、价格方面的争议，也有中断或中止合同等其他行为的索赔。

② 承包人与分包人之间的索赔　其内容与上一种相似，但大多数是分包人向总包人索要付款和赔偿、承包人向分包人罚款或扣留支付款。

③ 承包人与供货人之间的索赔　其内容多为产品质量、数量、交货时间、运输损坏等原因。

④ 承包人与保险人之间的索赔　此类索赔多为承包人受到灾害、事故等。

（2）按索赔事件的影响分类

① 工期拖延索赔　由于发包人未能按合同规定提供施工条件，如未及时交付设计图纸、技术资料、场地、道路等；或非承包人原因发包人指令停止工程实施；或其他不可抗力等原因，造成工程中断或工程进度放慢，使工期拖延，承包人对此提出索赔。

② 不可预见外部障碍或条件索赔　如果在施工期间，承包人在现场遇到一个有经验的承包人通常不能预见到的外界障碍或条件，例如出现不能预见到的岩石、淤泥或地下水等。

③ 工程变更索赔　由于发包人或工程师指令修改设计、增加或减少工程量、增加或删除部分工程、修改实施计划、变更施工次序，造成工期延长和费用损失，承包人对此提出索赔。

④ 工程中止索赔　由于某种原因，如不可抗力因素影响、发包人违约，使工程被迫在竣工前停止实施，并不再继续进行，使承包人蒙受经济损失，因此提出索赔。

⑤ 其他索赔　如货币贬值、汇率变化、物价和工资上涨、政策法令变化、发包人推迟

支付工程款等原因引起的索赔。

（3）按索赔要求分类

① 工期索赔 即要求发包人延长工期、推迟竣工日期。

② 费用索赔 即要求发包人补偿费用损失、调整合同价格。

（4）按索赔所依据的理由分类

① 合同内索赔 即索赔以合同条文作为依据，发生了合同规定给承包人以补偿的干扰事件，承包人根据合同规定提出索赔要求，这是最常见的索赔。

② 合同外索赔 指工程实施过程中发生的干扰事件的性质已经超过合同范围，在合同中找不出具体的依据，一般必须根据适用于合同关系的法律解决索赔问题。

③ 道义索赔 指由于承包人失误，如报价失误、环境调查失误等或发生承包人应负责的风险而造成承包人重大的损失。

（5）按索赔的处理方式分类

① 单项索赔 单项索赔是针对某一干扰事件提出的。索赔的处理是在合同实施过程中，干扰事件发生时或发生后立即进行，它由合同管理人员处理，并在合同规定的索赔有效期内向发包人提交索赔意向书和索赔报告。

② 总索赔 又叫一揽子索赔或综合索赔，这是在工程中经常采用的索赔处理和解决方法。一般在工程竣工前，承包人将施工过程中未解决的单项索赔集中起来，提出一份总索赔报告。合同双方在工程交付前进行最终谈判，以一揽子方案解决索赔问题。

1.6.4.3 建设工程索赔成立的条件

（1）索赔成立的条件 与合同对照，事件已造成了承包人工程项目成本的额外支出或直接工期损失，造成费用增加或工期损失的原因，按合同约定不属于承包人的行为责任或风险责任；承包人按合同规定程序提交索赔意向通知和索赔报告。

（2）施工项目索赔应具备的理由 发包人违反合同，给承包人造成时间、费用的损失；因工程变更（含设计变更、发包人提出的工程变更、监理工程师提出的工程变更以及承包人提出并经监理工程师批准的变更）造成的时间、费用损失；由于监理工程师对合同文件的歧义解释、技术资料不确切，或由于不可抗力导致施工条件的改变，造成了时间、费用的增加；发包人提出提前完成项目或缩短工期而造成承包人的费用增加；发包人延误支付期限造成承包人的损失；对合同规定以外的项目进行检验，且检验合格或非承包人的原因导致项目缺陷的修复所发生的损失或费用；非承包人的原因导致工程暂时停工；物价上涨、法规变化及其他。

1.6.4.4 常见的建设工程索赔

（1）因合同文件引起的索赔 有关合同文件的组成问题引起索赔；关于合同文件的有效性引起的索赔；因图纸或工程量表中的错误而索赔。

（2）有关工程施工的索赔 地质条件变化引起的索赔；工程中人为障碍引起的索赔；增减工程量的索赔；各种额外的试验和检查费用偿付；工程质量要求的变更引起的索赔；关于变更命令有效期引起索赔或拒绝；指定分包商违约或延误造成的索赔；其他有关施工的索赔。

（3）关于价款方面的索赔 关于价格调整方面的索赔；关于货币贬值和严重经济失调导致的索赔；拖延支付工程款的索赔。

（4）关于工期的索赔 关于延长工期的索赔；由于延误产生损失的索赔；赶工费用的索赔。

（5）特殊风险和人力不可抗拒灾害 特殊风险一般是指战争、敌对行动、入侵、核污染及冲击波破坏、叛乱、革命、暴动、军事政变或篡权、内战等；人力不可抗拒灾害主要指自然灾害。

（6）工程暂停、中止合同的索赔　施工过程中，工程师有权下令暂停工程或任何部分工程，只要这种暂停命令并非承包人违约或其他意外风险造成的，承包人不仅可以得到一切工期延展的权利，而且可以就其停工损失获得合理的额外费用补偿。中止合同和暂停工程的意义是不同的。有些中止的合同是由于意外风险造成的损害十分严重，另一种中止合同是由"错误"引起的中止，例如发包人认为承包人不能履约而中止合同。

（7）财务费用补偿的索赔　是指因各种原因使承包人财务开支增大而导致的贷款利息等财务费用。

1.6.4.5　建设工程索赔的依据

（1）合同文件　合同文件是索赔的最主要依据。

（2）订立合同所依据的法律法规和规范标准。

（3）相关证据　证据是指能证明案件事实的一切材料。工程索赔中的证据有：招标文件，合同文本及附件，其他的各种签约（备忘录、修正案等），发包人认可的工程实施计划，各种工程图纸（包括图纸修改指令）、技术规范等；来往信件，如发包人的变更指令、各种通知、对承包人问题的答复信等；各种会谈纪要；施工进度计划和实际施工进度；施工现场的工程文件；工程照片；气候报告；工程中的各种检查验收报告和各种技术鉴定报告；工地的交接记录，图纸和各种资料交接记录；建筑材料和设备的采购、订货、运输、进场、使用方面的记录、凭证和报表等；市场行情资料，包括市场价格、官方的物价指数、工资指数、中央银行的外汇比率等材料；各种会计核算资料；国家法律、法令、政策文件。

1.6.4.6　建设工程索赔的程序

（1）提出索赔要求　当出现索赔事项时，承包人以书面的索赔通知书形式在索赔事项发生后的 28 天以内，向工程师正式提出索赔意向通知。

（2）报送索赔资料　在索赔通知书发出后的 28 天内，向工程师提出延长工期和（或）补偿经济损失的索赔报告及有关资料。

（3）工程师答复　工程师在收到承包人送交的索赔报告有关资料后，于 28 天内给予答复，或要求承包人进一步补充索赔理由和证据。

（4）工程师逾期答复后果　工程师在收到承包人送交的索赔报告的有关资料后 28 天未予答复或未对承包人做进一步要求，视为该项索赔已经认可。

（5）持续索赔　当索赔事件持续进行时，承包人应当阶段性向工程师发出索赔意向通知，在索赔事件终了后 28 天内，向工程师送交索赔的有关资料和最终索赔报告，工程师应在 28 天内给予答复或要求承包人进一步补充索赔理由和证据。逾期未答复，视为该项索赔成立。

（6）索赔的解决　对索赔的解决方法一般采用谈判、调解，当承包人和发包人不能接受，即进入仲裁、诉讼程序。

1.6.4.7　索赔文件的编制方法

（1）总述部分　概要论述索赔事项发生的日期和过程，承包人为该索赔事项付出的努力和附加开支，承包人的具体索赔要求。

（2）论证部分　论证部分是索赔报告的关键部分，其目的是说明自己有索赔权，是索赔能否成立的关键。

（3）索赔款项（或工期）计算部分　如果说合同论证部分的任务是解决索赔权能否成立，则款项计算是为解决多少款项，前者定性，后者定量。

（4）证据部分　要注意引用的每个证据的效力或可信程度，对重要的证据资料最好附以文字说明，或附以确认件。

复习思考题

一、名词解释

1. 索赔
2. 违约责任
3. 合同
4. 保证
5. 招投标
6. 不平衡报价法
7. 招标控制价

二、填空

1. 《建设工程施工合同（示范文本）》（GF—1999—0201）包括_____、_____、_____。
2. 承担违约责任的方式有_____、_____、_____、_____。
3. 评标方法有_____和_____两种。
4. 评标委员会由招标人代表，有关技术、经济等方面的专家组成，成员人数为_____人以上单数，其中技术、经济等方面的专家不得少于成员总数的_____。
5. 《招标投标法》规定，招标人采用邀请招标方式的，应当向_____个以上具备承担招标项目的能力、资信良好的特定的法人或者其他组织发出投标邀请书。

三、简答

1. 建设工程项目施工招标条件有哪些？
2. 建设工程项目施工招标程序是什么？
3. 按优先顺序写出组成合同的文件。
4. 简述报价技巧。

2 定额与概预算

2.1 概述

生产任何一种合格产品都必须消耗一定数量的人工、材料、机械台班及其他资源。

在一定条件下，生产与消耗之间必然存在合理的数量关系，定额即反映生产与消耗之间的数量关系。

定额是一个综合概念，可依不同的分类标准划分，本章主要介绍建设工程定额。

2.1.1 建设工程定额

建设工程定额是专门为建设生产而制定的一种定额，是生产建设产品消耗资源限额的规定。

建设工程定额是指在正常施工条件下，在合理的劳动组织、合理地使用材料和机械的条件下，完成建设工程单位合格产品所必须消耗的各种资源的数量标准。

2.1.2 定额的分类

建设工程定额可按照生产要素、编制程序和用途、投资的费用性质、主编单位和执行范围的不同进行分类。

2.1.2.1 按定额反映的生产要素分类

（1）人工消耗定额 人工消耗定额指完成一定合格产品规定人工消耗的数量标准。

（2）机械消耗定额 机械消耗定额是指完成一定合格产品（工程实体或劳务）所规定的施工机械消耗的数量标准。

（3）材料消耗定额 材料消耗定额是指完成一定合格产品所需消耗材料的数量标准。材料是工程建设中使用的原材料、成品、半成品、构配件、燃料以及水、电等资源的统称。

2.1.2.2 按定额的编制程序和用途分类

（1）施工定额 施工定额是施工企业（建筑安装企业）组织生产和加强管理在企业内部使用的一种定额。

施工定额属于企业生产定额性质，是工程建设定额中分项最细、定额子目最多的一种定额，也是工程建设定额中的基础性定额。

施工定额是施工企业组织生产、编制施工计划、签发施工任务书、考核工效、评定奖励、计件工资及进行经济核算等方面的依据，也是预算定额的编制基础。

（2）预算定额 是在编制施工图预算时，计算工程造价及其劳动、材料、机械台班需要量的一种定额。

预算定额是一种计价性质的定额，从编制程序上看，它既以施工定额为编制基础，又是概算定额和概算指标的编制基础。

（3）概算定额 概算定额是编制扩大初步设计概算时，计算和确定工程造价，计算劳动、材料、机械台班需要量所使用的定额。概算定额是一种计价性质的定额，比预算定额更加综合扩大。

（4）概算指标　概算指标是概算定额的扩大与合并，它是以整个建筑物或构筑物为对象，按更为扩大的单位编制的，是一种计价定额。

（5）投资估算指标　是在项目建议书、可行性研究和设计任务书阶段编制投资估算、计算投资需要量时使用的一种定额。通常以单项工程或完整的工程项目为计算对象，项目划分粗细与可行性研究阶段相适应。其主要作用是为项目决策和投资控制提供依据。

2.1.2.3　按投资的费用性质分类

（1）建筑工程定额　指建筑工程施工定额、建筑工程预算定额、建筑工程概算定额和建筑工程概算指标的统称。

（2）设备安装工程定额　指安装工程施工定额、安装工程预算定额、安装工程概算定额和安装工程概算指标的统称。

（3）建筑安装工程费用定额　指确定建筑安装工程其他费用时使用的定额，如企业管理费、利润及税金计算时使用的费用定额，其特点是采用计算基数和费率的形式确定各项费用。

（4）工器具定额　是为新建或扩建项目投产运转首次配置的工、器具数量及费用的标准。

（5）工程建设其他费用定额　是独立于建筑安装工程、设备和工器具购置之外的其他费用开支的标准。

工程建设其他费用主要包括土地征购费、拆迁安置费、建设单位管理费等。

2.1.2.4　按主编单位和执行范围分类

（1）全国统一定额　是由国家建设行政主管部门综合全国工程建设中技术和施工组织管理的情况编制，并在全国范围内统一执行的定额。

（2）行业统一定额　是根据各行业部门的专业工程技术特点以及施工生产和管理水平编制的，由国务院行业主管部门发布，一般只在本行业部门内或相同专业性质的范围内使用。

（3）地区统一定额　指各省、自治区、直辖市编制颁发的定额，是主要考虑地区特点并对全国统一定额水平做适当调整补充编制的。

（4）企业定额　也称施工定额，是指由施工企业根据自身情况，参照国家、部门或地区定额的水平制定的定额，仅在企业内部使用。

（5）补充定额　是指随着设计、施工技术的发展，在现行定额不能满足需要的情况下，为了补充缺项所编制的定额，有地区补充定额和一次性补充定额两种。其只能在指定的范围内使用，也可以作为以后修订定额的依据。

本章主要以建筑工程定额为主，介绍定额的基本知识。

2.1.3　施工过程

2.1.3.1　施工过程

施工过程是工程建设的生产过程。施工过程由三个要素组成：劳动者、劳动对象和劳动工具。

① 施工过程由不同工种、不同技术等级的建筑安装工人完成。

② 施工过程必须有一定的劳动对象，如建筑材料、半成品、成品、构配件。

③ 施工过程必须有一定的劳动工具，如手动工具、小型机具和机械设备等。

2.1.3.2　施工过程的分类

对施工过程的研究，首先是对施工过程进行分类，其目的是通过对施工过程的组成部分进行分解，并按不同的完成方法、劳动分工、组织复杂程度来区别和认识施工过程的性质和包含的全部内容。

① 按施工过程劳动分工的特点不同，可以分为个人完成的过程、施工班级完成的过程

和施工队完成的过程。

② 按施工过程的完成方法不同，可以分为手工操作过程（手动过程）、机械化操作过程（机动过程）和机手并动过程（半机械化过程）。

③ 按施工过程组织的复杂程度，可分为工序、工作过程和综合工作过程，如图 2.1 所示，工序又可进一步分解为操作、动作。

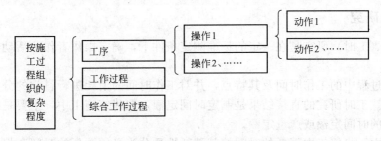

图 2.1　按施工过程组织的复杂程度分类

a. 工序。工序是组织上不可分割的，在操作过程中技术上属于同类的施工过程。工序的主要特征是工人班组、工作地点、施工工具和材料均不发生变化（地点及人、材、机不变）。上述中任何一个因素的变化，就意味着从一个工序转入另一个工序。在工艺方面工序是最简单的操作过程，但从劳动过程方面工序又可进一步分解为操作和动作。施工操作是一个施工动作接一个施工动作的结合；施工动作是施工工序中最小的可以测算的部分。如钢筋工程这一施工过程可分为钢筋调直、钢筋切断、钢筋弯曲、钢筋绑扎等工序。其中"钢筋切断"这一个工序又可以分解为以下操作：到钢筋堆放处取钢筋、把钢筋放到作业台上、操作钢筋切断机、取下剪好的钢筋、送至指定的堆放地点。其中"到钢筋堆放处取钢筋"这个操作，可分解为以下动作：走到钢筋堆放处、弯腰、抓取钢筋、直腰、回到作业台。钢筋工程施工过程分解如图 2.2 所示。

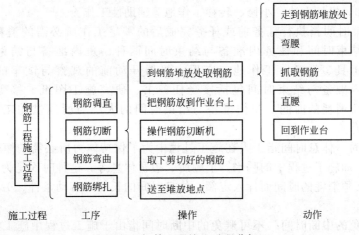

图 2.2　钢筋工程施工过程分解

工序可以由一个人完成，也可以由班级或施工队的数名工人协作完成；可以由手动完成，也可以由机械完成。在机械化的施工工序中，又可以包括由工人自己完成的各项操作和由机器完成的工作两部分。在用观察法（常指计时观察法）来制定劳动定额时，工序是主要的研究对象。

b. 工作过程。工作过程是由同一工人或同一工人班组所完成的在技术操作上相互有机联系的工序的总和。其特点是人员编制不变、工作地点不变，而材料和工具则可以变换。如砌墙这一工作过程由调制砂浆、运砖、砌墙等工序组成。

c. 综合工作过程。综合工作过程是指由几个在工艺上、操作上直接相关，为最终完成同一产品而同时进行的几个工作过程的综合。如钢筋混凝土构件的综合施工过程由浇捣工程、钢筋工程、混凝土工程等工作过程组成。

④ 按施工过程是否循环分类，可分为循环施工过程和非循环施工过程。

2.1.4　工时研究

工作时间（工时）研究是在一定的标准测定条件下，确定操作者作业活动所需时间总量的一套方法。

研究施工过程中的工作时间及其特点，并对工作时间的消耗进行科学的分类，是制定定额的基本内容。工时研究的直接结果是制定时间定额，在建筑施工中，主要是确定劳动定额或施工定额中的时间定额或产量定额。

工时研究中，将施工中消耗的时间按其消耗性质分为必须消耗的时间和损失时间。必须消耗的时间计入定额，损失的时间不计入定额。

2.1.4.1　工人工作时间的分类

（1）必须消耗的时间　必须消耗的时间（定额时间）包括有效工作时间、休息时间、不可避免的中断时间。

① 有效工作时间　指与产品生产直接有关的时间消耗，包括基本工作时间、辅助工作时间、准备与结束时间。

基本工作时间指工人完成一定产品的施工工艺过程所必须消耗的时间。通过基本工作，使劳动对象发生变化：使材料改变外形，如钢筋弯曲加工；改变材料的结构与性质，如混凝土制备；改变产品的外观，如粉刷、油漆等。基本工作时间的大小与工作量的多少成正比。

辅助工作时间指与施工过程的技术操作没有直接关系的工序，但为了保证基本工作顺利进行而做的辅助性工作所消耗的时间。辅助性工作不直接导致产品的形态、性质、结构或位置的变化，例如，机械上油、小修、转移工作地等辅助性工作。

准备与结束时间指执行任务前或任务完成后的零星工作所必需的消耗时间。一般分为班内准备与结束时间和任务内准备与结束时间两种。班内准备与结束时间包括工人工作班内取用工具、设备，工作地点布置，机器开动前的观察与试车的时间，交接班时间等。任务内准备与结束时间包括接受任务书、研究施工图纸、接受技术交底、验收交工等工作所消耗的时间。班内准备与结束时间的大小与所提供的工作量大小无关，但与工作内容有关。

② 休息时间　休息时间指工人在施工过程中为了保持体力所必需的短暂休息和生理需要的时间消耗。如施工过程中的喝水、上厕所、短暂休息等，这种时间是为了保证工人正常工作，应作为必须消耗的时间而计入定额。休息时间的长短与劳动条件、劳动强度、工作性质有关。

③ 不可避免的中断时间　不可避免的中断时间指由于施工过程中施工特点引起的工作中断所消耗的时间。例如司机等待装、卸所消耗的时间，安装工等待起重机吊装所需的时间等。与施工过程工艺特点有关的中断时间应作为必须消耗的时间计入定额，但应尽量缩短此项时间消耗。与施工工艺特点无关的中断时间是由于施工组织不合理而引起的，属于损失时间，不应作为必需消耗的时间而计入定额。

（2）损失时间（非定额时间）　损失时间指与产品生产无关，而与施工组织和技术上的缺点有关，与工人在施工过程中的个人过失或某些偶然因素有关的时间消耗。包括多余或偶然工作的时间、停工时间、违反劳动纪律的时间。

① 多余、偶然工作的时间　多余工作时间指工人进行了任务以外而又不增加产品数量的工作。如某项施工内容由于质量不合格而重新进行返工。多余工作的时间损失，一般是由于工程技术人员或工人的差错引起的，不是必需消耗的时间，不应计入定额内。

偶然工作的时间指工人在任务外进行的，但能够获得一定产品的工作。如脚手架支设及拆除过程中留下的脚手眼，抹灰工的抹灰操作前必需先进行补孔洞的工作，钢筋工绑扎钢筋前对模板内杂物的清理工作。从偶然工作的性质上看，不属于必需消耗的时间，但由于偶然工作能获得一定的建筑产品，拟定定额时可适当考虑其影响。

② 停工时间　指工作班内停止工作造成的时间损失。按其性质可分为施工本身造成的停工和非施工本身造成的停工两种。

施工本身造成的停工指由于施工组织不合理、材料供应不及时、准备工作不充分、劳动力安排不当等情况引起的停工时间，这类停工时间在拟定时不予考虑。

非施工本身造成的停工指由于非施工工人或班组本身原因造成的，如水源、电源中断等引起的停工时间，这类时间在拟定定额时应给予适当考虑。

③ 违反劳动纪律损失的时间　指违反劳动纪律所造成的工作时间损失。包括工人在工作班内的迟到、早退、擅自离岗、工作时间内的非工作行为等造成的时间损失，也包括第三方责任所造成的工作时间的损失，此时间损失在定额中不应该考虑。

综上所述，定额时间主要包括基本工作时间、辅助工作时间、准备与结束工作时间、休息时间、不可避免中断时间五个部分。

注：现行《建设工程劳动定额》中关于定额时间的规定为作业时间、作业宽放时间、个人生理需要与休息宽放时间、须分摊的准备与结束时间等部分。

2.1.4.2　机械工作时间的分类

机械工作时间的消耗可分为必需消耗时间和损失时间两类。机械工作时间的分类与工人工作时间的分类基本相似，分类方法如下。

必须消耗时间包括有效工作时间、不可避免的无负荷时间和不可避免的中断时间。有效工作时间又分为正常负荷下、有根据地降低负荷下和低负荷下的有效工作时间。不可避免的中断时间分为与工艺过程的特点有关的中断时间、与机械有关的中断时间以及工人休息的时间。

损失时间分为多余和偶然工作时间、停工时间和违反劳动纪律损失时间。停工时间又分为施工本身造成的停工时间和非施工本身造成的停工时间。

2.1.5　工时定额的测定

工时定额测定有测时法、写实记录法和工作日写实记录法。

2.1.5.1　测时法

适用于测定那些定时重复的循环工作的工时消耗，精度较高，主要用于测定"有效工作时间"中的"基本工作时间"，有选择法测时和接续法测时两种方法。

（1）选择法测时　又称间隔法测时，它是间隔选择施工过程中非紧连的组成部分（工序或操作）进行工时测定。当所测定的各工序或操作延续时间较短时，用连续法测定较困难，而用选择法测时方便而简单。

（2）连续法测时　又称接续法测时，是连续测定一个施工过程各工序或操作的延续时间，在工作进行中和非循环组成部分出现之前一直不停止秒表，秒针走动过程中，观察者根据各组成部分之间的定时点记录它的终止时间。观察时使用双针秒表，以便使其辅助针停止在某一组成部分的结束时间上。测时法精度可达到 0.2～0.5s。

2.1.5.2　写实记录法

是一种研究各种性质的工作时间消耗的方法，可以获得分析工作时间消耗的全部资料，此方法采用普通秒表进行，精度为 0.5~1.0min。

资料整理时，先抄录施工过程各组成部分及相应的工时消耗，然后按工时消耗的性质分为基本工作时间与辅助工作时间、休息和不可避免中断时间、违反劳动纪律时间等项，按各类时间消耗进行统计，并计算整个观察时间即总工时消耗，再计算各组成部分时间消耗占总工时的百分比。产品数量从写实记录表内抄录。

2.1.5.3 工作日写实法

是一种研究整个工作班内的各种工时消耗的方法，其中包括研究有效工作时间、损失时间、休息时间、不可避免中断时间。

工作时写实法具有技术简便、省力、应用面广和资料全面的优点，在我国是一种采用较广的编制定额的方法。

2.2 人工、材料、机械台班消耗量

人工消耗量、机械台班消耗量、材料消耗量，也称为人工消耗定额（或劳动定额）、机械消耗定额、材料消耗定额。从费用构成的角度来说，本节介绍的三种消耗量与其相应单价结合即形成针对某一单位建筑产品的人工费、材料费和机械费。

2.2.1 人工消耗定额

人工消耗定额又称劳动定额，是指在正常的施工技术和合理的劳动组织条件下，为完成单位合格产品所需消耗的工作时间，或在一定工作时间内应完成的产品数量。

人工消耗定额可以有两种表达形式，时间定额和产量定额。

现行《建设工程劳动定额》均以"时间定额"表示，以"工日"为单位，每一工日按8h 计算。如需用"产量定额"，可自行换算使用。

2.2.1.1 时间定额

时间定额是指完成单位产品所必须消耗的时间。它以正常的施工技术和合理的劳动组织为条件，以一定技术等级的工人小组或个人完成质量合格的产品为前提。

一般情况下，工作的时间消耗包括两大部分：定额时间和非定额时间，其中非定额时间不应计入定额时间内，定额时间包括基本工作时间、辅助工作时间、准备与结束工作时间、休息时间、不可避免中断时间。

时间定额以工日为单位，一个工日工作时间为 8h，时间定额的计算方法如下：

单位产品的时间定额（工日）＝1/每工产量

以小组计算时，则为：

单位产品的时间定额（工日）＝小组成员工日数总和/小组每班产量

2.2.1.2 时间定额与产量定额的关系

产量定额是指单位时间（一个工日）内完成产品的数量。它是以正常的施工技术和合理的劳动组织为条件，以一定技术等级的工人小组或个人完成质量合格的产品为前提。

产量定额＝1/单位产品的时间定额（工日）

以小组计算时，则为：

小组台班产量＝小组成员工日数总和/单位产品的时间定额（工日）

＝小组成员工日数总和×产量定额

时间定额与产量定额互为倒数，可以相互换算。

2.2.1.3　人工消耗定额的确定

（1）技术测定法　技术测定法是通过对施工过程中的具体活动进行实地观察，详细记录施工过程中工人和机械的工作时间消耗、材料消耗、完成产品数量及有关影响因素，并将记录结果予以整理，分析研究各种因素的影响，剔除损失时间，从而获得可靠的原始数据资料，为制定定额（人工、机械、材料消耗定额）提供科学依据。

技术测定法可分为计时观察法和计量观察法。计时观察法主要用于人工、机械消耗的观察，而计量观察法主要用于原材料消耗的观察。

（2）比较类推法　是选定一个已精确测定好的典型项目的定额，经过对比分析，计算出同类型其他相邻项目的定额的方法。此法计算简便、工作量小，但定额的编制质量受各种因素影响较大，如定额时间构成分析不充分、影响因素估计不足、所选典型定额不当等。

（3）统计分析法　将以往施工中累积的同类型工程项目的工时耗用量加以科学地统计、分析并考虑施工技术与组织变化的因素，经分析研究后制定劳动定额的一种方法。

由于统计分析资料是过去已经达到的水平，且包含了某些不合理的因素，水平可能偏于保守，为了克服统计分析资料的这种缺陷，使确定的定额水平保持平均先进的性质，可采用"二次平均法"计算平均先进值作为确定定额水平的依据。

"二次平均法"计算步骤如下：剔除统计资料中特别偏高、偏低及明显不合理的数据；计算出算术平均值；在工时统计数组中，取小于上述平均值的数组，计算其平均值；计算上述两平均值的平均值，即为平均先进值。

（4）经验估计法　经验估计法是由定额管理人员、技术人员、工人等根据个人或集体实践经验，结合图纸分析、现场观察、分析施工工艺、分析施工的生产技术组织和操作方法等情况，进行座谈讨论，从而制定定额的方法。

经验估计法技术简单、工作量小、速度快。其缺点是人为因素较多，科学性、准确性差，为提高估算的精确度，使取定的定额水平适当，可采用概率方法估算。

2.2.1.4　人工消耗定额确定的步骤

必需消耗的时间的确定可分为工序作业时间（基本工作时间、辅助工作时间）、规范时间（准备与结束工作时间、休息时间、不可避免中断时间）两大部分。

（1）确定工序作业时间　根据前述几种方法所得资料的分析和选择，可以获得各种产品的基本工作时间和辅助工作时间，这两种时间合并称之为工序作业时间。它是产品主要的必需消耗工作时间，对整个产品的定额时间起决定作用。

① 拟定基本工作时间　基本工作时间所占的比重最大，一般应根据前述技术观察法所得到的计时观察资料确定。

首先确定工作过程中每一组成部分的工时消耗，然后综合出工作过程的工时消耗，如果各组成部分与工作过程的产品计量单位不同时，可先求出计量单位的换算系数进行换算，然后再与其他组成部分相加求得工作过程的工时消耗。

各组成部分与工作过程（最终产品）计量单位一致时：$T_1 = \sum_{i=1}^{n} t_i$

各组成部分与工作过程（最终产品）计量单位不一致时：$T_1 = \sum_{i=1}^{n} (k_i t_i)$

式中　T_1——单位产品基本工作时间；

　　　　t_i——各组成部分的基本工作时间；

n——各组成部分的个数；

k_i——对应于 t_i 的单位换算系数。

【例2.1】 砌砖墙勾缝为砖墙砌体（工作过程、最终产品）的一个组成部分，其最终产品的计量单位为 m^3，而砌砖墙勾缝的计量单位为 m^2，应进行计量单位换算。若勾缝时间为 $10min/m^2$，试求1砖墙及1.5砖墙每立方米砌体所需的勾缝时间。

【解】 1砖厚的砖墙

每立方米砌体墙面面积的换算系数为：$1/0.24=4.17$，即 $1m^3$ 1砖墙所对应的面积

每立方米砌体所需勾缝时间为：$10 \times 4.17 = 41.70$（min/m^3）

1.5砖厚的砖墙

每立方米砌体墙面面积的换算系数为：$1/0.365=2.74$，即 $1m^3$ 1.5砖墙所对应的面积

每立方米砌体所需勾缝时间为：$10 \times 2.74 = 27.40$（min/m^3）

相应的再计算其他组成部分（如砖块砌筑），得出各种不同厚度砖墙的基本工作时间。

② 拟定辅助工作时间 其确定方法与基本工作时间基本相同。可采用计时观察法、工时规范或经验数据确定。工时规范中的辅助工作时间百分率参考表中的数据是以辅助时间占工序作业时间的比值确定的，使用时应注意。

（2）确定规范时间（准备与结束工作时间、休息时间、不可避免中断时间） 规范时间指在定额时间内且在工序作业时间以外的准备与结束时间、休息时间、不可避免中断时间。

① 准备与结束时间 可采用技术测定法中的计时观察资料、工时规范或经验数据来确定。可分为工作日准备和任务准备两种时间。任务的准备与结束时间通常不能集中在某个工作日中，而要采取分摊计算的办法分摊在单位产品的时间定额里。

② 休息时间 休息时间应根据工作班制度、经验资料、技术测定法中的计时观察资料以及工作的繁重程度等做全面分析来确定。拟定时，应尽可能利用不可避免中断时间作为休息时间，充分利用工序内部的技术间歇和组织间歇时间。

③ 确定不可避免中断时间 可采用技术测定法中的计时观察资料、工时规范或经验数据来确定。工时规范中一般以不可避免中断时间占工作日的百分比表示此项工时消耗的时间定额。

测定时应注意，不可避免中断时间是由工艺特点所引起的不可避免中断才能列入工作过程的时间定额。

（3）拟定定额时间 劳动定额（以时间定额表示时）即是确定的基本工作时间、辅助工作时间、准备与结束工作时间、不可避免中断时间与休息时间之和。根据时间定额与产量定额互为倒数的关系可计算出产量定额。需要说明的是，目前劳动定额的表示方式已由原来的复数形式改为单数形式，即仅以时间定额的方式表示。

通常的做法是将规范时间（准备与结束时间、不可避免中断时间和休息时间之和）以占工作班时间（定额时间）的百分率形式表示。

综上所述：

$$工序作业时间＝基本工作时间＋辅助工作时间$$
$$＝基本工作时间 \times [1/(1-辅助工作时间百分率)]$$
$$定额时间＝工序作业时间＋规范时间$$
$$＝工序作业时间 \times [1/(1-规范时间百分率)]$$

两式的计算原理相同，以下仅对第一个公式进行解释。

由辅助工作时间百分率定义：

$$辅助工作时间百分率 = \frac{辅助工作时间}{工序作业时间}$$

$$= \frac{辅助工作时间}{基本工作时间 + 辅助工作时间}$$

得：

$$辅助工作时间 = 基本工作时间 \times \frac{辅助工作时间百分率}{1 - 辅助工作时间百分率}$$

则：

$$工序作业时间 = 基本工作时间 + 辅助工作时间$$

$$= 基本工作时间 + 基本工作时间 \times \frac{辅助工作时间百分率}{1 - 辅助工作时间百分率}$$

$$= 基本工作时间 \times \frac{1}{1 - 辅助工作时间百分率}$$

【例 2.2】 采用技术测定法的计时观察资料如下：人工挖二类土 1m³，挖土深度 1.5m 以内，基本工作时间为 4283s，辅助工作时间占工序作业时间的 2%。其他资料如下：准备与结束工作时间、不可避免中断时间、休息时间分别占工作日的 3%、2%、18%，试确定该人工挖二类土的时间定额。

【解】 基本工作时间 = 4283/(60×60×8) = 0.1487（工日/m³）

工序作业时间 = 0.1487×[1/(1−2%)] = 0.1517（工日/m³）

定额时间 = 0.1517×[1/(1−3%−2%−18%)] = 0.1970（工日/m³）

建设工程劳动定额见表 2.1。

表 2.1 《建设工程劳动定额》—建筑工程—人力土石方工程（摘录）

工作内容：1. 挖土方。地面以下挖土、装土、修整底边等全部操作过程。2. 山坡切土。设计室外地坪以上，厚度 >300mm 的挖土、装土、卸土、检平等全部操作过程。

单位：m³

定额编号	AB0001	AB0002	AB0003	AB0004	AB0005Z	序号
项目	挖土方深度≤/m				山坡切土	
	1.5	3	4.5	6		
一类土	0.126	0.282	0.343	0.410	0.098	一
二类土	0.197	0.353	0.414	0.481	0.148	二
三类土	0.328	0.484	0.545	0.612	0.264	三
四类土	0.504	0.660	0.721	0.788	0.410	四
淤泥 砂性	0.517	0.673	0.734	0.801	—	五
黏性	0.734	0.890	0.951	1.018	—	六

2.2.1.5 人工消耗定额（劳动定额）的使用

正确使用定额，必须详细阅读总说明、分册说明、各项标准的适用范围、引用标准及有关规定，熟悉施工方法及规定，掌握时间定额表的具体内容。

【例 2.3】 某工程现捣框架柱（无牛腿），图纸断面尺寸为 500×500，由图纸工程量计算得模板接触面积共为 1259.56m²，模板工小组人数为 23 人，采用木模板，试计算拆除木模板工作所需要的施工天数。

【解】 ① 查"表2.2《建设工程劳动定额》—建筑工程—模板工程（摘录）"，时间定额为0.314工日/10m²。

② 工作量：0.314/10×1259.56＝39.55（工日）

③ 所需时间：39.55/23＝1.72（天），取2天。

表2.2 《建设工程劳动定额》—建筑工程—模板工程（摘录）

工作内容：熟悉施工图纸，布置操作地点，领退料具，队（组）自检互检，排除一般机械故障、保养机具，操作完毕后的场地清理等。

单位：10m²

定额编号	AF0046	AF0047	AF0048	AF0049	AF0050	AF0051	序号
项目	矩形柱						
	周长≤/m						
	≤1.6			≤2.4			
	钢模板	木模板	竹胶模板	钢模板	木模板	竹胶模板	
综合	2.50	2.54	2.46	2.07	2.08	2.01	一
制作	—	0.871	0.793	—	0.769	0.700	二
安装	1.75	1.31	1.31	1.45	1.00	1.00	三
拆除	0.752	0.359	0.359	0.619	0.314	0.314	四

注：1. 柱模板如带牛腿、方角者，每10个，制作增加2.00工日，安装（包括部分木模制作）增加3工日，拆除增加0.600工日，工程量与柱合并计算。

2. 柱模板门子板式或四块整体板（除钢模板外），均执行本标准。

【例2.4】 某单层工业厂房工程采用现捣钢筋混凝土柱（含牛腿），钢筋采用机制手绑，共有同类型柱26根，已计算单根柱的钢筋用量见表2.3，如钢筋加工小组人数为24人，试计算完成这批柱钢筋制作绑扎所需的时间。

表2.3 标准柱各种不同直径钢筋用量统计表

钢筋直径/mm	B28	B25	B20	A12	A8
钢筋质量/t	0.505	0.602	0.531	0.213	0.106

【解】 计算制作、绑扎所需时间，查"表2.4《建设工程劳动定额》—建筑工程—钢筋工程（摘录）"中综合—机制手绑类。

（1）计算柱钢筋工程量

16mm以内钢筋：（0.106＋0.213）×26＝8.294（t）

25mm以内钢筋：（0.531＋0.602）×26＝29.458（t）

25mm以外钢筋：0.505×26＝13.130（t）

（2）柱制作绑扎工日数（劳动量）：

3.48×8.924＋4.51×29.458＋6.50×13.130＝249.256（工日）

柱牛腿钢筋绑扎需增加的工日：

1.00×（26/10）＝2.6（工日）

小计：249.256＋2.6＝251.856（工日）

（3）完成这批柱钢筋制作绑扎所需时间：

251.856/24＝10.494（天），取11天。

表 2.4 《建设工程劳动定额》—建筑工程—钢筋工程（摘录）

工作内容：熟悉施工图纸，布置操作地点，领退料具，队（组）自检互检，排除一般机械故障、保养机具，操作完毕后的场地清理。

单位：t

定额编号		AG0025	AG0026	AG0027	AG0028	AG0029	AG0030	序号
项目		矩形、构造柱			圆形、异形柱			
		主筋直径/mm			主筋直径/mm			
		≤16	≤25	>25	≤12	≤20	>20	
综合	机制手绑	6.50	4.51	3.48	9.04	6.52	5.19	一
	部分机制手绑	7.38	5.12	3.94	9.99	7.25	5.71	二
制作	机械	2.66	1.83	1.40	3.16	2.42	1.74	三
	部分机械	3.54	2.44	1.86	4.11	3.15	2.26	四
手工绑扎		3.84	2.68	2.08	5.88	4.10	3.45	五

注：1. 柱绑扎如带牛腿、方角、柱帽者，每10个，制作增加1.00工日，其钢筋重量与柱合并计算，制作不另加工。
2. 柱不论竖筋根数多少或单、双箍，均按标准执行。

【例 2.5】 某工程现捣框架梁，图纸断面尺寸为 400×650，由图纸计算工程量为 $142.39 \mathrm{m}^3$，施工采用机拌机捣施工方法，塔吊直接入模。每天有25名专业混凝土工种工人进行浇捣。试计算完成框架梁浇捣所需的定额施工天数。

【解】 查"表2.5《建设工程劳动定额》—建筑工程—混凝土工程（摘录）"，时间定额为 0.580 工日 $/\mathrm{m}^3$。

劳动量为：$0.580 \times 142.39 = 82.586$（工日）

施工天数：$82.586/25 = 3.303$（天），取4天。

表 2.5 《建设工程劳动定额》—建筑工程—混凝土工程（摘录）

工作内容：熟悉施工图纸，布置操作地点，领退料具，队组自检互检，排除一般机械故障、保养机具，操作完毕后的场地清理。

单位：m³

定额编号		AH0031	AH0032	AH0033	AH0034	AH0035	序号
项目		基础梁	连续梁、框架梁			弧形梁	
			梁高/m				
			≤0.6	≤1	>1		
机拌机捣	双轮车	0.810	1.12	0.930	0.780	1.79	一
	小翻斗	0.600	0.800	0.670	0.560	1.32	二
	塔吊直接入模	0.514	0.700	0.580	0.480	1.15	三
商品混凝土机捣	汽车泵送	0.172	0.330	0.228	0.143	0.712	四
商品混凝土机捣或集中搅拌机捣	现场地泵送	0.182	0.349	0.241	0.151	0.754	五
	塔吊吊斗送	0.202	0.388	0.268	0.168	0.838	六
机械捣固		0.750	0.810	0.750	0.610	0.510	七

劳动定额的使用大多数情况是直接套用。为了扩大劳动定额的使用范围，同时也减少补充定额的情况，并出于简化计算的需要，劳动定额的说明及附注中包括换算及调整的要求，使用时必须依据定额的要求。

定额使用的三种方式为套用、换算及补充。上述实例对套用及换算做了简单介绍，对于定额的补充，相关知识可参考有关定额编制的内容。

2.2.2 材料消耗定额

材料消耗定额是指在合理使用材料的条件下，生产单位质量合格的建筑产品，必须消耗一定品种、规格的材料（包括半成品、燃料、配件、水、电资源等）的数量。

2.2.2.1 材料的分类

合理确定材料消耗定额，应正确区分材料类别。

（1）根据材料消耗的性质划分，施工中材料的消耗可分为必须消耗的材料和损失的材料两大类。

① 必须消耗的材料指在合理使用材料的条件下，生产合格产品所必须消耗的材料。它包括：直接用于建筑各安装工程的材料；不可避免的施工废料；不可避免的材料损耗等。

必须消耗的材料属于施工正常消耗，是确定材料消耗定额的基本数据。其中：直接用于建筑安装工程的材料，编制材料净用量定额；不可避免的施工废料和材料损耗，编制材料损耗定额。

② 损失的材料不应计入定额。

（2）根据材料消耗与工程实体的关系，施工中的材料可分为实体材料和非实体材料两大类。

① 实体材料是指直接构成工程实体的材料。它包括工程直接性材料和辅助材料。工程直接性材料主要指一次性消耗、直接用于工程上构成建筑物或结构本体的材料，如钢筋混凝土梁中的钢筋、水泥、砂、碎石等；辅助性材料主要指虽然也是施工过程中所必需，却并不构成建筑物或结构本体的材料，如土石方爆破工程中所需的炸药、引信、雷管等。主要材料用量大，辅助材料用量少。

② 非实体材料是指在施工中必须使用但又不构成工程实体的施工措施性材料。非实体材料主要是指周转性材料，如模板、支架、脚手架等。

2.2.2.2 材料消耗定额的组成

材料消耗定额中的消耗量包括材料的净用量和材料的损耗量两部分。

$$材料消耗量＝材料净用量＋材料损耗量$$

材料的净用量是指直接用于建筑工程的材料数量。

材料的损耗量是指不可避免的施工废料和材料损耗数量。

$$材料损耗率＝材料损耗量/材料消耗量$$

因此，材料消耗量也可表示为：

$$材料消耗量＝材料净用量/（1－材料损耗率）$$

2.2.2.3 材料消耗定额的确定

材料消耗定额的确定有观测法、试验法、统计法和理论计算法。

（1）观测法 又称现场测定法，它是在施工现场按一定程序对完成合格产品的材料耗用量进行测定，通过分析、整理确定单位产品的材料消耗定额。

（2）试验法 又称试验室试验法，它是在试验室中进行试验和测定工作，此法一般用于确定各种材料的配合比。

利用材料试验法，主要是编制材料净用量定额，它不能取得在施工现场实际条件下由于各种客观因素对材料耗用量影响的实际数据。

（3）统计法 是指通过统计现场各分部分项工程的进料数量、用料数量、剩余数量及完成产品数量，并对大量统计资料进行分析计算，获得材料消耗的数据。这种方法不能分清材料消耗的性质，因而不能作为确定材料净用量定额和材料消耗定额的精确数据。

采用统计法必须要保证统计和测算的耗用量及其相应产品一致。在施工现场中的某些材料，往往难以区分用在各个不同部分上的准确数量。因此，要注意统计资料的真实性和有效性。

（4）理论计算法　又称计算法。它是根据施工图纸，结合建筑构造、作法、材料规格和施工规范等，运用一定的数学公式计算材料的用量。理论计算法只能计算出单位产品的材料净用量，材料的损耗量还要在现场通过实测取得。此法适用于相同尺寸规格的一般板块类材料的计算。

图 2.3 为每立方米不同墙厚砖墙中砖和砂浆的数量的理论计算分析。

名称	半砖墙	一砖墙	一砖半墙	二砖墙
墙厚的砖数	0.5	1.0	1.5	2.0
墙厚	115	240	365	490

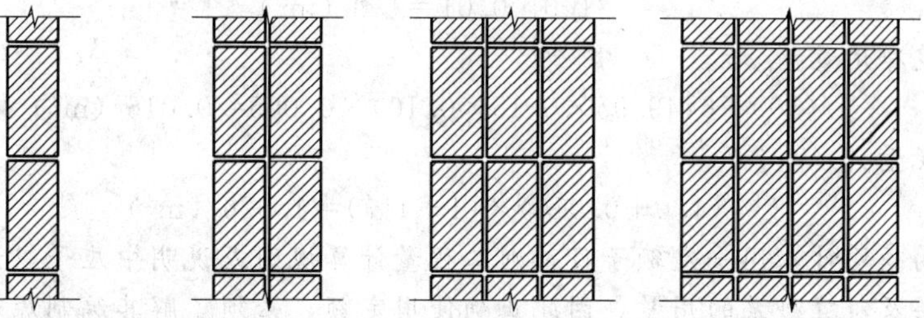

代表性的砖块尺寸：

长度	$240+(10/2)\times2$	$240+(10/2)\times2$	$240+(10/2)\times2$	$240+(10/2)\times2$	$\longrightarrow$ 砖长+(灰缝厚/2)×2
厚度	$53+(10/2)\times2$	$53+(10/2)\times2$	$53+(10/2)\times2$	$53+(10/2)\times2$	$\longrightarrow$ 砖厚+(灰缝厚/2)×2
宽度	$115/1$	$240/2$	$365/3$	$490/4$	
一般表达	$115/0.5\times2$	$240/1\times2$	$365/1.5\times2$	$490/2\times2$	$\longrightarrow$ 墙厚/墙厚的砖数×2

$$1m^3 \text{ 砖砌体中砖的块数}=\frac{1}{[0.240+(0.010/2)\times2]\times[0.053+(0.010/2)\times2]\times(\text{墙厚}/\text{墙厚的砖数}\times2)}$$

$$=\frac{\text{墙厚的砖数}\times2}{[0.240+(0.010/2)\times2]\times[0.053+(0.010/2)\times2]\times\text{墙厚}}$$

图 2.3　不同墙厚砖砌体中每 $1m^3$ 砌体砖的消耗数量分析

【例 2.6】　试计算 $1m^3$ 一砖厚砖砌体中砖和砂浆的消耗量。砖的损耗率为 1%，砂浆的损耗率为 1%。

【解】　砖块净用量：

$$\frac{1\times2}{[0.240+(0.010/2)\times2]\times[0.053+(0.010/2)\times2]\times0.240}=529.10\text{（块）}$$

砂浆的净用量：

$$1-529.10\times(0.24\times0.115\times0.053)=0.226\text{（}m^3\text{）}$$

砖的消耗量：

$$529\times(1+1\%)=534\text{（块）}$$

砂浆的消耗量：

$$0.226\times(1+1\%)=0.228\text{（}m^3\text{）}$$

【例 2.7】　某内墙面采用 1:1 水泥砂浆粘贴 150mm×100mm×5mm 瓷砖，结合层厚度10mm，试计算每 $100m^2$ 瓷砖墙面中瓷砖和砂浆的消耗量。灰缝厚度为 2mm，瓷砖损耗率

为 1.5%，砂浆损耗率为 1%

【解】 对于相同尺寸规格的材料的计算，可以采用类似于上题中的分析方法计算净用量，再结合测定（或查取）的损耗率计算损耗量，最后计算出消耗量。

预算定额常常采用扩大计量单位，对于劳动定额或施工定额中的材料消耗定额与机械台班消耗定额，为使用方便，减少测算误差，有些项目也可以采用扩大计量单位。

（1）计算块料用量 块料净用量：

$$\frac{100}{[块料长+(灰缝/2)\times2]\times[块料宽+(灰缝/2)\times2]}$$
$$=\frac{100}{[0.15+(0.002/2)\times2]\times[0.10+(0.002/2)\times2]}$$
$$=6449.95（块）$$

块料消耗量：

$$6449.95\times(1+1.5\%)=6546.70（块）$$

（2）计算砂浆用量 结合层砂浆净用量：

$$100\times0.01=1.0（m^3）$$

灰缝砂浆净用量：

$$(100-6449.95\times0.15\times0.10)\times0.005=0.016（m^3）$$

砂浆消耗量：

$$(1.0+0.016)\times(1+1\%)=1.026（m^3）$$

如以上两项均计入同一定额子目，则工程量计算规则或说明中应予以注明，即块料面层已包含结合层及勾缝砂浆的用量。因此正确使用定额，必须了解其编制原理和方法，全面了解其工程量计算说明及规则。

2.2.2.4 周转性材料的消耗定额

周转性材料是指在施工过程中不是一次性消耗的材料，而是可多次周转使用，经过修理、补充才逐渐消耗尽的材料。

周转性材料消耗定额是指每周转一次摊销的数量，其计算必须考虑一次使用量、周转次数、周转使用量、回收价值等因素。

周转性材料的一次使用量可供建设单位和施工单位申请备料和编制作业计划使用；而计入定额的是摊销的数量，直接为计量服务。使用时应注意两者的区别。

（1）现浇构件周转性材料（木模板）摊销量计算

① 一次使用量 一次使用量是指周转性材料的一次投入量。周转性材料的一次使用量根据施工图及损耗率资料计算，其用量与各分部分项工程的部位、施工工艺和施工方法有关。

一次使用量＝混凝土构件模板接触面积×每 1m² 接触面积需模板量×（1＋损耗率）

周转次数：材料周转次数是指周转性材料从第一次使用起到报废止，在补损条件下可以重复使用的次数。其数值一般采用观察法或统计分析法测定，也可查阅相关手册。

补损量及补损率：材料补损量指周转材料每周转使用一次的材料损耗，即在第二次和以后各次周转中为保证正常使用而进行修补所需要的材料消耗，补损率的大小取决于材料的拆除、运输和堆放方法以及施工现场的条件，在一般情况下，补损率随周转次数的增多而增大，因此一般采用平均补损率计算。注意这里所说的损耗指的是周转性材料在使用过程中的损耗，不同于前述的材料在加工、运输过程中的损耗。

补损率＝（平均每次损耗量／一次使用量）×100%

1995 年《全国统一建筑工程基础定额》（GJD—101—95）中有关木模板周转次数、补损率及施工损耗见表 2.6。

表 2.6　木模板周转次数、补损率及施工损耗

序号	名称	周转次数/次	补损率/%	施工损耗/%
1	圆柱	3	15	5
2	异形梁	5	15	5
3	整体楼梯、阳台、栏杆	4	15	5
4	小型构件	3	15	5
5	支撑、垫板、拉板	15	10	5
6	木楔	2	—	5

② 周转使用量　周转使用量是指周转性材料在周转使用和补损的条件下，每周转一次的平均需要量。

$$周转使用量 = \frac{一次使用量 + \left[一次使用量 \times (周转次数 - 1) \times 补损率\right]}{周转次数}$$

$$= 一次使用量 \times \left[\frac{1 + (周转次数 - 1) \times 补损率}{周转次数}\right]$$

③ 回收量　周转回收量是指周转性材料每周转一次后，可以平均回收的数量。

$$回收量 = \frac{一次使用量 - (一次使用量 \times 补损率)}{周转次数}$$

$$= 一次使用量 \times \frac{1 - 补损率}{周转次数}$$

④ 摊销量　材料摊销量指周转材料在重复使用的条件下，分摊到每一计量单位分项工程或结构构件的材料消耗量，是应纳入定额的实际周转材料的消耗量。

在编制定额时，周转性材料的回收部分需考虑使用前后的价值变化，应乘以回收折价率；同时，周转性材料在周转使用过程中均要投入人力、物力组织、管理补修模板工作，需额外支付施工管理费。为补偿此项费用和简化计算，一般采用减少回收量、增加摊销量的方式。

$$材料摊销量 = 周转使用量 - 回收量 \times \frac{回收折价率}{1 + 施工管理费率}$$

【例 2.8】　某钢筋混凝土结构中异形梁采用木模板，根据图纸计算结果，每 100m^2 混凝土异形梁木模板木材 3.702m^3，支撑系统 6.024m^3，回收折价率取 50%，管理费率取 18.2%，试根据"表 2.6 木模板周转次数、补损率及施工损耗"计算模板摊销量。

【解】　计算一次使用量：

由图纸计算得到的是净用量，应根据查得的损耗率计算其消耗量。

$$一次使用量 = 每 100\text{m}^2 模板接触面积木板净用量 \times (1 + 损耗率)$$

$$木模板一次使用量 = 3.702 \times (1 + 5\%) = 3.887 \ (\text{m}^3)$$

$$木支撑一次使用量 = 6.024 \times (1 + 5\%) = 6.325 \ (\text{m}^3)$$

计算周转使用量：

$$周转使用量 = 一次使用量 \times \left[\frac{1 + (周转次数 - 1) \times 补损率}{周转次数}\right]$$

$$木模板周转使用量 = 3.887 \times \left[\frac{1 + (5 - 1) \times 15\%}{5}\right] = 1.244(\text{m}^3)$$

$$木支撑周转使用量=6.325\times\left[\frac{1+(15-1)\times10\%}{15}\right]=1.012(m^3)$$

计算回收量：

$$材料回收量=一次使用量\times\frac{1-补损率}{周转次数}$$

$$木模板回收量=3.887\times\left(\frac{1-15\%}{5}\right)=0.661(m^3)$$

$$木支撑回收量=6.325\times\left(\frac{1-10\%}{15}\right)=0.380(m^3)$$

计算摊销量：

$$材料摊销量=周转使用量-回收量\times\frac{回收折价率}{1+施工管理费率}$$

$$木模板摊销量=1.244-0.661\times\left(\frac{50\%}{1+18.2\%}\right)=0.964（m^3）$$

$$木支撑摊销量=1.012-0.380\times\left(\frac{50\%}{1+18.2\%}\right)=0.851（m^3）$$

$$合计摊销量=0.964+0.851=1.815（m^3）$$

（2）现浇构件周转性材料（组合钢模板、复合木模板）摊销量计算　组合钢模板、复合木模板摊销量与木模板计算方法有所不同，不需计算每次周转的损耗（不考虑补损率），不计算回收量。

$$周转材料摊销量=图纸计算一次使用量\times\frac{1+施工损耗率}{周转次数}$$

表 2.7　组合模板、复合模板材料周转次数、损耗率及施工损耗

序号	名称	周转次数/次	施工损耗率/%	备　注
1	模板板材	50	1	包括梁卡具，柱箍损耗率为2%
2	零星卡具	20	2	包括"V"形卡具、"L"形插销、梁形扣件、螺栓
3	钢支撑系统	120	1	包括连杆、钢筋支撑、管扣件
4	木模	5	5	
5	木支撑	10	5	包括琵琶撑、支撑、垫板、拉杆
6	圆钉、钢丝	1	2	
7	木楔	2	5	
8	尼龙帽	1	5	

【例2.9】　依据选定的设计图纸，计算得每$100m^2$矩形（组合钢模板、钢支撑）模板接触面积需组合式钢模板3892.43kg、零星卡具1309.46kg、钢支撑系统5461.63kg、模板木材$0.316m^3$、木支撑系统$1.725m^3$。试根据"表2.7组合模板、复合模板材料周转次数、损耗率及施工损耗"相关数据，计算各周转材料的摊销量。

【解】　对于组合钢模板、复合模板材料摊销量计算，不考虑补损及回收。

各种材料每$100m^2$接触面积的摊销量：

$$钢模板=3892.43\times\left(\frac{1+1\%}{50}\right)=78.63（kg/100m^2）$$

$$零星卡具=1309.46\times\left(\frac{1+2\%}{20}\right)=66.78（kg/100m^2）$$

$$钢支撑系统=5461.63\times\left(\frac{1+1\%}{120}\right)=45.97 \text{（kg/100m}^2\text{）}$$

$$模板木材=0.316\times\left(\frac{1+5\%}{5}\right)=0.066 \text{（m}^3\text{/100m}^2\text{）}$$

$$木支撑系统=1.725\times\left(\frac{1+5\%}{10}\right)=0.181 \text{（m}^3\text{/100m}^2\text{）}$$

（3）预制构件周转性材料用量计算　预制构件模板施工过程中损耗很少、补损量也很小，可不考虑每次的补损率，计算时不考虑回收量。

$$模板摊销量=一次使用量\times(1+施工损耗率\%)/周转次数$$

2.2.3　机械消耗定额

机械消耗定额是指在正常施工条件下，为生产单位合格产品所需消耗的某种机械的工作时间，或在单位时间内该机械应该完成的产品数量。

机械消耗定额一般以一台机械的一个工作台班为计量单位，所以又称为机械台班定额。一台施工机械工作 8h 为一个台班。

机械台班定额消耗量有两种表现形式：时间定额和产量定额。

2.2.3.1　时间定额

指在正常的施工条件和合理的劳动组织下，完成单位合格产品所必需的机械台班数量，按下列公式计算：

$$机械时间定额（台班）=1/机械台班产量$$

2.2.3.2　产量定额

指在正常的施工条件和合理的劳动组织下，每一个机械台班时间内必须完成的合格产品数量，按下列公式计算：

$$机械台班产量定额=1/机械时间定额$$

2.2.3.3　人工配合机械工作的定额

人工配合机械工作的定额按照每个机械台班内配合机械工作的工作班组总工日数及完成的合格产品数量来确定。其表现形式也分为两种：时间定额与产量定额。

（1）单位产品的时间定额　完成单位合格产品所必须消耗的工作时间，按下列公式计算：

$$单位产品的时间定额=班组成员工日数总和/一个机械台班的产量$$

（2）产量定额　一个机械台班中折合到每个工日生产单位合格产品的数量，按下列公式计算：

$$产量定额=一个机械台班的产量/班组成员工日数总和$$

2.2.3.4　机械消耗定额的确定

（1）拟定正常施工条件　机械工作与人工操作相比，劳动生产率受到施工条件的影响更大，编制定额时更应重视机械工作的正常条件。

① 工作地点的合理组织　是指对施工地点机械和材料的位置、工人从事操作的场所做出科学合理的平面布置和空间安排。

② 拟定合理的劳动组合　是根据施工机械的性能和设计能力、工人的专业分工和劳动工效合理确定操纵机械的工人和参加机械化过程的工人人数，确定维护机械的工人人数及配合机械施工的工人人数，以保持机械的正常生产率和工人正常的劳动效率。

（2）确定机械纯工作 1h 的生产率　机械纯工作时间是指机械必须消耗的时间，包括在满载和有根据地降低负荷下的工作时间、不可避免的无负荷工作时间和必要的中断时间。

根据工作特点的不同,机械可分为循环和连续动作两类,机械纯工作1h生产率的确定方法有所不同。

① 循环动作机械纯工作1h的生产率 如挖土机、起重机等,每一循环动作的正常延续时间包括不可避免的空转和中断时间。机械纯工作1h生产率的计算公式如下:

$$机械纯工作1h循环次数=3600(s)/一次循环的正常延续时间(s)$$

$$循环工作机械纯工作1h生产率=机械纯工作1h循环次数×一次循环生产的产品数量$$

② 连续动作机械纯工作1h生产率 对于施工作业中只做某一动作的连续动作机械,确定机械纯工作1h正常生产率的计算公式如下:

$$连续工作机械工作1h生产率=工作时间内完成的产品数量/工作时间(h)$$

工作时间内完成的产品数量和工作时间的消耗要通过多次现场观测或试验以及机械说明书来确定。

(3)确定机械的正常利用系数 机械的正常利用系数是指机械在工作班内对工作时间的利用率。机械正常利用系数的计算公式如下:

$$机械正常利用系数=机械在一个工作班内的纯工作时间/一个工作班延续时间(8h)$$

(4)计算机械消耗定额

$$机械台班产量定额=机械纯工作1h正常生产率×工作班纯工作时间$$

或:

$$机械台班产量定额=机械纯工作1h正常生产率×工作班延续时间×机械正常利用系数$$

机械台班时间定额与产量定额互为倒数关系。

【例2.10】 某工程现场采用出料容量500L的混凝土搅拌机,每一次循环中装料、搅拌、卸料、中断需要的时间分别为1min、3min、1min、1min,机械正常利用系数为0.9,试确定该机械的台班产量定额。

【解】 该搅拌机一次循环所需要的时间:

$$1+3+1+1=6(min)=6/60=0.1(h)$$

工作1h的循环次数:

$$1/0.1=10(次)$$

纯工作1h的生产率:

$$0.5×10=5(m^3/h)$$

该搅拌机的台班产量定额:

$$5×8×0.9=36(m^3/台班)$$

由此亦可计算该搅拌机的时间定额:

$$1/36=0.028(台班/m^3)$$

2.3 人工、材料、机械台班单价

分项工程单价包括人工单价、材料价格(材料预算价格)、机械台班单价(机械台班使用费)三种。本节介绍的三种单价与前述已经介绍的三种消耗量结合即形成针对某一单位建筑产品的人工费、材料费和机械费。

2.3.1 人工单价

人工单价是指一个建筑安装生产工人一个工作日在计价时应计入的全部人工费用。反映了工资水平和工人在工作日内可得到的报酬,是正确计算人工费和工程造价的前提和基础。

2.3.1.1 人工单价的构成

人工单价包括基本工资、工资性补贴、生产工人辅助工资、职工福利费、生产工人劳动保护费。

基本工资按照岗位工资、技能工资和工龄计算。岗位工资设 8 个岗次，技能工资分初级工、中级工、高级工、技师和高级技师五类标准，共分 26 挡。

2.3.1.2 人工单价的确定方法

（1）基本工资的计算公式如下：

$$基本工次 (G_1) = \frac{生产工人平均月工资}{年平均每月法定工作日}$$

其中，年平均每月法定工作日=（全年日历日-法定假日）/12。

法定假日指双休日和法定节日，目前按照 52 个双休日和 11 个法定节日（国庆、春节各 3 天，新年、清明、劳动、端午、中秋各 1 天）计算。

（2）工资性补贴 是指按规定标准发放的物价补贴、煤和燃气补贴、交通补贴、住房补贴、流动施工津贴及地区补贴等。

$$工资性补贴 (G_2) = \frac{\sum 年发放标准}{全年日历日-法定假日} + \frac{\sum 月发放标准}{年平均每月法定工作日} + 每工作日发放标准$$

（3）生产工人辅助工资 是指生产工人年有效施工天数以外无效工作日的工资，包括职工学习、培训期间的工资，调动工作、探亲、休假期间的工资，因气候影响的停工工资，女工哺乳期间的工资，病假在 6 个月以内的工资以及产、婚、丧假期的工资。

$$生产工人辅助工资 (G_3) = \frac{全年无效工作日}{全年日历日-法定假日} \times (G_1+G_2)$$

（4）职工福利费 指按规定标准计提的职工福利费。

$$职工福利费 (G_4) = (G_1+G_2) \times 福利费计取比例$$

（5）生产工人劳动保护费按下式计算：

$$生产工人劳动保护费 (G_5) = \frac{生产工人年平均支出劳动保护费}{全年日历日-法定假日}$$

（6）日工资单价的计算方法如下：

$$日工资单价 (G) = G_1+G_2+G_3+G_4+G_5$$

根据计算特点，也可以写成：

$$日工资单价 (G) = (G_1+G_2) \times (1+福利费计取比例)+G_3+G_5$$

【例 2.11】 某地区建筑企业生产工人基本工资 60 元/工日，工资性补贴 10 元/工日，生产工人辅助工资 6 元/工日，职工福利费按 2% 计提，生产工人劳动保护费 2.5 元/工日，求该地区人工日工资单价。

【解】

$$日工资单价 (G) = G_1+G_2+G_3+G_4+G_5$$
$$= (G_1+G_2) \times (1+福利费计取比例)+G_3+G_5$$
$$= (60+10) \times (1+2\%)+6+2.5 = 79.9 \ (元/工日)$$

2.3.1.3 影响人工单价的因素

影响人工单价的因素很多，一般包括以下方面。

（1）社会平均工资水平 建筑安装工人人工单价必需和社会平均水平趋同，社会平均工资水平取决于社会经济发展水平，经济水平的迅速增长必然带来平均工资的大幅增长，从而影响人工单价的大幅提高。

（2）生活消费指数 生活消费指数的提高会影响人工单价的提高，以抵消生活水平的相对下降或维持原来的生活水平。生活消费指数的变动取决于物价的变动，特别是生活消费品物价的变动。

（3）人工单价的组成内容　人工单价的组成内容的变化对人工单价有直接的影响。例如养老保险、医疗保险、失业保险、住房公积金等社会保障体系的内容等，如列入人工单价，会使人工单价提高。

（4）劳动力市场供需变化　这是市场供求关系在人工单价上的体现。劳动力市场需求大于供给，人工单价就会提高；供给大于需求，激烈的市场竞争将会导致人工单价下降。

（5）政府推行的社会保障和福利政策也会影响人工单价的变动。

2.3.2　材料价格

材料费占建筑安装工程费总造价约 60%～70%，是直接工程费的主要组成部分，合理确定材料价格，正确计算材料价格，有利于合理确定和有效控制工程造价。

2.3.2.1　材料价格的构成

是指材料（包括构件、成品及半成品等）从其来源地（或交货地点、供应者仓库、提货地点）到达工地仓库（施工地点内存放材料的地点）后出库的综合平均价格。

它包括材料原价（或供应价格）、材料运杂费用、运输损耗费用、采购及保管费。采用供应价格时应计算供销部门手续费。在计价时应包括单独列项计算的材料一般检验试验费用。即：

$$材料费 = \sum(材料消耗量 \times 材料基价) + 检验试验费$$

材料价格可以按照适用范围分为地区材料价格和某工程专用材料价格两类，两者的编制方法和原理相同，但具体数据的选用有所不同。

2.3.2.2　材料价格的确定方法

（1）材料原价（材料供应价）　指材料的出厂价格、进口材料抵岸价或销售部门的批发牌价及市场采购价格，也可采用定额管理部门提供的信息价。

对于同一种材料，因来源地、交货地、供货单位、生产厂家等不同而有多种价格时，应根据不同来源地供货数量采取加权平均的方法确定其综合原价。

（2）材料运杂费　指材料由来源地运至工地仓库或指定堆放地点所发生的全部费用，包括运费、装卸及其他附加工作费。

因来源地不同而有多种运费标准时，应根据不同来源地供货数量采取加权平均的方法确定其综合运杂费。

（3）运输损耗　指应考虑的材料运输装卸中不可避免的运输损耗费用。

$$运输损耗 = (材料原价 + 材料运杂费) \times 运输损耗率$$

因来源地不同而有多种运输损耗率时，首先计算不同来源地的运输损耗标准，再根据不同来源地供货数量采取加权平均的方法确定其综合运输损耗。

（4）采购及保管费　指材料供应部门（包括工地仓库及其以上各级材料主管部门）在组织采购、供应和保管材料过程中所需的各项费用，包括采购费、仓储费、工地管理费和仓储损耗。

$$采购保管费 = (材料原价 + 材料运杂费 + 运输损耗) \times 采购保管费率$$

综上所述：材料预算价格 = （材料供应价 + 材料运杂费）×（1 + 运输损耗率）×

（1 + 采购保管费率）

【例 2.12】　某工地水泥由两个不同的供货单位供应，其采购量及相关费用见表 2.8，试确定该工地水泥的预算价格（基价）。

表 2.8　材料价格相关内容表

采购地点	采购量/t	原价/(元/t)	运杂费/(元/t)	运输损耗率/%	采购及保管费费率/%
A	400	245	22	0.6	3
B	350	255	20	0.5	

【解】　加权平均原价：$(245×400＋255×350)/(400＋350)＝249.67$（元/t）

加权平均运杂费：$(22×400＋20×350)/(400＋350)＝21.07$（元/t）

A 来源地运输损耗费：$(245＋22)×0.6\%＝1.60$（元/t）

B 来源地运输损耗费：$(255＋20)×0.5\%＝1.38$（元/t）

加权平均运输损耗费：$(245×1.60＋255×1.38)/(245＋255)＝1.49$（元/t）

预算价格（基价）：$(249.67＋21.07＋1.49)×(1＋3\%)＝280.40$（元/t）

2.3.2.3　影响材料价格的因素

材料价格的影响因素很多，主要包括以下几个方面：

(1) 市场供求变化　市场供求变化会影响材料预算价格的变化，供给大于需求，价格就会下降，反之，价格就会上升。

(2) 材料生产成本的变化　材料生产成本直接涉及材料原价的变化，会引起材料预算价格的变化。

(3) 流通环节及供应体制的影响　流通环节增多，会使材料预算价格上升，供应体制涉及供销部门手续费，也是材料预算价格中包含的内容。

(4) 运输距离和运输方法　直接影响材料预算价格中的运杂费内容，因此运输距离和运输方法会对材料预算价格产生影响。

(5) 国际市场行情会对材料价格产生影响　因国际市场材料的总体供应格局的变化，材料价格尤其是进口材料的价格直接受到影响。

2.3.3　机械台班单价

2.3.3.1　机械台班单价的构成

施工机械台班单价是指一台施工机械，在正常的运转条件下一个工作班中所发生的全部费用。每台班按 8h 工作制计算。正确编制施工机械台班单价是合理计算及控制工程造价的重要基础。

施工机械台班单价由七项费用组成：折旧费、大修理费、经常修理费、安拆费及场外运输费、人工费、燃料动力费、其他费用（《2001 年全国统一施工机械台班费用编制规则》）。

2.3.3.2　机械台班单价的确定方法

机械台班单价由两类费用组成，即第一类费用和第二类费用。

第一类费用亦称不变费用，这一类费用不因施工地点和条件的变化而发生变化，它的大小与机械工作年限直接相关，其内容包括折旧费、机械大修理费、机械经常修理费、机械安拆费及场外运费四项内容；第二类费用亦称可变费用，这类费用是机械在施工运转时发生的费用，它常因施工地点和施工条件的变化而变化，它的大小与机械工作台班数直接相关，其内容包括人工费、燃料动力费、其他费用三项内容。

以下对机械台班单价的七个组成部分分别介绍。

(1) 折旧费　指施工机械在规定的使用期限内，陆续收回其原值并考虑购置资金的时间价值的费用。

$$台班折旧费＝\frac{机械预算价格×(1－残值率)×(1＋贷款利息系数)}{耐用总台班}$$

（1＋贷款利息系数）称为机械的时间价值系数。

$$贷款利息系数＝[(折旧年限＋1)/2]×年折现率$$

$$耐用总台班＝年工作台班×折旧年限$$

或

$$耐用总台班＝大修周期×大修理间隔台班$$

$$大修周期＝寿命期大修理次数＋1$$

机械残值率的取定见表2.9。

机械预算价格的确定包括以下两种情况。

① 国产机械的预算价格　国产机械的预算价格包括机械原值、供销部门手续费和一次运杂费以及车辆购置税。

表 2.9　机械残值率取定表

序号	机械分类	机械残值率/%	序号	机械分类	机械残值率/%
1	运输机械	2	3	中小型机械	4
2	特大型机械	3	4	掘进机械	5

机械原值可采用编制期施工企业已购进的施工机械成交价格、编制期国内施工机械展销会发布的参考价格或编制期施工机械生产厂及经销商的销售价格计算。

供销部门手续费和一次运杂费可按机械原值的5%计算。

车辆购置税以计税价格为基数计算：

$$车辆购置税＝计税价格×车辆购置税率$$

其中：

$$计税价格＝机械原值＋供销部门手续费和一次运杂费－增值税$$

② 进口机械预算价格　进口机械的预算价格按照机械原值、关税、增值税、消费税、外贸手续费和国内运杂费、财务费、车辆购置税之和计算。进口机械的机械原值按其到岸价格取定。

其中关税、增值税、消费税及财务费执行编制期国家相关规定，并参照实际发生的费用计算。

外贸手续费和国内运杂费按费率方式计算：计费基数为到岸价格，费率为6.5%。

车辆购置税的计税价格包括到岸价格、关税和消费税三项之和。

（2）台班大修理费　指机械设备按规定的大修间隔台班进行必要的大修理，以恢复机械正常功能所需的费用。台班大修理费是机械使用期限内全部修理费之和在台班中的分摊费用。

$$台班大修理费＝\frac{一次大修理费×寿命期内大修理次数}{耐用总台班}$$

（3）经常修理费　指施工机械除大修理以外的各级保养和临时故障排除所需的费用。台班经常修理费以大修理费为基数采用乘系数的方式计算

$$台班经常修理费＝台班大修理费×台班经常修理费系数$$

（4）安拆费及场外运费　台班安拆费指施工机械在现场进行安装与拆卸所需的人工、材料、机械和试运转费用以及机械辅助设施的折旧、搭设、拆除等费用；场外运费指施工机械整体或分体自停放地点运至施工现场或由一施工地点运至另一施工地点的运输、装卸、辅助材料及架线等费用。

$$台班安拆费及场外运费＝\frac{一次安拆费及场外运费×年平均安拆次数}{年工作台班}$$

一般小型、中型机械的安拆费及场处运费计入台班单价；大型机械的安拆费及场处运费单独计算，计入措施项目费中。

不需安装、拆卸且自身能开行的机械及固定在车间不需安装、拆卸及运输的机械，其安拆费及场外运费不计算。

（5）人工费　人工费指机上司机（司炉）和其他操作人员的工作日人工费及上述人员在施工机械规定的年工作台班以外的人工费。

$$台班人工费\left(1+\frac{年制度工作日-年工作台班}{年工作台班}\right)\times 人工日工资单价$$

（6）燃料动力费　指施工机械在运转作业中所耗用的各种燃料及水、电等费用。

$$台班燃料动力费＝台班燃料动力消耗量\times 相应单价$$

台班燃料动力消耗量可采用如下方法确定：

$$台班燃料动力消耗量＝（定额平均值+实测值\times 4+调查平均值）/6$$

（7）其他费用　指按照国家和有关部门规定应交纳的养路费、车船使用税、保险费及年检费用等。

$$台班其他费用＝\frac{年养路费+年车船使用费+年保险费+年检费用}{年工作台班}$$

【例2.13】　某型号10t自卸汽车，预算价格280000元/台，使用总台班3900台班，大修间隔650台班，年工作260台班，一次大修理费25400元，经常维修费系数$K＝1.48$，替换设备、工具附具费及润滑材料费43.40元/台班，机上人工消耗2.50工日/台班，人工单价42.50元/工日，柴油耗用46.82kg/台班，柴油预算价格4.35元/kg，养路费98.30元/台班。

【解】　第一类费用计算

机械台班折旧费：280000×（1－2%）/3900＝70.36（元/台班）

大修理费：

大修理次数：3900/650－1＝5次

台班大修理费：25400×5/3900＝32.56（元/台班）

经常维修费：32.56×1.48＝48.19（元/台班）

安拆费及场外运费：自卸汽车不需安装拆卸，属自行式机械，不计算安拆费及场外运费。

第一类费用小计：70.36＋32.56＋48.19＋0＝151.11（元/台班）

第二类费用计算

人工费：42.50×2.50＝106.25（元/台班）

燃料动力费：4.35×46.82＝203.67（元/台班）

其他费用：98.30（元/台班）

第二类费用小计：106.25＋203.67＋98.30＝408.22（元/台班）

机械台班单价：151.11＋408.22＝559.33（元/台班）

2.3.3.3　影响机械台班单价的因素

① 施工机械本身的价格。施工机械本身的价格直接影响机械台班折旧费，进而影响机械台班单价。

② 施工机械使用寿命。施工机械使用寿命通常指施工机械更新的时间，它是由机械自然因素、经济因素和技术因素所决定的，直接影响施工机械的台班折旧费、大修理费和经常修理费，因此对施工机械台班单价有直接的影响。

③ 施工机械的管理水平和市场供需变化。机械的使用效率、机械完好率及日常维护水

平均取决于管理水平高低，将对施工机械的台班单价有直接影响，而机械市场供需变化也会造成机械台班单价提高或降低。

④ 国家及地方征收税费、燃料税、车船使用税、养路费的调整变化，国家及地方有关施工机械征收税费政策的规定，将对施工机械台班单价产生较大影响。

2.3.4 工程单价

工程单价一般指单位假定建筑安装产品的价格，依综合程度的不同可分为工料单价、综合单价和全费用单价。

2.3.4.1 工料单价

工料单价只包括人工费、材料费和机械台班使用费（其中材料费中包括一般的检验试验费），一般以单位估价表的形式发布，亦称定额基价，用于定额计价模式。

$$分项工程单价＝人工费＋材料费＋机械费$$
$$人工费＝分项工程定额用工量×地区综合平均人工单价$$
$$材料费＝\sum（分项工程定额材料用量×相应材料价格）＋材料一般检验试验费$$
$$机械费＝\sum（分项工程机械台班使用量×相应机械台班单价）$$

2.3.4.2 综合单价

综合单价用于清单计价模式中，是指完成工程量清单中一个规定计量单位项目所需的人工费、材料费、机械使用费、管理费和利润，并考虑风险因素。

2.3.4.3 全费用单价

全费用单价是指构成工程造价的全部费用均包括在分项工程单价中。

2.4 预算定额

2.4.1 预算定额的概念

2.4.1.1 预算定额

预算定额是在正常合理的施工条件下，规定完成一定计量单位的分项工程或结构构件所必需的人工、材料和施工机械台班及其价值的消耗数量标准，是计算建筑安装产品价值的基础。

预算定额提供了造价与核算的统一尺度，是建设单位和施工单位建立经济关系的重要基础。

2.4.1.2 预算定额的作用

① 预算定额是编制施工图预算、确定和控制建筑安装工程造价的基础。

② 预算定额是对设计方案进行技术经济比较和分析的依据。

③ 预算定额是施工单位进行经济活动分析的依据。

④ 预算定额是编制标底、投标报价的基础。

⑤ 预算定额是编制概算定额的基础。

2.4.2 预算定额的编制

2.4.2.1 预算定额的编制原则

（1）按社会平均水平确定预算定额的原则　在现有的社会正常生产条件下，在平均劳动熟练程度和劳动强度下，确定建筑工程预算定额水平。

预算定额的水平是以大多数施工单位的施工定额水平为基础，但不是简单地套用施工定额的水平（综合扩大及幅度差等）。

（2）简明适用的原则　项目划分合理，齐全。合理确定及统一工程量计量单位，尽量少留活口和减少换算工作量。

（3）坚持统一性和差别性相结合的原则　使建筑安装工程有统一的计价依据，考核设计和施工的经济效果有统一的尺度，使部门和地区之间有可比性，保证了通过定额和工程造价的管理实现建筑安装工程价格的宏观调控；同时保证各部门和省、自治区、直辖市主管部门在其管辖范围内，根据本部门和地区的具体情况制定部门和地区性定额、补充性制度和管理办法，以适应地区间、部门间发展不平衡和差异大的情况。

2.4.2.2　预算定额的编制依据

① 现行劳动定额、现行预算定额。

② 现行设计规范、通用标准图集，施工及验收规范、质量评定标准和安全操作规程。

③ 新技术、新结构、新材料和先进的施工方法等。

④ 有关科学试验、技术测定和统计、经验资料。

2.4.2.3　预算定额的编制步骤

（1）准备工作阶段　成立编制机构，拟定编制方案。

（2）收集资料阶段　收集基础资料，专题座谈，收集现行规定、规范和政策法规资料，收集定额管理部门的资料，进行专项审查与试验。

（3）定额编制阶段　确定编制细则，确定定额的项目划分和工程量计算规则，定额人工、材料、机械台班耗用量的计算、复核和测算。

（4）定额审核报批阶段　审核定稿，预算定额水平测算、征求意见，修改整理报批，编写编制说明、立档、成卷。

2.4.2.4　预算定额的编制方法

（1）确定预算定额的计量单位　根据分项工程或结构构件的形体特征及其变化规律确定，并常采用扩大计量单位。一般采用两位小数精度，个别材料采用三位小数。

① 计量单位的确定原则　预算定额计量单位的确定应与定额项目相适应，应能够充分反映分项工程或结构构件的形体特征，确切反映分项工程或结构构件的消耗量，有利于减少项目简化计算，能够准确反映定额所包括的综合工作内容。施工定额的计量单位是按工序或施工过程来确定的，应注意与预算定额有所不同。

② 计量单位的选择　定额计量单位的选择，主要根据分项工程或结构构件的形体特征和变化规律，按公制或自然单位确定。

对于三维尺寸均变化的形体，采用 m³ 为计量单位，如土方、砌体、钢筋混凝土构件等；对于二维尺寸变化，第三维不变的形体，采用 m² 为计量单位，如楼地面、门窗、抹灰、油漆等；对于一维尺寸变化，另二维不变的形体，采用 m 为计量单位，如扶手、踢脚线、装饰线等；单位体积的设备或材料重量变化较大的，采用 t 或 kg 为计量单位，如金属构件、设备制作安装等；形状没有规律且难以度量的，采用套、台、座、件、个、组等自然单位，如铸铁弯头、卫生洁具、灯具、阀门等。

需要说明的是，出于工程量计算的简化而人为规定计算单位的情况，如现浇混凝土楼梯，如按实计算，以立方米为计量单位，其工作量很大，定额编制时，将现浇钢筋混凝土楼梯的各种消耗量与其水平投影面积建立数据关联，采用按平方米测算的方式编制定额，使用时应阅读工程量计算规则，了解怎样按其水平投影面积计算工程量。又如，门窗油漆工程虽然是按门窗的面积计算，但消耗量指标是指门窗框、扇涂刷油漆消耗量，这是因为在编制定额时，已经将门窗油漆的消耗量与门窗面积建立了数据关联。

（2）按典型设计图纸和资料计算工程量　计算出工程量后，可利用其他基础性定额提供的劳动量、材料和机械消耗指标确定预算定额所含工序的消耗量。

（3）确定预算定额各项目人工、材料和机械台班消耗指标

① 人工工日消耗量的计算　预算定额的工日消耗量不同于前述人工消耗定额，人工消耗定额是以工序为对象，按工序的时间消耗构成计算的，而预算定额工日消耗量是以分项工程或结构构件为研究对象，是构成某一分项工程或结构构件的众多工序的有机组合，它是按照用工的性质进行区别和编制的，是对前述基础性定额的综合扩大。

预算定额工日消耗量一般以劳动定额或现场观测资料为基础计算，包括基本用工和其他用工两类。

基本用工指完成该分项工程的主要用工量。由于预算定额的划项比劳动定额更加综合扩大，劳动定额中相关的数项内容可以在预算定额中综合成一项，如劳动定额中砖基础按不同的墙厚度划分，而在预算定额中可以综合不同的墙厚编制。这就需要按照不同墙厚统计的比例，加权平均计算出综合的人工消耗。

$$基本用工＝\sum（综合取定的工程量×相应的劳动定额）$$

其他用工包括超运距用工、辅助用工和人工幅度差。

超运距用工指劳动定额中已包括的材料、半成品场内水平搬运距离与预算定额所考虑的现场材料、半成品堆放地点到操作地点的水平运输距离之差所增加的用工。

$$超运距＝预算定额取定的运距－劳动定额已包括的运距$$

$$超运距用工＝\sum（超运距材料数量×相应的时间定额）$$

辅助用工指技术工种劳动定额内不包括而在预算定额内又必须考虑的用工，例如材料加工（筛砂子、洗石子、淋化石膏等）用工。

$$辅助用工＝\sum（材料加工数量×相应的时间定额）$$

人工幅度差指劳动定额中未包括而在正常施工情况下不可避免但又难以计量的用工和各种工时损失，体现了预算定额对劳动定额的综合性。

$$人工幅度差＝（基本用工＋超运距用工＋辅助用工）×人工幅度差系数$$

人工幅度差所考虑的内容：各工程间的工序搭接及交叉作业相互配合或影响发生的停歇用工；施工机械在单位工程之间转移及临时水电线路移动所造成的用工；质量检查和隐蔽工程验收工作的影响；班组操作地点转移用工；工序交接时对前一工序不可避免的修整用工；施工中不可避免的其他零星用工。

以上人工消耗量指标确定的方法，是以劳动定额或施工定额为基础进行计算的。

人工消耗量指标的确定，还可以采用以现场测定资料为基础的方式，采用观察法（一般多用计时观察法）中的测时法、写实记录法、工作日写实法等方法测定工时消耗数值，再加一定的人工幅度差来确定预算定额人工消耗量。这种方法适用于劳动定额缺项时预算定额的编制。

【例2.14】　某地区预算定额人工挖地槽项目中某一子目按槽深1.5m，三类土编制。现行劳动定额中，挖地槽槽深1.5m以内，按底宽分为0.8m以内、1.5m以内、3m以外三个子目，其时间定额分别为0.482工日/m³、0.421工日/m³、0.399工日/m³。并规定底宽超过1.5m，如为单面抛土者，时间定额应乘1.15，人工幅度差按10%计算。本例不计算辅助用工及超运距用工。

经典型图纸工程量测算，结果如下：槽深1.5m以内，槽底宽0.8m以内、1.5m以内、3m以外的工程量比例为50%、30%、20%。槽底宽3.0m以内，单面抛土的工程量占

45％。试确定1m³槽深1.5m以内的预算定额工日消耗量。

【解】

基本用工：$0.482×50％＋0.421×30％＋\{0.399×1.15×(20％×45％)＋0.399×1.00×[20％×(1−45％)]\}=0.453$（工日/m³）

辅助用工及超运距用工，本例不计算。

人工幅度差：$0.453×10％=0.045$（工日/m³）

预算定额工日消耗量：$0.453＋0.045=0.498$（工日/m³）

由上列计算可知，计算出的工日消耗量综合了不同的槽宽、单双面抛土的情况，适用条件是槽深1.5m以内。

② 材料消耗指标的计算　预算定额的材料消耗量由材料的净用量与损耗量构成，从消耗内容上看，包括为完成该分项工程或结构构件的施工任务必需的各种实体性材料，从引起消耗的因素看，包括直接构成工程实体的材料净用量、发生在施工现场该施工过程中的材料合理损耗量。

预算定额中材料消耗量确定的方法有观测法、试验法、统计法和理论计算法四种，具体方法与前述劳动定额（施工定额）所述一致，但需注意的是，两种定额的材料损耗率不同，预算定额中的材料损耗较劳动定额（施工定额）中的范围更广，它考虑了整个施工现场范围内的材料堆放、运输、制备、制作及施工操作过程中的损耗。此外在确定预算定额中的材料消耗量时，还必须结合分项工程或结构构件所包括的工程内容、分项工程或结构构件的工程量计算规则等因素对材料消耗量的影响。

材料根据使用要求可分为主要材料、辅助材料、周转性材料以及其他材料。

主要材料指直接构成工程实体的材料，其中包括成品、半成品等。

需要注意的是：预算定额的计量单位常常采用扩大计量单位，如下面例子中分项工程的计算单位为10m³；另外，预算定额中的工程量计算规则的相对综合及简化，是因为在制定定额时，从计算上已经考虑。

以下以理论计算法为例，结合前述劳动定额（施工定额）中的相关内容，介绍预算定额主要材料消耗量的计算。

【例2.15】　经测定计算，每10m³一砖标准砖墙，墙体中梁头、板头体积占2.8％，0.3m²以内孔洞体积占1％，突出部分墙面的砌体占0.54％。试计算标准砖和砂浆的定额消耗量。

【解】　定额净用量＝理论净用量×(1＋计算规则中不增加的部分比例−计算规则中不扣除部分比例)

预算定额中砖的净用量：$529.10×(1＋0.54％−2.8％−1％)×10＝529.10×0.9674×10＝5119$（块/10m³）

预算定额中砌筑砂浆净用量：$2.26×0.9674×10＝21.86$（m³/10m³）

砖的消耗量：$5119×(1＋1％)＝5170$（块/10m³）

砂浆消耗量：$21.86×(1＋1％)＝22.08$（m³/10m³）

预算定额中砖墙工程量计算规则中应有类似如下描述：不扣除梁头、板头及0.3m²以内的孔洞等所占的体积；不增加突出墙面的窗台虎头砖、门窗套及三皮砖以内的腰线等体积。预算定额的编制方法必然体现在计算规则及说明中，作为使用者，应了解定额的编制方法，熟练掌握其计算规则及说明。

辅助材料是指构成工程实体中除主要材料外的其他材料，如钢钉、钢丝等。

周转性材料指多次使用但不构成工程实体的摊销材料，如脚手架、模板等。

其他材料指用量较少、难以计量的零星材料，如棉纱等。

③ 机械台班消耗量的计算 机械台班消耗量指标的确定是指完成一定计量单位的分项工程或结构构件所必需的各种机械台班的消耗数量。一般确定方法有两种，一种以施工定额的机械台班消耗定额为基础来确定；另一种是以现场实测数据为依据来确定。

以施工定额为基础的机械台班消耗量的确定：此法以施工定额中的机械台班消耗量为基础再考虑机械幅度差来计算预算定额的机械台班消耗量。预算定额机械台班消耗量＝施工定额中机械台班消耗量＋机械幅度差＝施工定额中机械台班消耗量×（1＋机械幅度差系数）

机械幅度差指施工定额中没有包括，但实际施工中又必需的机械台班用量。从时间上看其主要考虑内容如下：施工中机械转移工作面及配套机械相互影响损失的时间；在正常施工条件下机械施工中不可避免的工作间歇；检查工程质量影响机械操作的时间；临时水电线路在施工过程中移动所发生的不可避免的机械操作间歇时间；冬期施工发动机械的时间；不同品牌机械的工效差别、临时维修、小修、停电等引起的机械停歇时间；工程收尾和工作量不饱满所损失的时间。

以现场实测数据为基础的机械台班消耗量的确定：对于施工定额中缺项的项目，在编制预算定额的机械台班消耗量时，需通过对机械现场实地观测得到的机械台班消耗量，并在此基础上考虑适当的机械幅度差来确定机械台班消耗量。

2.4.3 预算定额的内容及应用

2.4.3.1 预算定额的组成内容

建筑安装工程预算定额的内容，一般由总说明、建筑面积计算规则、分部分项工程说明、分部分项工程定额项目表、有关附录组成。

2.4.3.2 预算定额的应用

《全国统一建筑工程基础定额》是一种消耗量定额，它是各地区编制本地区预算定额的基础资料，以下实例参照其相关资料，介绍预算定额的使用方法。

（1）预算定额的直接套用 当分项工程的设计要求与定额的工作内容完全相符时，可以直接套用定额。通常按照分部工程—定额节—定额表—定额项目的顺序找出所需项目。此类情况在编制施工图预算中属大多数情况，套用定额时的要点如下。

① 根据施工图纸、设计说明、工程做法说明、分项工程施工过程划分选择合适的定额子目。

② 从工程内容、技术特征、施工方法、材料机械规格与型号等方面核对与定额规定的一致性。

③ 分项工程的名称、计量单位必须要与预算定额相一致，即计量口径一致。

④ 注意定额表头包括的工作内容，对于不包括在其中的内容，应另列项目计取。

⑤ 注意定额表附注的内容，它是定额表的一个补充和完善，套用时应严格执行。

【例2.16】 某住宅地面铺花岗石，铺贴工程量为123.56m²，试计算该地面铺贴的人工、材料、机械台班消耗量。

【解】 定额消耗量中某些材料是半成品，需要根据定额附录的资料进行原材料分析。

查"表2.10《全国统一建筑工程基础定额》土建下册-GJD-101-95（摘录）"，并参考表2.10附注内容。

人工工日消耗量

综合人工：（24.17/100）×123.56＝29.86（工日）

材料消耗量

花岗岩板：（101.50/100）×123.56＝125.41（m²）

白水泥：（10.00/100）×123.56＝12.36（kg）

麻袋：（22.00/100）×123.56＝27.18（m²）

棉纱头：$(1.00/100) \times 123.56 = 1.24$（kg）

锯木屑：$(0.60/100) \times 123.56 = 0.74$（m³）

石料切割锯片：$(1.68/100) \times 123.56 = 2.08$（片）

水：$(2.60/100) \times 123.56 = 3.21$（m³）

配合比材料消耗量

32.5 水泥（1：2.5 水泥砂浆、素水泥浆）：$(2.02/100) \times 123.56 \times 490.00 + (0.10/100) \times 123.56 \times 1517.00 = 1410.44$（g）

粗砂（1：2.5 水泥砂浆）：$(2.02/100) \times 123.56 \times 1.03 = 2.57$（m³）

机械台班消耗量

灰浆搅拌机 200L：$(0.34/100) \times 123.56 = 0.42$（台班）

石料切割机：$(1.60/100) \times 123.56 = 1.98$（台班）

表 2.10　《全国统一建筑工程基础定额》土建下册-GJD-101-95（摘录）

工作内容：1. 清理基层、锯板磨边、贴花岗岩、擦缝、清理净面。
　　　　　2. 调制水泥砂浆、刷素水泥浆。

单位：100m²

定　额　编　号		8-57	8-58	8-59	8-60
项　　目	单位	楼地面	楼梯	台阶	零星装饰
		水泥砂浆			
人工　综合人工	工日	24.17	63.07	50.14	57.40
材料　花岗岩板	m²	101.50	144.69	156.88	117.66
水泥砂浆 1：2.5	m³	2.02	2.76	2.99	2.24
素水泥浆	m³	0.10	0.14	0.15	0.11
白水泥	kg	10.00	14.00	15.00	11.00
麻袋	m²	22.00	30.03	32.56	—
棉纱头	kg	1.00	1.37	1.48	2.00
锯木屑	m³	0.60	0.82	0.90	0.67
石料切割锯片	片	1.68	2.10	1.61	1.91
水	m³	2.60	3.55	3.85	2.89
机械　灰浆搅拌机 200L	台班	0.34	0.46	0.50	0.37
石料切割机	台班	1.60	6.84	6.72	6.84

注：配合比数据：每立方米 1：2.5 水泥砂浆含 32.5 级水泥 490.00kg、粗砂 1.03m³；每立方米素水泥浆含 32.5 级水泥 1517.00kg。

（2）定额的调整与换算　当分项工程的设计要求与定额的工作内容不完全相符且按定额的有关规定允许调整换算时，应以相近定额项为基础，进行相应的调整和换算后使用，使用时在定额项目编号的右下角注明"换"字。定额的调整与换算通常有以下几种形式。

① 砂浆、混凝土配合比换算（换入换出法换算）　即当图纸要求的砂浆、混凝土配合比与定额工作内容或定额表中的内容不同时，应按照定额规定的换算范围及方法进行换算。

换算后定额的消耗量＝原定额消耗量＋（图纸要求的砂浆、混凝土单位用量－定额中砂浆、混凝土单位用量）×定额砂浆、混凝土用量。

【例 2.17】　某工程现浇钢筋混凝土矩形柱，图纸计算工程量为 48.32m³，混凝土标号为 C30。试计算完成该柱混凝土浇捣的人工、材料、机械台班消耗量。

【解】 查表2.11《全国统一建筑工程基础定额》土建上册-GJD-101-95中的5-401。

表2.11 《全国统一建筑工程基础定额》土建上册-GJD-101-95（摘录）

工作内容：1. 混凝土水平运输。2. 混凝土搅拌、捣固、养护。

单位：10m³

定 额 编 号		单位	5-401	5-402	5-403	5-404
项 目			柱			升板柱帽
			矩形	圆形、多边形	构造柱	
人工	综合工日	工日	21.64	22.43	25.62	30.90
材料	现浇混凝土C25	m³	9.86	9.86	9.86	9.86
	草袋子	m²	1.00	0.86	0.84	—
	水	m³	9.09	8.91	8.99	8.52
	水泥砂浆1：2	m³	0.31	0.31	0.31	0.31
机械	混凝土搅拌机400L	台班	0.62	0.62	0.62	0.62
	混凝土振捣器（插入式）	台班	1.24	1.24	1.24	1.24
	灰浆搅拌机200L	台班	0.04	0.04	0.04	0.04

注：配合比数据：每立方米C25混凝土含32.5级水泥376.00kg、砂0.43m³、40碎石0.87m³。每立方米C30混凝土含32.5级水泥411.00kg、砂0.43m³、40碎石0.88m³。每立方米1：2水泥砂浆含32.5级水泥458.00kg、砂1.01m³。

换算定额，确定定额消耗量：依据图纸资料，相近项为5-401，则换算后引用此子目时编号为5-401$_换$，计算单位为10m³。

本例仅涉及材料配合比的换算，换算前后的定额单位含量并无变化，依定额规定，不做人工、机械的相应调整。配合比构成材料无含量变化时，其消耗量无变化。为练习使用，题目假定混凝土及砂浆中的水泥为同一种水泥。

综合工日：21.64（工日）

混凝土搅拌机400L：0.62（台班）

混凝土振捣器（插入式）：1.24（台班）

灰浆搅拌机200L：0.04（台班）

32.5级水泥消耗量（混凝土）：411.00×9.86＝4052.46（kg）

32.5级水泥消耗量（砂浆）：0.31×458.00＝141.98（kg）

小计 32.5级水泥消耗量：4052.46＋141.98＝4194.44（kg）

砂子（混凝土）：0.43×9.86＝4.24（m³）

砂子（砂浆）：1.01×0.31＝0.31（m³）

小计 砂子消耗量：4.24＋0.31＝4.55（m³）

40碎石：0.88×9.86＝8.68（m³）

草袋子：1.00（m²）

水：9.09（m³）

套用定额，计算工程消耗量：

套用上述换算后的定额，计算人工、材料、机械台班消耗量。

定额编号：5-401$_换$

综合工日：21.64/10×48.32＝104.56（工日）

混凝土搅拌机400L：0.62/10×48.32＝2.10（台班）

混凝土振捣器（插入式）：1.24/10×48.32＝5.99（台班）

灰浆搅拌机 200L：0.04/10×48.32＝0.19（台班）

32.5 级水泥消耗量：4194.44/10×48.32＝20267.53（kg）

砂子消耗量：4.55/10×48.32＝21.99（m³）

40 碎石：8.68/10×48.32＝41.94（m³）

草袋子：1.00/10×48.32＝4.83（m²）

水：9.09/10×48.32＝43.92（m³）

② 系数增减换算　依据定额规定进行增减量或乘系数方式换算。当设计的工程项目内容与定额规定的相应内容不完全相符时，按定额规定对定额中的人工、材料、机械台班消耗量乘以大于（或小于）1 的系数进行换算或用增加或减少相应消耗量的方法换算。

这类换算方法是定额规定，必须执行，它既扩大了定额的使用范围，同时又减少了换算的工作量。

（3）补充定额　当分项工程或结构构件的设计要求与定额适用范围和规定内容完全不符合或虽然有相近之处，但定额规定这种情况不允许换算时，也包括由于采用新结构、新材料、新工艺、新方法而在预算定额中没有这类项目而缺项时，均应另行补充预算定额。

补充定额一般表现为两种情况：地区性补充定额和一次性使用的临时定额。

2.5　概算定额

2.5.1　概算定额的概念

2.5.1.1　概算定额

概算定额亦称扩大结构定额，是指完成一定计量单位的扩大分项工程或扩大结构构件所需消耗的人工、材料和机械台班的数量标准。

2.5.1.2　概算定额与预算定额的比较

概算定额是在施工定额或预算定额的基础上，以形象部位为对象将若干个相联系的分项工程项目综合、扩大合并成为一个概算定额项目，亦称"扩大结构定额"。例如，可将场地平整、挖槽（坑）、基底夯实、铺设垫层、钢筋混凝土基础、砖基础、防潮层、填土、运土等多个预算定额项目综合合并成一个"砖（钢筋混凝土）基础"项目，作为一个概算定额项目使用。又如，可规定概算定额项目"现浇钢筋混凝土楼面"，综合合并预算定额中的现浇钢筋混凝土模板、钢筋、振捣、楼板面找平层、面层、板底抹灰、刷浆等多个项目。

概算定额与预算定额的不同之处主要在于项目划分粗细程度和综合扩大程度上的差异，两者的作用也不相同。但两者的定额水平一致，均为社会平均水平，指在正常情况下，大多数企业及工人所能完成和达到的水平。

2.5.1.3　概算定额的作用

① 编制初步设计概算、修正概算、设计概算的主要依据。

② 编制主要材料需要量的计算基础，为合理组织材料供应提供条件。

③ 编制建设工程概算指标和投资估算指标的依据。

④ 是快速编制施工图预算、标底、投标报价的依据之一。

2.5.2　概算定额的编制

2.5.2.1　概算定额的编制原则

概算定额的编制深度，要适应设计的要求，在保证设计概算质量的提前下，应贯彻社会平均水平和简明适用的原则。

2.5.2.2 概算定额的编制依据

① 现行的施工定额、预算定额。

② 现行的人工工资标准、材料单价、机械台班单价。

③ 现行的设计标准、规范、施工标准和验收规范。

④ 典型、有代表性的标准设计图纸、标准图集、通用图集和其他设计资料。

⑤ 现行概算定额。

2.5.2.3 概算定额的编制步骤

概算定额的编制一般分三个阶段进行，即准备阶段、编制阶段和审查报批阶段。

2.5.3 概算定额的内容及应用

2.5.3.1 概算定额的内容和形式

其表现形式由于专业特点和地区的差异而有所不同，但基本内容一般包括目录、文字说明、定额项目表和附录等部分。

① 文字说明部分 包括总说明、分部说明等。

② 定额项目表 是定额手册的核心内容，它由定额编号、项目名称、定额单位、估价表、综合内容、工料消耗组成。

2.5.3.2 概算定额应用规则

① 符合概算定额的应用范围。

② 应保证工程内容、计量单位以及综合程度应与概算定额的有关规定一致。

③ 必需的调整和换算应严格按定额的文字说明和附录执行。

2.6 概算指标

2.6.1 概算指标的概念

2.6.1.1 概算指标

概算指标通常是以整个建（构）筑物为对象，以建筑面积、体积或成套设备装置的台或组为计算单位而规定的人工、材料和机械台班的消耗量标准和造价指标。它是一种比概算定额更加综合扩大的定额指标。

2.6.1.2 概算指标的分类

可分为建筑工程、安装工程概算指标两大类。

建筑工程概算指标包括一般土建工程、水、暖、电、通信工程概算指标。

安装工程概算指标包括机械设备、电器设备等概算指标。

2.6.1.3 概算指标的作用

① 作为编制投资估算的参考。

② 在初步设计阶段，概算指标是编制建设工程初步设计概算的依据。

③ 其主要材料指标可作为估算主要材料用量的依据。

④ 是设计单位进行设计方案比较、建设单位选址的依据。

⑤ 是编制固定资料投资计划、确定投资拨款、贷款额度的主要依据。

2.6.2 概算指标的编制

2.6.2.1 概算指标的编制依据
① 标准设计图纸和各类工程典型设计。
② 国家颁发的建筑标准、设计规范、施工规范等。
③ 各类工程造价资料。
④ 现行的概算定额、预算定额及补充定额资料。
⑤ 人工工资标准、材料预算价格、机械台班预算价格及其他资料。

2.6.2.2 概算指标的编制原则
① 按平均水平确定概算指标的原则。
② 概算指标的表现形式应贯彻简明适用的原则。
③ 依据的工程设计资料应具有代表性，技术上先进、经济上合理。

2.6.3 概算指标的内容及应用

概算指标的主要内容由总说明、分册说明、经济指标及结构特征组成。

2.6.3.1 总说明及分册说明
总说明主要包括概算指标编制依据、作用、适用范围、分册情况及总体共性问题的说明；分册说明仅对本册所涉及的具体问题做必要的说明。

2.6.3.2 经济指标
是概算指标的核心部分，包括单项工程或单位工程的平方米造价指标、扩大分项工程量指标、主要材料消耗指标及工日消耗指标等。

2.6.3.3 结构特征及应用
结构特征指在概算指标内标明建筑物示意图，并对其建筑、结构基本特征所进行的描述，它是使用概算指标时必须要核对的资料。

概算指标的编制是针对典型有代表性的某类工程或某一工程编制的，因此使用概算指标时，首先必须要比较两者的结构特征，然后再进行套用或换算使用。

2.7 施工图预算

2.7.1 施工图预算的分类及作用

施工图预算是施工图设计预算的简称。它是在施工图设计完成后，根据施工图，按照各专业工程的预算工程量计算规则并考虑施工组织设计中确定的施工方案和施工方法，按照现行预算定额、工程建设费用定额、材料预算价格和建设主管部门规定的计算程序及取费规定等，确定单位工程、单项工程及建设项目建筑安装工程造价的技术和经济文件。

2.7.1.1 施工图预算的分类
包括单位工程预算、单项工程预算和建设项目总预算。
单位工程预算又可按不同专业分为一般土建工程、给水排水工程预算、暖通工程预算、电气照明工程预算、工业管道工程预算和特殊构筑物工程预算。
本章只介绍一般土建工程施工图预算的编制。

2.7.1.2 施工图预算的作用
① 施工图预算是进行招标投标的基础。推行了工程量清单计价方法以后，传统的施工

图预算在投标报价中的作用逐渐淡化，但施工预算的原理、依据、方法和编制程序仍是招标投标活动中投标报价的重要参考资料。

② 施工图预算是施工单位组织材料、机具、设备及劳动力供应的依据，是施工企业编制进度计划、进行经济核算的依据，也是施工单位拟定降低成本措施和按照工程量计算结果编制施工预算的依据。

③ 施工图预算是甲乙双方统计已完工程量，办理工程结算和拨付工程款的依据。

④ 施工图预算是工程造价管理部门监督、检查执行定额标准、合理确定工程造价、测算造价指数及审定招标工程标底的依据。

2.7.2 施工图预算的编制依据

① 施工图纸及说明书和标准图集。
② 现行预算定额。
③ 人工、材料、机械台班预算价格及调价规定。
④ 施工组织设计或施工方案。
⑤ 费用定额及取费标准。
⑥ 预算工作手册及有关工具书。

2.7.3 施工图预算的编制方法

单位工程施工图预算编制方法通常有单价法和实物法两种方法。

2.7.3.1 单价法

是利用预算定额中各分项工程相应的定额单价来编制施工图预算的方法。

其编制步骤如下：搜集各种编制依据资料→熟悉施工图纸、定额，了解工程情况→计算工程量→套用预算定额单价→计算其他各项费用并汇总造价→复核→编制说明、填写封面。

单价法编制工作简单，便于进行技术经济分析，但应进行价差调整。

2.7.3.2 实物法

实物法是首先计算出分项工程量，然后套用相应预算人工、材料、机械台班的定额用量，汇总求和，再分别乘以工程所在地当时的人工、材料、机械台班的实际单价，得到直接工程费，然后按规定计取其他各项费用，最后汇总即可得出单位工程施工图预算造价。其编制步骤如下：搜集各种编制依据资料→熟悉施工图纸、定额，了解工程情况→计算工程量→套用相应预算定额人工、材料、机械台班消耗量→按当时当地人工、材料、机械台班实际单价，计算并汇总人工费、材料费和机械费→计算其他各项费用并汇总造价→复核→编制说明、填写封面。

人工、材料和机械台班的消耗量标准，在建材产品、标准、设计、施工技术及其相关规范和工艺水平等没有大的突破性变化之前是相对稳定的，因此，它是合理确定和有效控制造价的依据。

在市场经济条件下，人工、材料和机械台班的实际单价是随市场而变化的，而且它们是影响工程造价最活跃、最主要的因素。实物法编制施工图预算，采用工程所在地的当时人工、材料、机械台班价格，较好地反映实际价格水平，工程造价的准确性高，但其计算过程较繁琐，宜用计算机辅助。

图2.4为单价法和实物法两种方法的比较。

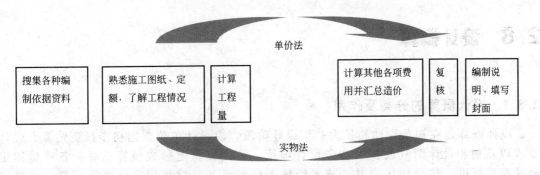

套用预算定额，计算分项工程费用

单价法

| 搜集各种编制依据资料 | 熟悉施工图纸、定额，了解工程情况 | 计算工程量 | 计算其他各项费用并汇总造价 | 复核 | 编制说明、填写封面 |

实物法

套用预算定额，计算分项工程各消耗量，按当时当地人工、材料、机械台班实际单价计算人工费、材料费和机械费，汇总计算分项工程费用。

图 2.4　单价法与实物法计算流程比较

2.7.4　工程量计算方法

2.7.4.1　工程量的含义

工程量是根据设计图纸、按定额的分项工程以物理计量单位或自然计量单位表示的实物数量。

2.7.4.2　工程量计算依据

施工图纸及设计说明、施工组织设计、预算定额。

2.7.4.3　工程量的计算顺序

按照一定的顺序依次进行工程量计算，既可以节省时间，加快计算进度，又可以避免漏算或重算。

（1）单位工程计算顺序　有按施工顺序计算法和按定额顺序计算法两种。

（2）单个分项工程计算顺序　计算顺序有按照顺时针方向计算；按横竖、上下、左右的顺序计算；按轴线编号顺序计算；按图纸构、配件编号分类依次计算。

（3）按统筹法计算工程量　在工程量计算中，线、面等计算基数重复多次使用，根据此特点，运用统筹法原理，依据计算过程的内在联系，按先主后次统筹安排计算程序，从而简化繁琐的计算，形成了统筹法计算工程量的计算方法。

① 利用基数、连续计算　"三线一面"：外墙外边线（L外）、外墙中心线（L中）、内墙净长线（L内）、首层建筑面积（S）。

② 统筹程序、合理安排　一般按施工程序和定额程序进行，没有充分利用项目之间的内在联系。采用统筹程序，合理安排，可克服计算上的重复。

施工或定额顺序实例：室内回填土→地面垫层→找平层→地面面层，长×宽计算四次。

统筹法计算顺序实例：地面面层→室内回填土→地面垫层→找平层，长×宽计算一次。

③ 一次算出、多次使用　事先将常用数据一次算出，汇编成《建筑工程工程量计算手册》，当需要计算相关的工程量时，通过查阅手册实现快速计算。

④ 结合实际、灵活机动　主要有分段法和补加补减法等。

注意计算基数时的准确性，因其对后续计算的影响较大（70%～80%的工程量计算的依据）。

2.8 设计概算

2.8.1 设计概算的分类及作用

设计概算是在初步设计和扩大初步设计阶段，由设计单位根据初步投资估算、设计要求以及初步设计图纸或扩大初步设计图纸，依据概算定额或概算指标、各项费用定额或取费标准、建设地区自然、技术经济条件和设备、材料预算价格等资料，或参照类似工程预（决）算文件编制和确定的建设项目由筹建至竣工交付使用的全部建设费用的文件。

设计概算的编制应包括编制期价格、费率、利率、汇率等确定静态投资和编制期到竣工验收期前的工程和价格变化等多种因素的动态投资两部分。

静态投资作为考核工程设计和施工图预算的依据；动态投资则作为筹措、供应和控制资金使用的限额。

2.8.1.1 设计概算的分类

设计概算可分为单位工程概算、单项工程综合概算和建设项目总概算三级。

各级概算之间的相互关系如图 2.5 所示。

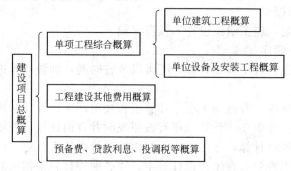

图 2.5 建设项目总概算构成略图

（1）单位工程概算 是确定各单位工程建设费用的文件，是编制单项工程综合概算的依据，是单项工程综合概算的组成部分。对一般工业与民用建筑工程而言，单位工程概算按其工程性质可分为建筑工程概算和设备及安装工程概算两大类。

建筑工程概算又可按不同专业分为土建工程概算，给水排水、采暖工程概算，通风、空调工程概算，电气照明工程概算，弱电工程概算，特殊构筑物工程概算等。

设备及安装工程概算包括机械设备及安装工程概算、电气设备及安装工程概算等。

（2）单项工程综合概算 单项工程综合概算是确定一个单项工程所需建设费用的文件，是由单项工程中各单位工程概算汇总编制而成的，是建设项目总概算的组成部分。对一般工业与民用建筑工程而言，单项工程综合概算的组成内容如图 2.6 所示。

当一个建设项目只有一个单项工程或不编制总概算时，应将拟列于建设项目总概算中的工程建设其他费用概算列入到单项工程综合概算中。

（3）建设项目总概算 建设项目总概算由各单项工程综合概算、工程建设其他费用概

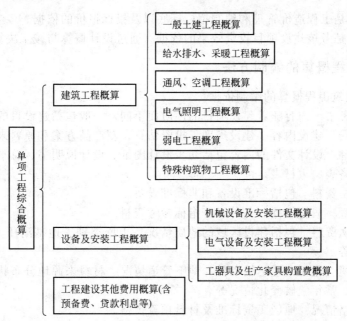

图 2.6 单项工程综合概算、单位工程概算的组成内容

算、预备费、贷款利息等概算汇总编制而成，如图 2.7 所示。

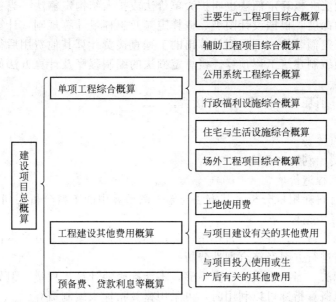

图 2.7 建设项目总概算的组成

2.8.1.2 设计概算的作用

设计概算是工程建设最初阶段的经济文件。

① 设计概算是制订工程建设计划，确定和控制建设项目投资，编制基本建设计划的依据。经批准的建设项目总概算的投资额是该工程建设投资的最高限额。

② 设计概算一经批准，将作为银行控制该建设项目投资的最高限额，设计概算是确定贷款总额和签订贷款合同的依据。

③ 设计概算是控制施工图设计和施工图预算的依据。

④ 设计概算是衡量设计方案经济合理性和选择设计方案的依据。

⑤ 设计概算是工程造价管理和编制招标标底以及投标报价的依据。

⑥ 设计概算是考核建设项目投资效果的依据（通过设计概算与竣工决算对比）。

2.8.2 单位工程概算的编制方法

2.8.2.1 单位建筑工程概算的编制依据

（1）设计任务书 内容随着建设项目的性质而不同，一般包括建设目的、建设规模、建设根据、建设布局、建设内容、建设进度、投资估算、新产品方案和原料来源等。

（2）设计文件 设计文件的内容包括初步设计图纸、设计说明书、总平面布置图、工程项目一览表、设备表、主材表。

（3）设备价格资料 包括标准设备和非标准设备。

（4）概算定额、概算指标、各种经济指标参考资料。

（5）地质水文资料 包括建设区域的地质情况、土壤类别、地基耐压力（承载力）、地下水位冰冻深度等。

（6）地理环境 包括交通运输条件、地下管道情况、材料来源地分布状况、水电资源状况及其线路来源、常年气候变化情况等。

（7）地区价格情况 地区工资标准及材料预算价格。

（8）取费标准 包括措施费、管理费、规费、利润和税金等费用的取费标准。

2.8.2.2 单位工程概算的主要编制方法

（1）概算定额法 概算定额法也叫扩大单价法或扩大结构定额法。当初步设计或扩大初步设计达到一定的深度，根据设计图纸、概算定额及工程量计算规则，计算各种扩大结构的工程量。套用概算定额基价，再根据计算出的工程直接费计算其他费用后得到概算价格，它类似于用预算定额编制建筑工程预算。概算定额法的编制程序及计算方法如下：

① 列项、算量。

② 套价、计算消耗量、计算定额直接费。

③ 价差调整。

④ 计算其他直接费。

⑤ 计算间接费、利润和税金。

⑥ 计算单位工程造价。

⑦ 进行主要材料耗用量分析，其方法与施工图预算中的工料分析相同。

⑧ 计算技术经济指标。

一般以工程概算造价、各种材料耗用量除以建筑面积以单位平方米指标表示，技术经济指标便于设计人员进行方案经济合理性分析。

（2）概算指标法 当初步设计深度不够，不能准确地计算工程量，但如果采用的技术比较成熟而又有类似概算指标可以利用时，可采用概算指标来编制概算。

当设计对象在结构特征、地质及自然条件上与概算指标完全相同时（如基础埋深及形式、层高、墙体、楼板等主要承重构件相同），可直接套用概算指标编制概算。

当选用的概算指标与设计对象的结构特征有局部不同时，则需要对该概算指标进行修正，然后用修正的概算指标进行计算。

对概算指标进行修正，主要有以下两种方法。

① 对概算单价修正

单位造价修正指标＝原指标单价－（换出的结构构件费用/1000）＋（换入的结构构件费用/1000），（应用于概算指标以 1000m^2 为计量单位时）。

② 对消耗量的修正 这种方法是从原指标的工料数量中减去与设计对象不同的结构构

件的人工、材料数量和机械使用台班，再加上所需的结构构件的人工、材料数量和机械使用台班。换入和换出的结构构件人工、材料数量和机械使用台班，是根据换入和换出的结构构件的工程量乘以相应的定额中的人工、材料数量和机械使用台班计算出来的。这种方法不是从概算单价着手修正，而是直接修正指标中的工料数量。

概算指标法编制概算的步骤如下：

① 计算建筑面积。

② 选择相似建筑的概算指标。应尽可能地选择结构特征与初步设计图纸最接近的单位工程概算指标。

③ 计算人工费、材料费及其他材料费（用其他材料费占主要材料费的百分比计算）、机械费（用概算指标机械费占材料费的百分比计算）。

④ 计算定额直接费。

⑤ 计算其他直接费、间接费、利润和税金。

⑥ 计算工程概算造价。

（3）类似工程预算法　利用技术条件与设计对象相类似的已完工程或在建工程的工程造价资料来编制拟建工程设计概算的方法。具体做法是以原有的相似工程的预算为基础，按编制概算指标的方法求出单位工程的概算指标，再按概算指标法编制建筑工程概算。

类似工程预算法适用于拟建工程初步设计与已完工程或在建工程的设计相类似又没有可用的概算指标时采用，但必须对建筑结构差异和价差进行调整。

差异内容应该考虑设计对象与类似预算的设计在建筑结构、地区工资、材料预算价格、施工机械使用费、间接费用等方面的差异。建筑结构差异可参照修正概算指标的方法进行修正。价格差异的处理方法如下：类似工程造价资料有具体的人工、材料、机械台班的用量时，可按类似工程造价资料中的主要工日数量、主要材料用量、机械台班使用量乘以拟建工程所在地的人工单价、主要材料预算价格、机械台班单价，计算出定额直接费，再按当地取费标准计取其他各项费用，即可得出所需的造价指标。类似工程造价资料只有人工、材料、机械台班费用和其他直接费、现场经费、间接费时，需编制修正系数。计算修正系数时，先求类似预算的工人工资、材料费、其他直接费、现场经费、间接费等在全部价值中所占比重，然后分别求其修正系数，最后结合差异系数（拟建工程与类似工程所在地区的各组成部分的差异系数）求出总的修正系数。用总修正系数乘以类似预算的价值，就可以得到概算价值。

根据类似工程编制预算步骤如下：

① 选择类似工程的工程预算。

② 当拟建筑工程与类似预算工程在结构构造上有部分差异时，将上述每平方米建筑面积造价及人工、主要材料数量进行修正。

③ 当拟建工程与类似预算工程的人工工资标准、材料预算价格、机械台班使用费及有关费用有差异时，测算调整系数。

④ 计算拟建工程建筑面积。

⑤ 根据拟建工程建筑面积和类似预算资料、修正数据、修正系数，计算出拟建工程的造价和各项经济指标。

以上三种方法以概算定额法误差最小，但程序繁琐，其应用直接受初步设计深度影响；类似工程预算法的应用性介于其他两种方法之间。由于设计概算主要应用于决算和方案选择，因此无论用何种方法计算均与实际造价有 $10\%\sim20\%$ 的误差，特别是在类似工程预算法中，类似工程与拟建工程的相似性以及工料消耗的可比性对概算的精确性均有较大的影响。

2.8.2.3 设备及设备安装工程概算

包括设备购置费用概算和设备安装工程费用两部分。

(1) 设备购置费用概算 设备购置费由设备原价和运杂费组成。设备原价包括标准设备原价和国产非标准设备原价。设备运杂费包括运输、包装、装卸等费用。

(2) 设备安装工程预算 其编制方法有预算单价法、扩大单价法、设备价值百分比法和综合吨位指标法等。

① 预算单价法 当初步设计较深,有详细的设备清单时,可直接按安装工程预算定额单价编制设备安装工程概算,概算程序基本同于安装工程施工图预算。

② 扩大单价法 当初步设计深度不够,设备清单不完备,只有主体设备或仅有成套设备重量时,可采用主体设备、成套设备的综合扩大安装单价来编制概算。

③ 设备价值百分比法(又称安装设备百分比法) 当初步设计深度不够,只有设备出厂价而无详细规格、重量时,安装费可按占设备费的百分比计算。该法常用于价格波动不大的定型产品和通用设备产品。

④ 综合吨位指标法 当初步设计提供的设备清单有规格和设备重量时,可采用综合吨位指标编制概算,其综合吨位指标由主管部门或由设计单位根据已完类似工程资料确定。该法常用于设备价格波动较大的非标准设备和引进设备的安装工程概算。

2.8.3 单项工程综合概算的编制方法

2.8.3.1 单项工程综合概算的含义

单项工程综合概算是根据单项工程内各专业单位工程概算和工器具及生产家具购置费汇总而成的,是确定单项工程建设费用的综合性文件,是建设项目总概算的组成部分。

如果建设项目只含有一个单项工程,则单项工程的综合概算造价中还应包括其他建设费用的概算造价。

2.8.3.2 单项工程综合概算的内容

一般包括编制说明和综合概算表(含其所附的单位工程概算和建筑材料表)。当建设项目只有一个单项工程时,此时单项工程综合概算文件除包括上述两大部分外,还应包括工程建设其他费用、建设期贷款利息、预备费等概算,此时,单项工程综合概算实际上为建设项目的总概算。

(1) 编制说明 包括以下几项。

① 工程概况 包括单项工程的建设规模、投资、主要材料和设备的消耗数量。

② 编制依据 说明设计文件依据、定额依据、价格依据及费用指标依据等。

③ 编制方法及有关问题说明。

(2) 综合概算表及其示例 单项工程综合概算表是按国家统一规定的格式设计的。除将该单项工程所包括的所有单位工程概算按费用构成和项目划分填入表内外,还需列出技术经济指标。

2.8.4 建设项目总概算的编制方法

2.8.4.1 建设项目总概算

建设项目总概算是设计文件的重要组成部分,是确定整个建设项目从筹建到竣工交付使用所预计全部建设费用的总文件。它由各单项工程综合概算、工程建设其他费用、建设期贷款利息、预备费等固定资产投资和经营性项目的铺底流动资金概算所组成。按照主管部门规定的统一表格进行编制。

2.8.4.2　建设项目总概算的内容

　　① 封面、签署页。

　　② 编制说明　包括工程概况、资金来源及投资方式、编制依据及编制原则、编制方法、投资分析及其他需要说明的问题。

　　③ 总概算表　总概算表应反映静态投资和动态投资两部分。静态投资是按设计概算编制期价格、费率、利率、汇率等确定的投资；动态投资是指概算编制时期至竣工验收前因价格变化等多种因素所需的投资。

　　④ 工程建设其他费用概算表。

　　⑤ 单项工程综合概算表，建筑安装单位工程概算表。

　　⑥ 工程量计算表和工、料数量汇总表。

　　⑦ 分年度投资汇总表和分年度资金流量汇总表。

复习思考题

　　1. 定额按其反映的生产要求共分为哪几类？各自的定义是什么？

　　2. 工序的概念及其特征是什么？

　　3. 定额时间共包括哪五个部分？

　　4. 时间定额与产量定额的概念是什么？

　　5. 根据材料消耗与工程实体的关系，施工中的材料可分为哪两大类？解释其概念并举例说明。

　　6. 简述确定机械消耗定额的主要步骤。

　　7. 人工单价由哪五个部分构成？

　　8. 对于不同来源的的同一种材料，应如何确定其原价？

　　9. 机械台班单价应包括的内容有哪些？

　　10. 预算定额的概念是什么？

　　11. 预算定额编制应遵循哪些原则？

　　12. 建筑安装工程预算定额一般包括哪些内容？

　　13. 什么是概算定额？

　　14. 概算定额与预算定额有何不同？

　　15. 什么是概算指标？

　　16. 概算指标的作用有哪些？

　　17. 简述施工图预算的概念。

　　18. 什么是实物法？简述用实物法编制施工图预算的步骤。

　　19. 解释设计概算的含义。

　　20. 解释单项工程综合概算的含义。

3 装饰装修工程清单项目工程量的计算

3.1 建筑装饰装修工程量计算的依据及注意事项

建筑装饰装修工程的工程量计算与建筑工程量计算一样，是以施工图及施工说明为计算依据的。

工程量是指以自然计量单位或物理计量单位所表示的建筑装饰装修各分项工程或结构构件的数量。

自然计量单位是指建筑装饰装修成品表现在自然状态下的简单点数所表示的个、条、樘、块等计量单位。例如，卫生洁具安装以组为计量单位，灯具安装以套为计量单位，回、送风口以个为计量单位。

物理计量单位是指以物体的物理属性，采用法定计量单位表示工程完成的数量。例如，墙面、柱面工程和门窗工程等工程量以 m^2 为计量单位，窗帘盒、木压条等工程量以 m 为计量单位。

3.1.1 建筑装饰装修工程工程量计算的依据

① 施工图纸及设计说明、相关图集、设计变更、图纸答疑、会审记录等。
② 工程施工合同、招标文件的商务条款。
③ 工程量计算规则。

3.1.2 正确计算装饰装修工程量的注意事项

工程量计算是根据已会审的施工图所规定的各分项工程的尺寸、数量以及设备、构件、门窗等明细表和预算定额各分部工程量计算规则进行计算的。在计算工程中，应注意以下几个方面。

① 必须在熟悉和审查施工图的基础上进行，要严格按照清单计价规范的工程量计算规则进行计算，不得任意加大或缩小各部位的尺寸。例如，不能以轴线间距作为内墙净长距离。

② 为了便于核对和检查尺寸，避免重算或漏算，在计算工程量时，一定要注明层次、部位、轴线编号、断面符号。

③ 工程量计算公式中的数字应按一定次序排列，以利校核。计算面积时，一般按长×宽（高）的次序排列。

④ 为了减少重复劳动，提高编制预算工作效率，应尽量利用图纸上已注明的数据表和各种附表，如门窗、灯具明细表。

⑤ 为了防止重算或漏算，应按施工顺序，并结合清单计价规范中项目排列的顺序以及计算方法顺序计算。

⑥ 计算工程量时，应采用表格的方式进行，以利审核。

⑦ 计量单位必须和清单计价规范保持一致。

⑧ 加强自我检查复核。

3.2 建筑面积的计算

3.2.1 建筑面积计算的意义

建筑面积是指建筑物的水平平面面积，即外墙勒脚以上各层水平投影面积的总和。建筑面积包括使用面积、辅助面积和结构面积。使用面积是指建筑物各层平面布置中，可直接为生产或生活使用的净面积总和。居室净面积即民用建筑中的居住面积。辅助面积是指建筑物各层平面布置中为辅助生产或生活所占净面积的总和。使用面积与辅助面积的总和称为有效面积。结构面积是指建筑物各层平面布置中的墙体、柱等结构所占面积的总和。

建筑面积＝使用面积＋辅助面积＋结构面积

有效面积＝使用面积＋辅助面积

建筑面积＝有效面积＋结构面积

计算工业与民用建筑的建筑面积，总的规则是：凡是在结构上、使用上形成具有一定使用功能的建筑物和构筑物，并能单独计算出其水平面积及其相应消耗的人工、材料和机械用量的，应计算建筑面积；反之，不计算建筑面积。

建筑面积在装饰装修工程预算中的作用主要有以下几个方面。

① 建筑面积是计算装饰装修工程有关分部分项工程量的依据。如脚手架和楼地面的工程量大小均与建筑面积有关。

② 建筑面积是编制、控制和调整施工进度计划和竣工验收的重要指标。

③ 建筑面积是确定装饰装修工程各项技术经济指标的重要依据。例如：单方装饰装修工程造价、单方装饰装修工程劳动量消耗、单方装饰装修工程材料消耗指标等。

④ 建筑面积是选择概算指标和编制概算的主要依据。概算指标通常是以建筑面积为计量单位，用概算指标编制概算时，要以建筑面积为计算基础。

3.2.2 建筑面积的计算规则

按照《建筑工程建筑面积计算规范》(GB/T 50353—2005) 的规定，建筑面积的计算包括以下内容。

3.2.2.1 计算建筑面积的范围

① 单层建筑物的建筑面积，应按其外墙勒脚以上结构外围水平面积计算。并应符合下列规定。

a. 单层建筑物高度在 2.20m 及以上者应计算全面积；高度不足 2.20m 者应计算 1/2 面积。

b. 利用坡屋顶内空间时，顶板下表面至楼面的净高超过 2.10m 的部位应计算全面积；净高在 1.20m 至 2.10m 的部位应计算 1/2 面积；净高不足 1.20m 的部位不应计算面积。

其中净高指楼面或地面至上部楼板底面或吊顶底面之间的垂直距离。

勒脚如图 3.1 所示。

② 单层建筑物内设有局部楼层者，局部楼层的二层及以上楼层，有围护结构的应按其围护结构外围水平面积计算，无围护结构的应按其结构底板水平面积计算。层高在 2.20m

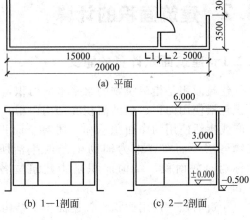

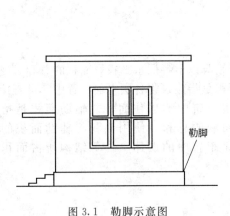

图 3.1　勒脚示意图　　　　　　　　图 3.2　有局部楼层的单层建筑物

及以上者应计算全面积；层高不足 2.20m 者应计算 1/2 面积。有局部楼层的单层建筑物如图 3.2 所示。

其中层高是指上下两层楼面结构标高之间的垂直距离。建筑物最底层的层高，有基础底板的指基础底板上表面结构标高至上层楼面的结构标高之间的垂直距离；没有基础底板的指地面标高至上层楼面结构标高之间的垂直距离。最上一层的层高是指楼面结构标高至屋面板板面结构标高之间的垂直距离，遇有以屋面板找坡的屋面，层高指楼面结构标高至屋面板最低处板面结构标高之间的垂直距离。

③ 多层建筑物首层应按其外墙勒脚以上结构的外围水平面积计算；二层及以上楼层应按其外墙结构外围水平面积计算。层高在 2.20m 及以上者应计算全面积；层高不足 2.20m 者应计算 1/2 面积。

④ 多层建筑坡屋顶内和场馆看台下，当设计加以利用时净高超过 2.10m 的部位应计算全面积；净高在 1.20m 至 2.10m 的部位应计算 1/2 面积；当设计不利用或室内净高不足 1.20m 时不应计算面积。

多层建筑坡屋顶内和场馆看台下的空间应视为坡屋顶内的空间，设计加以利用时，应按其净高确定其面积的计算。设计不利用的空间，不应计算建筑面积。

⑤ 地下室、半地下室（车间、商店、车站、车库、仓库等），包括相应的有永久性顶盖的出入口，应按其外墙上口（不包括采光井、外墙防潮层及其保护墙）外边线所围水平面积计算。层高在 2.20m 及以上者应计算全面积；层高不足 2.20m 者应计算 1/2 面积。

⑥ 坡地的建筑物吊脚架空层、深基础架空层，设计加以利用并有围护结构的，层高在 2.20m 及以上的部位应计算全面积；层高不足 2.20m 的部位应计算 1/2 面积。设计加以利用、无围护结构的建筑吊脚架空层，应按其利用部位水平面积的 1/2 计算；设计不利用的深基础架空层、坡地吊脚架空层、多层建筑坡屋顶内、场馆看台下的空间不应计算面积。坡地吊脚架空层如图 3.3 所示。

⑦ 建筑物的门厅、大厅按一层计算建筑面积。门厅、大厅内设有回廊时，应按其结构底板水平面积计算。回廊层高在 2.20m 及以上者应计算全面积；层高不足 2.20m 者应计算 1/2 面积。

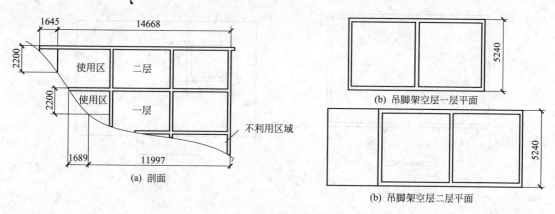

图 3.3 坡地吊脚架空层

⑧ 建筑物间有围护结构的架空走廊，应按其围护结构外围水平面积计算，层高在 2.20m 及以上者应计算全面积；层高不足 2.20m 者应计算 1/2 面积。有永久性顶盖无围护结构的应按其结构底板水平面积的 1/2 计算。

⑨ 立体书库、立体仓库、立体车库，无结构层的应按一层计算，有结构层的应按其结构层面积分别计算。层高在 2.20m 及以上者应计算全面积；层高不足 2.20m 者应计算 1/2 面积。仓库如图 3.4 所示。

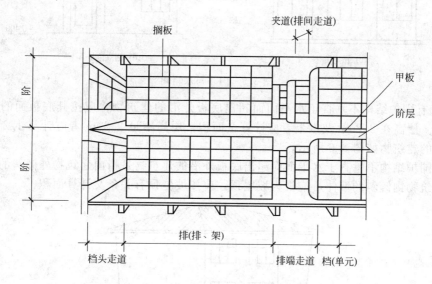

图 3.4 立体仓库

⑩ 有围护结构的舞台灯光控制室，应按其围护结构外围水平面积计算。层高在 2.20m 及以上者应计算全面积；层高不足 2.20m 者应计算 1/2 面积。

⑪ 建筑物外有围护结构的落地橱窗、门斗、挑廊、走廊、檐廊，应按其围护结构外围水平面积计算。层高在 2.20m 及以上者应计算全面积；层高不足 2.20m 者应计算 1/2 面积。有永久性顶盖无围护结构的应按其结构底板水平面积的 1/2 计算。

⑫ 有永久性顶盖无围护结构的场馆看台应按其顶盖水平投影面积的 1/2 计算。

⑬ 建筑物顶部有围护结构的楼梯间、水箱间、电梯机房等，层高在 2.20m 及以上者应计算全面积；层高不足 2.20m 者应计算 1/2 面积。门斗和水箱间如图 3.5 所示。

如果建筑物屋顶的楼梯间是坡屋顶，应按坡屋顶的相关条文计算面积。

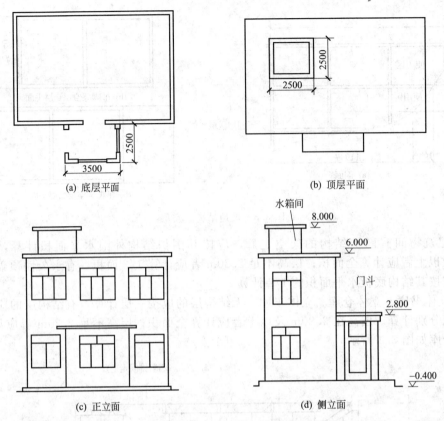

图 3.5　门斗与水箱间

⑭ 设有围护结构不垂直于水平面而超出底板外沿的建筑物，应按其底板面的外围水平面积计算。层高在 2.20m 及以上者应计算全面积；层高不足 2.20m 者应计算 1/2 面积。外墙内倾斜的建筑物如图 3.6 所示。

设有围护结构不垂直于水平面而超出底板外沿的建筑物是指向建筑物外倾斜的墙体，若遇有向建筑物内倾斜的墙体，应视为坡屋顶，应按坡屋顶有关条文计算面积。

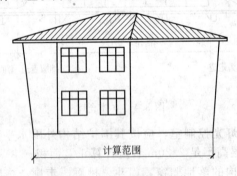

图 3.6　外墙内倾斜建筑物

⑮ 建筑物内的室内楼梯间、电梯井、观光电梯井、提物井、管道井、通风排气竖井、垃圾道、附墙烟囱应按建筑物的自然层计算。室内垃圾道和电梯井如图 3.7 所示。

室内楼梯间的面积计算，应按楼梯所依附的建筑物的自然层数计算并在建筑物面积内。遇跃层建筑，其共用的室内楼梯应按自然层计算面积；上下两错层户室共用的室内楼梯，应选上一层的自然层计算面积。户室错层如图 3.8 所示。

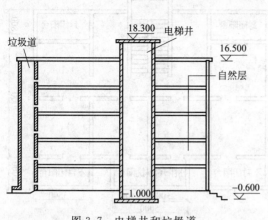

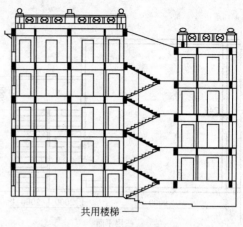

图 3.7　电梯井和垃圾道　　　　　　　　　图 3.8　户室错层示意图

⑯ 雨篷结构的外边线至外墙结构外边线的宽度超过 2.10m 者，应按雨篷结构板的水平投影面积的 1/2 计算。雨篷如图 3.9 所示。

雨篷均以其宽度超过 2.10m 或不超过 2.10m 衡量，超过 2.10m 者应按雨篷的结构板水平投影面积的 1/2 计算。有柱雨篷和无柱雨篷计算应一致。

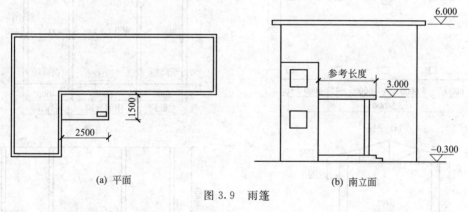

(a) 平面　　　　　　　　　　　　　(b) 南立面

图 3.9　雨篷

⑰ 有永久性顶盖的室外楼梯，应按建筑物自然层的水平投影面积的 1/2 计算。室外楼梯如图 3.10 所示。

室外楼梯，最上层楼梯无永久性顶盖或不能完全遮盖楼梯的雨篷，上层楼梯不计算面积，上层楼梯可视为下层楼梯的永久性顶盖，下层楼梯应计算面积。

⑱ 建筑物的阳台均应按其水平投影面积的 1/2 计算。阳台如图 3.11 所示。

建筑物的阳台，不论是凹阳台、挑阳台、封闭阳台、不封闭阳台均按其水平投影面积的一半计算。

⑲ 有永久性顶盖无围护结构的车棚、货棚、站台、加油站、收费站等，应按其顶盖水平投影面积的 1/2 计算。货棚如图 3.12 所示。

⑳ 高低联跨的建筑物，应以高跨结构外边线为界分别计算建筑面积；其高低跨内部连通时，变形缝应计算在低跨面积内。高低联跨的建筑物如图 3.13 所示。

㉑ 以幕墙作为围护结构的建筑物，应按幕墙外边线计算建筑面积。

㉒ 建筑物外墙外侧有保温隔热层的，应按保温隔热层外边线计算建筑面积。

㉓ 建筑物内的变形缝，应按其自然层合并在建筑物面积内计算。沉降缝和伸缩缝都属于变形缝，如图 3.14 和图 3.15 所示。

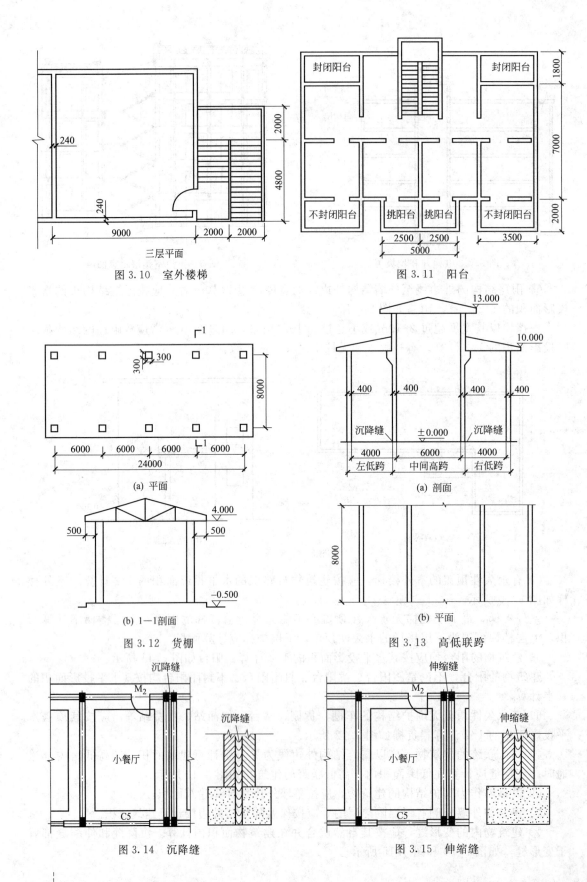

图 3.10 室外楼梯

图 3.11 阳台

图 3.12 货棚

图 3.13 高低联跨

图 3.14 沉降缝

图 3.15 伸缩缝

这里所说的变形缝是指与建筑物相联通的变形缝，即暴露在建筑物内，在建筑物内可以看得见的变形缝。

3.2.2.2　不计算建筑面积的范围

① 建筑物通道（骑楼、过街楼的底层）。

② 建筑物内的设备管道夹层，如图 3.16 所示。

③ 建筑物内分隔的单层房间，舞台及后台悬挂幕布、布景的天桥、挑台等。

④ 屋顶水箱、花架、凉棚、露台、露天游泳池。

⑤ 建筑物内的操作平台、上料平台、安装箱和罐体的平台。

⑥ 勒脚、附墙柱、垛、台阶、墙面抹

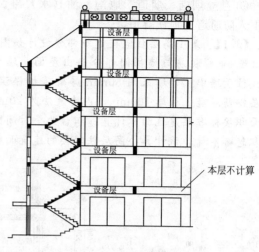

图 3.16　设备管道夹层

灰、装饰面、镶贴块料面层、装饰性幕墙、空调室外机搁板（箱）、飘窗、构件、配件、宽度在 2.10m 及以内的雨篷以及与建筑物内不相连通的装饰性阳台、挑廊。

⑦ 无永久性顶盖的架空走廊、室外楼梯和用于检修、消防等的室外钢楼梯、爬梯。

⑧ 自动扶梯、自动人行道。

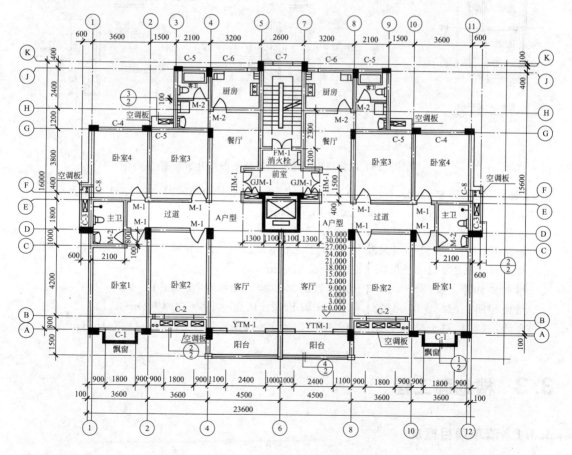

图 3.17　标准层平面图

⑨ 独立烟囱、烟道、地沟、油（水）罐、气柜、水塔、贮油（水）池、贮仓、栈桥、地下人防通道、地铁隧道。

【3.1】 某小高层住宅楼建筑部分设计如图 3.17 和图 3.18 所示，共 12 层，每层层高均为 3m，电梯机房与楼梯间部分凸出屋面。墙体除注明者外均为 200mm 厚加气混凝土墙，轴线位于墙中。外墙采用 50mm 厚聚苯板保温。楼面做法为 20mm 厚水泥砂浆抹面压光。楼层钢筋混凝土板厚 100mm，内墙做法为 20mm 厚混合砂浆抹面压光。为简化计算首层建筑面积按标准层建筑面积计算。阳台为全封闭阳台，轴上混凝土柱超过墙体宽度部分的建筑面积忽略不计，试计算小高层住宅楼的建筑面积。

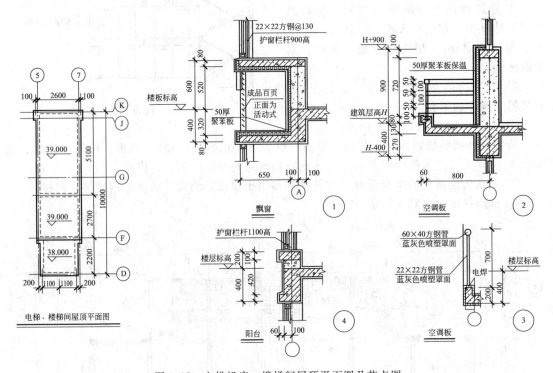

图 3.18 电梯机房、楼梯间屋顶平面图及节点图

【解】 建筑面积：$(23.6+0.05\times2)\times(12+0.1\times2+0.05\times2)=291.51$（m²）

$3.6\times(13.2+0.1\times2+0.05\times2)=48.6$（m²）

$0.4\times(2.6+0.1\times2+0.05\times2)=1.16$（m²）

扣除 C2 处：$(3.6-0.1\times2-0.05\times2)\times0.8\times2=5.28$（m²）

增阳台：$9.2\times(1.5-0.05)\times1/2=6.67$（m²）

增电梯机房：$(2.2+0.1\times2+0.05\times2)\times2.2\times1/2=2.75$（m²）

增楼梯间：$(2.8+0.05\times2)\times(7.8+0.1\times2+0.05\times2)=23.49$（m²）

合计：$(291.51+48.6+1.16+6.67-5.28)\times12+2.75+23.49=4138.16$（m²）

3.3 楼地面工程

3.3.1 清单项目概况

楼地面工程的清单项目组成见表 3.1。

表 3.1　楼地面工程清单项目

分 部 工 程	分 项 工 程
整体面层	水泥砂浆、现浇水磨石、细石混凝土、菱苦土
块料面层	石材、块料
橡塑面层	橡胶板、橡胶卷材、塑料板、塑料卷材
其他材料面层	地毯、竹木地板、防静电活动地板、金属复合地板
踢脚线	水泥砂浆、石材、块料、现浇水磨石、塑料板、木质、金属
楼梯面层装饰	石材、块料、水泥砂浆、现浇水磨石、地毯、木板
扶手、栏杆、栏板	金属、硬木、塑料扶手带栏杆栏板 金属、硬木、塑料靠墙扶手
台阶面层装饰	石材、块料、水泥砂浆、现浇水磨石、剁假石
零星装饰项目	石材、碎拼石材、块料、水泥砂浆

3.3.2　清单项目内容

3.3.2.1　水泥砂浆楼地面

① 工程量清单项目编码：020101001。

② 项目特征：垫层材料种类、厚度；找平层厚度、砂浆配合比；防水层厚度、材料种类；面层厚度、砂浆配合比。

③ 计量单位：m^2。

④ 工程量计算规则：按设计图示尺寸以面积计算。扣除凸出地面构筑物、设备基础、室内铁道、地沟等所占面积，不扣除间壁墙和 $0.3m^2$ 以内的柱、垛、附墙烟囱及孔洞所占面积。门洞、空圈、暖气包槽、壁龛的开口部分不增加面积。

⑤ 工程内容：基层清理；垫层铺设；抹找平层；防水层铺设；抹面层；材料运输。

3.3.2.2　现浇水磨石楼地面

① 工程量清单项目编码：020101002。

② 项目特征：垫层材料种类、厚度；找平层厚度、砂浆配合比；防水层厚度、材料种类；面层厚度、水泥石子浆配合比；嵌条材料种类、规格；石子种类、规格、颜色；颜料种类、颜色；图案要求；磨光、酸洗、打蜡要求。

③ 计量单位：m^2。

④ 工程量计算规则：按设计图示尺寸以面积计算。扣除凸出地面构筑物、设备基础、室内铁道、地沟等所占面积，不扣除间壁墙和 $0.3m^2$ 以内的柱、垛、附墙烟囱及孔洞所占面积。门洞、空圈、暖气包槽、壁龛的开口部分不增加面积。

⑤ 工程内容：基层清理；垫层铺设；抹找平层；防水层铺设；面层铺设；嵌缝条安装；磨光、酸洗、打蜡；材料运输。

3.3.2.3　细石混凝土楼地面

① 工程量清单项目编码：020101002。

② 项目特征：垫层材料种类、厚度；找平层厚度、砂浆配合比；防水层厚度、材料种类；面层厚度、混凝土强度等级。

③ 计量单位：m^2。

④ 工程量计算规则：按设计图示尺寸以面积计算。扣除凸出地面构筑物、设备基础、室内铁道、地沟等所占面积，不扣除间壁墙和 $0.3m^2$ 以内的柱、垛、附墙烟囱及孔洞所占面积。门洞、空圈、暖气包槽、壁龛的开口部分不增加面积。

⑤工程内容：基层清理；垫层铺设；抹找平层；防水层铺设；面层铺设；材料运输。

3.3.2.4 菱苦土楼地面

① 工程量清单项目编码：020101004。

② 项目特征：垫层材料种类、厚度；找平层厚度、砂浆配合比；防水层厚度、材料种类；面层厚度；打蜡要求。

③ 计量单位：m²。

④ 工程量计算规则：按设计图示尺寸以面积计算。扣除凸出地面构筑物、设备基础、室内铁道、地沟等所占面积，不扣除间壁墙和 0.3m² 以内的柱、垛、附墙烟囱及孔洞所占面积。门洞、空圈、暖气包槽、壁龛的开口部分不增加面积。

⑤工程内容：清理基层；垫层铺设；抹找平层；防水层铺设；面层铺设；打蜡；材料运输。

3.3.2.5 石材楼地面

① 工程量清单项目编码：020102001。

② 项目特征：垫层材料种类、厚度；找平层厚度、砂浆配合比；防水层厚度、材料种类；填充材料种类、厚度；结合层厚度、砂浆配合比；面层材料品种、规格、品牌、颜色；嵌缝材料种类；防护层材料种类；酸洗、打蜡要求。

③ 计量单位：m²。

④ 工程量计算规则：按设计图示尺寸以面积计算。扣除凸出地面构筑物、设备基础、室内铁道、地沟等所占面积，不扣除间壁墙和 0.3m² 以内的柱、垛、附墙烟囱及孔洞所占面积。门洞、空圈、暖气包槽、壁龛的开口部分不增加面积。

⑤工程内容：基层清理、铺设垫层、抹找平层；防水层铺设、填充层；面层铺设；嵌缝；刷防护材料；酸洗、打蜡；材料运输。

3.3.2.6 块料楼地面

① 工程量清单项目编码：020102002。

② 项目特征：垫层材料种类、厚度；找平层厚度、砂浆配合比；防水层、材料种类；填充材料种类、厚度；结合层厚度、砂浆配合比；面层材料品种、规格、品牌、颜色；嵌缝材料种类；防护层材料种类；酸洗、打蜡要求。

③ 计量单位：m²。

④ 工程量计算规则：按设计图示尺寸以面积计算。扣除凸出地面构筑物、设备基础、室内铁道、地沟等所占面积，不扣除间壁墙和 0.3m² 以内的柱、垛、附墙烟囱及孔洞所占面积。门洞、空圈、暖气包槽、壁龛的开口部分不增加面积。

⑤工程内容：基层清理、铺设垫层、抹找平层；防水层铺设、填充层；面层铺设；嵌缝；刷防护材料；酸洗、打蜡；材料运输。

3.3.2.7 橡胶板楼地面

① 工程量清单项目编码：020103001。

② 项目特征：找平层厚度、砂浆配合比；填充材料种类、厚度；粘接层厚度、材料种类；面层材料品种、规格、品牌、颜色；压线条种类。

③ 计量单位：m²。

④ 工程量计算规则：按设计图示尺寸以面积计算。门洞、空圈、暖气包槽、壁龛的开口部分并入相应的工程量内。

⑤工程内容：基层清理、抹找平层；铺设填充层；面层铺贴；压缝条装钉；材料运输。

3.3.2.8 橡胶卷材楼地面

① 工程量清单项目编码：020103002。

②项目特征：找平层厚度、砂浆配合比；填充材料种类、厚度；粘接层厚度、材料种类；面层材料品种、规格、品牌、颜色；压线条种类。

③计量单位：m²。

④工程量计算规则：按设计图示尺寸以面积计算。门洞、空圈、暖气包槽、壁龛的开口部分并入相应的工程量内。

⑤工程内容：基层清理、抹找平层；铺设填充层；面层铺贴；压缝条装钉；材料运输。

3.3.2.9　塑料板楼地面

①工程量清单项目编码：020103003。

②项目特征：找平层厚度、砂浆配合比；填充材料种类、厚度；粘接层厚度、材料种类；面层材料品种、规格、品牌、颜色；压线条种类。

③计量单位：m²。

④工程量计算规则：按设计图示尺寸以面积计算。门洞、空圈、暖气包槽、壁龛的开口部分并入相应的工程量内。

⑤工程内容：基层清理、抹找平层；铺设填充层；面层铺贴；压缝条装钉；材料运输。

3.3.2.10　塑料卷材楼地面

①工程量清单项目编码：020103004。

②项目特征：找平层厚度、砂浆配合比；填充材料种类、厚度；粘接层厚度、材料种类；面层材料品种、规格、品牌、颜色；压线条种类。

③计量单位：m²。

④工程量计算规则：按设计图示尺寸以面积计算。门洞、空圈、暖气包槽、壁龛的开口部分并入相应的工程量内。

⑤工程内容：基层清理、抹找平层；铺设填充层；面层铺贴；压缝条装钉；材料运输。

3.3.2.11　楼地面地毯

①工程量清单项目编码：020104001。

②项目特征：找平层厚度、砂浆配合比；填充材料种类、厚度；面层材料品种、规格、品牌、颜色；防护材料种类；粘接材料种类；压线条种类。

③计量单位：m²。

④工程量计算规则：按设计图示尺寸以面积计算。门洞、空圈、暖气包槽、壁龛的开口部分并入相应的工程量内。

⑤工程内容：基层清理、抹找平层；铺设填充层；铺贴面层；刷防护材料；装钉压条；材料运输。

3.3.2.12　竹木地板

①工程量清单项目编码：020104002。

②项目特征：找平层厚度、砂浆配合比；填充材料种类、厚度，找平层厚度、砂浆配合；龙骨材料种类、规格、铺设间距；基层材料种类、规格；面层材料品种、规格、品牌、颜色；粘接材料种类；防护材料种类；油漆品种、刷漆遍数。

③计量单位：m²。

④工程量计算规则：按设计图示尺寸以面积计算。门洞、空圈、暖气包槽、壁龛的开口部分并入相应的工程量内。

⑤工程内容：基层清理、抹找平层；铺设填充层；龙骨铺设；铺设基层；面层铺贴；刷防护材料；材料运输。

3.3.2.13　防静电活动地板

①工程量清单项目编码：020104003。

② 项目特征：找平层厚度、砂浆配合比；填充材料种类、厚度；找平层厚度、砂浆配合比；支架高度、材料种类；面层材料品种、规格、品牌、颜色；防护材料种类。

③ 计量单位：m²。

④ 工程量计算规则：按设计图示尺寸以面积计算。门洞、空圈、暖气包槽、壁龛的开口部分并入相应的工程量内。

⑤ 工程内容：基层清理、抹找平层；铺设填充层；固定支架安装；活动面层安装；刷防护材料；材料运输。

3.3.2.14 金属复合地板

① 工程量清单项目编码：020104004。

② 项目特征：找平层厚度、砂浆配合比；填充材料种类、厚度，找平层厚度、砂浆配合比；龙骨材料种类、规格、铺设间距；基层材料种类、规格；面层材料品种、规格、品牌；防护材料种类。

③ 计量单位：m²。

④ 工程量计算规则：按设计图示尺寸以面积计算。门洞、空圈、暖气包槽、壁龛的开口部分并入相应的工程量内。

⑤ 工程内容：基层清理、抹找平层；铺设填充层；龙骨铺设；基层铺设；面层铺贴；刷防护材料；材料运输。

3.3.2.15 水泥砂浆踢脚线

① 工程量清单项目编码：020105001。

② 项目特征：踢脚线高度；底层厚度、砂浆配合比；面层厚度、砂浆配合比。

③ 计量单位：m²。

④ 工程量计算规则：按设计图示长度乘以高度以面积计算。

⑤ 工程内容：基层清理；底层抹灰；面层铺贴；勾缝；磨光、酸洗、打蜡；刷防护材料；材料运输。

3.3.2.16 石材踢脚线

① 工程量清单项目编码：020105002。

② 项目特征：踢脚线高度；底层厚度、砂浆配合比；粘贴层厚度、材料种类；面层材料品种、规格、品牌、颜色；勾缝材料种类；防护材料种类。

③ 计量单位：m²。

④ 工程量计算规则：按设计图示长度乘以高度以面积计算。

⑤ 工程内容：基层清理；底层抹灰；面层铺贴；勾缝；磨光、酸洗、打蜡；刷防护材料；材料运输。

3.3.2.17 块料踢脚线

① 工程量清单项目编码：020105003。

② 项目特征：踢脚线高度；底层厚度、砂浆配合比；粘贴层厚度、材料种类；面层材料品种、规格、品牌、颜色；勾缝材料种类；防护材料种类。

③ 计量单位：m²。

④ 工程量计算规则：按设计图示长度乘以高度以面积计算。

⑤ 工程内容：基层清理；底层抹灰；面层铺贴；勾缝；磨光、酸洗、打蜡；刷防护材料；材料运输。

3.3.2.18 现浇水磨石踢脚线

① 工程量清单项目编码：020105004。

② 项目特征：踢脚线高度；底层厚度、砂浆配合比；面层厚度、水泥石子浆配合比；

石子种类、规格、颜色；颜料种类、颜色；磨光、酸洗、打蜡要求。

③ 计量单位：m²。

④ 工程量计算规则：按设计图示长度乘以高度以面积计算。

⑤ 工程内容：基层清理；底层抹灰；面层铺贴；勾缝；磨光、酸洗、打蜡；刷防护材料；材料运输。

3.3.2.19　塑料板踢脚线

① 工程量清单项目编码：020105005。

② 项目特征：踢脚线高度；底层厚度、砂浆配合比；粘接层厚度、材料种类；面层材料种类、规格、品牌、颜色。

③ 计量单位：m²。

④ 工程量计算规则：按设计图示长度乘以高度以面积计算。

⑤ 工程内容：基层清理；底层抹灰；面层铺贴；勾缝；磨光、酸洗、打蜡；刷防护材料；材料运输。

3.3.2.20　木质踢脚线

① 工程量清单项目编码：020105006。

② 项目特征：踢脚线高度；底层厚度、砂浆配合比；基层材料种类；面层材料品种、规格、品牌、颜色；防护材料种类；油漆品种、刷漆遍数。

③ 计量单位：m²。

④ 工程量计算规则：按设计图示长度乘以高度以面积计算。

⑤ 工程内容：基层清理；底层抹灰；基层铺贴；面层铺贴；刷防护材料；刷油漆；材料运输。

3.3.2.21　金属踢脚线

① 工程量清单项目编码：020105007。

② 项目特征：踢脚线高度；底层厚度、砂浆配合比；基层材料种类；面层材料品种、规格、品牌、颜色；防护材料种类；油漆品种、刷漆遍数。

③ 计量单位：m²。

④ 工程量计算规则：按设计图示长度乘以高度以面积计算。

⑤ 工程内容：基层清理；底层抹灰；基层铺贴；面层铺贴；刷防护材料；刷油漆；材料运输。

3.3.2.22　防静电踢脚线

① 工程量清单项目编码：020105008。

② 项目特征：踢脚线高度；底层厚度、砂浆配合比；基层材料种类；面层材料品种、规格、品牌、颜色；防护材料种类；油漆品种、刷漆遍数。

③ 计量单位：m²。

④ 工程量计算规则：按设计图示长度乘以高度以面积计算。

⑤ 工程内容：基层清理；底层抹灰；基层铺贴；面层铺贴；刷防护材料；刷油漆；材料运输。

3.3.2.23　石材楼梯面层

① 工程量清单项目编码：020106001。

② 项目特征：找平层厚度、砂浆配合比；粘接层厚度、材料种类；面层材料品种、规格、品牌、颜色；防滑条材料种类、规格；勾缝材料种类；防护层材料种类；酸洗、打蜡要求。

③ 计量单位：m²。

④ 工程量计算规则：按设计图示尺寸以楼梯（包括踏步、休息平台及 500mm 以内的楼梯井）水平投影面积计算。楼梯与楼地面相连时，算至梯口梁内侧边沿；无梯口梁者，算至最上一层踏步边沿加 300mm。

⑤ 工程内容：基层清理；抹找平层；面层铺贴；贴嵌防滑条；勾缝；刷防护材料；酸洗、打蜡；材料运输。

3.3.2.24 块料楼梯面层

① 工程量清单项目编码：020106002。

② 项目特征：找平层厚度、砂浆配合比；粘接层厚度、材料种类；面层材料品种、规格、品牌、颜色；防滑条材料种类、规格；勾缝材料种类；防护层材料种类；酸洗、打蜡要求。

③ 计量单位：m²。

④ 工程量计算规则：按设计图示尺寸以楼梯（包括踏步、休息平台及 500mm 以内的楼梯井）水平投影面积计算。楼梯与楼地面相连时，算至梯口梁内侧边沿；无梯口梁者，算至最上一层踏步边沿加 300mm。

⑤ 工程内容：基层清理；抹找平层；面层铺贴；贴嵌防滑条；勾缝；刷防护材料；酸洗、打蜡；材料运输。

3.3.2.25 水泥砂浆楼梯面

① 工程量清单项目编码：020106003。

② 项目特征：找平层厚度、砂浆配合比；面层厚度、砂浆配合比；防滑条材料种类、规格。

③ 计量单位：m²。

④ 工程量计算规则：按设计图示尺寸以楼梯（包括踏步、休息平台及 500mm 以内的楼梯井）水平投影面积计算。楼梯与楼地面相连时，算至梯口梁内侧边沿；无梯口梁者，算至最上一层踏步边沿加 300mm。

⑤ 工程内容：基层清理；抹找平层；抹面层；抹防滑条；材料运输。

3.3.2.26 现浇水磨石楼梯面

① 工程量清单项目编码：020106004。

② 项目特征：找平层厚度、砂浆配合比；面层厚度、水泥石子浆配合比；防滑条材料种类、规格；石子种类、规格、颜色；颜料种类、颜色；磨光、酸洗、打蜡要求。

③ 计量单位：m²。

④ 工程量计算规则：按设计图示尺寸以楼梯（包括踏步、休息平台及 500mm 以内的楼梯井）水平投影面积计算。楼梯与楼地面相连时，算至梯口梁内侧边沿；无梯口梁者，算至最上一层踏步边沿加 300mm。

⑤ 工程内容：基层清理；抹找平层；抹面层；贴嵌防滑条；磨光、酸洗、打蜡；材料运输。

3.3.2.27 地毯楼梯面

① 工程量清单项目编码：020106005。

② 项目特征：基层种类；找平层厚度、砂浆配合比；面层材料品种、规格、品牌、颜色；防护材料种类；粘接材料种类；固定配件材料种类、规格。

③ 计量单位：m²。

④ 工程量计算规则：按设计图示尺寸以楼梯（包括踏步、休息平台及 500mm 以内的楼梯井）水平投影面积计算。楼梯与楼地面相连时，算至梯口梁内侧边沿；无梯口梁者，算至最上一层踏步边沿加 300mm。

⑤ 工程内容：基层清理；抹找平层；铺贴面层；固定配件安装；刷防护材料；材料运输。

3.3.2.28 木板楼梯面

① 工程量清单项目编码：020106006。

② 项目特征：找平层厚度、砂浆配合比；基层材料种类、规格；面层材料品种、规格、品牌、颜色；粘接材料种类；防护材料种类；油漆品种、刷漆遍数。

③ 计量单位：m²。

④ 工程量计算规则：按设计图示尺寸以楼梯（包括踏步、休息平台及 500mm 以内的楼梯井）水平投影面积计算。楼梯与楼地面相连时，算至梯口梁内侧边沿；无梯口梁者，算至最上一层踏步边沿加 300mm。

⑤ 工程内容：基层清理；抹找平层；基层铺贴；面层铺贴；刷防护材料、油漆；材料运输。

3.3.2.29 金属扶手带栏杆、栏板

① 工程量清单项目编码：020107001。

② 项目特征：扶手材料种类、规格、品牌、颜色；栏杆材料种类、规格、品牌、颜色；栏板材料种类、规格、品牌、颜色；固定配件种类；防护材料种类；油漆品种、刷漆遍数。

③ 计量单位：m。

④ 工程量计算规则：按设计图纸尺寸以扶手中心线长度（包括弯头长度）计算。

⑤ 工程内容：制作；运输；安装；刷防护材料；刷油漆。

3.3.2.30 硬木扶手带栏杆、栏板

① 工程量清单项目编码：020107002。

② 项目特征：扶手材料种类、规格、品牌、颜色；栏杆材料种类、规格、品牌、颜色；栏板材料种类、规格、品牌、颜色；固定配件种类；防护材料种类；油漆品种、刷漆遍数。

③ 计量单位：m。

④ 工程量计算规则：按设计图纸尺寸以扶手中心线长度（包括弯头长度）计算。

⑤ 工程内容：制作；运输；安装；刷防护材料；刷油漆。

3.3.2.31 塑料扶手带栏杆、栏板

① 工程量清单项目编码：020107003。

② 项目特征：扶手材料种类、规格、品牌、颜色；栏杆材料种类、规格、品牌、颜色；栏板材料种类、规格、品牌、颜色；固定配件种类；防护材料种类；油漆品种、刷漆遍数。

③ 计量单位：m。

④ 工程量计算规则：按设计图纸尺寸以扶手中心线长度（包括弯头长度）计算。

⑤ 工程内容：制作；运输；安装；刷防护材料；刷油漆。

3.3.2.32 金属靠墙扶手

① 工程量清单项目编码：020107004。

② 项目特征：扶手材料种类、规格、品牌、颜色；固定配件种类；防护材料种类；油漆品种、刷漆遍数。

③ 计量单位：m。

④ 工程量计算规则：按设计图纸尺寸以扶手中心线长度（包括弯头长度）计算。

⑤ 工程内容：制作；运输；安装；刷防护材料；刷油漆。

3.3.2.33 硬木靠墙扶手

① 工程量清单项目编码：020107005。

② 项目特征：扶手材料种类、规格、品牌、颜色；固定配件种类；防护材料种类；油

漆品种、刷漆遍数。

③ 计量单位：m。

④ 工程量计算规则：按设计图纸尺寸以扶手中心线长度（包括弯头长度）计算。

⑤ 工程内容：制作；运输；安装；刷防护材料；刷油漆。

3.3.2.34 塑料靠墙扶手

① 工程量清单项目编码：020107006。

② 项目特征：扶手材料种类、规格、品牌、颜色；固定配件种类；防护材料种类；油漆品种、刷漆遍数。

③ 计量单位：m。

④ 工程量计算规则：按设计图纸尺寸以扶手中心线长度（包括弯头长度）计算。

⑤ 工程内容：制作；运输；安装；刷防护材料；刷油漆。

3.3.2.35 石材台阶面

① 工程量清单项目编码：020108001。

② 项目特征：垫层材料种类、厚度；找平层厚度、砂浆配合比；粘接层材料种类；面层材料品种、规格、品牌、颜色；勾缝材料种类；防滑条材料种类、规格；防护材料种类。

③ 计量单位：m²。

④ 工程量计算规则：按设计图示尺寸以台阶（包括最上层踏步边沿加300mm）水平投影面积计算。

⑤ 工程内容：基层清理；铺设垫层；抹找平层；面层铺贴；贴嵌防滑条；勾缝；刷防护材料；材料运输。

3.3.2.36 块料台阶面

① 工程量清单项目编码：020108002。

② 项目特征：垫层材料种类、厚度；找平层厚度、砂浆配合比；粘接层材料种类；面层材料品种、规格、品牌、颜色；勾缝材料种类；防滑条材料种类、规格；防护材料种类。

③ 计量单位：m²。

④ 工程量计算规则：按设计图示尺寸以台阶（包括最上层踏步边沿加300mm）水平投影面积计算。

⑤ 工程内容：基层清理；铺设垫层；抹找平层；面层铺贴；贴嵌防滑条；勾缝；刷防护材料；材料运输。

3.3.2.37 水泥砂浆台阶面

① 工程量清单项目编码：020108003。

② 项目特征：垫层材料种类、厚度；找平层厚度、砂浆配合比；面层厚度、砂浆配合比；防滑条材料种类。

③ 计量单位：m²。

④ 工程量计算规则：按设计图示尺寸以台阶（包括最上层踏步边沿加300mm）水平投影面积计算。

⑤ 工程内容：清理基层；铺设垫层；抹找平层；抹面层；抹防滑条；材料运输。

3.3.2.38 现浇水磨石台阶面

① 工程量清单项目编码：020108004。

② 项目特征：垫层材料种类、厚度；找平层厚度、砂浆配合比；面层厚度、水泥石子浆配合比；防滑条材料种类、规格；石子种类、规格、颜色；颜料种类、颜色；磨光、酸洗、打蜡要求。

③ 计量单位：m²。

④ 工程量计算规则：按设计图示尺寸以台阶（包括最上层踏步边沿加300mm）水平投影面积计算。

⑤ 工程内容：清理基层；铺设垫层；抹找平层；抹面层；贴嵌防滑条；打磨、酸洗、打蜡；材料运输。

3.3.2.39 剁假石台阶面

① 工程量清单项目编码：020108005。

② 项目特征：垫层材料种类、厚度；找平层厚度、砂浆配合比；面层厚度、砂浆配合比；剁假石要求。

③ 计量单位：m²。

④ 工程量计算规则：按设计图示尺寸以台阶（包括最上层踏步边沿加300mm）水平投影面积计算。

⑤ 工程内容：清理基层；铺设垫层；抹找平层；抹面层；剁假石；材料运输。

3.3.2.40 石材零星项目

① 工程量清单项目编码：020109001。

② 项目特征：工程部位；找平层厚度、砂浆配合比；贴结合层厚度、材料种类；面层材料品种、规格、品牌、颜色；勾缝材料种类；防护材料种类；酸洗、打蜡要求。

③ 计量单位：m²。

④ 工程量计算规则：按设计图示尺寸以面积计算。

⑤ 工程内容：清理基层；抹找平层；面层铺贴；勾缝；刷防护材料；酸洗、打蜡；材料运输。

3.3.2.41 碎拼石材零星项目

① 工程量清单项目编码：020109002。

② 项目特征：工程部位；找平层厚度、砂浆配合比；贴结合层厚度、材料种类；面层材料品种、规格、品牌、颜色；勾缝材料种类；防护材料种类；酸洗、打蜡要求。

③ 计量单位：m²。

④ 工程量计算规则：按设计图示尺寸以面积计算。

⑤ 工程内容：清理基层；抹找平层；面层铺贴；勾缝；刷防护材料；酸洗、打蜡；材料运输。

3.3.2.42 块料零星项目

① 工程量清单项目编码：020109003。

② 项目特征：工程部位；找平层厚度、砂浆配合比；贴结合层厚度、材料种类；面层材料品种、规格、品牌、颜色；勾缝材料种类；防护材料种类；酸洗、打蜡要求。

③ 计量单位：m²。

④ 工程量计算规则：按设计图示尺寸以面积计算。

⑤ 工程内容：清理基层；抹找平层；面层铺贴；勾缝；刷防护材料；酸洗、打蜡；材料运输。

3.3.2.43 水泥砂浆零星项目

① 工程量清单项目编码：020109004。

② 项目特征：工程部位；找平层厚度、砂浆配合比；面层厚度、砂浆厚度。

③ 计量单位：m²。

④ 工程量计算规则：按设计图示尺寸以面积计算。

⑤ 工程内容：清理基层；抹找平层；抹面层；材料运输。

3.3.3 清单项目说明

① 楼梯、阳台、走廊、回廊及其他的装饰性扶手、栏杆、栏板，应按扶手、栏杆、栏板装饰项目编码列项。

② 楼梯、台阶侧面装饰，0.5m² 以内少量分散的楼地面装修，应按零星装饰项目中的项目编码列项。

【例 3.2】 某建筑平面如图 3.19 所示，墙厚 240mm，室内地面做法为 15mm 厚现浇水磨石楼地面（带嵌条）、素水泥浆一道、50mm 厚 C10 混凝土垫层、100mm 厚 3：7 灰土垫层，试计算现浇水磨石地面的工程量并列出工程量清单。门窗表见表 3.2。

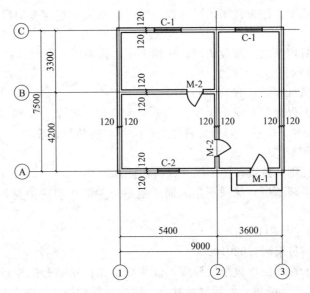

图 3.19 某建筑平面图

表 3.2 门窗表

代 号	洞口尺寸	代 号	洞口尺寸
M1	1000×2100	C1	1500×1800
M2	900×2100	C2	1200×1800

【解】 水磨石地面工程量：$(3.6-0.24)\times(4.2+3.3-0.24)+(5.4-0.24)\times(4.2-0.24)+(5.4-0.24)\times(3.3-0.24)=60.62$（m²）

分部分项工程量清单见表 3.3。

表 3.3 分部分项工程量清单

项目编码	项目名称	项目特征	工程量/m²
020101002001	现浇水磨石地面	100mm 厚 3：7 灰土垫层 50mm 厚 C10 混凝土垫层 15mm 厚水磨石面层（带嵌条）	60.62

【例 3.3】 某营业厅如图 3.20 所示，墙厚 360mm，柱为 600mm×600mm，室内地面做法为：硬木地板面层（企口）、20mm 厚 1：3 水泥砂浆找平层、30mm 厚 C20 混凝土垫层、150mm 厚 3：7 灰土垫层，试计算木地板地面工程量，并列出工程量清单。门窗表见表 3.4。

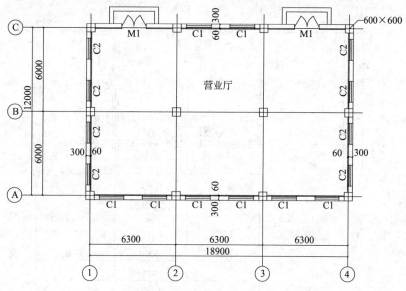

图 3.20 某营业厅平面图

表 3.4 门窗表

代　号	洞口尺寸
M1	1800×2400
C1	1800×1800
C2	1500×1800

【解】　木地板工程量：$(18.9+0.3×2-0.36×2)×(12+0.3×2-0.36×2)=223.11$（m²）

扣除柱所占面积：$0.6×0.6×2+(0.6-0.36)×(0.6-0.36)×4+(0.6-0.36)×0.6×6=1.81$（m²）

增加门口面积：$1.8×(0.36/2)×2=0.65$（m²）

合计：$223.11-1.81+0.65=221.95$（m²）

门口面积应按不同材料及做法列入不同项目中，为保证结果的准确性，在本书例题中均以门口沿轴方向中心线分界。具体应用时，以施工图为准。工程量清单见表 3.5。

表 3.5 工程量清单

项目编码	项目名称	项目特征	工程量/m²
020104002001	硬木地板地面	150mm 厚 3：7 灰土垫层 30mm 厚 C20 混凝土垫层 20mm 厚 1：3 水泥砂浆找平层 硬木地板面层（企口）	221.95

【例 3.4】　某传达室平面图如图 3.21 所示，墙厚 240mm，室内踢脚板做法为：12mm 高金属踢脚板面层、15mm 厚大芯板基层，试计算金属踢脚板工程量，并列出工程量清单。门窗表见表 3.6，门窗均未做门窗套，门居中立框，门框宽 80mm。

【解】

踢脚板长度：

$(3+3-0.24+4.5-0.24)×2+(3.3-0.24+5.7-0.24)×2=37.08$（m）

扣除 M1、2M2 门洞宽：$1.5+0.9×2=3.3$（m）

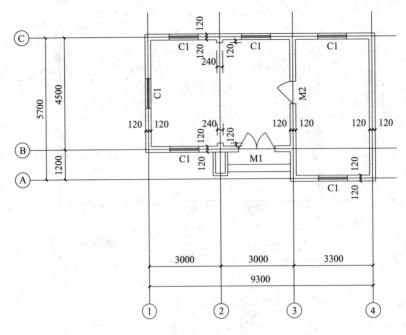

图 3.21 传达室平面图

表 3.6 门窗表

代号	洞口尺寸
M1	1500×2400
M2	900×2000
C1	1200×1800

增加门洞侧壁及垛侧：$[(0.24-0.08)/2]×2+(0.24-0.08)×2+0.12×4=0.96$（m）

踢脚板的工程量：$(37.08-3.3+0.96)×0.12=4.17$（m²）。

工程量清单见表 3.7。

表 3.7 工程量清单

项目编码	项目名称	项目特征	工程量/m²
020105007001	金属踢脚板	15mm厚大芯板基层 12mm高金属踢脚板面层	4.16

【例 3.5】 某建筑物双跑式楼梯平面图如图 3.22 所示，墙体厚 240mm，楼梯的装饰装修做法为 25mm 厚济南青石材面层、1∶3 水泥砂浆结合层、20mm 厚 1∶3 水泥砂浆找平层，试计算石材楼梯面层工程量，并列出工程量清单。

【解】 石材楼梯面层工程量：$(3.6-0.24)×(2.43+1.5+0.3)=14.21$（m²）

因楼梯井宽度为 360mm，不足 500mm，根据楼梯装饰装修工程量计算规则，不予扣除。另因楼梯图示无梯口梁，所以算至最上一层踏步边沿加 300mm。工程量清单见表 3.8。

表 3.8 工程量清单

项目编码	项目名称	项目特征	工程量/m²
020106001001	石材楼梯面层	20mm厚1∶3水泥砂浆找平层 1∶3水泥砂浆结合层 25mm厚济南青石材面层	14.21

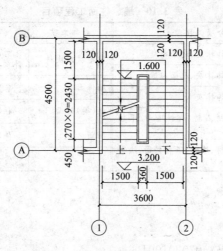

图 3.22 楼梯平面图

【例 3.6】 某宿舍楼入口台阶如图 3.23 所示，300mm×300mm 黑色防滑地砖、10mm 厚 1∶1 水泥砂浆结合层、20mm 厚 1∶3 水泥砂浆找平层、40mm 厚 C20 混凝土台阶垫层、150mm 厚 3∶7 灰土垫层，试计算台阶装饰装修工程量，并列出工程量清单。

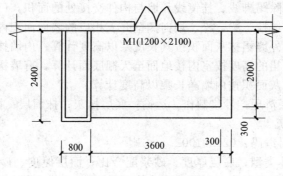

图 3.23 某台阶平面图

【解】 地砖台阶工程量：$(3.6+0.3)×0.3×2+(2-0.3)×0.3×2=3.36$（m²）
工程量清单见表 3.9。

表 3.9 工程量清单

项目编码	项目名称	项目特征	工程量/m²
020108002001	防滑地砖台阶面层	150mm 厚 3∶7 灰土垫层 40mm 厚 C20 混凝土垫层 20mm 厚 1∶3 水泥砂浆找平层 10mm 厚 1∶1 水泥砂浆结合层 300mm×300mm 黑色防滑地砖	3.36

3.4 墙、柱面工程

3.4.1 清单项目概况

墙、柱面工程项目见表 3.10。

表 3.10　墙、柱面工程项目

分部工程	分项工程	分部工程	分项工程
墙面抹灰	一般抹灰、装饰抹灰、墙面勾缝	零星镶贴块料	石材零星项目、碎拼石材零星项目、块料零星项目
柱面抹灰	一般抹灰、装饰抹灰、柱面勾缝	墙饰面	装饰板墙面
零星抹灰	一般抹灰、装饰抹灰	柱(梁)饰面	柱(梁)面装饰
墙面镶贴块料	石材墙面、碎拼石材、块料墙面、干挂石材钢骨架	隔断	隔断
柱面镶贴块料	石材、碎拼石材、块料、石材梁面、块料梁面	幕墙	带骨架幕墙、全玻幕墙

3.4.2　清单项目内容

3.4.2.1　墙面一般抹灰

① 工程量清单项目编码：020201001。

② 项目特征：墙体类型；底层厚度、砂浆配合比；面层厚度、砂浆配合比；装饰面材料种类；分格缝宽度、材料种类。

③ 计量单位：m^2。

④ 工程量计算规则：按设计图示尺寸以面积计算。扣除墙裙、门窗洞口及单个 $0.3m^2$ 以外的孔洞面积，不扣除踢脚线、挂镜线和墙与构件交接处的面积，门窗洞口和孔洞的侧壁及顶面不增加面积。附墙柱、梁、垛、烟囱侧壁并入相应的墙面面积内：外墙抹灰面积按外墙垂直投影面积计算；外墙裙抹灰面积按其长度乘以高度计算；内墙抹灰面积按主墙间的净长乘以高度计算，无墙裙的高度按室内楼地面至天棚底面计算，有墙裙的高度按墙裙顶至天棚底面计算；内墙裙抹灰面积按内墙净长乘以高度计算。

⑤ 工程内容：基层清理；砂浆制作、运输；底层抹灰；抹面层；抹装饰面；勾分格缝。

3.4.2.2　墙面装饰抹灰

① 工程量清单项目编码：020201002。

② 项目特征：墙体类型；底层厚度、砂浆配合比；面层厚度、砂浆配合比；装饰面材料种类；分格缝宽度、材料种类。

③ 计量单位：m^2。

④ 工程量计算规则：按设计图示尺寸以面积计算。扣除墙裙、门窗洞口及单个 $0.3m^2$ 以外的孔洞面积，不扣除踢脚线、挂镜线和墙与构件交接处的面积，门窗洞口和孔洞的侧壁及顶面不增加面积。附墙柱、梁、垛、烟囱侧壁并入相应的墙面面积内：外墙抹灰面积按外墙垂直投影面积计算；外墙裙抹灰面积按其长度乘以高度计算；内墙抹灰面积按主墙间的净长乘以高度计算，无墙裙的高度按室内楼地面至天棚底面计算，有墙裙的高度按墙裙顶至天棚底面计算；内墙裙抹灰面积按内墙净长乘以高度计算。

⑤ 工程内容：基层清理；砂浆制作、运输；底层抹灰；抹面层；抹装饰面；勾分格缝。

3.4.2.3　墙面勾缝

① 工程量清单项目编码：020201003。

② 项目特征：墙体类型；勾缝类型；勾缝材料种类。

③ 计量单位：m^2。

④ 工程量计算规则：按设计图示尺寸以面积计算。扣除墙裙、门窗洞口及单个 $0.3m^2$ 以外的孔洞面积，不扣除踢脚线、挂镜线和墙与构件交接处的面积，门窗洞口和孔洞的侧壁及顶面不增加面积。附墙柱、梁、垛、烟囱侧壁并入相应的墙面面积内：外墙抹灰面积按外墙垂直投影面积计算；外墙裙抹灰面积按其长度乘以高度计算；内墙抹灰面积按主墙间的净

长乘以高度计算，无墙裙的高度按室内楼地面至天棚底面计算，有墙裙的高度按墙裙顶至天棚底面计算；内墙裙抹灰面积按内墙净长乘以高度计算。

⑤ 工程内容：基层清理；砂浆制作、运输；勾缝。

3.4.2.4　柱面一般抹灰

① 工程量清单项目编码：020202001。

② 项目特征：柱体类型；底层厚度、砂浆配合比；面层厚度、砂浆配合比；装饰面材料种类；分格缝宽度、材料种类。

③ 计量单位：m²。

④ 工程量计算规则：按设计图示柱断面周长乘以高度以面积计算。

⑤ 工程内容：基层清理；砂浆制作、运输；底层抹灰；抹面层；抹装饰面；勾分格缝。

3.4.2.5　柱面装饰抹灰

① 工程量清单项目编码：020202002。

② 项目特征：柱体类型；底层厚度、砂浆配合比；面层厚度、砂浆配合比；装饰面材料种类；分格缝宽度、材料种类。

③ 计量单位：m²。

④ 工程量计算规则：按设计图示柱断面周长乘以高度以面积计算。

⑤ 工程内容：基层清理；砂浆制作、运输；底层抹灰；抹面层；抹装饰面；勾分格缝。

3.4.2.6　柱面勾缝

① 工程量清单项目编码：020202003。

② 项目特征：墙体类型；勾缝类型；勾缝材料种类。

③ 计量单位：m²。

④ 工程量计算规则：按设计图示柱断面周长乘以高度以面积计算。

⑤ 工程内容：基层清理；砂浆制作、运输；勾缝。

3.4.2.7　零星项目一般抹灰

① 工程量清单项目编码：020203001。

② 项目特征：墙体类型；底层厚度、砂浆配合比；面层厚度、砂浆配合比；装饰面材料种类；分格缝宽度、材料种类。

③ 计量单位：m²。

④ 工程量计算规则：按设计图示尺寸以面积计算。

⑤ 工程内容：基层清理；砂浆制作、运输；底层抹灰；抹面层；抹装饰面；勾分格缝。

3.4.2.8　零星项目装饰抹灰

① 工程量清单项目编码：020203002。

② 项目特征：墙体类型；底层厚度、砂浆配合比；面层厚度、砂浆配合比；装饰面材料种类；分格缝宽度、材料种类。

③ 计量单位：m²。

④ 工程量计算规则：按设计图示尺寸以面积计算。

⑤ 工程内容：基层清理；砂浆制作、运输；底层抹灰；抹面层；抹装饰面；勾分格缝。

3.4.2.9　石材墙面

① 工程量清单项目编码：020204001。

② 项目特征：墙体类型；底层厚度、砂浆配合比；贴结层厚度、材料种类；挂贴方式；干挂方式（膨胀螺栓、钢龙骨）；面层材料品种、规格、品牌、颜色；缝宽、嵌缝材料种类；防护材料种类；磨光、酸洗、打蜡要求。

③ 计量单位：m²。

④ 工程量计算规则：按设计图示尺寸以面积计算。

⑤ 工程内容：基层清理；砂浆制作、运输；底层抹灰；结合层铺贴；面层铺贴；面层挂贴；面层干挂；嵌缝；刷防护材料；磨光、酸洗、打蜡。

3.4.2.10 碎拼石材墙面

① 工程量清单项目编码：020204002。

② 项目特征：墙体类型；底层厚度、砂浆配合比；贴结层厚度、材料种类；挂贴方式；干挂方式（膨胀螺栓、钢龙骨）；面层材料品种、规格、品牌、颜色；缝宽、嵌缝材料种类；防护材料种类；磨光、酸洗、打蜡要求。

③ 计量单位：m²。

④ 工程量计算规则：按设计图示尺寸以面积计算。

⑤ 工程内容：基层清理；砂浆制作、运输；底层抹灰；结合层铺贴；面层铺贴；面层挂贴；面层干挂；嵌缝；刷防护材料；磨光、酸洗、打蜡。

3.4.2.11 块料墙面

① 工程量清单项目编码：020204003。

② 项目特征：墙体类型；底层厚度、砂浆配合比；贴结层厚度、材料种类；挂贴方式；干挂方式（膨胀螺栓、钢龙骨）；面层材料品种、规格、品牌、颜色；缝宽、嵌缝材料种类；防护材料种类；磨光、酸洗、打蜡要求。

③ 计量单位：m²。

④ 工程量计算规则：按设计图示尺寸以面积计算。

⑤ 工程内容：基层清理；砂浆制作、运输；底层抹灰；结合层铺贴；面层铺贴；面层挂贴；面层干挂；嵌缝；刷防护材料；磨光、酸洗、打蜡。

3.4.2.12 干挂石材钢骨架

① 工程量清单项目编码：020204004。

② 项目特征：骨架种类、规格；油漆品种、刷油遍数。

③ 计量单位：m²。

④ 工程量计算规则：按设计图示尺寸以质量计算。

⑤ 工程内容：骨架制作、运输、安装；骨架油漆。

3.4.2.13 石材柱面

① 工程量清单项目编码：020205001。

② 项目特征：柱体材料；柱截面类型、尺寸；底层厚度、砂浆配合比；粘接层厚度、材料种类；挂贴方式；干贴方式；面层材料品种、规格、品牌、颜色；缝宽、嵌缝材料种类；防护材料种类；磨光、酸洗、打蜡要求。

③ 计量单位：m²。

④ 工程量计算规则：按设计图示尺寸以镶贴表面积计算。

⑤ 工程内容：基层清理；砂浆制作、运输；底层抹灰；结合层铺贴；面层铺贴；面层挂贴；面层干挂；嵌缝；刷防护材料；磨光、酸洗、打蜡。

3.4.2.14 拼碎石材柱面

① 工程量清单项目编码：020205002。

② 项目特征：柱体材料；柱截面类型、尺寸；底层厚度、砂浆配合比；粘接层厚度、材料种类；挂贴方式；干贴方式；面层材料品种、规格、品牌、颜色；缝宽、嵌缝材料种类；防护材料种类；磨光、酸洗、打蜡要求。

③ 计量单位：m²。

④ 工程量计算规则：按设计图示尺寸以镶贴表面积计算。

⑤ 工程内容：基层清理；砂浆制作、运输；底层抹灰；结合层铺贴；面层铺贴；面层挂贴；面层干挂；嵌缝；刷防护材料；磨光、酸洗、打蜡。

3.4.2.15 块料柱面

① 工程量清单项目编码：020205003。

② 项目特征：柱体材料；柱截面类型、尺寸；底层厚度、砂浆配合比；粘接层厚度、材料种类；挂贴方式；干贴方式；面层材料品种、规格、品牌、颜色；缝宽、嵌缝材料种类；防护材料种类；磨光、酸洗、打蜡要求。

③ 计量单位：m²。

④ 工程量计算规则：按设计图示尺寸以镶贴表面积计算。

⑤ 工程内容：基层清理；砂浆制作、运输；底层抹灰；结合层铺贴；面层铺贴；面层挂贴；面层干挂；嵌缝；刷防护材料；磨光、酸洗、打蜡。

3.4.2.16 石材梁面

① 工程量清单项目编码：020205004。

② 项目特征：底层厚度、砂浆配合比；粘接层厚度、材料种类；面层材料品种、规格、品牌、颜色；缝宽、嵌缝材料种类；防护材料种类；磨光、酸洗、打蜡要求。

③ 计量单位：m²。

④ 工程量计算规则：按设计图示尺寸以镶贴表面积计算。

⑤ 工程内容：基层清理；砂浆制作、运输；底层抹灰；结合层铺贴；面层铺贴；面层挂贴；嵌缝；刷防护材料；磨光、酸洗、打蜡。

3.4.2.17 块料梁面

① 工程量清单项目编码：020205004。

② 项目特征：底层厚度、砂浆配合比；粘接层厚度、材料种类；面层材料品种、规格、品牌、颜色；缝宽、嵌缝材料种类；防护材料种类；磨光、酸洗、打蜡要求。

③ 计量单位：m²。

④ 工程量计算规则：按设计图示尺寸以镶贴表面积计算。

⑤ 工程内容：基层清理；砂浆制作、运输；底层抹灰；结合层铺贴；面层铺贴；面层挂贴；嵌缝；刷防护材料；磨光、酸洗、打蜡。

3.4.2.18 石材零星项目

① 工程量清单项目编码：020206001。

② 项目特征：柱、墙体类型；底层厚度、砂浆配合比；粘接层厚度、材料种类；挂贴方式；干挂方式；面层材料品种、规格、品牌、颜色；缝宽、嵌缝材料种类；防护材料种类；磨光、酸洗、打蜡要求。

③ 计量单位：m²。

④ 工程量计算规则：按设计图示尺寸以面积计算。

⑤ 工程内容：基层清理；砂浆制作、运输；底层抹灰；结合层铺贴；面层铺贴；面层挂贴；面层干挂；嵌缝；刷防护材料；磨光、酸洗、打蜡。

3.4.2.19 拼碎石材零星项目

① 工程量清单项目编码：020206002。

② 项目特征：柱、墙体类型；底层厚度、砂浆配合比；粘接层厚度、材料种类；挂贴方式；干挂方式；面层材料品种、规格、品牌、颜色；缝宽、嵌缝材料种类；防护材料种类；磨光、酸洗、打蜡要求。

③ 计量单位：m²。

④ 工程量计算规则：按设计图示尺寸以面积计算。

⑤ 工程内容：基层清理；砂浆制作、运输；底层抹灰；结合层铺贴；面层铺贴；面层挂贴；面层干挂；嵌缝；刷防护材料；磨光、酸洗、打蜡。

3.4.2.20　块料零星项目

① 工程量清单项目编码：020206003。

② 项目特征：柱、墙体类型；底层厚度、砂浆配合比；粘接层厚度、材料种类；挂贴方式；干挂方式；面层材料品种、规格、品牌、颜色；缝宽、嵌缝材料种类；防护材料种类；磨光、酸洗、打蜡要求。

③ 计量单位：m²。

④ 工程量计算规则：按设计图示尺寸以面积计算。

⑤ 工程内容：基层清理；砂浆制作、运输；底层抹灰；结合层铺贴；面层铺贴；面层挂贴；面层干挂；嵌缝；刷防护材料；磨光、酸洗、打蜡。

3.4.2.21　装饰板墙面

① 工程量清单项目编码：020207001。

② 项目特征：墙体类型；底层厚度、砂浆配合比；龙骨材料种类、规格、中距；隔离层材料种类、规格；基层材料种类、规格；面层材料品种、规格、品牌、颜色；压条材料种类、规格；防护材料种类；油漆品种、刷漆遍数。

③ 计量单位：m²。

④ 工程量计算规则：按设计图示墙净长乘以净高以面积计算。扣除门窗洞口及单个0.3m²以上的孔洞所占面积。

⑤ 工程内容：基层清理；砂浆制作、运输；底层抹灰；龙骨制作、运输、安装；钉隔离层；基层铺钉；面层铺贴；刷防护材料、油漆。

3.4.2.22　柱（梁）面装饰

① 工程量清单项目编码：020208001。

② 项目特征：柱（梁）体类型；底层厚度、砂浆配合比；龙骨材料种类、规格、中距；隔离层材料种类；基层材料种类、规格；面层材料品种、规格、品种、颜色；压条材料种类、规格；防护材料种类；油漆品种、刷漆遍数。

③ 计量单位：m²。

④ 工程量计算规则：按设计图示饰面外围尺寸以面积计算。柱帽、柱墩并入相应柱饰面工程量内。

⑤ 工程内容：清理基层；砂浆制作、运输；底层抹灰；龙骨制作、运输、安装；钉隔离层；基层铺钉；面层铺贴；刷防护材料、油漆。

3.4.2.23　隔断

① 工程量清单项目编码：020209001。

② 项目特征：骨架、边框材料种类、规格；隔板材料品种、规格、品牌、颜色；嵌缝、塞口材料品种；压条材料种类；防护材料种类；油漆品种、刷漆遍数。

③ 计量单位：m²。

④ 工程量计算规则：按设计图示框外围尺寸以面积计算。扣除单个0.3m²以上的孔洞所占面积；浴厕门的材质与隔断相同时，门的面积并入隔断面积内。

⑤ 工程内容：骨架及边框制作、运输、安装；隔板制作、运输、安装；嵌缝、塞口；装钉压条；刷防护材料、油漆。

3.4.2.24　带骨架幕墙

① 工程量清单项目编码：020210001。

② 项目特征：骨架材料种类、规格、中距；面层材料品种、规格、品牌、颜色；面层

固定方式；嵌缝、塞口材料种类。

③ 计量单位：m²。

④ 工程量计算规则：按设计图示框外围尺寸以面积计算。与幕墙同种材质的窗所占面积不扣除。

⑤ 工程内容：骨架制作、运输、安装；面层安装；嵌缝、塞口；清洗。

3.4.2.25 全玻幕墙

① 工程量清单项目编码：020210002。

② 项目特征：玻璃品种、规格、品牌、颜色；粘接塞口材料种类；固定方式。

③ 计量单位：m²。

④ 工程量计算规则：按设计图示尺寸以面积计算，带肋全玻幕墙按展开面积计算。

⑤ 工程内容：幕墙安装；嵌缝、塞口；清洗。

3.4.3 清单项目说明

① 石灰砂浆、水泥砂浆、水泥混合砂浆、聚合物水泥砂浆、麻刀石灰、纸筋石灰、石膏灰等的抹灰应按墙面抹灰中的一般抹灰项目编码列项；水刷石、斩假石（剁斧石、剁假石）、干粘石、假面砖等的抹灰应按墙面抹灰中的装饰抹灰项目编码列项。

② 0.5m² 以内少量分散的抹灰和镶贴块料面层，应按墙面抹灰和零星镶贴块料中的相关项目编码列项。

【例 3.7】 某建筑物平面图如图 3.19 所示，房间净高均为 3.6m，各房间室内墙面抹灰做法为 2mm 厚素水泥浆一道、8mm 厚 1∶3 水泥砂浆、8mm 厚 1∶2.5 水泥砂浆，踢脚板为 120mm 高成品木踢脚，试计算各房间室内墙面抹灰工程量，并列出工程量清单。

【解】 内墙抹灰工程量：$(5.4-0.24+4.2-0.24)\times2\times3.6=65.66$（m²）

扣 C2+2M2=$1.2\times1.8+2\times0.9\times2.1=5.94$（m²）

$(5.4-0.24+3.3-0.24)\times2\times3.6=59.18$（m²）

扣 C1+M2=$1.5\times1.8+0.9\times2.1=4.59$（m²）

$(3.6-0.24+4.2+3.3-0.24)\times2\times3.6=76.46$（m²）

扣 M1+M2+C1=$1\times2.1+0.9\times2.1+1.5\times1.8=6.69$（m²）

合计：$65.66-5.94+59.18+76.46-4.59-6.69=184.08$（m²）

工程量清单见表 3.11。

表 3.11 工程量清单

项目编码	项目名称	项目特征	工程量/m²
020201001001	内墙面抹灰	2mm 厚素水泥浆 8mm 厚 1∶3 水泥砂浆 8mm 厚 1∶2.5 水泥砂浆	184.08

【例 3.8】 某卫生间平面图及剖面图如图 3.24 所示，其内墙面装饰装修做法为 1∶2.5 水泥砂浆找平层、1∶3 水泥砂浆粘接层、95mm×95mm 白色瓷砖面层。门为 900mm×2100mm，门内侧壁宽度与窗相同，蹲便区沿隔断内起地台，高度为 200mm。试求该卫生间墙面瓷砖工程量，并列出工程量清单。

【解】 墙面瓷砖工程量：$(4+3)\times2\times2.7=37.8$m²。

扣除门窗所占面积：$1.2\times1.5+0.9\times2.1=3.69$m²。

扣除地台所占面积：$(0.8\times3\times2+1.2\times2)\times0.2=1.44$m²。

增门窗侧壁：$[0.9+2.1\times2+(1.2+1.5)\times2]\times0.12=1.26$m²。

合计：$37.8-3.69-1.44+1.26=33.93$m²。

工程量清单见表 3.12。

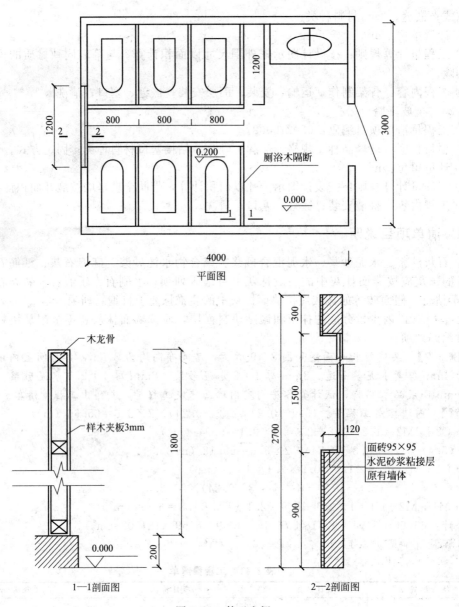

图 3.24　某卫生间

表 3.12　工程量清单

项目编码	项目名称	项目特征	工程量/m²
020204003001	墙面贴瓷砖	1:2.5水泥砂浆找平层 1:3水泥砂浆粘接层 95mm×95mm白色瓷砖面层	33.93

【例 3.9】　某工程室内共有 12 根混凝土独立柱，柱装饰图如图 3.25 所示，柱截面尺寸为 600mm×600mm，柱高 3m，柱面装饰做法为：80mm×80mm×8mm 不锈钢挂件、干挂 30mm 厚大理石面层，试求柱面装饰装修工程量，并列出工程量清单。

【解】　柱面干挂大理石工程量：$(0.6+0.08×2+0.03×2)×4×3×12=118.08m^2$。

工程量清单见表 3.13。

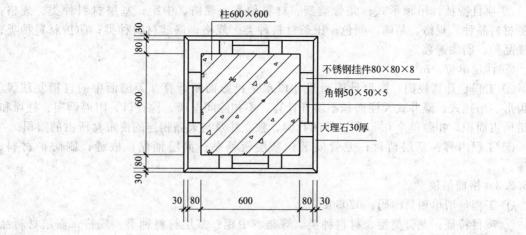

图 3.25 柱面装饰图

表 3.13 工程量清单

项目编码	项目名称	项目特征	工程量/m²
020205001001	柱面干挂大理石	80mm×80mm×8mm 不锈钢挂件 30mm 厚大理石面层	118.08

3.5 天棚工程

3.5.1 清单项目概况

天棚工程项目见表 3.14。

表 3.14 天棚工程项目

分部工程	分 项 工 程
天棚抹灰	天棚抹灰
天棚吊顶	天棚吊顶、格栅吊顶、吊筒吊顶、藤条造型悬挂吊顶、组物软雕吊顶、网架（装饰）吊顶
天棚其他装饰	灯带、送风口、回风口

3.5.2 清单项目内容

3.5.2.1 天棚抹灰

① 工程量清单项目编码：020301001。

② 项目特征：基层类型；抹灰厚度、材料种类；装饰线条道数；砂浆配合比。

③ 计量单位：m²。

④ 工程量计算规则：按设计图示尺寸以水平投影面积计算。不扣除间壁墙、垛、柱、附墙烟囱、检查口和管道所占的面积，带梁天棚梁两侧抹灰面积并入天棚面积内，板式楼梯底面抹灰按斜面积计算，锯齿形楼梯底板抹灰按展开面积计算。

⑤ 工程内容：基层清理；底层抹灰；抹面层；抹装饰线条。

3.5.2.2 天棚吊顶

① 工程量清单项目编码：020302001。

② 项目特征：吊顶形式；龙骨类型、材料种类、规格、中距；基层材料种类、规格；面层材料品种、规格、品牌、颜色；压条材料种类、规格；嵌缝材料种类；防护材料种类；油漆品种、刷漆遍数。

③ 计量单位：m²。

④ 工程量计算规则：按设计图示尺寸以水平投影面积计算。天棚面中的灯槽及跌级、锯齿形、吊挂式、藻井式天棚面积不展开计算。不扣除间壁墙、检查口、附墙烟囱、柱垛和管道所占面积，扣除单个 0.3m² 以外的孔洞、独立柱及与天棚相连的窗帘盒所占的面积。

⑤ 工程内容：基层清理；龙骨安装；基层板铺贴；面层铺贴；嵌缝；刷防护材料、油漆。

3.5.2.3　格栅吊顶

① 工程量清单项目编码：020302002。

② 项目特征：龙骨类型、材料种类、规格、中距；基层材料种类、规格；面层材料品种、规格、品牌、颜色；防护材料种类；油漆品种、刷漆遍数。

③ 计量单位：m²。

④ 工程量计算规则：按设计图示尺寸以水平投影面积计算。

⑤ 工程内容：基层清理；底层抹灰；安装龙骨；基层板铺贴；面层铺贴；刷防护材料、油漆。

3.5.2.4　吊筒吊顶

① 工程量清单项目编码：020302003。

② 项目特征：底层厚度、砂浆配合比；吊筒形状、规格、颜色、材料种类；防护材料种类；油漆品种、刷漆遍数。

③ 计量单位：m²。

④ 工程量计算规则：按设计图示尺寸以水平投影面积计算。

⑤ 工程内容：基层清理；底层抹灰；吊筒安装；刷防护材料、油漆。

3.5.2.5　藤条造型悬挂吊顶

① 工程量清单项目编码：020302004。

② 项目特征：底层厚度、砂浆配合比；骨架材料种类、规格；面层材料品种、规格、颜色；防护层材料种类；油漆品种、刷漆遍数。

③ 计量单位：m²。

④ 工程量计算规则：按设计图示尺寸以水平投影面积计算。

⑤ 工程内容：基层清理；底层抹灰；龙骨安装；铺贴面层；刷防护材料、油漆。

3.5.2.6　织物软雕吊顶

① 工程量清单项目编码：020302005。

② 项目特征：底层厚度、砂浆配合比；骨架材料种类、规格；面层材料品种、规格、颜色；防护层材料种类；油漆品种、刷漆遍数。

③ 计量单位：m²。

④ 工程量计算规则：按设计图示尺寸以水平投影面积计算。

⑤ 工程内容：基层清理；底层抹灰；龙骨安装；铺贴面层；刷防护材料、油漆。

3.5.2.7　网架（装饰）吊顶

① 工程量清单项目编码：020302006。

② 项目特征：底层厚度、砂浆配合比；面层材料品种、规格、颜色；防护材料品种；油漆品种、刷漆遍数。

③ 计量单位：m²。

④ 工程量计算规则：按设计图示尺寸以水平投影面积计算。

⑤ 工程内容：基层清理；底面抹灰；面层安装；刷防护材料、油漆。

3.5.2.8 灯带

① 工程量清单项目编码：020303001。

② 项目特征：灯带形式、尺寸；格栅片材料品种、规格、品牌、颜色；安装固定方式。

③ 计量单位：m²。

④ 工程量计算规则：按设计图示尺寸以框外围面积计算。

⑤ 工程内容：安装、固定。

3.5.2.9 送风口、回风口

① 工程量清单项目编码：020303002。

② 项目特征：风口材料品种、规格、品牌、颜色；安装固定方式；防护材料种类。

③ 计量单位：个。

④ 工程量计算规则：按设计图示数量计算。

⑤ 工程内容：安装、固定；刷防护材料。

【例3.10】 某工程现浇钢筋混凝土井字梁天棚如图3.26所示，顶棚抹灰做法为2mm厚素水泥浆、8mm厚1∶1∶6混合砂浆、8mm厚1∶1∶4混合砂浆，试计算顶棚抹灰工程量，并列出工程量清单。

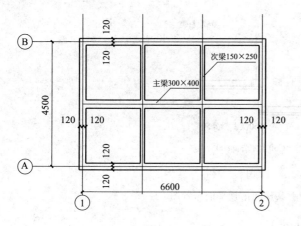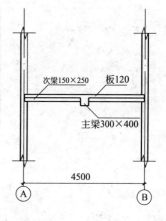

图3.26 某房间顶棚图

【解】 平面面积：(6.6−0.24)×(4.5−0.24)=27.09（m²）

增主梁侧壁：(6.6−0.24)×2×(0.4−0.12)=3.56（m²）

扣主梁侧壁上次梁所占面积：0.15×(0.25−0.12)×4=0.08（m²）

增次梁侧壁：(4.5−0.24−0.3)×4×(0.25−0.12)=2.06（m²）

合计：27.09+3.56−0.08+2.06=32.63（m²）

工程量清单见表3.15。

表3.15 工程量清单

项目编码	项目名称	项目特征	工程量/m²
020301001001	顶棚抹灰	2mm厚素水泥浆 8mm厚1∶1∶6混合砂浆 8mm厚1∶1∶4混合砂浆	32.63

【例3.11】 某会议室吊顶平面布置图如图3.27所示，顶棚做法为：C60轻钢龙骨、石膏板基层、白色乳胶漆面层。试计算吊顶工程量，并列出工程量清单。

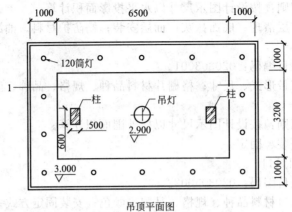

吊顶平面图

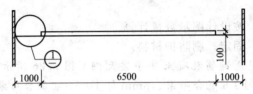

1—1剖面

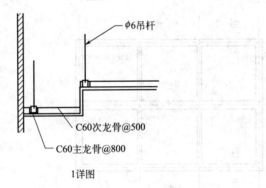

1详图

图 3.27 某房间吊顶平面布置图

【解】 工程量:$8.5 \times 5.2 = 44.2$（m²）

表 3.16 工程量清单

项目编码	项目名称	项目特征	工程量/m²
020302001001	天棚吊顶	C60 轻钢龙骨 石膏板基层 白色乳胶漆面层	44.2

3.6 门窗工程

3.6.1 清单项目概况

门窗工程项目见表 3.17。

表 3.17 门窗工程项目

分部工程	分项工程
木门	镶板木门、企口木板门、实木装饰门、胶合板门、夹板装饰门、木质防火门、木纱门、连窗门
金属门	金属平开门、金属推拉门、金属地弹门、彩板门、塑钢门、防盗门、钢质防火门
金属卷帘门	金属卷闸门、金属格栅门、防火卷帘门
其他门	电子感应门、转门、电子对讲门、电动伸缩门、全玻门(带扇框)、全玻自由门(无扇框)、半玻门(带扇框)、镜面不锈钢饰面门
木窗	木质平开窗、木质推拉窗、矩形木百叶窗、异形木百叶窗、木组合窗、木天窗、矩形木固定窗、异形木固定窗、装饰空花木窗
金属窗	金属推拉窗、平开窗、固定窗、百叶窗、组合窗、彩板窗、塑钢窗、金属防盗窗、金属格栅窗、特殊五金
门窗套	木门窗套、金属门窗套、石材门窗套、门窗木贴脸、硬木筒子板、饰面夹板筒子板
窗帘盒、窗帘轨	木窗帘盒、饰面夹板、塑料窗帘盒;铝合金窗帘盒;窗帘轨
窗台板	木窗台板、铝塑窗台板、石材窗台板、金属窗台板

3.6.2 清单项目内容

3.6.2.1 镶板木门

① 工程量清单项目编码:020401001。

② 项目特征:门类型;框截面尺寸、单扇面积;骨架材料种类;面层材料品种、规格、品牌、颜色;玻璃品种、厚度;五金材料品种、规格;防护层材料种类;油漆品种、刷漆遍数。

③ 计量单位:樘/m²。

④ 工程量计算规则:按设计图示数量或设计图示洞口尺寸以面积计算。

⑤ 工程内容:门制作、运输、安装;五金、玻璃安装;刷防护材料、油漆。

3.6.2.2 企口木板门

① 工程量清单项目编码:020401002。、

② 项目特征:门类型;框截面尺寸、单扇面积;骨架材料种类;面层材料品种、规格、品牌、颜色;玻璃品种、厚度;五金材料品种、规格;防护层材料种类;油漆品种、刷漆遍数。

③ 计量单位:樘/m²。

④ 工程量计算规则:按设计图示数量或设计图示洞口尺寸以面积计算。

⑤ 工程内容:门制作、运输、安装;五金、玻璃安装;刷防护材料、油漆。

3.6.2.3 实木装饰门

① 工程量清单项目编码:020401003。

② 项目特征:门类型;框截面尺寸、单扇面积;骨架材料种类;面层材料品种、规格、品牌、颜色;玻璃品种、厚度;五金材料品种、规格;防护层材料种类;油漆品种、刷漆遍数。

③ 计量单位:樘/m²。

④ 工程量计算规则:按设计图示数量或设计图示洞口尺寸以面积计算。

⑤ 工程内容:门制作、运输、安装;五金、玻璃安装;刷防护材料、油漆。

3.6.2.4 胶合板门

① 工程量清单项目编码:020401004。

② 项目特征：门类型；框截面尺寸、单扇面积；骨架材料种类；面层材料品种、规格、品牌、颜色；玻璃品种、厚度；五金材料品种、规格；防护层材料种类；油漆品种、刷漆遍数。

③ 计量单位：樘/m²。

④ 工程量计算规则：按设计图示数量或设计图示洞口尺寸以面积计算。

⑤ 工程内容：门制作、运输、安装；五金、玻璃安装；刷防护材料、油漆。

3.6.2.5　夹板装饰门

① 工程量清单项目编码：020401005。

② 项目特征：门类型；框截面尺寸、单扇面积；骨架材料种类；防火材料种类；门纱材料品种、规格；面层材料品种、规格、品牌、颜色；玻璃品种、厚度；五金材料品种、规格；防护材料种类；油漆品种、刷漆遍数按设计图示数量计算。

③ 计量单位：樘/m²。

④ 工程量计算规则：按设计图示数量或设计图示洞口尺寸以面积计算。

⑤ 工程内容：门制作、运输、安装；五金、玻璃安装；刷防护材料、油漆。

3.6.2.6　木质防火门

① 工程量清单项目编码：020401006。

② 项目特征：门类型；框截面尺寸、单扇面积；骨架材料种类；防火材料种类；门纱材料品种、规格；面层材料品种、规格、品牌、颜色；玻璃品种、厚度；五金材料品种、规格；防护材料种类；油漆品种、刷漆遍数按设计图示数量计算。

③ 计量单位：樘/m²。

④ 工程量计算规则：按设计图示数量或设计图示洞口尺寸以面积计算。

⑤ 工程内容：门制作、运输、安装；五金、玻璃安装；刷防护材料、油漆。

3.6.2.7　木纱门

① 工程量清单项目编码：020401007。

② 项目特征：门类型；框截面尺寸、单扇面积；骨架材料种类；防火材料种类；门纱材料品种、规格；面层材料品种、规格、品牌、颜色；玻璃品种、厚度；五金材料品种、规格；防护材料种类；油漆品种、刷漆遍数按设计图示数量计算。

③ 计量单位：樘/m²。

④ 工程量计算规则：按设计图示数量或设计图示洞口尺寸以面积计算。

⑤ 工程内容：门制作、运输、安装；五金、玻璃安装；刷防护材料、油漆。

3.6.2.8　连窗门

① 工程量清单项目编码：020401008。

② 项目特征：门窗类型；框截面尺寸、单扇面积；骨架材料种类；面层材料品种、规格、品牌、颜色；玻璃品种、厚度；五金材料品种、规格；防护材料种类；油漆品种、刷漆遍数。

③ 计量单位：樘/m²。

④ 工程量计算规则：按设计图示数量或设计图示洞口尺寸以面积计算。

⑤ 工程内容：门制作、运输、安装；五金、玻璃安装；刷防护材料、油漆。

3.6.2.9　金属平开门

① 工程量清单项目编码：020402001。

② 项目特征：门类型；框材质、外围尺寸；扇材质、外围尺寸；玻璃品种、厚度；五金材料品种、规格；防护材料种类；油漆品种、刷漆遍数。

③ 计量单位：樘/m²。

④ 工程量计算规则：按设计图示数量或设计图示洞口尺寸以面积计算。

⑤ 工程内容：门制作、运输、安装；五金、玻璃安装；刷防护材料、油漆。

3.6.2.10　金属推拉门

① 工程量清单项目编码：020402002。

② 项目特征：门类型；框材质、外围尺寸；扇材质、外围尺寸；玻璃品种、厚度；五金材料品种、规格；防护材料种类；油漆品种、刷漆遍数。

③ 计量单位：樘/m²。

④ 工程量计算规则：按设计图示数量或设计图示洞口尺寸以面积计算。

⑤ 工程内容：门制作、运输、安装；五金、玻璃安装；刷防护材料、油漆。

3.6.2.11　金属地弹门

① 工程量清单项目编码：020402003。

② 项目特征：门类型；框材质、外围尺寸；扇材质、外围尺寸；玻璃品种、厚度；五金材料品种、规格；防护材料种类；油漆品种、刷漆遍数。

③ 计量单位：樘/m²。

④ 工程量计算规则：按设计图示数量或设计图示洞口尺寸以面积计算。

⑤ 工程内容：门制作、运输、安装；五金、玻璃安装；刷防护材料、油漆。

3.6.2.12　彩板门

① 工程量清单项目编码：020402004。

② 项目特征：门类型；框材质、外围尺寸；扇材质、外围尺寸；玻璃品种、厚度；五金材料品种、规格；防护材料种类；油漆品种、刷漆遍数。

③ 计量单位：樘/m²。

④ 工程量计算规则：按设计图示数量或设计图示洞口尺寸以面积计算。

⑤ 工程内容：门制作、运输、安装；五金、玻璃安装；刷防护材料、油漆。

3.6.2.13　塑钢门

① 工程量清单项目编码：020402005。

② 项目特征：门类型；框材质、外围尺寸；扇材质、外围尺寸；玻璃品种、厚度；五金材料品种、规格；防护材料种类；油漆品种、刷漆遍数。

③ 计量单位：樘/m²。

④ 工程量计算规则：按设计图示数量或设计图示洞口尺寸以面积计算。

⑤ 工程内容：门制作、运输、安装；五金、玻璃安装；刷防护材料、油漆。

3.6.2.14　防盗门

① 工程量清单项目编码：020402006。

② 项目特征：门类型；框材质、外围尺寸；扇材质、外围尺寸；玻璃品种、厚度；五金材料品种、规格；防护材料种类；油漆品种、刷漆遍数。

③ 计量单位：樘/m²。

④ 工程量计算规则：按设计图示数量或设计图示洞口尺寸以面积计算。

⑤ 工程内容：门制作、运输、安装；五金、玻璃安装；刷防护材料、油漆。

3.6.2.15　钢质防火门

① 工程量清单项目编码：020402007。

② 项目特征：门类型；框材质、外围尺寸；扇材质、外围尺寸；玻璃品种、厚度；五金材料品种、规格；防护材料种类；油漆品种、刷漆遍数。

③ 计量单位：樘/m²。

④ 工程量计算规则：按设计图示数量或设计图示洞口尺寸以面积计算。

⑤ 工程内容：门制作、运输、安装；五金、玻璃安装；刷防护材料、油漆。

3.6.2.16　金属卷闸门

① 工程量清单项目编码：020403001。

② 项目特征：门材质、框外围尺寸；启动装置品种、规格、品牌；五金材料品种、规格；刷防护材料种类；油漆品种、刷漆遍数。

③ 计量单位：樘/m²。

④ 工程量计算规则：按设计图示数量或设计图示洞口尺寸以面积计算。

⑤ 工程内容：门制作、运输、安装；启动装置、五金安装；刷防护材料、油漆。

3.6.2.17　金属格栅门

① 工程量清单项目编码：020403002。

② 项目特征：门材质、框外围尺寸；启动装置品种、规格、品牌；五金材料品种、规格；刷防护材料种类；油漆品种、刷漆遍数。

③ 计量单位：樘/m²。

④ 工程量计算规则：按设计图示数量或设计图示洞口尺寸以面积计算。

⑤ 工程内容：门制作、运输、安装；启动装置、五金安装；刷防护材料、油漆。

3.6.2.18　防火卷帘门

① 工程量清单项目编码：020403003。

② 项目特征：门材质、框外围尺寸；启动装置品种、规格、品牌；五金材料品种、规格；刷防护材料种类；油漆品种、刷漆遍数。

③ 计量单位：樘/m²。

④ 工程量计算规则：按设计图示数量或设计图示洞口尺寸以面积计算。

⑤ 工程内容：门制作、运输、安装；启动装置、五金安装；刷防护材料、油漆。

3.6.2.19　电子感应门

① 工程量清单项目编码：020404001。

② 项目特征：门材质、品牌、外围尺寸；玻璃品种、厚度；五金材料品种、规格；电子配件品种、规格、品牌；防护材料种类；油漆品种、刷漆遍数。

③ 计量单位：樘/m²。

④ 工程量计算规则：按设计图示数量或设计图示洞口尺寸以面积计算。

⑤ 工程内容：门制作、运输、安装；五金、电子配件安装；刷防护材料油漆。

3.6.2.20　转门

① 工程量清单项目编码：020404002。

② 项目特征：门材质、品牌、外围尺寸；玻璃品种、厚度；五金材料品种、规格；电子配件品种、规格、品牌；防护材料种类；油漆品种、刷漆遍数。

③ 计量单位：樘/m²。

④ 工程量计算规则：按设计图示数量或设计图示洞口尺寸以面积计算。

⑤ 工程内容：门制作、运输、安装；五金、电子配件安装；刷防护材料油漆。

3.6.2.21　电子对讲门

① 工程量清单项目编码：020404003。

② 项目特征：门材质、品牌、外围尺寸；玻璃品种、厚度；五金材料品种、规格；电子配件品种、规格、品牌；防护材料种类；油漆品种、刷漆遍数。

③ 计量单位：樘/m²。

④ 工程量计算规则：按设计图示数量或设计图示洞口尺寸以面积计算。

⑤ 工程内容：门制作、运输、安装；五金、电子配件安装；刷防护材料油漆。

3.6.2.22 电动伸缩门

① 工程量清单项目编码：020404004。

② 项目特征：门材质、品牌、外围尺寸；玻璃品种、厚度；五金材料品种、规格；电子配件品种、规格、品牌；防护材料种类；油漆品种、刷漆遍数。

③ 计量单位：樘/m²。

④ 工程量计算规则：按设计图示数量或设计图示洞口尺寸以面积计算。

⑤ 工程内容：门制作、运输、安装；五金、电子配件安装；刷防护材料油漆。

3.6.2.23 全玻门（带扇框）

① 工程量清单项目编码：020404005。

② 项目特征：门类型；框材质、外围尺寸；扇材质、外围尺寸；玻璃品种、厚度；五金材料品种、规格；防护材料种类；油漆品种、刷漆遍数。

③ 计量单位：樘/m²。

④ 工程量计算规则：按设计图示数量或设计图示洞口尺寸以面积计算。

⑤ 工程内容：门制作、运输、安装；五金安装；刷防护材料、油漆。

3.6.2.24 全玻自由门（无扇框）

① 工程量清单项目编码：020404006。

② 项目特征：门类型；框材质、外围尺寸；扇材质、外围尺寸；玻璃品种、厚度；五金材料品种、规格；防护材料种类；油漆品种、刷漆遍数。

③ 计量单位：樘/m²。

④ 工程量计算规则：按设计图示数量或设计图示洞口尺寸以面积计算。

⑤ 工程内容：门制作、运输、安装；五金安装；刷防护材料、油漆。

3.6.2.25 半玻门（带扇框）

① 工程量清单项目编码：020404007。

② 项目特征：门类型；框材质、外围尺寸；扇材质、外围尺寸；玻璃品种、厚度；五金材料品种、规格；防护材料种类；油漆品种、刷漆遍数。

③ 计量单位：樘/m²。

④ 工程量计算规则：按设计图示数量或设计图示洞口尺寸以面积计算。

⑤ 工程内容：门制作、运输、安装；五金安装；刷防护材料、油漆。

3.6.2.26 镜面不锈钢饰面门

① 工程量清单项目编码：020404008。

② 项目特征：门类型；框材质、外围尺寸；扇材质、外围尺寸；玻璃品种、厚度；五金材料品种、规格；防护材料种类；油漆品种、刷漆遍数。

③ 计量单位：樘/m²。

④ 工程量计算规则：按设计图示数量或设计图示洞口尺寸以面积计算。

⑤ 工程内容：门扇骨架及基层制作、运输、安装；包面层；五金安装；刷防护材料。

3.6.2.27 木质平开窗

① 工程量清单项目编码：020405001。

② 项目特征：窗类型；框材质、外围尺寸；扇材质、外围尺寸；玻璃品种、厚度；五金材料品种、规格；防护材料种类；油漆品种、刷漆遍数。

③ 计量单位：樘/m²。

④ 工程量计算规则：按设计图示数量或设计图示洞口尺寸以面积计算。

⑤ 工程内容：窗制作、运输、安装；五金、玻璃安装；刷防护材料、油漆。

3.6.2.28 木质推拉窗

① 工程量清单项目编码：020405002。

② 项目特征：窗类型；框材质、外围尺寸；扇材质、外围尺寸；玻璃品种、厚度；五金材料品种、规格；防护材料种类；油漆品种、刷漆遍数。

③ 计量单位：樘/m²。

④ 工程量计算规则：按设计图示数量或设计图示洞口尺寸以面积计算。

⑤ 工程内容：窗制作、运输、安装；五金、玻璃安装；刷防护材料、油漆。

3.6.2.29 矩形木百叶窗

① 工程量清单项目编码：020405003。

② 项目特征：窗类型；框材质、外围尺寸；扇材质、外围尺寸；玻璃品种、厚度；五金材料品种、规格；防护材料种类；油漆品种、刷漆遍数。

③ 计量单位：樘/m²。

④ 工程量计算规则：按设计图示数量或设计图示洞口尺寸以面积计算。

⑤ 工程内容：窗制作、运输、安装；五金、玻璃安装；刷防护材料、油漆。

3.6.2.30 异形木百叶窗

① 工程量清单项目编码：020405004。

② 项目特征：窗类型；框材质、外围尺寸；扇材质、外围尺寸；玻璃品种、厚度；五金材料品种、规格；防护材料种类；油漆品种、刷漆遍数。

③ 计量单位：樘/m²。

④ 工程量计算规则：按设计图示数量或设计图示洞口尺寸以面积计算。

⑤ 工程内容：窗制作、运输、安装；五金、玻璃安装；刷防护材料、油漆。

3.6.2.31 木组合窗

① 工程量清单项目编码：020405005。

② 项目特征：窗类型；框材质、外围尺寸；扇材质、外围尺寸；玻璃品种、厚度；五金材料品种、规格；防护材料种类；油漆品种、刷漆遍数。

③ 计量单位：樘/m²。

④ 工程量计算规则：按设计图示数量或设计图示洞口尺寸以面积计算。

⑤ 工程内容：窗制作、运输、安装；五金、玻璃安装；刷防护材料、油漆。

3.6.2.32 木天窗

① 工程量清单项目编码：020405006。

② 项目特征：窗类型；框材质、外围尺寸；扇材质、外围尺寸；玻璃品种、厚度；五金材料品种、规格；防护材料种类；油漆品种、刷漆遍数。

③ 计量单位：樘/m²。

④ 工程量计算规则：按设计图示数量或设计图示洞口尺寸以面积计算。

⑤ 工程内容：窗制作、运输、安装；五金、玻璃安装；刷防护材料、油漆。

3.6.2.33 矩形木固定窗

① 工程量清单项目编码：020405007。

② 项目特征：窗类型；框材质、外围尺寸；扇材质、外围尺寸；玻璃品种、厚度；五金材料品种、规格；防护材料种类；油漆品种、刷漆遍数。

③ 计量单位：樘/m²。

④ 工程量计算规则：按设计图示数量或设计图示洞口尺寸以面积计算。

⑤ 工程内容：窗制作、运输、安装；五金、玻璃安装；刷防护材料、油漆。

3.6.2.34　异形木固定窗

　　① 工程量清单项目编码：020405008。

　　② 项目特征：窗类型；框材质、外围尺寸；扇材质、外围尺寸；玻璃品种、厚度；五金材料品种、规格；防护材料种类；油漆品种、刷漆遍数。

　　③ 计量单位：樘/m²。

　　④ 工程量计算规则：按设计图示数量或设计图示洞口尺寸以面积计算。

　　⑤ 工程内容：窗制作、运输、安装；五金、玻璃安装；刷防护材料、油漆。

3.6.2.35　装饰空花木窗

　　① 工程量清单项目编码：020405009。

　　② 项目特征：窗类型；框材质、外围尺寸；扇材质、外围尺寸；玻璃品种、厚度；五金材料品种、规格；防护材料种类；油漆品种、刷漆遍数。

　　③ 计量单位：樘/m²。

　　④ 工程量计算规则：按设计图示数量或设计图示洞口尺寸以面积计算。

　　⑤ 工程内容：窗制作、运输、安装；五金、玻璃安装；刷防护材料、油漆。

3.6.2.36　金属推拉窗

　　① 工程量清单项目编码：020406001。

　　② 项目特征：窗类型；框材质、外围尺寸；扇材质、外围尺寸；玻璃品种、厚度；五金材料品种、规格；防护材料种类；油漆品种、刷漆遍数。

　　③ 计量单位：樘/m²。

　　④ 工程量计算规则：按设计图示数量或设计图示洞口尺寸以面积计算。

　　⑤ 工程内容：窗制作、运输、安装；五金、玻璃安装；刷防护材料、油漆。

3.6.2.37　金属平开窗

　　① 工程量清单项目编码：020406002。

　　② 项目特征：窗类型；框材质、外围尺寸；扇材质、外围尺寸；玻璃品种、厚度；五金材料品种、规格；防护材料种类；油漆品种、刷漆遍数。

　　③ 计量单位：樘/m²。

　　④ 工程量计算规则：按设计图示数量或设计图示洞口尺寸以面积计算。

　　⑤ 工程内容：窗制作、运输、安装；五金、玻璃安装；刷防护材料、油漆。

3.6.2.38　金属固定窗

　　① 工程量清单项目编码：020406003。

　　② 项目特征：窗类型；框材质、外围尺寸；扇材质、外围尺寸；玻璃品种、厚度；五金材料品种、规格；防护材料种类；油漆品种、刷漆遍数。

　　③ 计量单位：樘/m²。

　　④ 工程量计算规则：按设计图示数量或设计图示洞口尺寸以面积计算。

　　⑤ 工程内容：窗制作、运输、安装；五金、玻璃安装；刷防护材料、油漆。

3.6.2.39　金属百叶窗

　　① 工程量清单项目编码：020406004。

　　② 项目特征：窗类型；框材质、外围尺寸；扇材质、外围尺寸；玻璃品种、厚度；五金材料品种、规格；防护材料种类；油漆品种、刷漆遍数。

　　③ 计量单位：樘/m²。

　　④ 工程量计算规则：按设计图示数量或设计图示洞口尺寸以面积计算。

　　⑤ 工程内容：窗制作、运输、安装；五金、玻璃安装；刷防护材料、油漆。

3.6.2.40　金属组合窗

　　① 工程量清单项目编码：020406005。

　　② 项目特征：窗类型；框材质、外围尺寸；扇材质、外围尺寸；玻璃品种、厚度；五金材料品种、规格；防护材料种类；油漆品种、刷漆遍数。

　　③ 计量单位：樘/m²。

　　④ 工程量计算规则：按设计图示数量或设计图示洞口尺寸以面积计算。

　　⑤ 工程内容：窗制作、运输、安装；五金、玻璃安装；刷防护材料、油漆。

3.6.2.41　彩板窗

　　① 工程量清单项目编码：020406006。

　　② 项目特征：窗类型；框材质、外围尺寸；扇材质、外围尺寸；玻璃品种、厚度；五金材料品种、规格；防护材料种类；油漆品种、刷漆遍数。

　　③ 计量单位：樘/m²。

　　④ 工程量计算规则：按设计图示数量或设计图示洞口尺寸以面积计算。

　　⑤ 工程内容：窗制作、运输、安装；五金、玻璃安装；刷防护材料、油漆。

3.6.2.42　塑钢窗

　　① 工程量清单项目编码：020406007。

　　② 项目特征：窗类型；框材质、外围尺寸；扇材质、外围尺寸；玻璃品种、厚度；五金材料品种、规格；防护材料种类；油漆品种、刷漆遍数。

　　③ 计量单位：樘/m²。

　　④ 工程量计算规则：按设计图示数量或设计图示洞口尺寸以面积计算。

　　⑤ 工程内容：窗制作、运输、安装；五金、玻璃安装；刷防护材料、油漆。

3.6.2.43　金属防盗窗

　　① 工程量清单项目编码：020406008。

　　② 项目特征：窗类型；框材质、外围尺寸；扇材质、外围尺寸；玻璃品种、厚度；五金材料品种、规格；防护材料种类；油漆品种、刷漆遍数。

　　③ 计量单位：樘/m²。

　　④ 工程量计算规则：按设计图示数量或设计图示洞口尺寸以面积计算。

　　⑤ 工程内容：窗制作、运输、安装；五金、玻璃安装；刷防护材料、油漆。

3.6.2.44　金属格栅窗

　　① 工程量清单项目编码：020406009。

　　② 项目特征：窗类型；框材质、外围尺寸；扇材质、外围尺寸；玻璃品种、厚度；五金材料品种、规格；防护材料种类；油漆品种、刷漆遍数。

　　③ 计量单位：樘/m²。

　　④ 工程量计算规则：按设计图示数量或设计图示洞口尺寸以面积计算。

　　⑤ 工程内容：窗制作、运输、安装；五金、玻璃安装；刷防护材料、油漆。

3.6.2.45　特殊五金

　　① 工程量清单项目编码：020406010。

　　② 项目特征：五金名称、用途；五金材料、品种、规格。

　　③ 计量单位：个/套。

　　④ 工程量计算规则：按设计图示数量计算。

　　⑤ 工程内容：五金安装；刷防护材料、油漆。

3.6.2.46　木门窗套

　　① 工程量清单项目编码：020407001。

② 项目特征：底层厚度、砂浆配合比；立筋材料种类、规格；基层材料种类；面层材料品种、规格、品牌、颜色；防护材料种类；油漆品种、刷油遍数。

③ 计量单位：m²。

④ 工程量计算规则：按设计图示尺寸以展开面积计算。

⑤ 工程内容：清理基层；底层抹灰；立筋制作、安装；基层板安装；面层铺贴；刷防护材料、油漆。

3.6.2.47 金属门窗套

① 工程量清单项目编码：020407002。

② 项目特征：底层厚度、砂浆配合比；立筋材料种类、规格；基层材料种类；面层材料品种、规格、品牌、颜色；防护材料种类；油漆品种、刷油遍数。

③ 计量单位：m²。

④ 工程量计算规则：按设计图示尺寸以展开面积计算。

⑤ 工程内容：清理基层；底层抹灰；立筋制作、安装；基层板安装；面层铺贴；刷防护材料、油漆。

3.6.2.48 石材门窗套

① 工程量清单项目编码：020407003。

② 项目特征：底层厚度、砂浆配合比；立筋材料种类、规格；基层材料种类；面层材料品种、规格、品牌、颜色；防护材料种类；油漆品种、刷油遍数。

③ 计量单位：m²。

④ 工程量计算规则：按设计图示尺寸以展开面积计算。

⑤ 工程内容：清理基层；底层抹灰；立筋制作、安装；基层板安装；面层铺贴；刷防护材料、油漆。

3.6.2.49 门窗木贴脸

① 工程量清单项目编码：020407004。

② 项目特征：底层厚度、砂浆配合比；立筋材料种类、规格；基层材料种类；面层材料品种、规格、品牌、颜色；防护材料种类；油漆品种、刷油遍数。

③ 计量单位：m²。

④ 工程量计算规则：按设计图示尺寸以展开面积计算。

⑤ 工程内容：清理基层；底层抹灰；立筋制作、安装；基层板安装；面层铺贴；刷防护材料、油漆。

3.6.2.50 硬木筒子板

① 工程量清单项目编码：020407005。

② 项目特征：底层厚度、砂浆配合比；立筋材料种类、规格；基层材料种类；面层材料品种、规格、品牌、颜色；防护材料种类；油漆品种、刷油遍数。

③ 计量单位：m²。

④ 工程量计算规则：按设计图示尺寸以展开面积计算。

⑤ 工程内容：清理基层；底层抹灰；立筋制作、安装；基层板安装；面层铺贴；刷防护材料、油漆。

3.6.2.51 饰面夹板筒子板

① 工程量清单项目编码：020407006。

② 项目特征：底层厚度、砂浆配合比；立筋材料种类、规格；基层材料种类；面层材料品种、规格、品牌、颜色；防护材料种类；油漆品种、刷油遍数。

③ 计量单位：m²。

④ 工程量计算规则：按设计图示尺寸以展开面积计算。

⑤ 工程内容：清理基层；底层抹灰；立筋制作、安装；基层板安装；面层铺贴；刷防护材料、油漆。

3.6.2.52　木窗帘盒

① 工程量清单项目编码：020408001。

② 项目特征：窗帘盒材质、规格、颜色；窗帘轨材质、规格；防护材料种类；油漆种类、刷漆遍数。

③ 计量单位：m。

④ 工程量计算规则：按设计图示尺寸以长度计算。

⑤ 工程内容：制作、运输、安装；刷防护材料、油漆。

3.6.2.53　饰面夹板、塑料窗帘盒

① 工程量清单项目编码：020408002。

② 项目特征：窗帘盒材质、规格、颜色；窗帘轨材质、规格；防护材料种类；油漆种类、刷漆遍数。

③ 计量单位：m。

④ 工程量计算规则：按设计图示尺寸以长度计算。

⑤ 工程内容：制作、运输、安装；刷防护材料、油漆。

3.6.2.54　金属窗帘盒

① 工程量清单项目编码：020408003。

② 项目特征：窗帘盒材质、规格、颜色；窗帘轨材质、规格；防护材料种类；油漆种类、刷漆遍数。

③ 计量单位：m。

④ 工程量计算规则：按设计图示尺寸以长度计算。

⑤ 工程内容：制作、运输、安装；刷防护材料、油漆。

3.6.2.55　窗帘轨

① 工程量清单项目编码：020408004。

② 项目特征：窗帘盒材质、规格、颜色；窗帘轨材质、规格；防护材料种类；油漆种类、刷漆遍数。

③ 计量单位：m。

④ 工程量计算规则：按设计图示尺寸以长度计算。

⑤ 工程内容：制作、运输、安装；刷防护材料、油漆。

3.6.2.56　木窗台板

① 工程量清单项目编码：020409001。

② 项目特征：找平层厚度、砂浆配合比；窗台板材质、规格、颜色；防护材料种类；油漆种类、刷漆遍数。

③ 计量单位：m。

④ 工程量计算规则：按设计图示尺寸以长度计算。

⑤ 工程内容：基层清理；抹找平层；窗台板制作、安装；刷防护材料、油漆。

3.6.2.57　铝塑窗台板

① 工程量清单项目编码：020409002。

② 项目特征：找平层厚度、砂浆配合比；窗台板材质、规格、颜色；防护材料种类；油漆种类、刷漆遍数。

③ 计量单位：m。

④ 工程量计算规则：按设计图示尺寸以长度计算。

⑤ 工程内容：基层清理；抹找平层；窗台板制作、安装；刷防护材料、油漆。

3.6.2.58 石材窗台板

① 工程量清单项目编码：020409003。

② 项目特征：找平层厚度、砂浆配合比；窗台板材质、规格、颜色；防护材料种类；油漆种类、刷漆遍数。

③ 计量单位：m。

④ 工程量计算规则：按设计图示尺寸以长度计算。

⑤ 工程内容：基层清理；抹找平层；窗台板制作、安装；刷防护材料、油漆。

3.6.2.59 金属窗台板

① 工程量清单项目编码：020409004。

② 项目特征：找平层厚度、砂浆配合比；窗台板材质、规格、颜色；防护材料种类；油漆种类、刷漆遍数。

③ 计量单位：m。

④ 工程量计算规则：按设计图示尺寸以长度计算。

⑤ 工程内容：基层清理；抹找平层；窗台板制作、安装；刷防护材料、油漆。

3.6.3 清单项目说明

其他相关问题应按下列规定处理。

① 玻璃、百叶面积占其门扇面积一半以内者应为半玻门或半百叶门，超过一半时应为全玻门或全百叶门。

② 木门五金应包括：折页、插销、风钩、弓背拉手、搭扣、木螺丝、弹簧折页（自动门）、管子拉手（自由门、地弹门）、地弹簧（地弹门）、角铁、门轧头（地弹门、自由门）等。

③ 木窗五金应包括：折页、插销、风钩、木螺丝、滑轮滑轨（推拉窗）等。

④ 铝合金窗五金应包括：卡锁、滑轮、铰拉、执手、拉把、拉手、风撑、角码、牛角制等。

⑤ 铝合门五金应包括：地弹簧、门锁、拉手、门插、门铰、螺丝等。

⑥ 其他门五金应包括：L型执手插锁（双舌）、球形执手锁（单舌）、门轧头、地锁、防盗门扣、门眼（猫眼）、门碰珠、电子销（磁卡销）、闭门器、装饰拉手等。

【例3.12】 如图3.28所示带上亮的塑钢推拉窗，窗洞口尺寸为2400mm×2100mm，求此塑钢推拉窗制作安装工程量，并列出工程量清单。

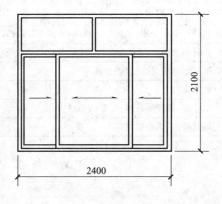

图3.28 塑钢推拉窗立面图

【解】 推拉窗工程量：$2.4 \times 2.1 = 5.04$（m²）

工程量清单见表 3.18。

表 3.18　工程量清单

项目编码	项目名称	项目特征	工程量/m²
020406007001	塑钢推拉窗	带上亮的推拉窗 塑钢材质，尺寸 2400mm×2100mm 双层玻璃	5.04

【例 3.13】 某工程门洞尺寸为 1500mm×2100mm，墙厚 360mm，其门套贴脸宽度为 50mm，门套的装饰做法为：水泥砂浆基层、木成品门套安装，试计算门套装饰工程量，并列出工程量清单。

【解】 木门套工程量：$(1.5 + 2.1 \times 2) \times 0.36 = 2.05$（m²）

$(1.5 + 2.1 \times 2) \times 0.05 \times 2 + 0.05 \times 0.05 \times 2 = 0.58$（m²）

合计：$2.05 + 0.58 = 2.63$（m²）

表 3.19　工程量清单

项目编码	项目名称	项目特征	工程量/m²
020407001001	木门套	水泥砂浆基层 木成品门套安装	2.63

3.7　涂料、裱糊工程

3.7.1　清单项目概况

涂料、裱糊工程项目见表 3.20。

表 3.20　涂料、裱糊工程项目

分部工程	分项工程
门油漆	门油漆
窗油漆	窗油漆
木扶手及其他板条线条油漆	木扶手、窗帘盒、封檐板、顺水板、挂衣板、黑板框、挂镜线、窗帘棍、单独木线油漆
木材面油漆	木板、纤维板、胶合板油漆；木护墙、木墙裙油漆；窗台板、筒子板、盖板、门窗套、踢脚线油漆；清水板条天棚、檐口油漆；木方格吊顶天棚油漆、吸声板墙面、天棚面油漆；暖气罩油漆；木间壁、木隔断油漆；玻璃间壁露明墙筋油漆；木栅栏、木栏杆（带扶手）油漆；衣柜、壁柜面油漆；梁柱饰面油漆；零星木装修油漆；木地板油漆；木地板烫硬蜡面
金属面油漆	金属面油漆
抹灰面油漆	抹灰面油漆、抹灰线条油漆
喷刷涂料	刷喷涂料
花饰、线条刷涂料	空花格、栏杆刷涂料；线条刷涂料
裱糊	墙纸裱糊、织锦缎裱糊

3.7.2　清单项目内容

3.7.2.1　门油漆

① 工程量清单项目编码：020501001。

② 项目特征：门类型；腻子种类；刮腻子要求；防护材料种类；油漆品种、刷漆遍数。

③ 计量单位：樘/m²。

④ 工程量计算规则：按设计图示数量或设计图示单面洞口面积计算。

⑤ 工程内容：基层清理；刮腻子；刷防护材料、油漆。

3.7.2.2　窗油漆

① 工程量清单项目编码：020502001。

② 项目特征：窗类型；腻子种类；刮腻子要求；防护材料种类；油漆品种、刷漆遍数。

③ 计量单位：樘/m²。

④ 工程量计算规则：按设计图示数量或设计图示单面洞口面积计算。

⑤ 工程内容：基层清理；刮腻子；刷防护材料、油漆。

3.7.2.3　木扶手及其他板条线条油漆

① 工程量清单项目编码：木扶手油漆 020503001；窗帘盒油漆 020503002；封檐板、顺水板油漆 020503003；挂衣板、黑板框油漆 020503004；挂镜线、窗帘棍、单独木线油漆 020503005。

② 项目特征：腻子种类；刮腻子要求；油漆体单位展开面积；油漆体长度；防护材料种类；油漆品种、刷漆遍数。

③ 计量单位：m。

④ 工程量计算规则：按设计图示尺寸以长度计算。

⑤ 工程内容：基层清理；刮腻子；刷防护材料、油漆。

3.7.2.4　木材面油漆

① 工程量清单项目编码：木板、纤维板、胶合板油漆 020504001；木护墙、木墙裙油漆 020504002；窗台板、筒子板、盖板、门窗套、踢脚线油漆 020504003；清水板条天棚、檐口油漆 020504004；木方格吊顶天棚油漆 020504005；吸声板墙面、天棚面油漆 020504006；暖气罩油漆 020504007。

② 项目特征：腻子种类；刮腻子要求；防护材料种类；油漆品种、刷漆遍数。

③ 计量单位：m²。

④ 工程量计算规则：按设计图示尺寸以面积计算。

⑤ 工程内容：基层清理；刮腻子；刷防护材料、油漆。

3.7.2.5　木材面油漆

① 工程量清单项目编码：木间壁、木隔断油漆 020504008；玻璃间壁露明墙筋油漆 020504009；木栅栏、木栏杆（带扶手）油漆 020504010。

② 项目特征：腻子种类；刮腻子要求；防护材料种类；油漆品种、刷漆遍数。

③ 计量单位：m²。

④ 工程量计算规则：按设计图示尺寸以单面外围面积计算。

⑤ 工程内容：基层清理；刮腻子；刷防护材料、油漆。

3.7.2.6　木材面油漆

① 工程量清单项目编码：衣柜、壁柜油漆 020504011；梁柱饰面油漆 020504012；零星木装修油漆 020504013。

② 项目特征：腻子种类；刮腻子要求；防护材料种类；油漆品种、刷漆遍数。

③ 计量单位：m²。

④ 工程量计算规则：按设计图示尺寸以油漆部分展开面积计算。

⑤ 工程内容：基层清理；刮腻子；刷防护材料、油漆。

3.7.2.7 木地板油漆

① 工程量清单项目编码：020504014。

② 项目特征：腻子种类；刮腻子要求；防护材料种类；油漆品种、刷漆遍数。

③ 计量单位：m²。

④ 工程量计算规则：按设计图示尺寸以面积计算。空洞、空圈、暖气包槽、壁龛的开口部分并入相应的工程量内。

⑤ 工程内容：基层清理；刮腻子；刷防护材料、油漆。

3.7.2.8 木地板烫硬蜡面

① 工程量清单项目编码：020504015。

② 项目特征：硬蜡品种；面层处理要求。

③ 计量单位：m²。

④ 工程量计算规则：按设计图示尺寸以面积计算。空洞、空圈、暖气包槽、壁龛的开口部分并入相应的工程量内。

⑤ 工程内容：基层清理；烫蜡。

3.7.2.9 金属面油漆

① 工程量清单项目编码：020505001。

② 项目特征：腻子种类；刮腻子要求；防护材料种类；油漆品种、刷漆遍数。

③ 计量单位：t。

④ 工程量计算规则：按设计图示尺寸以质量计算。

⑤ 工程内容：基层清理；刮腻子；刷防护材料、油漆。

3.7.2.10 抹灰面油漆

① 工程量清单项目编码：020506001。

② 项目特征：基层类型；线条宽度、道数；腻子种类；刮腻子要求；防护材料种类；油漆品种、刷漆遍数。

③ 计量单位：m²。

④ 工程量计算规则：按设计图示尺寸以面积计算。

⑤ 工程内容：基层清理；刮腻子；刷防护材料、油漆。

3.7.2.11 抹灰线条油漆

① 工程量清单项目编码：020506002。

② 项目特征：基层类型；线条宽度、道数；腻子种类；刮腻子要求；防护材料种类；油漆品种、刷漆遍数。

③ 计量单位：m。

④ 工程量计算规则：按设计图示尺寸以长度计算。

⑤ 工程内容：基层清理；刮腻子；刷防护材料、油漆。

3.7.2.12 刷喷涂料

① 工程量清单项目编码：020507001。

② 项目特征：基层类型；腻子种类；刮腻子要求；涂料品种、刷喷遍数。

③ 计量单位：m²。

④ 工程量计算规则：按设计图示尺寸以面积计算。

⑤ 工程内容：基层清理；刮腻子；刷、喷涂料。

3.7.2.13 空花格、栏杆刷涂料

① 工程量清单项目编码：020508001。

② 项目特征：腻子种类；线条宽度；刮腻子要求；涂料品种、刷喷遍数。

③ 计量单位：m²。

④ 工程量计算规则：按设计图示尺寸以单面外围面积计算。

⑤ 工程内容：基层清理；刮腻子；刷、喷涂料。

3.7.2.14 线条刷涂料

① 工程量清单项目编码：020508002。

② 项目特征：腻子种类；线条宽度；刮腻子要求；涂料品种、刷喷遍数。

③ 计量单位：m。

④ 工程量计算规则：按设计图示尺寸以长度计算。

⑤ 工程内容：基层清理；刮腻子；刷、喷涂料。

3.7.2.15 裱糊

① 工程量清单项目编码：墙纸裱糊 020509001；织锦缎裱糊 020509002。

② 项目特征：基层类型；裱糊构件部位；腻子种类；刮腻子要求；粘接材料种类；防护材料种类；面层材料品种、规格、品牌、颜色。

③ 计量单位：m²。

④ 工程量计算规则：按设计图示尺寸以面积计算。

⑤ 工程内容：基层清理；刮腻子；面层铺粘；刷防护材料。

3.7.3 清单项目说明

其他相关问题应按下列规定处理：

① 门油漆应区分单层木门、双层（一玻一纱）木门、双层（单裁口）木门、全玻自由门、半玻自由门、装饰门及有框门或无框门等，分别编码列项。

② 窗油漆应区分单层玻璃窗、双层（一玻一纱）木窗、双层框扇（单裁口）木窗、双层框三层（二玻一纱）木窗、单层组合窗、双层组合窗、木百叶窗、木推拉窗等，分别编码列项。

③ 木扶手应区分带托板与不带托板，分别编码列项。

【例 3.14】 某酒店装饰装修工程，客房共 50 间，每间客房均有一樘 M1，尺寸为 1000mm×2100mm，采用油漆饰面，其油漆做法为：底油一遍、刮腻子、调和漆二遍、磁漆一遍，试计算此酒店客房门 M1 的油漆工程量，并列出工程量清单。

【解】 门套工程量：$1×2.1×50=105m²$

工程量清单见表 3.21。

表 3.21 工程量清单

项目编码	项目名称	项目特征	工程量/m²
020501001001	木门油漆	平开木门：1000mm×2100mm 底油一遍 刮腻子 调和漆二遍 磁漆一遍	105

【例 3.15】 某单层建筑物如图 3.29 所示，试计算在水泥砂浆内墙面刷乳胶漆的工程量，并列出工程量清单。墙面具体做法为：刮腻子两遍、白色乳胶漆三遍。已知门的尺寸为 900mm×2000mm，窗的尺寸为 1800mm×1500mm，墙厚 240mm，门窗框均为 80mm 宽，居中立框。

【解】 内墙面乳胶漆工程量：$(6-0.24+4-0.24)×2×3.9=74.26$（m²）

扣门窗洞口面积：$0.9×2+1.8×1.5=4.5$（m²）

增门窗侧壁面积：$(0.9+2×2+1.8×2+1.5×2)×(0.24-0.08)/2=0.92$（m²）

合计：$74.26-4.5+0.92=70.68$（m²）

工程量清单见表 3.22。

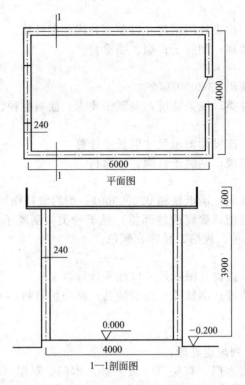

图 3.29 某建筑平面、剖面图

表 3.22 工程量清单

项目编码	项目名称	项目特征	工程量/m²
020506001001	墙面乳胶漆	水泥砂浆墙面 刮腻子两遍 白色乳胶漆三遍	70.68

3.8 其他工程

3.8.1 清单项目概况

其他项目见表 3.23。

表 3.23 其他项目

分部工程	分项工程
柜类、货架	柜台、酒柜、衣柜、存包柜、鞋柜、书柜、厨房壁柜、木壁柜、厨房低柜、厨房吊柜、矮柜、吧台背柜、酒吧吊柜、酒吧台、展台、收银台、试衣间、货架、书架、服务台
暖气罩	饰面板暖气罩、塑料板暖气罩、金属暖气罩
浴厕配件	洗漱台、晒衣架、帘子杆、浴缸拉手、毛巾杆(架)、毛巾环、卫生纸盒、肥皂盒、镜面玻璃、镜箱
压条、装饰线	金属装饰线、木质装饰线、石材装饰线、石膏装饰线、镜面玻璃线、铝塑装饰线、塑料装饰线
雨篷、旗杆	雨篷吊挂饰面、金属旗杆
招牌、灯箱	平面、箱式招牌;竖式标箱;灯箱
美术字	泡沫塑料字、有机玻璃字、木质字、金属字

3.8.2 清单项目内容

3.8.2.1 柜类、货架

① 工程量清单项目编码：柜台 020601001；酒柜 020601002；衣柜 020601003；存包柜 020601004；鞋柜 020601005；书柜 020601006；厨房壁柜 020601007；木壁柜 020601008；厨房低柜 020601009；厨房吊柜 020601010；矮柜 020601011；吧台背柜 020601012；酒吧吊柜 020601013；酒吧台 020601014；展台 020601015；收银台 020601016；试衣间 020601017；货架 020601018；书架 020601019；服务台 020601020。

② 项目特征：台柜规格；材料种类、规格；五金种类、规格；防护材料种类；油漆品种、刷漆遍数。

③ 计量单位：个。

④ 工程量计算规则：按设计图示数量计算。

⑤ 工程内容：台柜制作、运输、安装（安放）；刷防护材料、油漆。

3.8.2.2 暖气罩

① 工程量清单项目编码：饰面板暖气罩 020602001；塑料板暖气罩 020602002；金属暖气罩 020602003。

② 项目特征：暖气罩材质；单个罩垂直投影面积；防护材料种类；油漆品种、刷漆遍数。

③ 计量单位：m^2。

④ 工程量计算规则：按设计图示尺寸以垂直投影面积（不展开）计算。

⑤ 工程内容：暖气罩制作、运输、安装；刷防护材料、油漆。

3.8.2.3 洗漱台

① 工程量清单项目编码：020603001。

② 项目特征：材料品种、规格、品牌、颜色；支架、配件品种、规格、品牌；油漆品种、刷漆遍数。

③ 计量单位：m^2。

④ 工程量计算规则：按设计图示尺寸以台面外接矩形面积计算。不扣除孔洞、挖弯、削角所占面积，挡板、吊沿板面积并入台面面积内。

⑤ 工程内容：台面及支架制作、运输、安装；杆、环、盒、配件安装；刷油漆。

3.8.2.4 厕浴配件

① 工程量清单项目编码：晒衣架 020603002；帘子杆 020603003；浴缸拉手 020603004；毛巾杆（架）020603005。

② 项目特征：材料品种、规格、品牌、颜色；支架、配件品种、规格、品牌；油漆品种、刷漆遍数。

③ 计量单位：根（套）。

④ 工程量计算规则：按设计图示数量计算。

⑤ 工程内容：台面及支架制作、运输、安装；杆、环、盒、配件安装；刷油漆。

3.8.2.5 毛巾环

① 工程量清单项目编码：020603006。

② 项目特征：材料品种、规格、品牌、颜色；支架、配件品种、规格、品牌；油漆品种、刷漆遍数。

③ 计量单位：副。

④ 工程量计算规则：按设计图示数量计算。

⑤ 工程内容：台面及支架制作、运输、安装；杆、环、盒、配件安装；刷油漆。

3.8.2.6　卫生纸盒、肥皂盒

① 工程量清单项目编码：卫生纸盒 020603007、肥皂盒 020603008。

② 项目特征：材料品种、规格、品牌、颜色；支架、配件品种、规格、品牌；油漆品种、刷漆遍数。

③ 计量单位：个。

④ 工程量计算规则：按设计图示数量计算。

⑤ 工程内容：台面及支架制作、运输、安装；杆、环、盒、配件安装；刷油漆。

3.8.2.7　镜面玻璃

① 工程量清单项目编码：020603009。

② 项目特征：镜面玻璃品种、规格；框材质、断面尺寸；基层材料种类；防护材料种类；油漆品种、刷漆遍数。

③ 计量单位：m²。

④ 工程量计算规则：按设计图示尺寸以边框外围面积计算。

⑤ 工程内容：基层安装；玻璃及框制作、运输、安装；刷防护材料、油漆。

3.8.2.8　镜箱

① 工程量清单项目编码：020603010。

② 项目特征：箱材质、规格；玻璃品种、规格；基层材料种类；防护材料种类；油漆品种、刷漆遍数。

③ 计量单位：个。

④ 工程量计算规则：按设计图示数量计算。

⑤ 工程内容：基层安装；箱体制作、运输、安装；玻璃安装；刷防护材料、油漆。

3.8.2.9　压条、装饰线

① 工程量清单项目编码：金属装饰线 020604001；木质装饰线 020604002；石材装饰线 020604003；石膏装饰线 020604004；镜面玻璃线 020604005；铝塑装饰线 020604006；塑料装饰线 020604007。

② 项目特征：基层类型；线条材料品种、规格、颜色；防护材料种类；油漆品种、刷漆遍数。

③ 计量单位：m。

④ 工程量计算规则：按设计图示尺寸以长度计算。

⑤ 工程内容：线条制作、安装；刷防护材料、油漆。

3.8.2.10　雨篷吊挂饰面

① 工程量清单项目编码：020605001。

② 项目特征：基层类型；龙骨材料种类、规格、中距；面层材料品种、规格、品牌；吊顶（天棚）材料、品种、规格、品牌；嵌缝材料种类；防护材料种类；油漆品种、刷漆遍数。

③ 计量单位：m²。

④ 工程量计算规则：按设计图示尺寸以水平投影面积计算。

⑤ 工程内容：底层抹灰；龙骨基层安装；面层安装；刷防护材料、油漆。

3.8.2.11　金属旗杆

① 工程量清单项目编码：020605002。

② 项目特征：旗杆材料、种类、规格；旗杆高度；基础材料种类；基座材料种类；基座面层材料、种类、规格。

③ 计量单位：根。

④ 工程量计算规则：按设计图示数量计算。

⑤ 工程内容：土（石）方挖填；基础混凝土浇筑；旗杆制作、安装；旗杆台座制作、饰面。

3.8.2.12 平面、箱式招牌

① 工程量清单项目编码：020606001。

② 项目特征：箱体规格；基层材料种类；面层材料种类；防护材料种类；油漆品种、刷漆遍数。

③ 计量单位：m²。

④ 工程量计算规则：按设计图示尺寸以正立面边框外围面积计算。复杂形的凸凹造型部分不增加面积。

⑤ 工程内容：基层安装；箱体及支架制作、运输、安装；面层制作、安装；刷防护材料、油漆。

3.8.2.13 竖式标箱、灯箱

① 工程量清单项目编码：竖式标箱020606002；灯箱020606003。

② 项目特征：箱体规格；基层材料种类；面层材料种类；防护材料种类；油漆品种、刷漆遍数。

③ 计量单位：个。

④ 工程量计算规则：按设计图示数量计算。

⑤ 工程内容：基层安装；箱体及支架制作、运输、安装；面层制作、安装；刷防护材料、油漆。

3.8.2.14 美术字

① 工程量清单项目编码：泡沫塑料字020607001；有机玻璃字020607002；木质字020607003；金属字020607004。

② 项目特征：基层类型；镌字材料品种、颜色；字体规格；固定方式；油漆品种、刷漆遍数。

③ 计量单位：个。

④ 工程量计算规则：按设计图示数量计算。

⑤ 工程内容：字制作、运输、安装；刷油漆。

【例3.16】 某卫生间立面图如图3.30所示，墙面基层为水泥砂浆，试计算相关构配件的工程量，并列出工程量清单。

【解】 镜面玻璃工程量：$1.4 \times 1.1 = 1.54 m^2$

石材装饰线工程量：$3 - 1.1 - 0.05 \times 2 = 1.8 m$

表3.24 工程量清单

项目编码	项目名称	项目特征	工程量
020603009001	镜面玻璃	镜面玻璃：1400mm×1100mm 50mm宽不锈钢边框	1.54m²
020604003001	石材装饰线	水泥砂浆基层 80mm宽石材装饰线	1.8m
020603001001	大理石洗漱台	蓝麻大理石：1200mm×700mm 角钢支架	0.84m²
020603006001	不锈钢毛巾环	圆形不锈钢毛巾环	1副
020603007001	不锈钢卫生纸盒	不锈钢卫生纸盒	1个

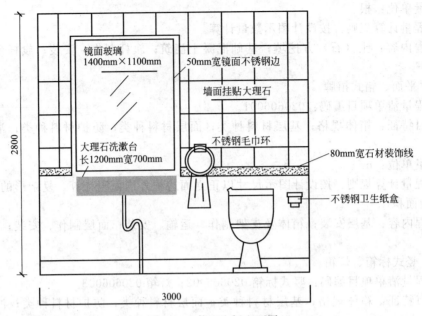

图 3.30 某卫生间立面图

大理石盥洗台工程量：$1.2 \times 0.7 = 0.84 m^2$

不锈钢毛巾环工程量：1 副

不锈钢卫生纸盒工程量：1 个

工程量清单见表 3.24。

复习思考题

1. 正确计算工程量应注意哪些问题？

2. 建筑面积计算规则中，哪些部位按 1/2 计算？

3. 某建筑物为一栋九层框混结构房屋。首层为钢筋混凝土框架结构，层高为 6.0m；二至九层为砖混结构，层高均为 2.8m。有设计利用的深基础架空层，层高为 2.2m。外围结构水平面积为 $774.19m^2$；建筑设计外墙厚均为 240mm，外墙轴线尺寸为 $15 \times 50m$；第一层至第七层外围结构水平面积均为 $765.66m^2$；第八层和第九层外墙的轴线尺寸为 $6 \times 50m$。第一层设有带柱雨篷，柱外边线至外墙结构边线为 4m，雨篷顶盖结构部分水平投影面积为 $40m^2$。另在第七层至第九层，有一带顶盖室外楼梯，其每层水平投影面积为 $15m^2$，试计算该建筑物的建筑面积。

4. 哪种材料做地面装饰时，其清单工程量计算不增加门洞、空圈、暖气包槽、壁龛的开口部分？

5. 墙面一般抹灰和墙面块料的清单工程量计算有什么区别？

6. 送、回风口清单工程量按自然计量单位计算还是按物理计量单位计算？

7. 双层镶板门工程量如何计算？

4 园林、景观工程清单项目工程量的计算规则

4.1 绿化工程清单项目工程量的计算

4.1.1 绿地整理

绿地整理的工程量清单项目设置及工程量计算规则应按表4.1的规定执行。

表 4.1 绿地整理（编码：050101）

项目编码	项目名称	项目特征	计量单位	工程量计算规则	工程内容
050101001	伐树、挖树根	树干胸径	株	按数量计算	1.伐树、挖树根 2.废弃物运输 3.场地清理
050101002	砍挖灌木丛	丛高	株（株丛）		1.灌木砍挖 2.废弃物运输 3.场地清理
050101003	挖竹根	根盘直径			1.砍挖竹根 2.废弃物运输 3.场地清理
050101004	挖芦苇根	丛高		按面积计算	1.苇根砍挖 2.废弃物运输 3.场地清理
050101005	清除草皮				1.除草 2.废弃物运输 3.场地清理
050101006	整理绿化用地	1.土壤类别 2.土质要求 3.取土运距 4.回填厚度 5.弃渣运距	m²	按设计图示尺寸以面积计算	1.排地表水 2.土方挖、运 3.耙细、过筛 4.回填 5.找平、找坡 6.拍实
050101007	屋顶花园基底处理	1.找平层厚度、砂浆种类、强度等级 2.防水层种类、做法 3.排水层厚度、材质 4.过滤层厚度、材质 5.回填轻质土厚度、种类 6.屋顶高度 7.垂直运输方			1.抹找水平层 2.防水层铺设 3.排水层铺设 4.过滤层铺设 5.填轻质土壤 6.运输

4.1.2 栽植花木

栽植花木的工程量清单项目设置及工程量计算规则应按表4.2的规定执行。

4.1.3 绿地喷灌

绿地喷灌的工程量清单项目设置及工程量计算规则应按表4.3的规定执行。

4.1.4 其他规定

其他相关问题，应按下列规定处理。

表 4.2 栽植花木（编码：050102）

项目编码	项目名称	项目特征	计量单位	工程量计算规则	工程内容
050102001	栽植乔木	1. 乔木种类 2. 乔木胸径 3. 养护期	株（株丛）	按设计图示 数量计算	1. 起挖 2. 运输 3. 栽植 4. 支撑 5. 草绳绕树干 6. 养护
050102002	栽植竹类	1. 竹种类 2. 竹胸径 3. 养护期			
050102003	栽植棕榈类	1. 棕榈种类 2. 株高 3. 养护期	株		
050102004	栽植灌木	1. 灌木种类 2. 灌丛高 3. 养护期			
050102005	栽植绿篱	1. 绿篱种类 2. 篱高 3. 行数 4. 养护期	m	按设计图示 以长度计算	
050102006	栽植攀缘植物	1. 植物种类 2. 养护期	株	按设计图示 数量计算	
050102007	栽植色带	1. 苗木种类 2. 苗木株高 3. 养护期	m²	按设计图示 尺寸以面积计算	
050102008	栽植花卉	1. 花卉种类 2. 养护期	株	按设计图示 数量计算	
050102009	栽植水生植物	1. 植物种类 2. 养护期	丛		
050102010	铺种草皮	1. 草皮种类 2. 铺种方式 3. 养护期	m²	按设计图示尺寸 以面积计算	1. 坡地细整 2. 阴坡 3. 草籽喷播 4. 覆盖 5. 养护
050102011	喷播植草	1. 草籽种类 2. 养护期			

表 4.3 绿地喷灌（编码：050103）

项目编码	项目名称	项目特征	计量单位	工程量计算规则	工程内容
050103001	喷灌设施	1. 土石类别 2. 阀门井材料种类、规格 3. 管道品种、规格、长度 4. 管件、阀门、喷头品种、规格、数量 5. 感应电控装置品种、规格、品牌 6. 管道固定方式 7. 防护材料种类 8. 油漆品种、刷漆遍数	m	按设计图示尺寸 以长度计算	1. 挖土石方 2. 阀门井砌筑 3. 管道铺设 4. 管道固筑 5. 感应电控设施安装 6. 水压试验 7. 刷防护材料、油漆 8. 回填

① 挖土外运、借土回填、挖（凿）土（石）方应包括在相关项目内。

② 苗木计算应符合下列规定：

a. 胸径（或干径）应为地表面向上 1.2m 高处树干直径。

b. 株高应为地表面至树顶端的高度。

c. 冠丛高应为地表面至乔（灌）木顶端的高度。

d. 篱高应为地表面至绿篱顶端的高度。

e. 生长期应为苗木种植至起苗的时间。

f. 养护期应为招标文件中要求苗木栽植后承包人负责养护的时间。

4.2 园路、园桥和假山工程清单项目工程量的计算

4.2.1 园路、园桥工程

园路、园桥工程的工程量清单项目设置及工程量计算规则应按表4.4的规定执行。

表4.4 园路桥工程（编码：050201）

项目编码	项目名称	项目特征	计量单位	工程量计算规则	工程内容
050201001	园路	1. 垫层厚度、宽度、材料种类 2. 路面厚度、宽度、材料种类 3. 混凝土强度等级 4. 砂浆强度等级	m²	按设计图示尺寸以面积计算，不包括路牙	1. 园路路基、路床整理 2. 垫层铺筑 3. 路面铺筑 4. 路面养护
050201002	路牙铺设	1. 垫层厚度、材料种类 2. 路牙材料种类、规格 3. 混凝土强度等级 4. 砂浆强度等级	m	按设计图示尺寸以长度计算	1. 基层清理 2. 垫层铺设 3. 路牙铺设
050201003	树池围牙、盖板	1. 围牙材料种类、规格 2. 铺设方式 3. 盖板材料种类、规格			1. 清理基层 2. 围牙、盖板运输 3. 围牙、盖板铺设
050201004	嵌草砖铺装	1. 垫层厚度 2. 铺设方式 3. 嵌草砖品种、规格、颜色 4. 镂空部分填土要求	m²	按设计图示尺寸以面积计算	1. 原土夯实 2. 垫层铺设 3. 铺砖 4. 填土
050201005	石桥基础	1. 基础类型 2. 石料种类、规格 3. 混凝土强度等级 4. 砂浆强度等级		按设计图示尺寸以体积计算	1. 垫层铺筑 2. 基础砌筑、浇筑 3. 砌石
050201006	石桥墩、石桥台	1. 石料种类、规格 2. 勾缝要求 3. 砂浆强度等级、配合比	m³		1. 石料加工 2. 起重架搭、拆 3. 墩、台、旋石、旋脸砌筑 4. 勾缝
050201007	拱旋石制作、安装				
050201008	石旋脸制作、安装	1. 石料种类、规格 2. 旋脸雕刻要求 3. 勾缝要求 4. 砂浆强度等级、配合比	m²	按设计图示尺寸以面积计算	1. 石料加工 2. 起重架搭、拆 3. 墩、台、旋石、旋脸砌筑 4. 勾缝
050201009	金刚墙砌筑		m³	按设计图示尺寸以体积计算	1. 石料加工 2. 起重架搭、拆 3. 砌石 4. 填土夯实
050201010	石桥面铺筑	1. 石料种类、规格 2. 找平层厚度、材料种类 3. 勾缝要求 4. 混凝土强度等级 5. 砂浆强度等级	m²	按设计图示尺寸以面积计算	1. 石材加工 2. 抹找平层 3. 起重架搭、拆 4. 桥面、桥面踏步铺设 5. 勾缝
050201011	石桥面檐板	1. 石料种类、规格 2. 勾缝要求 3. 砂浆强度等级、配合比			1. 石材加工 2. 檐板、仰天石、地伏石铺设
050201012	仰天石、地伏石		m	按设计图示尺寸以长度计算	3. 铁锔、银锭安装 4. 勾缝
050201013	石望柱	1. 石料种类、规格 2. 柱高、截面 3. 柱身雕刻要求 4. 柱头雕刻要求 5. 勾缝要求 6. 砂浆配合比	根	按设计图示数量计算	1. 石料加工 2. 柱身、柱头雕刻 3. 望柱安装 4. 勾缝

项目编码	项目名称	项目特征	计量单位	工程量计算规则	工程内容
050201014	栏杆、扶手	1. 石料种类、规格 2. 栏杆、扶手截面 3. 勾缝要求 4. 砂浆配合比	m	按设计图示尺寸以长度计算	1. 石料加工 2. 栏杆、扶手安装 3. 铁锔、银锭安装 4. 勾缝
050201015	栏板、撑鼓	1. 石料种类、规格 2. 栏板、撑鼓雕刻要求 3. 勾缝要求 4. 砂浆配合比	块	按设计图示数量计算	1. 石料加工 2. 栏板、撑鼓雕刻 3. 栏板、撑鼓安装 4. 勾缝
050201016	木制步桥	1. 桥宽度 2. 桥长度 3. 木材种类 4. 各部位截面长度 5. 防护材料种类	m²	按设计图示尺寸以桥面板长乘桥面板宽以面积计算	1. 木桩加工 2. 打木桩基础 3. 木梁、木桥板、木桥栏杆、木扶手制作、安装 4. 连接铁件、螺栓安装 5. 刷防护材料

4.2.2 堆塑假山

堆塑假山的工程量清单项目设置及工程量计算规则应按表4.5的规定执行。

表4.5 堆塑假山（编码：050202）

项目编码	项目名称	项目特征	计量单位	工程量计算规则	工程内容
050202001	堆筑筑土山丘	1. 土丘试高度 2. 土丘坡度要求 3. 土丘底外接矩形面积	m³	按设计图示山丘水平投影外接矩形面积乘以高度的1/3以体积计算	1. 取土 2. 运土 3. 堆砌、夯实 4. 修整
050202002	堆砌石假山	1. 堆砌高度 2. 石料种类、单块重量 3. 混凝土强度等级 4. 砂浆强度等级、配合比	t	按设计图示尺寸以估算质量计算	1. 选料 2. 起重架搭、拆 3. 堆砌、修整
050202003	塑假山	1. 假山高度 2. 骨架材料种类、规格 3. 山皮料种类 4. 混凝土强度等级 5. 砂浆强度等级、配合比 6. 防护材料种类	m²	按设计图示尺寸以估算面积计算	1. 骨架制作 2. 假山胎模制作 3. 塑假山 4. 山皮料安装 5. 刷防护材料
050202004	石笋	1. 石笋高度 2. 石笋材料种类 3. 砂浆强度等级、配合比	支		1. 选石料 2. 石笋安装
050202005	点风景石	1. 石料种类 2. 石料规格、重量 3. 砂浆配合比	块	按设计图示数量计算	1. 选石料 2. 起重架搭、拆 3. 点石
050202006	池石、盆景山	1. 底盘种类 2. 山石高度 3. 山石种类 4. 混凝土砂浆强度等级 5. 砂浆强度等级、配合比	座（个）		1. 底盘制作、安装 2. 池石、盆景山石安装、砌筑
050202007	山石护角	1. 石料种类、规格 2. 砂浆配合比	m³	按设计图示尺寸以体积计算	1. 石料加工 2. 砌石
050202008	山坡石台阶	1. 石料种类、规格 2. 台阶坡度 3. 砂浆强度等级	m²	按设计图示尺寸以水平投影面积计算	1. 选石料 2. 台阶砌筑

4.2.3 驳岸

驳岸的工程量清单项目设置及工程量计算规则应按表4.6的规定执行。

表 4.6 驳岸（编码：050203）

项目编码	项目名称	项目特征	计量单位	工程量计算规则	工程内容
050203001	石砌驳岸	1. 石料种类、规格 2. 驳岸截面、长度 3. 勾缝要求 4. 砂浆强度等级、配合比	m³	按设计图示尺寸以体积计算	1. 石料加工 2. 砌石 3. 勾缝
050203002	原木桩驳岸	1. 木材种类 2. 桩直径 3. 桩单根长度 4. 防护材料种类	m	按设计图示桩长（包括桩尖）计算	1. 木桩加工 2. 打木桩 3. 刷防护材料
050203003	散铺砂卵石护岸（自然护岸）	1. 护岸平均宽度 2. 粗细砂比例 3. 卵石粒径 4. 大卵石粒径、数量	m²	按设计图示平均护岸宽度乘以护岸长度以面积计算	1. 修边坡 2. 铺卵石、点布大卵石

4.3 园林景观工程清单项目工程量的计算

4.3.1 原木、竹构件

原木、竹构件的工程量清单项目设置及工程量计算规则应按表 4.7 的规定执行。

表 4.7 原木、竹构件（编码：050301）

项目编码	项目名称	项目特征	计量单位	工程量计算规则	工程内容
050301001	原木（带树皮）柱、梁、檩、椽	1. 原木种类 2. 原木梢径（不含树皮厚度）	m	按设计图示尺寸以长度计算（包括榫长）	1. 构件制作 2. 构件安装 3. 刷防护材料
050301002	原木（带树皮）墙	3. 墙龙骨材料种类、规格 4. 墙底层材料种类、规格 5. 构件联结方式 6. 防护材料种类	m²	按设计图示尺寸以面积计算（不包括柱、梁）	
050301003	树枝吊挂楣子			按设计图示尺寸以框外围面积计算	
050301004	竹柱、梁、檩、椽	1. 竹种类 2. 竹梢径 3. 连接方式 4. 防护材料种类	m	按设计图示尺寸以长度计算	
050301005	竹编墙	1. 竹种类 2. 墙龙骨材料种类、规格 3. 墙底层材料种类、规格 4. 防护材料种类	m²	按设计图示尺寸以面积计算（不包括柱、梁）	
050301006	竹吊挂楣子	1. 竹种类 2. 竹梢径 3. 防护材料种类		按设计图示尺寸以框外围面积计算	

4.3.2 亭廊屋面

亭廊屋面的工程量清单项目设置及工程量计算规则应按表 4.8 的规定执行。

表 4.8　亭廊屋面（编码：050302）

项目编码	项目名称	项目特征	计量单位	工程量计算规则	工程内容
050302001	草屋面	1. 屋面坡度 2. 铺草种类 3. 竹材种类 4. 防护材料种类	m²	按设计图示尺寸以斜面计算	1. 整理、选料 2. 屋面铺设 3. 刷防护材料
050302002	竹屋面			按设计图示尺寸以面积计算（不包括柱、梁）	
050302003	树皮屋面			按设计图示尺寸以框外围面积计算	
050302004	现浇混凝土斜屋面板	1. 檐口高度 2. 屋面坡度 3. 板厚 4. 椽子截面 5. 老角梁、子角梁截面 6. 脊截面 7. 混凝土强度等级	m³	按设计图示尺寸以体积计算。混凝土屋脊并入屋面体积内	混凝土制作、运输、浇筑、振捣、养护
050302005	现浇混凝土攒尖亭屋面板				
050302006	就位预制混凝土攒尖亭屋面板	1. 亭屋面坡度 2. 穹顶弧长、直径 3. 肋截面尺寸 4. 板厚 5. 混凝土强度等级 6. 砂浆强度等级 7. 拉杆材质、规格		按设计图示尺寸以体积计算。混凝土脊和穹顶芽的肋、基梁并入屋面体积	1. 混凝土制作、运输、浇筑、振捣 2. 预埋铁件、拉杆安装 3. 构件出槽、养护、安装 4. 接头灌缝
050302007	就位预制混凝土穹顶				
050302008	彩色压型钢板（夹芯板）攒尖亭屋面板	1. 屋面坡度 2. 穹顶弧长、直径 3. 彩色压型钢板（夹芯板）品种、规格、品牌、颜色 4. 拉杆材质、规格 5. 嵌缝材料种类 6. 防护材料种类	m²	按设计图示尺寸以面积计算	1. 压型板安装 2. 护角、包角、泛水安装 3. 嵌缝 4. 刷防护材料
050302009	彩色压型钢板（夹芯板）穹顶				

4.3.3　花架

花架的工程量清单项目设置及工程量计算规则应按表 4.9 的规定执行。

表 4.9　花架（编码：050303）

项目编码	项目名称	项目特征	计量单位	工程量计算规则	工程内容
050303001	现浇混凝土花架柱、梁	1. 柱截面、高度、根数 2. 盖梁截面、高度、根数 3. 连系梁截面、高度、根数 4. 混凝土强度等级	m³	按设计图示尺寸以体积计算	1. 土（石）方挖运 2. 混凝土制作、运输、浇筑、振捣、养护
050303002	预制混凝土花架柱、梁	1. 柱截面、高度、根数 2. 盖梁截面、高度、根数 3. 连系梁截面、高度、根数 4. 混凝土强度等级 5. 砂浆配合比			1. 土（石）方挖运 2. 混凝土制作、运输、浇筑、振捣、养护 3. 构件制作、运输、安装 4. 砂浆制作、运输 5. 接头灌缝、养护
050303003	木花架柱、梁	1. 木材种类 2. 柱、梁截面 3. 连接方式 4. 防护材料种类		按设计图示截面乘长度（包括榫长）以体积计算	1. 土（石）方挖运 2. 混凝土制作、运输、浇筑、振捣、养护 3. 构件制作、运输、安装 4. 刷防护材料、油漆
050303004	金属花架柱、梁	1. 钢材品种、规格 2. 柱、梁截面 3. 油漆品种、刷漆遍数	t	按设计图示以质量计算	

4.3.4　园林桌椅

园林桌椅的工程量清单项目设置及工程量计算规则应按表 4.10 的规定执行。

表 4.10　园林桌椅（编码：050304）

项目编码	项目名称	项目特征	计量单位	工程量计算规则	工程内容
050304001	木制飞来椅	1. 木材种类 2. 座凳面厚度、宽度 3. 靠背扶手截面 4. 靠背截面 5. 座凳楣子形状 6. 铁件尺寸、厚度 7. 油漆品种、刷油遍数	m	按设计图示尺寸以座凳面中心线长度计算	1. 土（石）方挖运 2. 混凝土制作、运输、浇筑、振捣、养护
050304002	钢筋混凝土飞来椅	1. 座凳面厚度、宽度 2. 靠背扶手截面 3. 靠背截面 4. 座凳楣子形状、尺寸 5. 混凝土强度等级 6. 砂浆配合比 7. 油漆品种、刷油遍数			1. 混凝土制作、运输、浇筑、振捣、养护 2. 预制件运输、安装 3. 砂浆制作、运输、抹面、养护 4. 刷油漆
050304003	竹制飞来椅	1. 竹材种类 2. 座凳面厚度、宽度 3. 靠背扶手截面 4. 靠背截面 5. 座凳楣子形状 6. 铁件尺寸、厚度 7. 防护材料种类			1. 座凳面、靠背扶手、靠背、楣子 2. 铁件安装 3. 刷防护材料
050304004	现浇混凝土桌凳	1. 桌凳形状 2. 基础尺寸、埋设深度 3. 桌面尺寸、支墩高度 4. 凳面尺寸、支墩高度 5. 混凝土强度等级、砂浆配合比	个	按设计图示数量计算	1. 土方挖运 2. 混凝土制作、运输、浇筑、振捣、养护 3. 桌凳制作 4. 砂浆制作、运输 5. 桌凳安装、砌筑
050304005	预制混凝土桌凳	1. 桌凳形状 2. 基础形状、尺寸、埋设深度 3. 桌面形状、尺寸、支墩高度 4. 凳面尺寸、支墩高度 5. 混凝土强度等级 6. 砂浆配合比			1. 混凝土制作、运输、浇筑、振捣、养护 2. 预制件制作运输、安装 3. 砂浆制作、运输 4. 接头灌缝、养护
050304006	石桌石凳	1. 石材种类 2. 基础形状、尺寸、埋设深度 3. 桌面形状、尺寸、支墩高度 4. 凳面尺寸、支墩高度 5. 混凝土强度等级 6. 砂浆配合比			1. 土方挖运 2. 混凝土制作、运输、浇筑、振捣、养护 3. 桌凳制作 4. 砂浆制作、运输 5. 桌凳安筑
050304007	塑树根桌凳	1. 桌凳直径 2. 桌凳高度 3. 砖石种类 4. 砂浆强度等级、配合比 5. 颜料品种、颜色			1. 土方挖运 2. 砂浆制作、运输 3. 砖石砌筑 4. 塑树皮 5. 绘制木纹
050304008	塑树节椅				
050304009	塑料、铁艺、金属椅	1. 木座板面截面 2. 塑料、铁艺、金属椅规格、颜色 3. 混凝土强度等级 4. 防护材料种类			1. 土方挖运 2. 混凝土制作、运输、浇筑、振捣、养护 3. 座椅安装 4. 木座板制作、安装 5. 刷防护材料

4.3.5　喷泉安装

喷泉安装的工程量清单项目设置及工程量计算规则应按表 4.11 的规定执行。

表 4.11 喷泉安装（编码：050305）

项目编码	项目名称	项目特征	计量单位	工程量计算规则	工程内容
050305001	喷泉	1. 管材、管件、水泵、阀门、喷头品种 2. 管道固定方式 3. 防护材料种类	m	按设计图示尺寸以长度计算	1. 土（石）方挖运 2. 管材、管件、水泵、阀门、喷头安装 3. 刷防护材料 4. 回填
050305002	喷泉电缆	1. 保护管品种、规格 2. 电缆品种、规格			1. 土（石）方挖运 2. 电缆保护管安装 3. 电缆敷设 4. 回填
050305003	水下艺术装饰灯具	1. 灯具品种、规格、品牌 2. 灯光颜色	套	按设计图示数量计算	1. 灯具安装 2. 支架制作、运输、安装
050305004	电气控制柜	1. 规格、型号 2. 安装方式	台		1. 电气控制柜（箱）安装 2. 系统调试

4.3.6 杂项

石灯、塑仿石音箱等杂项的工程量清单项目设置及工程量计算规则应按表 4.12 的规定执行。

表 4.12 杂项（编码：050306）

项目编码	项目名称	项目特征	计量单位	工程量计算规则	工程内容
050306001	石灯	1. 石料种类 2. 石灯最大截面 3. 石灯高度 4. 混凝土强度等级 5. 砂浆配合比	个	按设计图示数量计算	1. 土（石）方挖运 2. 混凝土制作、运输、浇筑、振捣、养护 3. 石灯制作、安装
050306002	塑仿石音箱	1. 音箱石内空尺寸 2. 铁丝型号 3. 砂浆配合比 4. 水泥漆品牌、颜色			1. 胎模制作、安装 2. 铁丝网制作、安装 3. 砂浆制作、运输、养护 4. 喷水泥漆 5. 埋置仿石音箱
050306003	塑树皮梁、柱	1. 塑树种类 2. 塑竹种类 3. 砂浆配合比 4. 喷字规格、颜色 5. 油漆品种、颜色	m² (m)	按设计图示尺寸以梁柱外表面积计算或以构件长度计算	1. 灰塑 2. 刷涂颜料
050306004	塑竹梁、柱				
050306005	花坛铁艺栏杆	1. 铁艺栏杆高度 2. 铁艺栏杆单位长度重量 3. 防护材料种类	m	按设计图示尺寸以长度计算	1. 铁艺栏杆安装 2. 刷防护材料
050306006	标志牌	1. 材料种类、规格 2. 镌字规格、种类 3. 喷字规格、颜色 4. 油漆品种、颜色	个	按设计图示数量计算	1. 选料 2. 标志牌制作 3. 雕凿 4. 镌字、喷字 5. 运输、安装 6. 刷油漆
050306007	石浮雕	1. 石材种类 2. 浮雕种类 3. 防护材料种类	m²	按设计图示尺寸以雕刻部分外接矩形面积计算	1. 放样 2. 雕琢 3. 刷防护材料
050306008	石镌字	1. 石材种类 2. 镌字种类 3. 镌字规格 4. 防护材料种类	个	按设计图示数量计算	
050306009	砖石砌小摆设	1. 砖种类、规格 2. 石种类、规格 3. 砂浆强度等级、配合比 4. 石表面加工要求 5. 勾缝要求	m³ (个)	按设计图示尺寸以体积计算或以数量计算	1. 砂浆制作、运输 2. 砌砖、石 3. 抹面、养护 4. 勾缝 5. 石表面加工

4.3.7 其他规定

其他相关问题，应按下列规定处理：

① 柱顶石（磉蹬石）、木柱、木屋架、钢柱、钢屋架、屋面木基层和防水层等，应按附录 A 中相关项目编码列项。

② 需要单独列项目的土石方和基础项目，应按附录 A 相关项目编码列项。

③ 木构件连接方式应包括开榫连接、铁件连接、扒钉连接、铁钉连接。

④ 竹构件连接方式应包括竹钉固定、竹篾绑扎、铁丝连接。

⑤ 膜结构的亭、廊应按附录 A 相关项目编码列项。

⑥ 喷泉水池应按附录 A 相关项目编码列项。

⑦ 石浮雕应按表 4.13 的规定分类。

表 4.13　石浮雕的分类规定

浮雕种类	加工内容
阴线刻	首先磨光平石料表面，然后以刻凹线（深度在 2～3mm）勾画出人物、动植物或山水
平浮雕	首先扁光石料表面，然后凿出堂子（凿深 60mm 以内），凸出欲雕图案。图案凸出的平面应达到"扁光"，堂子达到"钉细麻"
浅浮雕	首先凿出石料初形，然后凿出堂子（凿深 60～200mm 以内），凸出欲雕图案，再加工雕饰图形，使其表面有起有伏，有立体感。图形表面应达到"二遍剁斧"，堂子达到"钉细麻"
高浮雕	首先凿出石料初形，然后凿掉欲雕图形多余部分（凿深在 200mm 以上），凸出欲雕图形，再细雕图形，使之有较强的立体感（有时高浮雕的个别部位与堂子之间漏空）。图形表面应达到"四遍剁斧"，堂子达到"钉细麻"或"扁光"

⑧ 石镌字种类应是指阴文和阴包阳。

⑨ 砌筑果皮箱、放置盆景的须弥座等，应按 4.3.6 杂项（表 4.12）中砖石砌小摆设项目编码列项。

复习思考题

1. 绿地整理的工程量清单项目设置及工程量计算规则是什么？

2. 栽植花木的工程量清单项目设置及工程量计算规则是什么？

3. 绿地喷灌的工程量清单项目设置及工程量计算规则是什么？

4. 园路、园桥工程的工程量清单项目设置及工程量计算规则是什么？

5. 堆塑假山的工程量清单项目设置及工程量计算规则是什么？

6. 驳岸的工程量清单项目设置及工程量计算规则是什么？

7. 原木、竹构件的工程量清单项目设置及工程量计算规则是什么？

8. 亭廊屋面的工程量清单项目设置及工程量计算规则是什么？

9. 花架的工程量清单项目设置及工程量计算规则是什么？

10. 园林桌椅的工程量清单项目设置及工程量计算规则是什么？

11. 喷泉安装的工程量清单项目设置及工程量计算规则是什么？

12. 石灯、塑仿石音箱等杂项的工程量清单项目设置及工程量计算规则是什么？

5 工程量清单的编制

5.1 工程量清单的编制方法

5.1.1 工程量清单的概念

工程量清单是指建设工程的分部分项工程项目、措施项目、其他项目、规费项目和税金项目的名称和相应数量等的明细清单。

工程量清单是招标投标活动中，对招标人和投标人都具有约束力的重要文件，是招标投标活动的依据，专业性强，内容复杂，对编制人的业务技术水平要求高，能否编制出完整、严谨的工程量清单，直接影响招标的质量，也是招标成败的关键。因此，工程量清单应由具有编制能力的招标人或受其委托、具有相应资质的工程造价咨询人编制。根据《工程造价咨询企业管理办法》（建设部第149号令），受委托编制工程量清单的工程造价咨询人应依法取得工程造价咨询资质，并在其资质许可的范围内从事工程造价咨询活动。

采用工程量清单方式招标，工程量清单必须作为招标文件的组成部分，其准确性和完整性由招标人负责。采用工程量清单方式招标发包，工程量清单必须作为招标文件的组成部分，招标人应将工程量清单连同招标文件的其他内容一并发（或发售）给投标人。招标人对编制的工程量清单的准确性和完整性负责。投标人依据工程量清单进行投标报价，对工程量清单不负有核实的义务，更不具有修改和调整的权力。工程量清单作为投标人报价的共同平台，其准确性（数量不算错）、完整性（不缺项漏项）均应由招标人负责，如招标人委托工程造价咨询人编制，责任仍应由招标人承担。至于工程造价咨询人应承担的具体责任则应由招标人与工程造价咨询人通过合同约定处理或协商解决。

5.1.2 工程量清单的作用

工程量清单是工程量清单计价的基础，应作为编制招标控制价、投标报价、计算工程量、支付工程款、调整合同价款、办理竣工结算以及工程索赔等的依据之一。可以说工程量清单在工程量清单计价中起到基础性作用，是整个工程量清单计价活动的重要依据之一，贯穿于整个施工过程中。

5.1.3 工程量清单的编制依据

① 建设工程工程量清单计价规范。
② 国家或省级、行业建设主管部门颁发的计价依据和办法。
③ 建设工程设计文件。
④ 与建设工程项目有关的标准、规范、技术资料。
⑤ 招标文件及其补充通知、答疑纪要。
⑥ 施工现场情况、工程特点及常规施工方案。
⑦ 其他相关资料。

5.1.4 工程量清单的编制方法

工程量清单应由分部分项工程量清单、措施项目清单、其他项目清单、规费项目清单、税金项目清单组成。

5.1.4.1 分部分项工程量清单

分部分项工程量清单的五个组成要件是项目编码、项目名称、项目特征、计量单位、工程量计算规则，并且这五个要件在分部分项工程量清单的组成中缺一不可。

（1）编制要求 分部分项工程量清单应根据《建设工程工程量清单计价规范》附录B规定的项目编码、项目名称、项目特征、计量单位和工程量计算规则进行编制。

（2）项目编码 项目编码是分部分项工程量清单项目名称的数字标识，也是分部分项工程量清单五个要件之一。分部分项工程量清单编码应采用十二位阿拉伯数字表示。一至九位应按附录的规定设置，十至十二位应根据拟建工程的工程量清单项目名称设置，同一招标工程的项目编码不得有重码。工程量清单项目编码结构如图5.1所示。

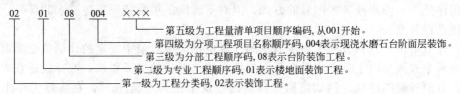

图 5.1 工程量清单项目编码结构图

上图中各级编码代表的含义是：

① 第一级编码表示工程分类顺序码；01 为建筑工程、02 为装饰工程、03 为安装工程、04 为市政工程、05 为园林绿化工程、06 为矿山工程。

② 第二级编码表示专业工程顺序码。

③ 第三级编码表示分部工程顺序码。

④ 第四级编码表示分项工程顺序码。

⑤ 第五级编码表示工程量清单项目名称顺序码。

当同一标段的一份工程量清单中含有多个单项或单位工程且工程量清单是以单位工程为编制对象时，在编制工程量清单时应特别注意对项目编码十至十二位的设置不得有重码的规定。例如一个标段的工程量清单中含有三个单位工程，每一单位工程中都有项目特征相同的金属格栅门，在工程量清单中又需要反映三个不同单位工程的金属格栅门时，此时工程量清单应以单位工程为编制对象，则第一个单位工程的金属格栅门的项目编码应为 020403002001，第二个单位工程的金属格栅门的项目编码应为 020403002002，第三个单位工程的金属格栅门的项目编码应为 020403002003，并分别列出各单位工程金属格栅门的工程量。

（3）项目名称 分部分项工程量清单项目名称应按《建设工程工程量清单计价规范》附录B的项目名称结合拟建工程的实际确定。如"墙面一般抹灰"这一分项工程在形成工程量清单项目名称时可以细化为"外墙抹灰"或"内墙抹灰"等。

（4）项目特征 项目特征是构成分部分项工程量清单项目、措施项目自身价值的本质特征。分部分项工程量清单的项目特征是确定一个清单项目综合单价的重要依据，在编制的工程量清单中必须对其特征进行准确和全面的描述。工程量清单项目特征描述的重要意义在于：

① 项目特征是区分清单项目的依据。工程量清单项目特征用来表述分部分项清单项目的实质内容，用于区分计价规范中同一清单条目下各个具体的清单项目。没有项目特征的准确描述，对于相同或相似的清单项目名称，就无从区分。

② 项目特征是确定综合单价的前提。由于工程量清单项目的特征决定了工程实体的实

质内容，必然直接决定了工程实体的自身价值。因此，工程量清单项目特征描述得准确与否，直接关系到工程量清单项目综合单价的准确确定。

③ 项目特征是履行合同义务的基础。实行工程量清单计价，工程量清单及其综合单价是施工合同的组成部分，因此，如果工程量清单项目特征的描述不清甚至漏项、错误，从而引起在施工过程中的更改，都会引起分歧，导致纠纷。

由上述可见，清单项目特征的描述，应根据清单计价规范附录中有关项目特征的要求，结合技术规范、标准图集、施工图纸，按照工程结构、使用材质及规格或安装位置等予以详细而准确地表述和说明。

有的项目特征用文字往往难以准确和全面地描述清楚，为达到规范、简捷、准确、全面描述项目特征的要求，在描述工程量清单项目特征时应按以下原则进行。

项目特征描述的内容为按清单计价规范附录规定的内容，项目特征的表述按拟建工程的实际要求，以能满足确定总和单价的需要为前提。

对采用标准图集或施工图纸能够全部或部分满足项目特征描述要求的，项目特征描述可直接采用详见××图集或××图号的方式，但对不能满足项目特征描述要求的部分，仍应用文字描述进行补充。

（5）计量单位　分部分项工程量清单的计量单位应按附录中规定的计量单位确定。当计量单位有两个或两个以上时，应根据所编工程量清单项目的特征要求，选择最适宜表现该项目特征并方便计量的单位。例如门窗工程量的计量单位为"樘/m²"，在实际工作中，就应选择最适宜、最方便计量的单位来表示。

（6）工程量计算规则　分部分项工程量清单的工程量应按附录中规定的工程量计算规则计算。

清单计价规范的附录中给出了建筑工程、装饰装修工程、安装工程、市政工程、园林绿化工程、矿山工程六个工程的计算规则，其中附录 B 为装饰装修工程量清单项目及计算规则，适用于工业与民用建筑物和构筑物的装饰装修工程。装饰装修工程的实体项目包括楼地面工程、墙柱面工程、天棚工程、门窗工程、油漆涂料裱糊工程、其他工程。

按照清单计价规范的要求，以"吨"为计量单位的应保留小数点三位，第四位小数四舍五入；以"立方米"、"平方米"、"米"、"千克"为计量单位的应保留小数点二位，第三位小数四舍五入；以"项"、"个"等为计量单位的应取整数。

（7）补充项目　编制工程量清单出现附录中未包括的项目，编制人应作补充，并报省级或行业工程造价管理机构备案，省级或行业工程造价管理机构应汇总报住房和城乡建设部标准定额研究所。

补充项目的编码由附录的顺序码与 B 和三位阿拉伯数字组成，并应从×B001 起顺序编制，同一招标工程的项目不得重码。工程量清单中需附有补充项目的名称、项目特征、计量单位、工程量计算规则、工程内容。编制人在编制补充项目时应注意以下几个方面：

① 补充项目的编码必须按本规范的规定进行。即由附录的顺序码（A、B、C、D、E、F）与 B 和三位阿拉伯数字组成。

② 在工程量清单中应附补充项目的项目名称、项目特征、计量单位、工程量计算规则和工作内容。

③ 将编制的补充项目报省级或行业工程造价管理机构备案。

5.1.4.2　措施项目清单

清单计价规范将工程实体项目划分为分部分项工程量清单项目，非实体项目划分为措施项目。措施项目是指为完成工程项目施工，发生于该工程施工准备和施工过程中的技术、生活、安全、环境保护等方面的非工程实体项目。

（1）列项要求　措施项目清单应根据拟建工程的实际情况列项。通用措施项目可按表5.1选择列项，装饰装修专业工程的措施项目可按附录B中规定的项目选择列项，具体见表5.2。若出现本规范未列的项目，可根据工程实际情况补充。

表 5.1　通用措施项目一览表

序　号	项目名称	序　号	项目名称
1	安全文明施工（包括环境保护、文明施工、安全施工、临时设施）	6	施工排水
		7	施工降水
2	夜间施工	8	地上、地下设施，建筑物的临时保护设施
3	二次搬运		
4	冬雨季施工	9	已完工程及设备保护
5	大型机械设备进出场及安拆		

表 5.2　装饰装修工程专业措施项目一览表

序号	项目名称
2.1	脚手架
2.2	垂直运输机械
2.3	室内空气污染测试

（2）计价方式　措施项目清单的计价方式有两种情况。一般来说，非实体性项目费用的发生和金额的大小与使用时间、施工方法或者两个以上工序相关，与实际完成的实体工程量的多少关系不大，如大中型施工机械进、出场及安、拆费，文明施工和安全防护、临时设施等措施项目，可以以"项"为计量单位进行编制，其表格形式见表5.6。另外，有的非实体性项目，如脚手架工程，与完成的工程实体具有直接关系，且可以精确计量，可以采用分部分项工程量清单的方式，并用综合单价计价更有利于合同管理，其表格形式见表5.7。

（3）编制依据　编制依据主要有拟建工程的施工组织设计；拟建工程的施工技术方案；与拟建工程相关的工程施工规范和工程验收规范；招标文件；设计文件。

5.1.4.3　其他项目清单

其他项目清单按暂列金额、暂估价、计日工、总承包服务费列项。工程建设标准的高低、工程的复杂程度、工程的工期长短、工程的组成内容等直接影响其他项目清单中的具体内容。其他项目清单的内容可根据工程实际情况补充。

（1）暂列金额　暂列金额是招标人在工程量清单中暂定并包括在合同价款中的一笔款项。用于施工合同签订时尚未确定或者不可预见的所需材料、设备、服务的采购，施工中可能发生的工程变更、合同约定调整因素出现时的工程价款调整以及发生的索赔、现场签证确认等费用。不管采用何种合同形式，理想的标准是，一份建设工程施工合同的价格就是其最终的竣工结算价格，或者至少两者应尽可能接近，按有关部门的规定，经项目审批部门批复的设计概算是工程投资控制的刚性指标，即使是商业性开发项目也有成本的预先控制问题，否则，无法相对准确地预测投资的收益和科学合理地进行投资控制。而工程建设自身的规律决定，设计需要根据工程进展不断地进行优化和调整，发包人的需求可能会随工程建设进展出现变化，工程建设过程还存在其他诸多不确定性因素。消化这些因素必然会影响合同价格的调整，暂列金额正是因这类不可避免的价格调整而设立，以便合理确定工程造价的控制目标。设立暂列金额并不能保证合同结算价格就不会再出现超过合同价格的情况，是否超出合同价格完全取决于工程量清单编制人对暂列金额预测的准确性，以及工程建设过程是否出现了其他事先未预测到事件。

（2）暂估价　暂估价是招标人在工程量清单中提供的用于支付必然发生但暂时不能确定

价格的材料的单价以及专业工程的金额。其类似于 FIDIC 合同条款中的 Prime Cost Items，在招标阶段预见肯定要发生，只是因为标准不明确或者需要由专业承包人完成，暂时无法确定其价格或金额。

暂估价包括材料暂估单价、专业工程暂估价。一般而言，为方便合同管理和计价，需要纳入分部分项工程量清单项目综合单价中的暂估价最好只是材料费，以方便投标人组价。专业工程暂估价以"项"为计量单位，一般应是综合暂估价，应当包括除规费、税金以外的管理费、利润等。

（3）计日工　计日工是为了解决现场发生的零星工作的计价而设立的。计日工是指在施工过程中，完成发包人提出的施工图纸以外的零星项目或工作，按合同中约定的综合单价计价。计日工以完成零星工作所消耗的人工工时、材料数量、机械台班进行计量，并按照计日工表中填报的适用项目的单价进行计价支付。计日工适用的所谓零星工作一般是指合同约定之外的或者因变更而产生的、工程量清单中没有相应项目的额外工作，尤其是那些时间不允许事先商定价格的额外工作。

为了获得合理的计日工单价，计日工表中一定要给出暂定数量，并且需要根据经验，尽可能估算一个比较贴近实际的数量。

（4）总承包服务费　总承包服务费是为了解决招标人在法律、法规允许的条件下进行专业工程发包以及自行采购供应材料、设备时，要求总承包人对发包的专业工程提供协调和配合服务；对供应的材料、设备提供收、发和保管服务以及对施工现场进行统一管理；对竣工资料进行统一汇总整理等发生并向总承包人支付的费用。招标人应当预计该项费用并按投标人的投标报价向投标人支付该项费用。

5.1.4.4　规费项目清单

规费是指根据省级政府或省级有关权力部门规定必须缴纳的，应计入建筑安装工程造价的费用。如出现以下内容未列的项目，应根据省级政府或省级有关权力部门的规定列项。规费的内容如下：

① 工程排污费。
② 社会保障费，包括养老保险费、失业保险费、医疗保险费。
③ 住房公积金。
④ 危险作业意外伤害保险。

5.1.4.5　税金项目清单

税金是指国家税法规定的应计入建筑安装工程造价内的营业税、城市维护建设税及教育费附加等。

营业税是由营业额所确定的税额，现为营业额的 3%。城乡维护建设税是国家为了加强城乡的维护建设，稳定和扩大城乡建设维护的资金来源，对有经营收入的单位和个人征收的一种税。纳税人所在地为市区的，按营业税的 7% 征收；所在地为县城、镇的，按营业税的 5% 征收；所在地为农村的，按营业税的 1% 征收。教育费附加是国家为解决办学教育而征收的税种，为营业税的 3%。税金的计算公式为：

$$税金 = （直接费 + 间接费 + 利润）× 税率$$

纳税地点在市区的企业：

$$税率 = 1/[1 - 3\% - (3\% × 7\%) - (3\% × 3\%)] - 1 = 3.41\%$$

纳税地点在县城、镇的企业：

$$税率 = 1/[1 - 3\% - (3\% × 5\%) - (3\% × 3\%)] - 1 = 3.35\%$$

纳税地点不在市区、县城、镇的企业：

$$税率 = 1/[1 - 3\% - (3\% × 1\%) - (3\% × 3\%)] - 1 = 3.22\%$$

5.1.5 工程量清单的格式

5.1.5.1 工程量清单封面

工程量清单封面见表5.3。

表 5.3 工程量清单封面

_____ 工程

工程量清单

招 标 人：_____

（单位盖章）

工 程 造 价
咨 询 人：_____

（单位资质专用章）

法定代表人
或其授权人：_____

（签字或盖章）

法定代表人
或其授权人：_____

（签字或盖章）

编 制 人：_____

（造价人员签字盖专用章）

复 核 人：_____

（造价工程师签字盖专用章）

编制时间： 年 月 日

复核时间： 年 月 日

5.1.5.2 填表须知

填表须知见表5.4。

表 5.4 填表须知

填 表 须 知

1. 工程量清单及其计价格式中所有要求签字、盖章的地方，必须由规定的单位和人员签字、盖章。

2. 工程量清单及其计价格式中的任何内容不得随意删除或涂改。

3. 工程量清单计价格式中列明的所有需要填报的单价和合价，投标人均应填报，未填报的单价和合价，视为此项费用已包含在工程量清单的其他单价和合价中。

4. 金额（价格）均应以_____币表示。

5.1.5.3 总说明见表5.5

表 5.5 总说明的格式

总 说 明

工程名称： 第 页 共 页

总说明包括的内容：

1. 工程量清单编制依据。

2. 工程概况（包括建设规模、工程特征、计划开竣工日期、施工场地情况、自然地理条件、地理环境以及交通、通信、供水、供电现状等）。

3. 工程发包范围和分包范围。

4. 工程质量、材料设备、施工等的特殊要求。

5. 安全文明施工（包括环境保护、文明施工、安全施工、临时设施）的要求。

6. 总承包人需要提供的专业分包服务要求和内容以及应计算总承包服务费的专业工程合同价款总计。

7. 其他需要说明的问题。

5.1.5.4 分部分项工程量清单

分部分项工程量清单见表 5.6。

表 5.6 分部分项工程量清单

专业工程名称：_____ 　　　　　　　　第　页　共　页

序　号	项目编码	项目名称	项目特征	计量单位	工程量

5.1.5.5 措施项目清单（一）

措施项目清单（一）见表 5.7。

表 5.7 措施项目清单（一）

专业工程名称：_____ 　　　　　　　　第　页　共　页

序　号	项目名称	计算基础

5.1.5.6 措施项目清单（二）

措施项目清单（二）见表5.8。

表5.8 措施项目清单（二）

专业工程名称：＿＿＿＿＿＿＿＿　　　　　　　　　　　　　　　　第　　页　共　　页

序　号	项目编码	项目名称	项目特征	计量单位

5.1.5.7 其他项目清单

其他项目清单见表5.9。

表5.9 其他项目清单

工程项目名称：＿＿＿＿＿＿＿＿　　　　　　　　　　　　　　　　第　　页　共　　页

序　号	项目名称	计量单位
1	暂列金额	
2	暂估价	
2.1	材料暂估价	
2.2	专业工程暂估价	
3	计日工	
4	总承包服务费	
5		

5.1.5.8 暂列金额项目表

暂列金额项目表见表5.10。

表 5.10　暂列金额项目表

工程项目名称：＿＿＿＿＿＿＿＿　　　　　　　　　　　　　　　　第　　页　共　　页

序　　号	项目名称	计量单位	暂列金额(元)	备　　注
	本表合计			

5.1.5.9 材料暂估价表

材料暂估价表见表5.11。

表 5.11　材料暂估价表

工程项目名称：＿＿＿＿＿＿＿＿　　　　　　　　　　　　　　　　第　　页　共　　页

序　　号	名　　称	规格型号	计量单位	暂估单价(元)	备　　注

5.1.5.10 专业工程暂估价表

专业工程暂估价表见表5.12

表 5.12　专业工程暂估价表

工程项目名称：＿＿＿＿＿＿＿＿＿＿　　　　　　　　　　　　　　第　　页　共　　页

序号	工程名称	工程内容	暂估价格（元）	备　　注
	本表合计			

5.1.5.11 计日工表

计日工表见表5.13。

表 5.13　计日工表

工程项目名称：＿＿＿＿＿＿＿＿＿＿　　　　　　　　　　　　　　第　　页　共　　页

编号	项目名称	规格型号	单位	暂定数量

5.1.5.12 规费、税金项目清单

规费、税金项目清单见表5.14。

表 5.14 规费、税金项目清单

工程项目名称：_____   第 页 共 页

序号	项 目 名 称	计 算 基 础
1	规费	
1.1	工程排污费	
1.2	社会保障费	
(1)	养老保险费	
(2)	失业保险费	
(3)	医疗保险费	
1.3	住房公积金	
1.4	危险作业以外伤害保险	
2	税金	

5.2 工程量清单编制实例

5.2.1 装饰装修工程工程量清单编制实例

××银行装饰装修工程

工程量清单

工程造价

招　标　人：　××银行单位公章　　咨　询　人：＿＿＿＿＿＿＿＿＿＿
　　　　　　　　（单位盖章）　　　　　　　　　　　　（单位资质专用章）

法定代表人　　　　××银行　　　　法定代表人
或其授权人：　　法定代表人　　　或其授权人：＿＿＿＿＿＿＿＿＿＿
　　　　　　　　（签字或盖章）　　　　　　　　　　（签字或盖章）

　　　　　　　　　　××签字
　　　　　　　盖造价工程师　　　　　　　　　　　　××签字
编　制　人：　或造价员专用章　　复　核　人：　盖造价工程师专用章
　　　　　　（造价人员签字盖专用章）　　　　　（造价工程师签字盖专用章）

编制时间：××××年×月×日　　　复核时间：××××年×月×日

填　表　须　知

1. 工程量清单及其计价格式中所有要求签字、盖章的地方，必须由规定的单位和人员签字、盖章。

2. 工程量清单及其计价格式中的任何内容不得随意删除或涂改。

3. 工程量清单计价格式中列明的所有需要填报的单价和合价，投标人均应填报，未填报的单价和合价，视为此项费用已包含在工程量清单的其他单价和合价中。

4. 金额（价格）均应以＿＿人民＿＿币表示。

总　说　明

工程名称：××银行装饰装修工程　　　　　　　　　　　　　第1页　共1页

一、工程量清单编制依据

《建设工程工程量清单计价规范》(GB 50500—2008)

《天津市装饰装修工程预算基价》(DBD29—201—2008)

设计文件和施工图纸

二、工程概况

××银行装饰装修工程,施工现场、交通运输情况及水电情况由招标人指引投标人现场勘察。

三、工程招标范围

本次招标范围为招标文件范围。

四、工程质量、材料、施工等特殊要求

1. 工程质量要求符合国家验收合格标准。

2. 材料质量的约定:合格标准。

3. 施工严格按设计要求及施工规范施工,确保工程质量、施工安全、按期竣工验收。

分部分项工程量清单

序号	项目编码	项目名称	项目特征	计量单位	工程量
1	020102002001	超白玻化砖楼地面	1：3 水泥砂浆结合层 800mm×800mm 超白玻化砖面层 酸洗打蜡	m²	100.200
2	020102002002	楼地面浅咖啡色玻化砖	1：3 水泥砂浆结合层 800mm×800mm 浅咖啡色玻化砖面层 酸洗打蜡	m²	31.618
3	020102002003	楼地面浅米黄色玻化砖	1：3 水泥砂浆结合层 600mm×600mm 浅米黄色玻化砖面层 酸洗打蜡	m²	75.391
4	020104002001	竹木地板	XY401 胶粘帖 成品竹木地板	m²	20.322
5	020104003001	防静电活动地板	铸铁支架 铝质防静电地板面层	m²	10.115
6	020102002004	楼地面防滑地砖	1：3 水泥砂浆结合层 300mm×300mm 防滑地砖面层 酸洗、打蜡	m²	6.042
7	020109001001	黑金砂石材过门石	1：3 水泥砂浆结合层 20mm 厚黑金砂石材面层 酸洗、打蜡	m²	5.572
8	020105002001	人造石踢脚线	大理石胶粘帖 50mm 高黑色国产人造石成品踢脚线 酸洗、打蜡	m²	24.861
9	BB001	踢脚线樱桃木	踢脚线 50mm 高 木龙骨 成品樱桃木踢脚线	m²	20.529
10	020105003001	玻化砖踢脚线	踢脚线 50mm 高 1：3 水泥砂浆结合层 玻化砖踢脚线	m²	4.394
11	020102001001	灰麻花岗岩烧毛坡道面层	1：3 水泥砂浆结合层 灰麻花岗岩烧毛面层	m²	4.884

分部分项工程量清单

序号	项目编码	项目名称	项目特征	计量单位	工程量
12	020207001001	白色铝塑板墙面	玻璃胶结合层 白色铝塑板面层	m²	136.032
13	020208001001	白色铝塑板柱面	钢筋混凝土柱 轻钢龙骨 单层石膏板基层 白色铝塑板间嵌6mm铝条	m²	12.237
14	020207001002	白色高温烤漆玻璃墙面	轻钢龙骨 石膏板基层 白色高温烤漆玻璃间嵌10mm不锈钢条	m²	10.150
15	020207001003	木结构烤漆饰面墙面	轻钢龙骨 细木工板基层 木结构烤漆饰面面层	m²	10.300
16	020207001006	白色高温烤漆玻璃嵌10mm不锈钢条	木龙骨 细木工板基层 白色高温烤漆玻璃嵌10mm不锈钢条面层	m²	12.700
17	020207001007	轻钢龙骨石膏板隔断	轻钢龙骨骨架 满填超细玻璃棉 石膏板面层	m²	13.700
18	020209001001	钢化玻璃隔断	铁方管骨架 钢化玻璃饰面 橡胶条嵌缝	m²	8.330
19	020201002001	墙面白色乳胶漆	水泥砂浆基层 刮腻子两遍 白色乳胶漆两遍	m²	106.372
20	020204003001	墙面墙砖	1:1水泥砂浆结合层 250×330墙砖面层	m²	18.756
21	020209001002	轻钢龙骨水泥压力板隔墙	轻钢龙骨骨架 水泥压力板面层	m²	9.472
22	020302001001	穿孔铝板吊顶天棚	平吊顶,不上人型 装配式U形轻钢龙骨 600mm×600mm穿孔铝板	m²	120.964

序号	项目编码	项目名称	项目特征	计量单位	工程量
23	020302001002	矿棉板吊顶天棚	平吊顶,不上人型 装配式 T 形铝合金龙骨 600mm×600mm 矿棉板	m²	81.846
24	020302001003	石膏板吊顶天棚(跌级)	不上人型、跌级 装配式 U 形轻钢龙骨 水泥砂浆刮腻子两遍 白色乳胶漆三遍	m²	19.820
25	020302001004	铝扣板吊顶天棚	平吊顶,不上人型 装配式 T 形铝合金龙骨 200mm 宽条形铝扣板	m²	6.042
26	020302001005	铝塑板吊顶天棚	平吊顶,上人型 装配式 U 形轻钢龙骨 白色铝塑板	m²	23.556
27	020406003001	防弹玻璃固定窗	固定窗 拉丝不锈钢边框 26mm 厚防弹玻璃	m²	22.481
28	020404005001	防弹玻璃双开门	双扇平开门 1800mm×2500mm 26mm 厚防弹玻璃	m²	6.000
29	020403001001	白色烤漆封闭式防盗卷帘门	封闭式防盗卷帘门 1600mm×2100mm 白色烤漆不锈钢	m²	3.380
30	020404005002	6+6 夹膜钢化单侧玻璃刷卡门	单扇平开门 1000mm×2500mm 6mm+6mm 夹膜钢化单侧玻璃	樘	2.000
31	020404005003	钢化玻璃平开门	平开门 900mm×2400mm 12mm 厚钢化玻璃	m²	2.16
32	020404005004	全磨砂钢化玻璃门	平开窗 900mm×2400mm 6mm+6mm 钢化玻璃门	m²	2.16

分部分项工程量清单

序号	项目编码	项目名称	项目特征	计量单位	工程量
33	020401003001	单扇樱桃木饰面门	平开门 700mm×2400mm 成品单扇樱桃木饰面门	m²	3.000
34	020402006002	单扇不锈钢防盗门	平开防盗门 900mm×2400mm 成品不锈钢防盗门安装	m²	2.16

措施项目清单（一）

序号	项目名称	计算基础
1	安全文明施工	
2	夜间施工	
3	二次搬运	
4	冬雨季施工	
5	大型机械设备进出场及安拆	
6	施工排水	
7	施工降水	
8	地上、地下设施,建筑物的临时保护设施	
9	已完工程及设备保护	
10	室内空气污染测试费	

措施项目清单（二）

专业工程名称：××银行装饰装修工程

序号	项目编码	项目名称	项目特征	计量单位
1	BB002	满堂脚手架	顶棚吊顶，室内净高 4.2m	m²
2				

其他项目清单

专业工程名称：××银行装饰装修工程

序号	项 目 名 称	计 量 单 位
1	暂列金额	项
2	暂估价	项
2.1	材料暂估价	
2.2	专业工程暂估价	项
3	计日工	
4	总承包服务费	
5		

暂列金额项目表

专业工程名称：××银行装饰装修工程

序号	项目名称	计量单位	暂列金额(元)	备　注
1	工程量清单中工程量偏差和设计变更	项	5000	
	本表合计			

材料暂估价表

专业工程名称：××银行装饰装修工程

序号	名　　称	规格型号	计量单位	暂估单价(元)	备　注
1	超白玻化砖 800mm ×800mm	m²	160		用于镶贴客户等候区和 24 小时自动服务区地面

专业工程暂估价表

序号	工程名称	工程内容	暂估价格/元	备　注
1	现金柜台	制作、安装	50000	
	本表合计			

计日工表

编号	项目名称	规格型号	单位	暂定数量
一	人工			
1	一类工		工日	10
2	二类工		工日	4
3				
4				
5				
二	材料			
1	水泥	42.5	kg	100
2	中砂		m³	0.5
3				
4				
5				
6				
三	施工机械			
1				
2				
3				
4				
5				

专业工程名称：××银行装饰装修工程　　　　　　　　　　　　　　　第1页　共1页

序号	项　目　名　称	计　算　基　础
1	规费	
1.1	工程排污费	
1.2	社会保障费	
(1)	养老保险费	
(2)	失业保险费	
(3)	医疗保险费	
1.3	住房公积金	
1.4	危险作业以外伤害保险	
2	税金	

5.2.2　园林、景观工程工程量清单编制实例

某绿化改造工程分部分项工程量清单见表5.15。

表 5.15 某绿化改造工程分部分项工程量清单

工程名称：××绿化改造工程　　　　　　　　　　标段：　　　　　　　　　　　第　页　共　页

序号	项目编码	项目名称	项目特征描述	计量单位	工程量	金额（元）	
						综合单价	合价
1	050102001001	栽植乔木(银海枣)	1. 净干高150cm,胸径20cm 2. 养护期：三个月	株	26		
2	050102001002	栽植乔木(白玉兰)	1. 净干高500cm,胸径50cm 2. 养护期：三个月	株	1		
3	050102004001	栽植灌木(国王椰子)	1. 净干高200cm,胸径350cm 2. 养护期：三个月	株	12		
4	050102004002	栽植灌木(苏铁)	1. 冠幅160cm净干高60cm 2. 养护期：三个月	株	9		
5	050102004003	栽植灌木(蒲葵)	1. 净干高150cm,胸径15cm 2. 养护期：三个月	株	20		
6	050102004004	栽植灌木(黄金柳)	1. 冠幅80cm,胸径10cm 2. 养护期：三个月	株	20		
7	050102004005	栽植灌木(老人葵)	1. 净干高100cm,胸径20cm 2. 养护期：三个月	株	17		
8	050102004006	栽植灌木(黄杨)	1. 冠幅350cm,胸径20m 2. 养护期：三个月	株	4		
9	050102004007	栽植灌木(黄榕)	1. 冠幅300cm,胸径20cm 2. 养护期：三个月	株	6		
10	050102004008	栽植灌木(黄金榕球)	1. 冠幅1200mm 2. 养护期：三个月	株	129		
11	050102004009	栽植灌木(三角梅球)	1. 冠幅1000mm 2. 养护期：三个月	株	86		
12	050102004010	栽植灌木(九里香)	1. 冠幅1500mm 2. 养护期：三个月	株	15		
13	050102004011	栽植灌木(鸭脚木)	1. 冠幅500mm 2. 养护期：三个月	株	12		
14	050102005001	栽植绿篱(指甲兰)	1. 片栽 2. 高度40cm内	m²	133.32		
15	050102008001	栽植花卉(时花)	1. 多品种图案 2. 养护期：三个月	m²	66.06		
16	050102008002	栽植花卉(遍地黄金)	1. 铺种方式:满铺 2. 养护期：三个月	m²	312.72		
17	050102008003	栽植花卉(五色梅)	1. 铺种方式:满铺 2. 养护期：三个月	m²	851.3		
18	050102010001	铺种草皮(台湾草)	1. 铺种方式:满铺 2. 养护期：三个月	m²	3103.28		
19	050102010002	铺种草皮(大叶油草)	1. 铺种方式:满铺 2. 养护期：三个月	m²	256.24		
20	050102010003	铺种草皮(植草砖孔内植草)	1. 植草砖孔内植草 2. 养护期：三个月	m²	81.46		
21	050201004001	嵌草砖铺装	砖20cm×20cm×6cm,垫层灰土15cm,垫层碎石15cm	m²	81.46		
		分部工程小计					
		本页小计					
		合　计					

复习思考题

1. 工程量清单与招标文件、投标文件各有什么关系？

2. 清单项目编码如何确定？

3. 项目特征的描述有何重要意义？

4. 怎样理解材料暂估价？材料暂估价一般计入哪项费用？

6 工程量清单投标报价的编制

6.1 工程量清单投标报价的编制方法

按《建设工程工程量清单计价规范》（GB 50500—2008）的规定，投标报价由投标人自主确定，但不得低于成本。投标报价应由投标人或受其委托具有相应资质的工程造价咨询人编制。

投标人应按招标人提供的工程量清单填报价格，填写的项目编码、项目名称、项目特征、计量单位、工程量必须与招标人提供的一致。

6.1.1 工程量清单投标报价文件的内容

投标报价文件的主要内容是工程量清单计价，工程量清单计价应按《建设工程工程量清单计价规范》（GB 50500—2008）和招标文件要求采取统一的格式。《建设工程工程量清单计价规范》（GB 50500—2008）规定的工程量清单计价格式主要由下列内容组成，具体格式参见本章实例。

① 投标总价（封—3）
② 总说明（表—01）
③ 工程项目投标报价汇总表（表—02）
④ 单项工程投标报价汇总表（表—03）
⑤ 单位工程投标报价汇总表（表—04）
⑥ 分部分项工程量清单与计价表（表—08）
⑦ 工程量清单综合单价分析表（表—09）
⑧ 措施项目清单与计价表（一）（表—10）
⑨ 措施项目清单与计价表（二）（表—11）
⑩ 其他项目清单与计价汇总表（表—12）
⑪ 暂列金额明细表（表—12—1）
⑫ 材料暂估单价表（表—12—2）
⑬ 专业工程暂估价表（表—12—3）
⑭ 计日工表（表—12—4）
⑮ 总承包服务费计价表（表—12—5）
⑯ 规费、税金项目清单与计价表（表—13）

6.1.2 编制投标报价的依据

①《建设工程工程量清单计价规范》（GB 50500—2008）。
② 国家或省级、行业建设主管部门颁发的计价办法。
③ 企业定额，国家或省级、行业建设主管部门颁发的计价定额。
④ 招标文件、工程量清单及其补充通知、答疑纪要。
⑤ 建设工程设计文件及相关资料。

⑥ 施工现场情况、工程特点及拟定的投标施工组织设计或施工方案。

⑦ 与建设项目相关的标准、规范等技术资料。

⑧ 市场价格信息或工程造价管理机构发布的工程造价信息。

⑨ 其他的相关资料。

6.1.3 工程量清单投标报价文件的编制步骤

投标报价应由投标方依据招标文件中提供的施工图纸、规范和工程量清单的有关要求，结合施工现场实际情况及自行制定的施工方案或施工组织设计，按照企业定额、市场价格，也可以参照当地建设行政主管部门发布的现行消耗量定额以及工程造价管理机构发布的市场价格信息，自主报价。

投标报价的程序为：熟悉招标文件→计算、核算工程量→熟悉施工组织设计→材料的市场询价→详细估价及报价→确定投标报价策略→编制投标报价文件。

6.1.3.1 熟悉招标文件

招标文件是编制投标报价文件的依据，投标报价文件的格式必须完全按照招标文件的要求进行。一般来讲，投标报价文件的内容要求有响应性、逻辑性和严谨性，其中响应性是对招标文件有关投标报价要求的实质回应，不能偏离。如果招标文件允许有偏差，则可以按照招标文件要求进行编制。

6.1.3.2 计算、核算工程量

采用工程量清单计价进行招标的工程，工程量清单已经由招标方提供，投标单位进行工程量计算主要有两部分内容：一是核算工程量清单所提供清单项目工程量是否准确；二是计算每一个清单主体项目所组合的辅助项目工程量，以便分析综合单价。

6.1.3.3 熟悉施工组织设计

施工组织设计或施工方案不仅关系到工期，而且与工程成本和报价也有密切关系。在编制施工方案时应牢牢抓住工程特点，施工方法要有针对性，同时又能降低成本。既要采用先进的施工方法，合理安排工期，又要充分有效地利用机械设备和劳动力，尽可能减少临时设施和资金的占用。

6.1.3.4 材料的市场询价

由于装饰工程材料在工程造价中的比例常常占 60％以上，对报价影响很大，因而必须对该工作有高度的重视。如果甲方采用可调价合同，甲方承诺在日后材料价格上涨时给予相应的补偿，乙方则可按当时、当地询到的最低价格报价；如果甲方采用不可调价的合同，那么乙方在报价时则应考虑分析近年材料价格的变化趋势，考虑物价上涨因素以备通胀带来的不测，而不能简单地根据眼前的市场材料价格报价。

6.1.3.5 详细估价及报价

详细估价和报价是投标的核心工作，它不仅是能否中标的关键，而且是中标后能否盈利的决定因素之一。工程量清单计价一般采用综合单价计价，工料单价也可在不汇总为直接工程费用之前转计为综合单价。综合单价由完成工程量清单项目所需的人工费、材料费、机械使用费、管理费、利润等费用组成，综合单价应考虑风险因素。

6.1.3.6 确定投标报价策略

投标策略是指投标人召集各专业造价师及本公司最终决策者就上述标书的计算结果和标价的静态、动态分析进行讨论，并做出调整标价的最终决定。在确定投标策略时应该对本公司和竞争对手的情况做实事求是的对比分析。决策者应从全局的高度来考虑公司期望的利润和承担风险的能力。既要考虑最大限度的中标可能，也要考虑低价投标被综合打分排挤出局的可能，这是一个必须要做的决策，也是一个两难的非常规决策。

6.1.3.7 编制投标报价文件

投标人应严格按照招标人提供的工程量清单格式编制投标报价，将分部分项工程项目费、措施项目费、其他项目费和规费、税金汇总，计算出工程总造价。投标人未按招标文件要求进行投标报价，将被招标人拒绝。尤其是废标条件，在投标文件编制之初，就要严加注意以避免发生。

6.2 工程量清单投标报价实例

6.2.1 装饰装修工程工程量清单投标报价编制实例

××银行装饰装修工程

工程量清单计价

工程造价(小写):323814.63 元

（大写）:叁拾贰万叁千捌佰壹拾肆元陆角叁分

招 标 人:	××银行 单位公章 （单位盖章）	工 程 造 价 咨 询 人:	 （单位资质专用章）
法定代表人 或其授权人:	××银行 法定代表人 （签字或盖章）	法定代表人 或其授权人:	 （签字或盖章）
编 制 人:	×××签字 盖造价工程师 或造价员专用章 （造价人员签字盖专用章）	复 核 人:	×××签字 盖造价工程师专用章 （造价工程师签字盖专用章）

编制时间:××××年×月×日   复核时间:××××年×月×日

单位工程汇总表

序号	汇总内容	金额(元)	其中：暂估价(元)
1	分部分项工程	221761.42	16673.28
1.1	B.1 楼地面工程	69690.74	16673.28
1.2	B.2 墙柱面工程	60334.13	
1.3	B.3 天棚工程	45238.73	
1.4	B.4 门窗工程	46497.82	
2	措施项目	16805.51	
2.1	安全文明施工费	12519.06	
2.2	满堂脚手架	1243.20	
3	其他项目	56030.00	
3.1	暂列金额	5000.00	
3.2	专业工程暂估价	50000.00	
3.3	计日工	1030.00	
3.4	总承包服务费		
4	规费	18448.92	
5	税金	10768.78	
	工程造价合计＝1＋2＋3＋4＋5	323814.63	16673.28

工程名称：××银行装饰装修工程　　　　　　　　标段：　　　　　第 1 页 共 6 页

序号	项目编码	项目名称	项目特征描述	计量单位	工程量	金额（元）		
						综合单价	合价	其中：暂估价
			1. 楼地面工程					
1	020102002001	超白玻化砖楼地面	1：3水泥砂浆结合层 800mm×800mm超白玻化砖面层 酸洗打蜡	m²	100.200	233.46	23392.69	16673.28
2	020102002002	楼地面浅咖啡色玻化砖	1：3水泥砂浆结合层 800mm×800mm浅咖啡色玻化砖面层 酸洗打蜡	m²	31.618	245.92	7775.50	
3	020102002003	楼地面浅米黄色玻化砖	1：3水泥砂浆结合层 600mm×600mm浅米黄色玻化砖面层 酸洗打蜡	m²	75.391	203.13	15314.17	
4	020104002001	竹木地板	XY401胶粘贴 成品竹木地板	m²	20.322	349.71	7106.81	
5	020104003001	防静电活动地板	铸铁支架 铝质防静电地板面层	m²	10.115	300.58	3040.37	
6	020102002004	楼地面防滑地砖	1：3水泥砂浆结合层 300mm×300mm防滑地砖面层 酸洗、打蜡	m²	6.042	119.18	720.09	
7	020109001001	黑金砂石材过门石	1：3水泥砂浆结合层 20mm厚黑金砂石材面层 酸洗、打蜡	m²	5.572	482.38	2687.82	
			本页小计				60037.45	16673.28
			总计				60037.45	16673.28

分部分项工程量清单与计价表

工程名称：××银行装饰装修工程　　　　　　　标段：

序号	项目编码	项目名称	项目特征描述	计量单位	工程量	金额（元）		
						综合单价	合价	其中：暂估价
8	020105002001	人造石踢脚线	大理石胶粘帖 50mm高黑色国产人造石成品踢脚线 酸洗、打蜡	m²	3.001	1905.99	5719.88	
9	BB001	踢脚线樱桃木	踢脚线50mm高 木龙骨 成品樱桃木踢脚线	m²	20.529	89.8	1843.50	
10	020105003001	玻化砖踢脚线	踢脚线50mm高 1∶3水泥砂浆结合层 玻化砖踢脚线	m²	4.394	157.79	693.33	
11	020102001001	灰麻花岗岩烧毛坡道面层	1∶3水泥砂浆结合层 灰麻花岗岩烧毛面层	m²	4.884	285.95	1396.58	
			分部小计				69690.74	
			2. 墙柱面工程					
12	020207001001	白色铝塑板墙面	玻璃胶结合层 白色铝塑板面层	m²	136.032	230.07	31296.88	
13	020208001001	白色铝塑板柱面	钢筋混凝土柱 轻钢龙骨 单层石膏板基层 白色铝塑板间嵌6mm铝条	m²	12.237	230.04	2815.00	
14	020207001002	白色高温烤漆玻璃墙面	轻钢龙骨 石膏板基层 白色高温烤漆玻璃间嵌10mm不锈钢条	m²	10.150	374.61	3802.29	
			本页小计				47567.46	
			总计			107604.91	16673.28	

分部分项工程量清单与计价表

工程名称：××银行装饰装修工程　　　　　　　　标段：

序号	项目编码	项目名称	项目特征描述	计量单位	工程量	金额（元）		
						综合单价	合价	其中：暂估价
15	020207001003	木结构烤漆饰面墙面	轻钢龙骨 细木工板基层 木结构烤漆饰面面层	m²	10.300	497.03	5119.41	
16	020207001006	白色高温烤漆玻璃嵌10mm不锈钢条	木龙骨 细木工板基层 白色高温烤漆玻璃嵌10mm不锈钢条面层	m²	12.700	461.54	5861.56	
17	020207001007	轻钢龙骨石膏板隔断	轻钢龙骨骨架 满填超细玻璃棉 石膏板面层	m²	13.700	141.13	1933.48	
18	020209001001	钢化玻璃隔断	铁方管骨架 钢化玻璃饰面 橡胶条嵌缝	m²	8.330	397.77	3313.42	
19	020201002001	墙面白色乳胶漆	水泥砂浆基层 刮腻子两遍 白色乳胶漆两遍	m²	106.372	24.72	2629.52	
20	020204003001	墙面墙砖	1：1水泥砂浆结合层 250×330墙砖面层	m²	18.756	108.52	2035.40	
21	020209001002	轻钢龙骨水泥压力板隔墙	轻钢龙骨骨架 水泥压力板面层	m²	9.472	161.23	1527.17	
		分部小计				60334.13		
		本页小计				22419.96		
		总计				130024.87	16673.28	

分部分项工程量清单与计价表

工程名称：××银行装饰装修工程　　　　　　　标段：

序号	项目编码	项目名称	项目特征描述	计量单位	工程量	综合单价	合价	其中：暂估价
			3. 天棚工程					
22	020302001001	穿孔铝板吊顶天棚	平吊顶，不上人型 装配式 U 形轻钢龙骨 600mm×600mm 穿孔铝板	m²	120.964	204.43	24728.67	
23	020302001002	矿棉板吊顶天棚	平吊顶，不上人型 装配式 T 形铝合金龙骨 600mm×600mm 矿棉板	m²	81.868	110.72	9064.42	
24	020302001003	石膏板吊顶天棚（跌级）	不上人型、跌级 装配式 U 形轻钢龙骨 水泥砂浆刮腻子两遍 白色乳胶漆三遍	m²	19.820	124.34	2464.42	
25	020302001004	铝扣板吊顶天棚	平吊顶，不上人型 装配式 T 形铝合金龙骨 200mm 宽条形铝扣板	m²	6.042	178.72	1079.83	
26	020302001005	铝塑板吊顶天棚	平吊顶，上人型 装配式 U 形轻钢龙骨 白色铝塑板	m²	23.556	335.43	7901.39	
			分部小计				45238.73	
			4. 门窗工程					
27	020406003001	防弹玻璃固定窗	固定窗 拉丝不锈钢边框 26mm 厚防弹玻璃	m²	22.481	720.16	16189.92	
			本页小计				61428.65	
			总计				191453.52	16673.28

工程名称：××银行装饰装修工程　　　　　　　　标段：　　　　　　第 5 页 共 6 页

序号	项目编码	项目名称	项目特征描述	计量单位	工程量	金额(元)		
						综合单价	合价	其中：暂估价
28	020404005001	防弹玻璃双开门	双扇平开门 1800mm×2500mm 26mm 厚防弹玻璃	m²	6.000	845.64	5073.84	
29	020403001001	白色烤漆封闭式防盗卷帘门	封闭式防盗卷帘门 1600mm×2100mm 白色烤漆不锈钢	m²	3.380	1078.51	3645.36	
30	020404005002	6＋6 夹膜钢化单侧玻璃刷卡门	单扇平开门 1000mm×2500mm 6mm＋6mm 夹膜钢化单侧玻璃	樘	2.000	5886.40	11772.80	
31	020404005003	钢化玻璃平开门	平开门 900mm×2400mm 12mm 厚钢化玻璃	m²	2.16	655.53	1415.94	
32	020404005004	全磨砂钢化玻璃门	平开窗 900mm×2400mm 6mm＋6mm 钢化玻璃门	m²	2.16	732.55	1582.31	
33	020401003001	单扇樱桃木饰面门	平开门 700mm×2400mm 成品单扇樱桃木饰面门	m²	3.000	1626.94	4880.82	
			本页小计				28371.07	
			总计				219824.59	16673.28

工程名称：××银行装饰装修工程　　　　　　标段：　　　　　第 6 页 共 6 页

序号	项目编码	项目名称	项目特征描述	计量单位	工程量	金额（元）		
						综合单价	合价	其中：暂估价
34	020402006002	单扇不锈钢防盗门	平开防盗门 900mm×2400mm 成品不锈钢防盗门安装	m²	2.16	896.68	1936.83	
			分部小计				46497.82	
			本页小计				1936.83	
			合计				221761.42	16673.28

工程名称：××银行装饰装修工程

序号	项目编码	项目名称	计量单位	工程量	人工费	材料费	机械费	管理费	利润	合计
1	020102002001	超白玻化砖楼地面	m²	100.200	4217.42	17958.45	35.07	169.57	1012.18	23392.69
2	020102002002	楼地面浅咖啡色玻化砖	m²	31.618	1330.80	6061.49	11.07	52.75	319.39	7775.50
3	020102002003	楼地面浅米黄色玻化砖	m²	75.391	2929.69	11533.32	26.39	121.64	703.13	15314.17
4	020104002001	竹木地板	m²	20.322	738.70	6116.72	10.97	63.14	177.28	7106.81
5	020104003001	防静电活动地板	m²	10.115	498.97	2379.05	0	42.60	119.75	3040.37
6	020102002004	楼地面防滑地砖	m²	6.042	177.03	488.07	2.11	10.40	42.48	720.09
7	020109001001	黑金砂石材过门石	m²	5.572	522.71	2010.27	3.23	26.16	125.45	2687.82
8	020105002001	人造石踢脚线	m²	24.861	2032.64	3153.37	0	46.04	487.83	5719.88
9	BB001	樱桃木踢脚线	m²	20.529	254.97	1523.05	0.21	4.08	61.19	1843.50
10	020105003001	玻化砖踢脚线	m²	4.394	236.97	387.20	1.01	11.28	56.87	693.33
11	020102001001	灰麻花岗岩烧毛坡道面层	m²	4.884	245.23	1082.00	2.49	8.01	58.85	1396.58
12	020207001001	白色铝塑板墙面	m²	136.032	11121.98	17254.30	0	251.32	2669.28	31296.88
13	020208001001	白色铝塑板柱面	m²	12.237	1000.50	1552.14	0	22.24	240.12	2815.00
14	020207001002	白色高温烤漆玻璃墙面	m²	10.150	358.00	3347.06	3.05	8.26	85.92	3802.29
15	020207001003	木结构烤漆饰面墙面	m²	10.300	753.34	4137.72	13.80	33.75	180.80	5119.41
16	020207001006	白色高温烤漆玻璃嵌10mm不锈钢条墙面	m²	12.700	499.36	5211.06	15.24	16.05	119.85	5861.56
17	020207001007	轻钢龙骨石膏板隔断	m²	13.700	510.19	1274.92	2.19	23.73	122.45	1933.48
18	020209001001	钢化玻璃隔断	m²	8.330	512.54	2660.10	2.83	14.94	123.01	3313.42

分部分项工程量清单计价汇总表

工程名称：××银行装饰装修工程

序号	项目编码	项目名称	计量单位	工程量	人工费	材料费	机械费	管理费	利润	合计
19	020201002001	墙面白色乳胶漆	m²	106.372	1547.71	608.45	0	101.91	371.45	2629.52
20	020204003001	墙面墙砖	m²	18.756	657.02	1166.06	6.75	47.89	157.68	2035.40
21	020209001002	轻钢龙骨水泥压力板隔墙	m²	9.472	396.12	1027.43	2.84	5.71	95.07	1527.17
22	020302001001	穿孔铝板吊顶天棚	m²	120.964	3139.02	20608.64	10.89	216.76	753.36	24728.67
23	020302001002	矿棉板吊顶天棚	m²	81.846	2908.81	5342.91	4.09	110.50	698.11	9064.42
24	020302001003	石膏板吊顶天棚（跌级）	m²	19.820	1153.52	973.76	1.78	58.52	276.84	2464.42
25	020302001004	铝扣板吊顶天棚	m²	6.042	189.05	833.49	0.30	11.62	45.37	1079.83
26	020302001005	铝塑板吊顶天棚	m²	23.556	1231.98	6326.67	2.12	44.94	295.68	7901.39
27	020406003001	防弹玻璃固定窗	m²	22.481	1655.73	14091.09	0	45.72	397.38	16189.92
28	020404005001	防弹玻璃双开门	m²	6.000	146.64	4892.01	0	0	35.19	5073.84
29	020403001001	白色烤漆封闭式防盗卷帘门	m²	3.380	220.88	3340.93	14.53	16.01	53.01	3645.36
30	020404005002	6+6夹膜钢化单侧玻璃刷卡门	樘	2.000	220.00	11500.00	0	0	52.80	11772.8
31	020404005003	钢化玻璃平开门	m²	2.160	24.99	1384.95	0	0	6.00	1415.94
32	020404005004	全磨砂钢化玻璃门	m²	2.160	89.79	1470.96	0	0	21.55	1582.3
33	020401003001	单扇樱桃木饰面门	m²	3.000	87.63	4766.97	0	5.19	21.03	4880.82
34	020402006002	单扇不锈钢防盗门	m²	2.160	120.27	1782.84	0	4.86	28.86	1936.83
		合计			41730.2	168247.45	172.96	1595.59	10015.21	221761.41

| 工程名称：××银行装饰装修工程 | | 标段： | | | | | 第 1 页 共 页 | | | |

| 项目编码 | 020104003001 | 项目名称 | | 防静电活动地板 | | | 计量单位 | | m² | |

清单综合单价组成明细

定额编号	定额名称	定额单位	数量	单价				合价			
				人工费	材料费	机械费	管理费和利润	人工费	材料费	机械费	管理费和利润
1-106 换	铝质防静电活动地板安装	100m²	0.010	4933.03	23520.03	0	1604.94	49.33	235.2	0	16.05

人工单价	小计		49.33	235.2	0	16.05
67.58 元/工日	未计价材料费			0		

清单项目综合单价	300.58

材料费明细	主要材料名称、规格、型号	单位	数量	单价（元）	合价（元）	暂估单价（元）	暂估合价（元）
	铝质防静电地板	m²	1.02	8.84	9.02		
	镀锌钢板横梁	根	8.08	8.5	68.68		
	泡沫塑料密封条	m	0.93	0.7	0.65		
	铸铁支架	套	4.848	31.32	151.84		
	其他材料费			—	5.01	—	
	材料费小计			—	235.20	—	

注：其他分部分项工程的工程量清单综合单价分析表在此省略。

措施项目清单与计价表（一）

工程名称：××银行装饰装修工程　　　　标段：　　　　　　　　

序号	项 目 名 称	计算基础	费率（%）	金额（元）
1	安全文明施工费	人工费	30	12519.06
2	夜间施工费	人工费	1.5	625.95
3	二次搬运费	人工费	1	417.30
4	冬雨季施工			
5	大型机械设备进出场及安拆费			
6	施工排水			
7	施工降水			
8	地上、地下设施、建筑物的临时保护设施			
9	已完工程及设备保护			
10	室内空气污染测试费			2000
	合　　计			15562.31

措施项目清单与计价表（二）

工程名称：××银行装饰装修工程　　　　标段：　　　　　　　　

序号	项目编码	项目名称	项目特征描述	计量单位	工程量	金额（元）	
						综合单价	合价
1	BB002	满堂脚手架	顶棚吊顶，室内净高4.2m	m²	120	10.36	1243.2
2							
	本页小计						1243.2
	合　　计						1243.2

其他项目清单与计价汇总表

工程名称：××银行装饰装修工程　　　　　标段：　　　　　　　　第 1 页 共 1 页

序号	项 目 名 称	计量单位	金额(元)	备注
1	暂列金额	项	5000	
2	暂估价		50000	
2.1	材料暂估价		—	
2.2	专业工程暂估价	项	50000	
3	计日工		1030	
4	总承包服务费			
5				
	合　　计		56030	

注：材料暂估单价进入清单项目综合单价，此处不汇总。

暂列金额明细表

工程名称：××银行装饰装修工程　　　　　标段：　　　　　　　　第 1 页 共 1 页

序号	项 目 名 称	计量单位	暂定金额(元)	备注
1	工程量清单中工程量偏差和设计变更	项	5000	
2				
3				
4				
5				
6				
7				
8				
9				
10				
11				
	合　　计		5000	

材料暂估单价表

序号	材料名称、规格、型号	计量单位	单价(元)	备注
1	超白玻化砖800mm×800mm	m²	160	用于镶贴客户等候区和24小时自动服务区地面

专业工程暂估价表

序号	工程名称	工程内容	金额(元)	备注
1	现金柜台	制作、安装	50000	
	合　　计		50000	

计 日 工 表

工程名称：××银行装饰装修工程　　　　标段：　　　　　　第 1 页 共 1 页

编号	项目名称	单位	暂定数量	综合单价	合价
一	人　工				
1	一类工	工日	10	70	700
2	二类工	工日	4	60	240
3					
4					
5					
	人　工　小　计				940
二	材料				
1	水泥	kg	100	0.50	50
2	中砂	m³	0.5	80	40
3					
4					
5					
6					
	材　料　小　计				90
三	施工机械				
1					
2					
3					
4					
5					
	施工机械小计				
	总　　计				1030

规费、税金项目清单与计价表

工程名称：××银行装饰装修工程　　　　标段：　　　　　　第 1 页 共 1 页

序号	项目名称	计算基础	费率(%)	金额(元)
1	规费	人工费	44.21	18448.92
1.1	工程排污费			
1.2	社会保障费			
(1)	养老保险费			
(2)	失业保险费			
(3)	医疗保险费			
1.3	住房公积金			
1.4	危险作业意外伤害保险			
2	税金	分部分项工程费＋措施项目费＋其他项目费＋规费	3.44	10768.78
	合　　计			29217.70

6.2.2　园林、景观工程工程量清单投标报价编制实例

6.2.2.1　某绿化改造工程投标报价单（表6.1～表6.5）

表6.1　某绿化改造工程分部分项工程量清单与计价表

工程名称：××绿化改造工程　　　　　　　　标段：　　　　　　　第　页　共　页

序号	项目编码	项目名称	项目特征描述	计量单位	工程量	综合单价	合价
						\multicolumn{2}{金额（元）}
1	050102001001	栽植乔木(银海枣)	1. 净干高150cm,胸径20cm 2. 养护期:三个月	株	26	2148.1	55850.6
2	050102001002	栽植乔木(白玉兰)	1. 净干高500cm,胸径50cm 2. 养护期:三个月	株	1	6619.19	6619.19
3	050102004001	栽植灌木(国王椰子)	1. 净干高200cm,胸径350cm 2. 养护期:三个月	株	12	280.72	3368.64
4	050102004002	栽植灌木(苏铁)	1. 冠幅160cm,净干高60cm 2. 养护期:三个月	株	9	252.22	2269.98
5	050102004003	栽植灌木(蒲葵)	1. 净干高150cm,胸径15cm 2. 养护期:三个月	株	20	202.49	4049.8
6	050102004004	栽植灌木(黄金柳)	1. 冠幅80cm,胸径10cm 2. 养护期:三个月	株	20	75.48	1509.6
7	050102004005	栽植灌木(老人葵)	1. 净干高100cm,胸径20cm 2. 养护期:三个月	株	17	584.53	9937.01
8	050102004006	栽植灌木(黄杨)	1. 冠幅350cm,胸径20m 2. 养护期:三个月	株	4	3313.12	13252.48
9	050102004007	栽植灌木(黄榕)	1. 冠幅300cm,胸径20cm 2. 养护期:三个月	株	6	1682.93	10097.58
10	050102004008	栽植灌木(黄金榕球)	1. 冠幅1200mm 2. 养护期:三个月	株	129	90.34	11653.86
11	050102004009	栽植灌木(三角梅球)	1. 冠幅1000mm 2. 养护期:三个月	株	86	74.24	6384.64
12	050102004010	栽植灌木(九里香)	1. 冠幅1500mm 2. 养护期:三个月	株	15	200.92	3013.8
13	050102004011	栽植灌木(鸭脚木)	1. 冠幅500mm 2. 养护期:三个月	株	12	35.33	423.96
14	050102005001	栽植绿篱(指甲兰)	1. 片栽 2. 高度40cm内	m²	133.32	96.1	12812.05
15	050102008001	栽植花卉(时花)	1. 多品种图案 2. 养护期:三个月	m²	66.06	49.87	3294.41
16	050102008002	栽植花卉(遍地黄金)	1. 铺种方式:满铺 2. 养护期:三个月	m²	312.72	38.35	11992.81
17	050102008003	栽植花卉(五色梅)	1. 铺种方式:满铺 2. 养护期:三个月	m²	851.3	43.6	37116.68
18	050102010001	铺种草皮(台湾草)	1. 铺种方式:满铺 2. 养护期:三个月	m²	3103.28	16.81	52166.14
19	050102010002	铺种草皮(大叶油草)	1. 铺种方式:满铺 2. 养护期:三个月	m²	256.24	19.11	4896.75
20	050102010003	铺种草皮 (植草砖孔内植草)	1. 植草砖孔内植草 2. 养护期:三个月	m²	81.46	17.55	1429.62
21	050201004001	嵌草砖铺装	砖20cm×20cm×6cm,垫层灰土15cm,垫层碎石15cm	m²	81.46	87.27	7109.01
			分部小计				259248.61
			本页小计				259248.61
			合　计				259248.61

表 6.2 某绿化改造工程措施项目清单计价表

工程名称：××绿化改造工程　　　　　　标段：　　　　　　　第　页　共　页

序号	项目名称	基数说明	费率(%)	金额(元)
1	安全防护、文明施工措施费			3004.66
1.1	综合脚手架(含安全网)			
1.2	靠脚手架安全挡板			
1.3	围尼龙编织布			
1.4	现场围挡			
1.5	现场仅设置卷扬机架			
1.6	文明施工与环境保护、临时设施、安全施工	分部分项人工费	7.45	3004.66
1.7	平安卡	取最大值(1500,分部分项合计×0.0001)	0	
2	其他措施费			5547.92
2.1	大型机械设备进出场及安拆			
2.2	混凝土、钢筋混凝土模板及支架等的支、拆、运输、摊销(或租赁)费			
2.3	垂直运输			
2.4	围堰工程			
2.5	工程保险	分部分项合计	0.04	103.7
2.6	工程保修	分部分项合计	0.1	259.25
2.7	赶工措施费	分部分项合计	0	
2.8	预算包干费	分部分项合计	2	5184.97
2.9	其他费用(如:特殊工程培训费等)			
3	可计量措施			
3.1				
	合计			8552.58

表 6.3 某绿化改造工程规费、税金项目清单与计价表

工程名称：××绿化改造工程　　　　　　标段　　　　　　　第　页　共　页

序号	项目名称	计算基础	费率(%)	金额(元)
1	规费	规费合计		13372.24
1.1	工程排污费	分部分项合计＋其他措施费＋其他项目	0.33	873.83
1.2	社会保险费	分部分项合计＋其他措施费＋其他项目	3.31	8764.77
1.3	住房公积金	分部分项合计＋其他措施费＋其他项目	1.28	3389.4
1.4	危险作业意外伤害保险	分部分项合计＋其他措施费＋其他项目	0	
1.5	堤围防护费	分部分项合计＋其他措施费＋其他项目	0.13	344.24
2	税金	分部分项合计＋其他措施费＋其他项目＋规费	3.348	9313.09
	合　计			22685.33

　　注：根据建设部、财政部发布的《建筑安装工程费用组成》(建标〔2003〕206号)的规定，"计算基础"可为"直接费"、"人工费"或"人工费＋机械费"。

表 6.4 某绿化改造工程综合单价分析表

工程名称：××绿化改造工程 标段 第 页 共 页

序号	项目编码	项目名称	单位	工程量	其中：人工费	材料费	机械费	管理费	利润	小计	综合单价
1	050102001001	栽植乔木（银海枣）	株	26	161.42	1806.34	117.49	18.46	44.39	2148.1	2148.1
	E11-102	乔木栽植：土球规格(cm)110以内	100株	0.26	150.83	1801.59	89.92	16.01	41.48	2099.83	
	E11-186×3	乔木成活保养：土球规格（直径：cm）130以内，子目乘以系数3	100株·月	0.26	10.59	4.74	27.56	2.44	2.91	48.24	
2	050102001002	栽植乔木（白玉兰）	株	1	260.43	5989.56	261.81	35.77	71.62	6619.19	6619.19
	E11-106	乔木栽植：土球规格(cm)200以内	100株	0.01	245.17	5983.04	220.74	32.16	67.42	6548.53	
	E11-188×3	乔木成活保养：土球规格（直径：cm）200以内，子目乘以系数3	100株·月	0.01	15.26	6.52	41.07	3.61	4.2	70.65	
3	050102004001	栽植灌木（国王椰子）	株	12	23.63	240.6	7.99	2	6.5	280.72	280.72
	E11-111	灌木栽植：土球规格（cm)60以内	100丛	0.12	19.19	239.29		1.21	5.28	264.97	
	E11-190×3	单丛灌木成活保养：土球规格（直径：cm)50～60,子目乘以系数3	100株·月	0.12	4.43	1.32	7.99	0.79	1.22	15.75	
4	050102004002	栽植灌木（苏铁）	株	9	23.63	212.1	7.99	2	6.5	252.22	252.22
	E11-111	灌木栽植：土球规格（cm)60以内	100丛	0.09	19.19	210.79		1.21	5.28	236.47	
	E11-190×3	单丛灌木成活保养：土球规格（直径：cm)50～60,子目乘以系数3	100株·月	0.09	4.43	1.32	7.99	0.79	1.22	15.75	
5	050102004003	栽植灌木（蒲葵）	株	20	17.87	170.08	7.99	1.64	4.91	202.49	202.49
	E11-110	灌木栽植：土球规格（cm)50以内	100丛	0.2	13.44	168.76		0.85	3.7	186.75	
	E11-190×3	单丛灌木成活保养：土球规格（直径：cm)50～60,子目乘以系数3	100株·月	0.2	4.43	1.32	7.99	0.79	1.22	15.75	
6	050102004004	栽植灌木（黄金柳）	株	20	6.18	60.18	6.61	0.81	1.7	75.48	75.48
	E11-107	灌木栽植：土球规格（cm)20以内	100丛	0.2	2.43	59.2		0.15	0.67	62.45	

序号	项目编码	项目名称	单位	工程量	人工费	材料费	机械费	管理费	利润	小计	综合单价
6	E11-189×3	单丛灌木成活保养:土球规格(直径:cm)20～40,子目乘以系数3	100株·月	0.2	3.75	0.97	6.61	0.66	1.03	13.02	
7	050102004005	栽植灌木(老人葵)	株	17	10.96	562.83	6.61	1.12	3.01	584.53	584.53
	E11-109	灌木栽植:土球规格(cm)40以内	100丛	0.17	7.21	561.86		0.45	1.98	571.5	
	E11-189×3	单丛灌木成活保养:土球规格(直径:cm)20～40,子目乘以系数3	100株·月	0.17	3.75	0.97	6.61	0.66	1.03	13.02	
8	050102004006	栽植灌木(黄杨)	株	4	23.63	3273	7.99	2	6.5	3313.12	3313.12
	E11-111	灌木栽植:土球规格(cm)60以内	100丛	0.04	19.2	3271.69		1.21	5.28	3297.38	
	E11-190×3	单丛灌木成活保养:土球规格(直径:cm)50～60,子目乘以系数3	100株·月	0.04	4.43	1.32	7.99	0.79	1.22	15.75	
9	050102004007	栽植灌木(黄榕)	株	6	23.63	1642.81	7.99	2	6.5	1682.93	1682.93
	E11-111	灌木栽植:土球规格(cm)60以内	100丛	0.06	19.19	1641.49		1.21	5.28	1667.17	
	E11-190×3	单丛灌木成活保养:土球规格(直径:cm)50～60,子目乘以系数3	100株·月	0.06	4.43	1.32	7.99	0.79	1.22	15.75	
10	050102004008	栽植灌木(黄金榕球)	株	129	23.63	50.22	7.99	2	6.5	90.34	90.34
	E11-111	灌木栽植:土球规格(cm)60以内	100丛	1.29	19.19	48.91		1.21	5.28	74.59	
	E11-190×3	单丛灌木成活保养:土球规格(直径:cm)50～60,子目乘以系数3	100株·月	1.29	4.43	1.32	7.99	0.79	1.22	15.75	
11	050102004009	栽植灌木(三角梅球)	株	86	17.87	41.83	7.99	1.64	4.91	74.24	74.24
	E11-110	灌木栽植:土球规格(cm)50以内	100丛	0.86	13.44	40.51		0.85	3.7	58.5	
	E11-190×3	单丛灌木成活保养:土球规格(直径:cm)50～60,子目乘以系数3	100株·月	0.86	4.43	1.32	7.99	0.79	1.22	15.75	

序号	项目编码	项目名称	单位	工程量	其中:						综合单价
					人工费	材料费	机械费	管理费	利润	小计	
12	050102004010	栽植灌木(九里香)	株	15	23.63	160.8	7.99	2	6.5	200.92	200.92
	E11-111	灌木栽植:土球规格(cm)60以内	100丛	0.15	19.19	159.49		1.21	5.28	185.17	
	E11-190×3	单丛灌木成活保养:土球规格(直径:cm)50~60,子目乘以系数3	100株·月	0.15	4.43	1.32	7.99	0.79	1.22	15.75	
13	050102004011	栽植灌木(鸭脚木)	株	12	8.14	17.4	6.61	0.94	2.24	35.33	35.33
	E11-108	灌木栽植:土球规格(cm)30以内	100丛	0.12	4.39	16.43		0.28	1.21	22.31	
	E11-189×3	单丛灌木成活保养:土球规格(直径:cm)20~40,子目乘以系数3	100株·月	0.12	3.75	0.97	6.61	0.66	1.03	13.02	
14	050102005001	栽植绿篱(指甲兰)	m²	133.32	11.16	66.15	14.11	1.61	3.07	96.1	96.1
	E11-26	片栽绿篱高度(cm)40以内	100m²	1.3332	5.2	64.14	0.9	0.39	1.43	72.06	
	E11-191×3	绿篱成活保养:片栽绿篱(高度cm内)40~60,子目乘以系数3	100m²·月	1.3332	5.96	2.01	13.21	1.22	1.64	24.04	
15	050102008001	栽植花卉(时花)	m²	66.06	14.41	29.73	0.81	0.96	3.96	49.87	49.87
	E11-58	露地花卉:多品种图案栽植,混栽花坛,三斤	100m²	0.6606	6.9	27.15	0.63	0.48	1.9	37.06	
	E11-202×3	露地花卉成活保养:多品种图案花坛,木本,人工灌溉,子目乘以系数3	100m²·月	0.6606	7.51	2.57	0.18	0.48	2.06	12.81	
16	050102008002	栽植花卉(遍地黄金)	m²	312.72	12.19	20.89	1.08	0.84	3.35	38.35	38.35
	E11-38	露地花卉:单一品种成片栽植,草本花卉,三斤	100m²	3.1272	3.83	17.91	0.9	0.3	1.05	23.99	
	E11-200×3	露地花卉成活保养:单一品种成片种植,草本,人工灌溉,子目乘以系数3	100m²·月	3.1272	8.36	2.98	0.18	0.54	2.3	14.36	
17	050102008003	栽植花卉(五色梅)	m²	851.3	9.88	29.71	0.63	0.66	2.72	43.6	43.6

序号	项目编码	项目名称	单位	工程量	其中：						综合单价
					人工费	材料费	机械费	管理费	利润	小计	
17	E11-34	露地花卉：单一品种成片栽植，木本花卉，三斤	100m²	8.513	2.84	27.13	0.45	0.21	0.78	31.41	
	E11-198×3	露地花卉成活保养：单一品种成片种植，木本，人工灌溉，子目乘以系数3	100 m²·月	8.513	7.05	2.57	0.18	0.46	1.94	12.2	
18	050102010001	铺种草皮（台湾草）	m²	3103.28	3.75	11.08	0.67	0.28	1.03	16.81	16.81
	E11-125	地被栽植：栽植地被，铺草皮	100m²	31.0328	2.56	10.92		0.16	0.7	14.34	
	E11-209×1	露地花卉成活保养：地被第一个月，子目乘以系数1	100 m²·月	31.0328	1.19	0.16	0.67	0.12	0.33	2.47	
	E11-210×2	露地花卉成活保养：地被一个月后，子目乘以系数2	100 m²·月								
19	050102010002	铺种草皮（大叶油草）	m²	256.24	5.35	10.19	1.66	0.44	1.47	19.11	19.11
	E11-125	地被栽植：栽植地被，铺草皮	100m²	2.5624	2.56	9.76		0.16	0.7	13.18	
	E11-209×1	露地花卉成活保养：地被第一个月，子目乘以系数1	100 m²·月	2.5624	1.19	0.16	0.67	0.12	0.33	2.47	
	E11-210×2	露地花卉成活保养：地被一个月后，子目乘以系数2	100 m²·月	2.5624	1.6	0.26	0.99	0.16	0.44	3.45	
20	050102010003	铺种草皮（植草砖孔内植草）	m²	81.46	5.72	7.18	2.56	0.52	1.57	17.55	17.55
	E11-71	地被：件装草皮，植草砖孔内植草	100m²	0.8146	2.92	6.76	0.9	0.24	0.8	11.62	
	E11-209	露地花卉成活保养：地被第一个月	100 m²·月	0.8146	1.19	0.16	0.67	0.12	0.33	2.47	
	E11-210×2	露地花卉成活保养：地被一个月后，子目乘以系数2	100 m²·月	0.8146	1.6	0.26	0.99	0.16	0.44	3.45	
21	050201004001	嵌草砖铺装	m²	81.46	16.01	65.72		1.14	4.4	87.27	87.27
	E10-29	庭园路面：嵌草砖铺装砂垫层（3cm厚）	10m²	8.146	4.57	34.01		0.33	1.26	40.17	
	E2-50	垫层：碎石，干铺	m³	12.219	3.57	13.88		0.25	0.98	18.68	
	E2-52	垫层：3：7 灰土	m³	12.219	7.86	17.83		0.56	2.16	28.41	

编制人：　　　　　　证号：　　　　　　编制日期：

表6.5 某绿化改造工程人、材、机汇总表

工程名称：××绿化改造工程　　　　　　标段：　　　　　　　　第　页 共　页

序号	名称及规格	单位	数量	市场价	合计
一	人工				
1	二类工	工日	10.07	37	372.53
2	三类工	工日	1141.67	35	39958.46
	小计				40330.99
二	材料				
1	嵌草水泥砖 200×200×60	m²	83.09	31.8	2642.24
2	中砂	m³	5.35	35	187.32
3	碎石 40mm	m³	13.4	78	1045.53
4	素土	m³	13.56	26.28	356.44
5	熟耕土	m³	183.07	61.02	11171.19
6	石灰	t	2.87	380	1091.17
7	杀虫剂	kg	16.33	3.29	53.72
8	水	m³	1964.17	2.1	4124.76
9	无机肥(复合肥)	kg	354.2	3.13	1108.66
10	有机肥	t	57.61	241.98	13941.58
11	乔木苗(银海枣)净干高 150cm、胸径 20cm	株	30.68	1500	46020
12	乔木苗(白玉兰)胸径 50cm	株	1.18	5000	5900
13	灌木苗(黄金柳)冠幅 80cm、胸径 10cm	株	22.4	50	1120
14	灌木苗(鸭脚木)冠幅 50cm	株	13.44	11	147.84
15	灌木苗(老人葵)净干高 100cm、胸径 20cm	株	19.04	495	9424.8
16	灌木苗(蒲葵)净干高 150cm、胸径 15cm	株	22.8	140	3192
17	灌木苗(三角梅球)冠幅 100cm	株	98.04	27.5	2696.1
18	营养袋装灌木(指甲兰)高度 40cm 内	株	1130.55	7	7913.88
19	灌木(黄杨)冠幅 350cm、胸径 20cm	丛	4.56	2860	13041.6
20	灌木(黄榕)冠幅 300cm、胸径 20cm	丛	6.84	1430	9781.2
21	灌木(九里香)冠幅 150cm	丛	17.1	130	2223
22	灌木(国王椰子)净干高 200cm、胸径 35cm	丛	13.68	200	2736
23	灌木(苏铁)冠幅 160cm、净干高 60cm	丛	10.26	175	1795.5
24	灌木(黄金榕球)冠幅 120cm	丛	147.06	33	4852.98

序号	名称及规格	单位	数量	市场价	合计
25	木本苗(五色梅)三斤袋	袋	22559.45	0.8	18047.56
26	草本苗(遍地黄金)三斤袋	袋	8287.08	0.45	3729.19
27	木本和草本苗(时花)三斤袋	袋	1750.59	0.8	1400.47
28	草皮(大叶油草)件装 30cm×30cm/件	m²	269.05	5.5	1479.79
29	草皮(台湾草)件装 30cm×30cm/件	m²	3209.76	6.6	21844.44
30	材料费调整	元	0.02	1	0.02
31	含量:余土外运	m³	233.19		
32	其他材料费	元	25.5	1	25.5
33	含量:换土 20cm,余土外运	m³	16.29		
	小计				193094.48
三	机械				
1	汽车式起重机提升质量[8](t)	台班	4.06	575.31	2337.94
2	汽车式起重机提升质量[12](t)	台班	0.3	735.81	220.74
3	洒水车罐容量[4000](L)	台班	18.63	434.49	8094.29
4	杀虫车 1.5t	台班	2.83	248.58	703.28
5	绿篱修剪机	台班	0.92	49.23	45.29
6	二类工(机械用)	工日	30.19	37	1116.89
7	汽油(机械用)	kg	606.36	8.19	4966.11
8	柴油(机械用)	kg	124.7	7.52	937.73
9	折旧费	元	1452.12	1	1452.12
10	大修理费	元	362.97	1	362.97
11	经常修理费	元	1232.57	1	1232.57
12	养路费及车船使用税	元	1333.22	1	1333.22
13	机械费调整	元	0.09	1	0.09
	小计				22803.24
	合计				244827.08

编制人: 　　　　　证号: 　　　　　编制日期:

6.2.2.2 某景观工程投标报价单（表6.6～表6.14）

表6.6 工程项目总价表

工程名称：××景观工程 　　　　　　　　　　　　　　　　第　页　共　页

序号	单项工程名称	金额（元）
1	××景观工程	809137.92
2	××灯光照明工程	99602.24
	小计	908740.16
3	勘察设计费4.5％	40893.3072
4	招标代理费1％	9087.4016
	合计	958721

表 6.7　单位工程费汇总表

工程名称：××景观工程　　　　　　　　　　　　　　　　　　　　第　页　共　页

序号	项　目　名　称	金额（元）
1	工程量清单项目费	709635.20
2	措施项目费	47144.23
3	其他项目费	
4	规费	25412.00
5	税金	26946.49
	合计	809137.92

表 6.8 分部分项工程量清单计价表

工程名称：××景观工程　　　　　　　　　　　　　　　　　　　　第　　页　共　　页

序号	项目编号	项目名称	计量单位	工程数量	金额(元)	
					综合单价	合价
1	010101003001	人工挖基础土方 项目特征 土壤类别:粉质黏土 挖土深度:−2.8m 弃土运距:由投标人现场定 工程内容 ①土方开挖 ②挡土板支拆 ③运输	m³	224.63	78.21	17569.54
2	010103001001	土方回填 项目特征 ①土质要求:粉质黏土 ②夯填(碾压):回填后进行路面恢复 ③运输距离:由投标人现场定 工程内容:回填、分层碾压、夯实	m³	90.38	11.72	1058.95
3	010402001001	方形柱 项目特征 ①柱的截面尺寸:500×500 ②混凝土强度等级:C30 工程内容:混凝土制作、运输、浇筑、振捣、养护	m³	4.28	392.56	1678.21
4	010405003002	钢筋混凝土基础底板 项目特征 板底标高:−2.8m 板厚度:800mm 混凝土强度等级:C30 工程内容 ①混凝土制作、运输、浇筑、振捣、养护 ②SBS防水卷材满铺	m³	128.30	451.24	57893.95
5	010403001001	基础梁 项目特征 ①梁截面:350×850 ②混凝土强度等级:C30 工程内容:混凝土制作、运输、浇筑、振捣、养护	m³	3.75	392.57	1472.11
6	010402002001	圆形柱 项目特征 ①柱的截面尺寸:直径500mm ②混凝土强度等级:C30 工程内容:混凝土制作、运输、浇筑、振捣、养护	m³	3.36	392.57	1317.44
7	010403006001	弧形梁 项目特征 ①梁截面:350×850 ②混凝土强度等级:C30 工程内容:混凝土制作、运输、浇筑、振捣、养护	m³	3.75	392.57	1472.11

序号	项目编号	项 目 名 称	计量单位	工程数量	金额(元)	
					综合单价	合价
8	010404001001	直形墙 项目特征 ①墙类型:钢筋混凝土 ②墙厚度:150mm 厚 ③混凝土强度等级:C30 工程内容:混凝土制作、运输、浇筑、振捣、养护	m³	16.26	392.57	6383.07
9	010405003001	平板 项目特征 ①板底标高:见图纸 ②板厚度:150mm 厚 ③混凝土强度等级:C30 工程内容:混凝土制作、运输、浇筑、振捣、养护	m³	1.45	392.57	569.22
10	010417002001	弧形梁预埋铁件 项目特征:由投标人自行安装并根据具体情况确定工程量 工程内容:铁件制作、运输、安装	项	1.000	2089.39	2089.38
11	010416001001	钢筋混凝土底板钢筋φ22 工程内容 ①钢筋运输 ②钢筋制作、安装	t	9.688	4139.77	40106.09
12	010416001011	现浇混凝土底板加强钢筋φ25 工程内容 ①钢筋运输 ②钢筋制作、安装	t	2.511	4116.43	10336.36
13	010416001002	圆柱钢筋φ25 工程内容 ①钢筋运输 ②钢筋制作、安装	t	0.740	4116.43	3046.16
14	010416001003	方柱钢筋φ22 工程内容 ①钢筋运输 ②钢筋制作、安装	t	0.574	4139.77	2376.23
15	010416001004	柱箍筋φ10 工程内容 ①钢筋运输 ②钢筋制作、安装	t	0.592	4560.79	2699.99
16	010416001005	基础梁钢筋φ22 工程内容 ①钢筋运输 ②钢筋制作、安装	t	0.368	4139.77	1523.44

序号	项目编号	项 目 名 称	计量单位	工程数量	金额(元)	
					综合单价	合价
17	010416001006	弧形梁钢筋φ25 工程内容 ①钢筋运输 ②钢筋制作、安装	t	0.484	4116.43	1992.35
18	010416001007	基础梁钢筋φ14 工程内容 ①钢筋运输 ②钢筋制作、安装	t	0.095	4375.57	415.68
19	010416001008	弧形梁钢筋φ16 工程内容 ①钢筋运输 ②钢筋制作、安装	t	0.124	4340.71	538.25
20	010416001009	梁箍筋φ8 工程内容 ①钢筋运输 ②钢筋制作、安装	t	0.517	4769.89	2466.03
21	010416001010	墙钢筋φ10 工程内容 ①钢筋运输 ②钢筋制作、安装	t	9.100	4468.63	40664.53
22	020204004001	干挂石材钢骨架 项目特征 ①骨架种类、规格:槽钢80×43×5 ②油漆品种、刷漆遍数:防锈漆三遍 工程内容 ①骨架制作、运输、安装 ②骨架油漆	t	0.840	8108.64	6811.26
23	020205001001	多立克柱面石材干挂 项目特征 柱体材料:混凝土圆柱 柱截面类型、尺寸:直径500mm 挂贴方式:详见设计 面层材料品种、规格、品牌、颜色:芝麻白花岗岩、部分石材面饰金色氟碳漆 工程内容 ①基层清理、面层干挂、嵌缝、磨光、酸洗、打蜡 ②倒圆脚 ③刷防护材料	m²	46.26	1239.58	57342.97

序号	项目编号	项 目 名 称	计量单位	工程数量	金额(元)	
					综合单价	合价
24	020205004001	弧形梁面石材干挂 项目特征 面层材料品种、规格、品牌、颜色:芝麻白石材 工程内容 ①基层清理、砂浆制作、运输、底层抹灰、结合层铺贴、面层铺贴、面层挂贴、嵌缝、磨光、酸洗、打蜡 ②刷防护材料	m²	53.30	752.33	40099.19
25	020204001001	混凝土墙面干挂石材 项目特征 ①墙体类型:钢筋混凝土墙 ②干挂方式(膨胀螺栓、钢龙骨):见设计图纸 ③面层材料品种、规格、品牌、颜色:芝麻白花岗岩 工程内容 ①基层清理、面层干挂、嵌缝、磨光、酸洗、打蜡 ②刷防护材料	m²	145.00	622.96	90328.56
26	020206003001	芝麻白花岗岩浮雕造型 项目特征 ①挂贴方式:焊接,详见设计 ②面层材料品种、规格、品牌、颜色:芝麻白石材,以造型为整体雕刻 工程内容 ①基层清理、面层干挂、嵌缝、磨光、酸洗、打蜡 ②刷防护材料	组	2	67500.00	135000.00
27	020206003002	芝麻白花岗岩花钵雕塑 项目特征 面层材料品种、规格、品牌、颜色:白麻花岗岩,部分石材面饰金色氟碳漆 工程内容 ①基层清理、砂浆制作、运输、底层抹灰、面层干挂、嵌缝、磨光、酸洗、打蜡 ②刷防护材料	座	2	41000.00	82000.00
28	020604008001	透光石灯罩 项目特征:铁艺灯罩,面饰金色氟碳漆,详见图纸	个	2	24000.00	48000.00
29	020604008002	铸铜徽标 项目特征:具体图案详见设计图纸	个	1	40000.00	40000.00
30	020207001001	墙面浮雕文字 项目特征 ①墙体类型:钢筋混凝土 ②面层材料品种、规格、品牌、颜色:芝麻白花岗岩,浮雕文字或图案具体由甲方定	m²	6.90	1794.80	12384.13
		本页小计				505154.85
		合计				709635.20

表 6.9 措施项目清单计价表

工程名称：××景观工程 第 页 共 页

序号	项 目 名 称	金额(元)
一	其他措施项目费	30385.41
1	临时设施费	10644.53
2	环境保护费	3548.18
3	文明施工费	7096.35
4	安全施工费	7096.35
5	夜间施工增加费	
6	二次搬运费	
7	已完工程及设备保护费	2000.00
二	技术措施项目费	16758.82
1	混凝土、钢筋混凝土模板及支架	11280.25
2	垂直运输	
3	桩架90°调面、移动	
4	构件吊装机械	
5	脚手架	5478.57
6	施工排水、降水	
7	其他项目	
	措施项目费合计	47144.23

表 6.10　分部分项工程量清单综合单价分析表

工程名称：××景观工程　　　　　　　　　　　　　　　　　　　第　　页　共　　页

序号	项目编号	项目名称	工程内容	综合单价组成					
				人工费	材料费	机械使用费	管理费	利润	小计
1	010101003001	人工挖基础土方 项目特征 　土壤类别：粉质黏土 挖土深度：−2.8m 弃土运距：由投标人现场定	1. 土方开挖	29.72		0.06	1.79	1.19	78.21 元/m³
			2. 挡土板支拆	1.76	2.21		0.24	0.16	
			3. 运输	6.29		31.06	2.24	1.49	
			小计	37.77	2.21	31.12	4.27	2.84	
2	010103001001	土方回填 项目特征 ①土质要求：粉质黏土 ②夯填（碾压）：回填后进行路面恢复 ③运输距离：由投标人现场定	回填、分层碾压、夯实	8.82		1.83	0.64	0.43	11.72 元/m³
			小计	8.82		1.83	0.64	0.43	
3	010402001001	方形柱 项目特征 ①柱的截面尺寸：500×500 ②混凝土强度等级：C30	混凝土制作、运输、浇筑、振捣、养护	10.20	346.07	0.61	21.41	14.27	392.56 元/m³
			小计	10.20	346.07	0.61	21.41	14.27	
4	010405003002	钢筋混凝土基础底板 项目特征 板底标高：−2.8m 板厚度：800 混凝土强度等级：C30	混凝土制作、运输、浇筑、振捣、养护	10.20	346.07	0.61	21.41	14.28	451.25 元/m³
			SBS卷材防水满铺	2.96	50.39		3.20	2.13	
			小计	13.16	396.46	0.61	24.61	16.41	
5	010403001001	基础梁 项目特征 ①梁截面：350×850 ②混凝土强度等级：C30	混凝土制作、运输、浇筑、振捣、养护	10.20	346.07	0.61	21.41	14.28	392.57 元/m³
			小计	10.20	346.07	0.61	21.41	14.28	
6	010402002001	圆形柱 项目特征 ①柱的截面尺寸：直径500mm ②混凝土强度等级：C30	混凝土制作、运输、浇筑、振捣、养护	10.20	346.07	0.61	21.41	14.28	392.57 元/m³
			小计	10.20	346.07	0.61	21.41	14.28	
7	010403006001	弧形梁 项目特征 ①梁截面：350×850 ②混凝土强度等级：C30	混凝土制作、运输、浇筑、振捣、养护	10.20	346.07	0.61	21.41	14.28	392.57 元/m³
			小计	10.20	346.07	0.61	21.41	14.28	
8	010404001001	直形墙 项目特征 ①墙类型：钢筋混凝土 ②墙厚度：150mm厚 ③混凝土强度等级：C30	混凝土制作、运输、浇筑、振捣、养护	10.20	346.07	0.61	21.41	14.28	392.57 元/m³
			小计	10.20	346.07	0.61	21.41	14.28	
9	010405003001	平板 项目特征 ①板底标高：见图纸 ②板厚度：150mm厚 ③混凝土强度等级：C30	混凝土制作、运输、浇筑、振捣、养护	10.20	346.07	0.61	21.41	14.28	392.57 元/m³
			小计	10.20	346.07	0.61	21.41	14.28	

序号	项目编号	项目名称	工程内容	综合单价组成					小计
				人工费	材料费	机械使用费	管理费	利润	
10	010417002001	弧形梁预埋铁件 项目特征:由投标人自行安装并根据具体情况确定工程量	铁件制作、运输、安装	257.25	1512.35	129.84	113.97	75.98	2089.39 元/项
			小计	257.25	1512.35	129.84	113.97	75.98	
11	010416001001	钢筋混凝土底板钢筋φ22	钢筋制作、安装	174.00	3525.15	64.27	225.81	150.54	4139.77 元/t
			小计	174.00	3525.15	64.27	225.81	150.54	
12	010416001011	现浇混凝土底板加强钢筋φ25	钢筋制作、安装	155.70	3534.15	52.36	224.53	149.69	4116.43 元/t
			小计	155.70	3534.15	52.36	224.53	149.69	
13	010416001002	圆柱钢筋φ25	钢筋制作、安装	155.70	3534.15	52.36	224.53	149.69	4116.43 元/t
			小计	155.70	3534.15	52.36	224.53	149.69	
14	010416001003	方柱钢筋φ22	钢筋制作、安装	174.00	3525.15	64.27	225.81	150.54	4139.77 元/t
			小计	174.00	3525.15	64.27	225.81	150.54	
15	010416001004	柱箍筋φ10	钢筋制作、安装	398.10	3700.20	47.87	248.77	165.85	4560.79 元/t
			小计	398.10	3700.20	47.87	248.77	165.85	
16	010416001005	基础梁钢筋φ22	钢筋制作、安装	174.00	3525.15	64.27	225.81	150.54	4139.77 元/t
			小计	174.00	3525.15	64.27	225.81	150.54	
17	010416001006	弧形梁钢筋φ25	钢筋制作、安装	155.70	3534.15	52.36	224.53	149.69	4116.43 元/t
			小计	155.70	3534.15	52.36	224.53	149.69	
18	010416001007	基础梁钢筋φ14	钢筋制作、安装	270.90	3624.45	82.44	238.67	159.11	4375.57 元/t
			小计	270.90	3624.45	82.44	238.67	159.11	
19	010416001008	弧形梁钢筋φ16	钢筋制作、安装	244.80	3620.50	80.80	236.77	157.84	4340.71 元/t
			小计	244.80	3620.50	80.80	236.77	157.84	
20	010416001009	梁箍筋φ8	钢筋制作、安装	560.10	3716.00	60.16	260.18	173.45	4769.89 元/t
			小计	560.10	3716.00	60.16	260.18	173.45	
21	010416001010	墙钢筋φ10	钢筋制作、安装	327.00	3700.20	35.19	243.74	162.50	4468.63 元/t
			小计	327.00	3700.20	35.19	243.74	162.50	
22	020204004001	干挂石材钢骨架 项目特征 ①骨架种类、规格:槽钢80×43×5 ②油漆品种、刷漆遍数:防锈漆三遍	骨架制作、运输、安装	1005.92	5863.52	502.05	442.29	294.86	8108.64 元/t
			小计	1005.92	5863.52	502.05	442.29	294.86	
23	020205001001	多立克柱面石材干挂 项目特征 柱体材料:混凝土圆柱 柱截面类型、尺寸:直径500mm 挂贴方式:详见设计 面层材料品种、规格、品牌、颜色:芝麻白花岗岩、部分石材面饰金色氟碳漆	1. 刷防护材料	4.00	3.13		0.43	0.29	1239.58 元/m²
			2. 花岗岩板柱面干挂	39.16	1080.59		67.19	44.79	
			小计	43.16	1083.72		67.62	45.08	

序号	项目编号	项目名称	工程内容	综合单价组成					小计
				人工费	材料费	机械使用费	管理费	利润	
24	020205004001	弧形梁面石材干挂项目特征 面层材料品种、规格、品牌、颜色:芝麻白石材	1. 刷防护材料	4.00	3.13		0.43	0.29	752.33 元/m²
			2. 基层清理、面层干挂、嵌缝、磨光、酸洗、打蜡	60.00	614.84	1.96	40.61	27.07	
			小计	64.00	617.97	1.96	41.04	27.36	
25	020204001001	混凝土墙面干挂石材 项目特征 ①墙体类型:钢筋混凝土墙 ②干挂方式(膨胀螺栓、钢龙骨):见设计图纸 ③面层材料品种、规格、品牌、颜色:芝麻白花岗岩	1. 刷防护材料	1.47	1.15		0.16	0.11	622.96 元/m²
			2. 基层清理、面层干挂、嵌缝、磨光、酸洗、打蜡	60.00	502.95	0.75	33.82	22.55	
			小计	61.47	504.10	0.75	33.98	22.66	
26	020206003001	芝麻白花岗岩浮雕造型	略						
27	020206003002	芝麻白花岗岩花钵雕塑	略						
28	020604008001	透光石灯罩	略						
29	020604008002	铸铜徽标	略						
30	020207001001	墙面浮雕文字 项目特征 ①墙体类型:钢筋混凝土 ②面层材料品种、规格、品牌、颜色:芝麻白花岗岩,浮雕文字或图案具体由甲方定	1. 刷防护材料	4.00	3.13		0.43	0.29	1794.80 元/m²
			2. 墙面干挂花岗岩浮雕文字	60.00	1563.75	0.75	97.47	64.98	
			小计	64.00	1566.88	0.75	97.90	65.27	

表 6.11 单位工程费汇总表

工程名称:××灯光照明安装工程　　　　　　　　　　　　　　　　第　页　共　页

序号	项 目 名 称	金额(元)
1	工程量清单项目费	93157.07
2	措施项目费	
3	其他项目费	
4	规费	3128.14
5	税金	3317.03
	合计	99602.24

表 6.12　分部分项工程量清单计价表

工程名称：××灯光照明安装工程　　　　　　　　　　　　　　　　第　页　共　页

序号	项目编号	项目名称	计量单位	工程数量	综合单价	合价
					金额(元)	
1	030213002001	ME007-A/150W/暖光灯安装	套	28	529.34	14821.52
2	030213002004	ME010-A/150W/暖光灯安装	套	4	529.34	2117.36
3	030213002003	NF037-A/150W/暖光灯安装	套	14	529.34	7410.76
4	030213003001	NLL-050-B/8.6W/单色蓝灯带安装	套	60	243.28	14596.8
5	030213002002	NLP-050/F/1.5W/七彩循环渐变灯安装	套	32	338.28	10824.96
6	030208001001	塑力电缆 4×25+16	m	298.00	66.80	19906.4
7	030212001002	混凝土地面刨沟(600×400)	m	88.00	19.49	1715.12
8	020101003001	电缆沟面填土(打 C30 混凝土)	m	88.00	5.44	478.72
9	030212001003	大理石地面开沟(600×30)	m	202.00	19.49	3936.98
10	020102001001	大理石地面铺设(600×600)	m	202.00	59.53	12025.06
11	030212001001	聚氯乙烯管敷设φ50	m	289.00	16.80	4855.2
12	030204018001	非标准防水型配电箱	台	1	109.83	109.83
13	030204019001	控制开关(德力西)	个	5	72.65	363.25
		本页小计				93161.96
		合计				93161.96

表 6.13　分部分项工程量清单综合单价分析表

工程名称：××灯光照明安装工程　　　　　　　　　　　　　　　　第　页　共　页

序号	项目编号	项目名称	工程内容	综合单价组成					
				人工费	材料费	机械使用费	管理费	利润	小计
1	030213002001	ME007-A/150W/暖光灯安装	安装	9.30	514.42	3.01	1.49	1.12	529.34 元/套
			小计	9.30	514.42	3.01	1.49	1.12	
2	030213002004	ME010-A/150W/暖光灯安装	安装	9.30	514.42	3.01	1.49	1.12	529.34 元/套
			小计	9.30	514.42	3.01	1.49	1.12	
3	030213002003	NF037-A/150W/暖光灯安装	安装	9.30	514.42	3.01	1.49	1.12	529.34 元/套
			小计	9.30	514.42	3.01	1.49	1.12	
4	030213003001	NLL-050-B/8.6W/单色蓝灯带安装	安装	10.53	229.80		1.69	1.26	243.28 元/套
			小计	10.53	229.80		1.69	1.26	
5	030213002002	NLP-050/F/1.5W/七彩循环渐变灯安装	安装	10.08	322.37	3.01	1.61	1.21	338.28 元/套
			小计	10.08	322.37	3.01	1.61	1.21	
6	030208001001	塑力电缆 4×25+16	电缆头制作、安装,电缆敷设	3.80	61.50	0.43	0.61	0.46	66.80 元/m
			小计	3.80	61.50	0.43	0.61	0.46	
7	030212001002	混凝土地面刨沟(600×400)	刨沟槽	13.95	1.64		2.23	1.67	19.49 元/m
			小计	13.95	1.64		2.23	1.67	

序号	项目编号	项目名称	工程内容	综合单价组成					
				人工费	材料费	机械使用费	管理费	利润	小计
8	020101003001	电缆沟面填土（打C30混凝土）	面层铺设	1.62	2.36	0.27	0.68	0.51	5.44 元/m
			小计	1.62	2.36	0.27	0.68	0.51	
9	030212001003	大理石地面开沟（600×30）	刨沟槽	13.95	1.64		2.23	1.67	19.49 元/m
			小计	13.95	1.64		2.23	1.67	
10	020102001001	大理石地面铺设（600×600）	面层铺设	3.64	42.75	0.12	7.44	5.58	59.53 元/m
			小计	3.64	42.75	0.12	7.44	5.58	
11	030212001001	聚氯乙烯管敷设φ50	电线管路敷设	2.80	12.98	0.23	0.45	0.34	16.80 元/m
			小计	2.80	12.98	0.23	0.45	0.34	
12	030204018001	非标准防水型配电箱	箱体安装	45.00	52.23		7.20	5.40	109.83 元/台
			小计	45.00	52.23		7.20	5.40	
13	030204019001	控制开关（德力西）	安装	30.00	34.25		4.80	3.60	72.65 元/个
			小计	30.00	34.25		4.80	3.60	

表 6.14 主要材料价格表

工程名称：××景观工程

序号	材料编码	材料规格、型号名称	产地品牌	单位	单价（元）
1	3010120	钢筋φ10 以内	鞍钢	t	3600.00
2	3010226	螺纹钢筋φ14	鞍钢	t	3500.00
3	3010227	螺纹钢筋φ16	鞍钢	t	3500.00
4	3010230	螺纹钢筋φ22	鞍钢	t	3400.00
5	3010231	螺纹钢筋φ25	鞍钢	t	3400.00
6	3090002	电焊条	天津	kg	5.00
7	3100019	防锈漆	大连	kg	10.00
8	3130148	SBS 卷材（3mm 厚）	锦州	m²	17.80
9	3300270_1	商品混凝土 C30	大连	m³	340.00
10	AE0853	不锈钢连接件	江苏	个	2.50
11	AG0291_1	梁面山东白麻花岗岩	山东	m²	550.00
12	AG0291_2	墙面山东白麻花岗岩板	山东	m²	460.00
13	AG0291_3	花岗岩浮雕文字	山东	m²	1500.00
14	AG0291_4	多立克柱面花岗岩	山东	m²	950.00
15	DA3643_1	热镀锌型钢	鞍钢	kg	5.30
16	JB0641	密封胶	国产	kg	56.00
17	JB1250	石材（云石）胶	国产	kg	16.00
18	JB1301	石材保护液	进口	kg	25.00

复习思考题

1. 工程量清单投标报价文件包括哪些内容？

2. 编制投标报价的依据是什么？

3. 工程量清单投标报价文件的编制步骤是什么？

7 工程价款结算

7.1 工程价款结算的作用和分类

工程价款结算是指施工企业（承包商）在工程实施过程中，依据承包合同中关于付款条款的规定和已经完成的工程量，并按照规定的程序向建设单位（业主）收取工程价款的一项经济活动。它是一项综合性的工程经济管理工作，涉及发包人、监理人、承包人等多个单位和部门。各单位、各部门必须严格遵守国家的有关法律和政府法规、政策，坚持实事求是、合理有效的原则，严格执行结算文件的审核程序，做到计量准确、内容完整、各项费用计取全面、合理。

7.1.1 工程结算的作用

① 通过工程结算办理已完工程的工程价款。

② 工程结算是统计施工企业完成生产计划和建设单位完成建设投资任务的依据。

③ 工程价款结算是反映工程进度的主要指标，在施工过程中，工程价款结算的依据之一就是按照已完成的工程量进行结算，所以，根据累计已结算的工程价款与合同总价款的比例就能够近似地反映工程的进度情况。

④ 工程价款结算是加速资金周转的重要环节，通过工程价款结算办理已完成工程的工程价款，确定施工企业的货币收入补充施工生产过程中的资金消耗，有利于偿还债务，也有利于资金的回笼，降低内部运营成本，加速资金周转，提高资金使用的有效性。

⑤ 工程价款结算是考核经济效益的重要指标。对于承包商来说，只有工程价款如数地结算才能避免经营风险，获得相应的利润，取得良好的经济效益。

⑥ 竣工结算是施工企业完成该工程项目的总货币收入，是企业内部编制工程决算进行成本核算、确定工程实际成本的重要依据。

⑦ 竣工结算是建设单位编制竣工决算的主要依据。

竣工结算的完成，标志着施工企业和建设单位双方所承担的合同义务和经济责任的结束。

7.1.2 工程结算的分类

7.1.2.1 工程价款结算

是指建筑安装工程施工完毕并经验收合格后，施工企业按工程合同的规定与建设单位（业主）结清工程价款的经济活动。包括预付工程备料款和工程进度款的结算。

7.1.2.2 设备、工器具购置结算

是指建设单位、施工企业为了采购机械设备、工器具，同有关单位之间发生的货币收付结算。

7.1.2.3 劳务结算

是指施工企业、建设单位及有关部门之间互相提供咨询、勘察、设计、建筑安装工程施

工、运输和加工等劳务而发生的结算。

7.1.2.4　其他资金结算

是指施工企业、建设单位及主管基建部门和建设银行等之间资金调拨、缴纳、存款、贷款和账户清理而发生的结算。

7.2　工程价款结算的依据和一般程序

7.2.1　工程价款结算的编制依据

编制工程价款结算是一项细致的工作，既要做到正确地反映建筑安装工人创造的工程价值，又要正确地贯彻执行国家有关部门的各项规定。因此，编制工程价款结算必须依据以下资料：

① 施工企业与建设单位签订的合同或协议。

② 施工进度计划、月旬作业计划和施工工期。

③ 施工过程中现场实际情况记录和有关费用签证，如工程签证单、隐蔽工程验收记录、工程交工验收记录等。

④ 施工图纸及有关资料、会审记录、设计变更通知书和现场工程更改签证。

⑤ 预算定额、材料预算价格表和各项费用取费标准。

⑥ 工程设计概算、施工图预算文件和年度建筑安装工程量。

⑦ 国家和当地有关政策规定。

⑧ 其他与工程有关的资料等。

7.2.2　工程价款结算的一般程序

7.2.2.1　承包商提出付款申请

工程费用支付的一般程序是首先由承包商提出付款申请，填报一系列监理工程师指定格式的月报表，说明承包商认为这个月他应得的有关款项，主要包括：

① 已实施的永久工程的价值。

② 工程量表中任何其他项目，包括承包商的设备、临时工程、计日工及类似项目。

③ 主要材料及承包商在工地交付的准备为永久工程配套而尚未安装的设备发票价格的一定百分比。

④ 价格调整。

⑤ 按合同规定承包商有权得到的任何其他金额。

承包商的付款申请将作为付款证书的附件，但它不是付款的依据，监理工程师有权对承包商的付款申请做出任何方面的合理修改。

7.2.2.2　监理工程师审核，编制期中付款证书

监理工程师对承包商提交的付款申请进行全面审核，修正或删除不合理的部分，计算付款净金额。计算付款净金额时，应扣除该月应扣除的保留金、动员预付款、材料设备预付款、违约罚金等。若净金额小于合同规定的临时支付的最小限额，则监理工程师不需开具任何付款证书。

7.2.2.3　业主支付

业主收到监理工程师签发的付款证书后，按合同规定的时间支付给承包商。实践证明，通过对施工过程的各个工序设置一系列签证程序，未经工程师签证的财务报表无效，这样做

充分发挥了经济杠杆的作用，控制了项目实施过程中的费用支出。

7.3 工程价款结算

7.3.1 工程价款的主要结算方式

工程价款结算根据不同情况，可采取多种方式。目前，主要方式如下。

7.3.1.1 按月结算

实行旬末或月中预支，月终结算，竣工后清算的办法。跨年度的工程，在年终进行工程盘点，办理年度结算。实行旬末或月中预支，月终结算，竣工后清算办法的工程合同，应分期确认合同价款收入的实现，即：各月份终了，与发包单位进行已完成工程价款结算时，确认为承包合同已完工部分的工程收入实现，本期收入额为月终结算的已完工程价款金额。

7.3.1.2 竣工后一次结算

建设项目或单项工程全部建筑安装工程建设期在 12 个月以内，或者工程承包合同价值较低，通常在 100 万元以下的，可以实行工程价款每月月中预支，竣工后一次结算。实行合同完成后一次结算工程价款办法的工程合同，应于合同完成施工企业与发包单位进行工程合同价款结算时，确认为收入实现，实现的收入额为承发包双方结算的合同价款总额。

7.3.1.3 分段结算

即当年开工，当年不能竣工的单项工程或单位工程按照工程形象进度，划分不同阶段进行结算。分段的划分标准，由各部门、自治区、直辖市、计划单列市规定。实行按工程形象进度划分不同阶段、分段结算工程价款办法的工程合同，应按合同规定的形象进度分次确认已完阶段工程收益实现。即应于完成合同规定的工程形象进度或工程阶段，与发包单位进行工程价款结算时，确认为工程收入的实现。

7.3.1.4 目标结款方式

在工程合同中，将承包工程的内容分解成不同的控制界面，以业主验收控制界面作为支付工程价款的前提条件。也就是说，将合同的工程内容分解成不同的验收单位，当承包商完成单元工程内容并经业主（或其委托人）验收后，业主支付构成单元工程内容的工程价款。

目标结款方式下，要想获得工程价款，必须按照合同约定的质量标准完成界面内的工程内容；要想尽早获得工程价款，承包商必须充分发挥自己的组织实施能力，在保证质量的前提下，加快施工进度，这意味着如果承包商拖延工期时，则业主也会推迟付款，将增加承包商的财务费用、运营成本，降低承包商的收益。

7.3.2 工程预付款的支付与扣回

在建设工程施工合同中，工程预付款是指在工程开工前，发包方按当年预计完成工程量造价总额的一定比例预先支付承包方的工程材料款，其主要用于购买工程所需的材料和设备。支付工程预付款，对发包方来说存在着一定的风险，但如果发包方完全不支付该款而要求承包方垫资，这一般是比较困难的，因为垫资相当于将风险转移给了承包方，承包方一般是不会同意的。

预付款的额度和预付办法在专用合同条款中约定。预付款必须专用于合同工程。

除专用合同条款另有约定外，承包人应在收到预付款的同时向发包人提交预付款保函，预付款保函的担保金额应与预付款金额相同。保函的担保金额可根据预付款扣回的金额相应递减。

为了能让工程预付款全部用于工程中而不被挪作它用，防止承包方收到工程预付款后不能按时进场施工，发包方可以在合同中约定由发包方对工程预付款的使用情况进行监督的办法。比如，规定特定的查账方式或要求承包方提供购买材料的合同和发票等。另外如果支付的工程预付款数额较大，双方还可以协商约定承包方接受工程预付款的同时向发包方提供银行保函。

7.3.2.1　工程预付款的额度和支付时间

建筑工程的预付款一般不宜超过当年建筑（包括水、电、暖、卫等）工程工作量的30%，大量采用预制构件以及工期在6个月以内的工程，可以适当增加比例。安装工程一般不宜超过当年安装工程量的10%，安装材料用量较大的工程可以适当增加。具体的确定方法有以下两种形式。

① 在合同条件中约定　招标时在合同条件中约定工程预付款的额度占工程造价的百分比。

② 根据主要材料占年度承包工程总价的比重、材料储备定额天数和年度施工天数等因素，通过下面的公式确定：

$$预付备料款 = \frac{年度施工产值 \times 主要材料比重（\%）}{年度施工天数} \times 材料储备定额天数$$

$$预付备料款比率 = \frac{预付备料款}{年度施工产值} \times 100\%$$

工程预付款支付的时间一般不迟于约定的开工日期前7天。

7.3.2.2　工程预付款的扣回时间和方式

工程预付款应在工程开工后完成工程量达一定比例在支付工程进度款时扣回或折抵进度款。折回或折抵的方式与比例应在合同中明确约定，如约定："在完成年工程量总造价××%（以发包方代表签字确认的工程量报告为准）后的每月里，按每月工程进度款的××%扣回。在完成年工程量的××%扣完。"

具体做法主要有两种：

① 由业主和承包商通过洽商用合同的形式予以确定，采用等比率或等额扣款的方式。

② 从未施工工程尚需的主要材料及构件的价值相当于工程预付款数额时扣起，从每次中间结算工程价款中，按材料及构件比重扣抵工程价款，至竣工之前全部扣清。

确定工程预付款起扣点的依据是：未完施工工程所需主要材料和构件的费用等于工程预付款的数额。可按下式计算：

$$T = P - \frac{M}{N}$$

式中　T——起扣点，即工程预付款开始扣回的累计完成工程金额；

　　　P——工程合同总额；

　　　M——工程预付款数额；

　　　N——主要材料、构件所占比重。

【例7.1】　某工程年度计划施工产值为800万元，预付备料款的数额为240万元，主要材料、构件所占比重为60%。试计算起扣点为多少万元？

【解】　$T = P - \frac{M}{N} = 800 - \frac{240}{60\%} = 400$（万元）

预付款在进度付款中扣回，扣回办法在专用合同条款中约定。在颁发工程接收证书前，由于不可抗力或其他原因解除合同时，预付款尚未扣清的，尚未扣清的预付款余额应作为承包人的到期应付款。

7.3.3　动员预付款的支付与扣回

业主将向承包人提供一笔无息预付款，用于工程的动员费用（下称"动员预付款"），其数额为在投标书附录中列明的合同价的百分比，其额度一般等于合同价的 10％，用以保证承包商忠实地履行和信守招标文件中有关承包商的契约条款，并以当地货币与外币需求表中所开列的外币和当地货币的比例进行支付。如果承包人因出错或谋划滥用动员预付款，业主有权立即收回。

7.3.3.1 动员预付款的支付

在承包人承担以下工作后，14 天内监理工程师将向业主发出证书（一份复印件送承包人），以下称动员预付款支付证书：已签署了合同协议书；根据工程建设招标投标合同中的合同条件第 10.1 款规定提供履约保证金；提供业主同意的格式和银行出具的等同于动员预付款数额和币种的无条件银行保函。

银行保函应保持有效直到动员预付款根据工程建设招标投标合同中的第 60.8 款规定全部回收为止，但其数额应随回收额增加而持续递减，业主将在收到动员预付款支付证书后28 天内支付动员预付款。

7.3.3.2 动员预付款银行保证书

工程建设招标投标合同中的动员预付款银行保证书如下：

动员预付款银行保证书

致：＿＿＿＿＿＿＿＿＿

先生们：

根据上述合同中合同条件第 60.6 款的规定，＿＿＿＿＿＿＿＿（以下称承包人）应向业主支付一笔金额为＿＿＿＿＿大写为＿＿＿＿＿＿＿＿＿＿的银行保证金作为其按合同条款履约的担保。

我方＿＿＿＿＿＿＿＿（银行或金融机构）受承包人的委托不仅作为保人而且作为主要的负责人，无条件地和不可撤销地同意在收到业主提出因承包人没有履行上述条款规定的义条，而要求收回动员预付款的要求后，向业主＿＿＿＿＿＿＿＿＿＿（业主名称）支付数额不超过＿＿＿＿＿＿＿＿（保证金额）的担保金，并按上述合同价款向业主担保。不管我方是否有任何巨时权力，也不管业主是否首先向承包人索取，业主享有从本合同承包人索回全部或部分动员预付款的权力。

我方还同意，任何业主与承包人之间可能对合同条款修改，对规范或其他合同文件进行变动补充，却丝毫不能免除我方按本担保书所应承担的责任，因此有关上述变动、补充和修改无须通知我方。

本保证书从动员预付款支出之日起生效直到收回承包人同样数量的全部款额为止。

你忠实的

签章：＿＿＿＿＿＿＿＿＿＿＿＿

银行人金融机构名称：＿＿＿＿＿＿＿＿＿＿＿

地址：＿＿＿＿＿＿＿＿＿＿＿＿

7.3.3.3　动员预付款的扣回

动员预付款将从业主给承包人的付款中扣回，一般从工程正式开工后第四个月开始，在中期付款证书中扣回。扣回一般以等额扣还的形式，直到合同中规定的竣工期前 3 个月回收完毕。如果任何中期付款证书的数额小于根据本款规定的扣还量，其差额部分应视为债务并转入下一中期付款证书中。

动员预付款在分期工程进度款的支付中可按百分比扣减的方式偿还。

(1) 起扣　自承包商获得工程进度款累计总额（不包括预付款的支付和保留金的扣减）达到合同总价（减去暂列金额）10％那个月起扣。即：

$$\frac{监理工程师签证累计支付款总额-预付款-已保留金}{接受的合同价-暂列金额}=10\%$$

(2) 每次支付时的扣减额度　本月证书中承包商应获得的合同款额（不包括预付款及保留金的扣减）中扣除 25％作为预付款的偿还，直至还清全部预付款。即：

$$每次扣还金额=（本次支付证书中承包商应获得的款额-本次应扣的保留金）\times 25\%$$

7.3.4　工程进度款的结算

工程进度款的结算也称为中间结算。工程进度款的结算付款周期同计量周期。

7.3.4.1　进度付款申请单

承包人应在每个付款周期末，按监理人批准的格式和专用合同条款约定的份数，向监理人提交进度付款申请单，并附相应的支持性证明文件。除专用合同条款另有约定外，进度付款申请单应包括下列内容：

① 截至本次付款周期末已实施工程的价款。

② 累计已完成的工程价款。

③ 累计已支付的工程价款。

④ 本周期已完成计日工金额。

⑤ 根据工程变更应增加和扣减的变更金额。

⑥ 根据工程索赔应增加和扣减的索赔金额。

⑦ 根据工程预付款约定应支付的预付款和扣减的返还预付款。

⑧ 根据质量保证金约定应扣减的质量保证金。

⑨ 根据合同应增加和扣减的其他金额。

⑩ 本付款周期实际应支付的工程价款。

7.3.4.2　进度付款证书和支付时间

① 监理人在收到承包人进度付款申请单以及相应的支持性证明文件后的 14 天内完成核查，提出发包人到期应支付给承包人的金额以及相应的支持性材料，经发包人审查同意后，由监理人向承包人出具经发包人签认的进度付款证书。监理人有权扣发承包人未能按照合同要求履行任何工作或义务的相应金额。

② 发包人应在监理人收到进度付款申请单后的 28 天内，将进度应付款支付给承包人。发包人不按期支付的，按专用合同条款的约定支付逾期付款违约金。

③ 监理人出具进度付款证书，不应视为监理人已同意、批准或接受了承包人完成的该部分工作。

④ 进度付款涉及政府投资资金的，按照国库集中支付等国家相关规定和专用合同条款的约定办理。

7.3.4.3　工程进度付款的修正

在对以往历次已签发的进度付款证书进行汇总和复核中发现错、漏或重复的，监理人有权予以修正，承包人也有权提出修正申请。经双方复核同意的修正，应在本次进度付款中支付或扣除。

7.3.4.4 质量保证金

① 监理人应从第一个付款周期开始，在发包人的进度付款中，按专用合同条款的约定扣留质量保证金，直至扣留的质量保证金总额达到专用合同条款约定的金额或比例为止。质量保证金的计算额度不包括预付款的支付、扣回以及价格调整的金额。

② 在通用合同条款中约定的缺陷责任期满时，承包人向发包人申请到期应返还承包人剩余的质量保证金金额，发包人应在14天内会同承包人按照合同约定的内容核实承包人是否完成缺陷责任。如无异议，发包人应当在核实后将剩余保证金返还承包人。

③ 在通用合同条款中约定的缺陷责任期满时，承包人没有完成缺陷责任的，发包人有权扣留与未履行责任剩余工作所需金额相应的质量保证金余额，并有权根据通用合同条款中的缺陷责任与保修责任第19.3款约定要求延长缺陷责任期，直至完成剩余工作为止。

7.3.5 工程保修金的预留

7.3.5.1 工程保修金的来源

施工承包方按国家有关规定和条款约定的保修项目、内容、范围、期限及保修金额和支付办法进行保修并支付保修金。

保修金是由建设发包方掌握的，一般是采取按合同价款一定比率，在建设发包方应付施工承包方工程款内预留。这一比率由双方在协议条款中约定，保修金额一般在合同价款5%的幅度内。

保修金具有担保性质，若施工承包方已向建设发包方出具保函或有其他保证的，也可不留保修金。

7.3.5.2 工程保修金的使用

保修期间，施工承包方在接到修理通知后应及时备料、派人进行修理，否则，建设发包方可委托其他单位和人员修理。因施工承包方原因造成返修的费用，建设发包方将在预留的保修金内扣除，不足部分，由施工承包方支付；因施工承包方以外原因造成返修的经济支出，由建设发包方承担。

7.3.5.3 工程保修金的结算和退还

工程保修期满后，应及时结算和退还保修金。采用按合同价款一定比率在建设发包方应付施工承包方工程款内预留保修金办法的，建设发包方应在保修期满20天内结算，将剩余保修金和按协议条款约定利率计算的利息一起退还给施工承包方，不足部分由施工承包方支付。

7.3.6 工程竣工结算和决算

7.3.6.1 竣工结算和竣工决算的关系

竣工结算是竣工决算的主要依据，二者的区别见表7.1。

表7.1　竣工结算和竣工决算的区别

名　称	编制单位	编制内容	作　用
竣工结算	施工单位的财务部门	施工单位承担的装饰装修工程项目的全部费用	①为竣工结算提供基础资料。②是建设单位和施工单位核对和结算工程价款的依据。③最终确定装饰装修工程项目实际工程量的依据
竣工决算	建设单位的财务部门	建设单位负责的装饰装修工程项目全过程的费用	①反映装饰装修工程项目的建设成果。②作为办理交付验收的依据，是竣工验收的重要组成部分

7.3.6.2 工程项目竣工结算

《工程竣工验收报告》一经产生，承包人便可在规定的时间内向建设单位递交竣工结算报告及完整的竣工结算资料。

竣工结算是指工程项目按合同规定实施过程中，项目经理部与建设单位进行的工程进度款结算与竣工验收后的最终结算。结算的主体是施工方。结算的目的是施工单位向建设单位索要工程款，实现商品的"销售"。

(1) 竣工结算的依据　竣工结算的依据包括：施工合同；中标投标书报价单；施工图及设计变更通知单、施工变更记录、技术经济签证资料；施工图预算定额、取费定额及调价规定；有关施工技术资料；竣工验收报告；工程质量保修书；其他有关资料。

(2) 竣工结算的编制原则　竣工结算的编制原则包括：以单位工程或合同约定的专业项目为基础，对原报价单的主要内容进行检查和核对；发现有漏算、多算或计算误差的，应当及时进行调整；若施工项目由多个单位工程构成，应将多个单位工程竣工结算书汇总，编制成单项工程竣工综合结算书；由多个单项工程构成的建设项目，应将多个单位工程竣工综合结算书汇编成建设项目的竣工结算书，并撰写编制说明。

(3) 竣工结算的编制步骤　竣工结算实际上就是在原来预算造价的基础上，对工程进行过程中的工程价差、量差费用变化等进行调整，计算出竣工工程实际结算价格的一系列计算过程。

① 收集影响工程量差、价差及费用变化的原始凭证。

② 将收集的资料进行分类汇总并计算工程质量。

③ 对施工图预算的主要内容进行检查、核对和修正。

④ 根据查对结果和各种结算依据做出工程结算。

⑤ 写出包括工程概括、结算方法、费用定额和其他说明等内容的说明书。

⑥ 送审。

(4) 竣工结算的审查

① 竣工结算的审查方法

总面积法：由于建筑物的装修面积一般都与建筑面积十分接近，超过建筑面积和相差较大的面积都是不正常的。按照这种思路，可以较快地审查工程的装修面积。

定额项目分析法：当工程结算中出现了同一部门的两个或两个以上的项目时，就要根据该项目所对应的预算定额项目进行核对分析，如果有重复，那么就可以判断是重复项目。

难点项目检查法：由于有些工程项目的工程量计算复杂、材料单价高，所以在进行工程结算的审查中应该对这些难点项目进行重点检查，以达到准确计算工程量、正确确定工程造价的目的。

重点项目检查法：在整个工程施工过程中，有少数项目是工程造价的主要组成部分，其造价在工程总造价费用中占有很大的比例，所以这些重点项目的计算过程、计算方法、取费费率等内容应该作为重要的审查对象。

资料分析法：当拟建工程可以找到若干个已经完工的类似项目的结算指标时，就可以用类似工程的技术经济指标进行对比分析，通过对比分析来判断拟建工程结算的准确程度。

全面审查法：全面审查法是根据施工图、预算定额、费用定额等有关资料重新编制工程结算的方法，其优点是审查精度高，但不足之处是花费时间长、技术难度大。

② 竣工结算的审查内容

工程量的审查：主要是审查结算中有无工程量的多算的和漏算以及工程量的计算是否准确两个方面的内容。

定额套用的审查：内容包括套用定额中的工程内容与本工程图纸中相应的工程内容及其所计算的工程量项目是否一致；是否有重复套用定额的项目；定额套用中是否有就高不就低的现象；定额套用中的计量单位是否正确合理。

直接费的审查：包括每个分项的直接费的计算是否正确；直接费分部小计和工程直接费合计以及人工费、材料费、机械台班费数据之和是否与直接费总数相符。

间接费的审查：包括按当地间接费计算的现行条例核对使用时间和使用范围的一致性；核对各项费用的计算顺序是否正确；核对各项费用的计算基础是否正确；审核各项费用所用费率是否正确；审核费用数据计算过程是否正确。

（5）竣工结算的审批支付

① 竣工结算报告及竣工结算资料应按规定报送承包人主管部门审定，在合同约定的期限内递交给发包人或其委托的咨询单位审查。

② 竣工结算报告和竣工结算资料递交后，项目经理应按照《项目管理责任书》的承诺，配合企业预算部门督促发包人及时办理竣工结算手续。企业预算部门应将结算资料送交财务部门，据以进行工程价款的最终结算和收款。发包人应在规定期限内支付全部工程结算价款。发包人逾期未支付工程结算价款，承包人可与发包人协议工程折价或申请人民法院强制执行拍卖，依法在折价或拍卖后收回结算价款。

③ 工程竣工结算后，应将工程竣工结算报告及结算资料纳入工程竣工验收档案移交发包人。

7.3.6.3 工程项目的竣工决算

工程项目的竣工决算是以实物量和货币为单位，综合反映工程项目的实际造价，核定交付使用财产和固定资产价值的文件，是工程项目的财务总结。

（1）竣工决算书的内容 竣工决算书由竣工决算报表和竣工情况说明书组成。

① 竣工决算报表 包括：竣工工程概况表、竣工工程财务决算表、交付使用财产总表和交付使用财产明细表。有时，以上四种竣工决算报表可以合并为交付使用财产总表和交付使用财产明细表。

② 竣工情况说明书 包括：工程概况、设计概算、工程计划的完成情况、各项技术经济指标的完成情况、各项资金的使用情况、工程成本和工程施工过程中的主要经验、存在问题和解决意见等。

（2）竣工决算的编制程序

① 建设单位和施工单位密切配合，对完成的工程项目组织竣工验收，办理有关手续。

② 整理、核对工程价款结算和工程竣工结算等相关资料。

③ 在实地验收合格的基础上，写出竣工验收报告，填写有关竣工决算表，编制完成竣工决算。

（3）竣工决算的审查 竣工决算编制完成后，在建设单位或委托咨询单位自查的基础上，应该及时上报主管部门并抄送有关部门进行审查。竣工决算的审查一般包括以下几个方面的内容：

① 审查竣工结算的文字说明是否实事求是。

② 审查是否有超计划的工程和无计划的工程。

③ 审查设计变更有无设计单位的通知。

④ 审查各项支出是否符合规章制度，有无不合理开支。

⑤ 审查应收、应付的每笔款项是否全部结清。

⑥ 审查应退余料是否清退。

⑦ 审查工程有无结余资金和剩余物资，数额是否真实，处理是否符合规定等。

7.4 工程结算案例分析

【例 7.2】 某施工单位承包某内资工程项目，甲乙双方签订的关于工程价款的合同内容有：

① 建筑安装工程造价 660 万元，主要材料费占施工产值的比重为 60%；

② 预付备料款为建筑安装工程造价的 20%；

③ 工程进度款逐月计算；

④ 工程保修金为建筑安装工程造价的 5%，保修期半年；

⑤ 材料价差调整按规定进行（按有关规定上半年材料价差上调 10%，在六月份一次调增）。

工程各月实际完成产值见表 7.2。

表 7.2 工程各月实际完成产值 单位：万元

月　份	2	3	4	5	6
完成产值	55	110	165	220	110

问题：

1. 通常工程竣工结算的前提是什么？

2. 该工程的预付备料款、起扣点为多少？

3. 该工程 1~5 月每月拨付工程款为多少？累计工程款为多少？

4. 6 月份办理工程竣工结算，该工程结算总造价为多少？甲方应付工程尾款为多少？

5. 该工程在保修期间发生屋面漏水，甲方多次催促乙方修理，乙方一再拖延，最后甲方另请施工单位修理，修理费 1.5 万元，该项费用如何处理？

【解】

[问题 1]

工程竣工结算的前提是竣工验收报告被批准。

[问题 2]

1. 预付备料款：$660 \times 20\% = 132$（万元）

2. 起扣点：$660 - 132/60\% = 440$（万元）

[问题 3]

2 月：工程款 55 万元，累计工程款 55 万元

3 月：工程款 110 万元，累计工程款 165 万元

4 月：工程款 165 万元，累计工程款 330 万元

5 月：工程款 $220 - (220 + 330 - 440) \times 60\% = 154$（万元）

累计工程款 484 万元

[问题 4]

工程结算总造价为 $660 + 660 \times 0.6 \times 10\% = 699.6$（万元）

甲方应付工程尾款 $699.6 - 484 - (699.6 \times 5\%) - 132 = 48.62$（万元）

[问题 5]

1.5 万元维修费应从乙方（承包方）的保修金中扣除。

【例 7.3】 某工程承包合同总额为 1000 万元，主要材料及构件金额占合同总额 62.5%，预付备料款额度为 25%，预付款从每次中间结算工程价款中按材料及构件比重抵扣工程价

款。预留的工程保修金为合同总额的5％。各月份实际完成的合同价值见表7.3。试按月结算工程款。

表7.3 各月实际完成合同价值　　　　　　　　　　　　单位：万元

月份	四月份	五月份	六月份	七月份	八月份	合计
完成合同价值	100万元	150万元	200万元	270万元	280万元	1000万元

【解】　① 预付备料款＝1000×25％＝250（万元）

② 预付备料款的起扣点：$T = P - \dfrac{M}{N} = 1000 - \dfrac{250}{62.5\%} = 1000 - 400 = 600$（万元）

当完成合同价值达到600万元时开始扣预付备料款。

③ 四月份完成合同价值为100万元，结算100万元。

④ 五月份完成合同价值为150万元，结算150万元，累计结算工程款250万元。

⑤ 六月份完成合同价值为200万元，结算200万元，累计结算工程款450万元。

⑥ 七月份完成合同价值为270万元，到此已累计完成合同价值720万元，超过了预付备料款的起扣点120万元，所以七月份应扣预付备料款。

七月份应扣回的预付备料款＝(720－600)×62.5％＝75（万元）

七月份应结算的工程款＝270－75＝195（万元）

⑦ 八月份完成合同价值为280万元，八月份应扣回的预付备料款＝280×62.5％＝175（万元）

应扣工程保修金＝1000×5％＝50（万元）

八月份应结算的工程款＝280－175－50＝55（万元）

至此累计结算的工程款为700万元，预付备料款250万元，共结算950万元，保留金为50万元。

复习思考题

1. 工程价款结算的作用是什么？

2. 工程价款结算的类型有哪些？

3. 工程价款结算的编制依据有哪些？

4. 简述工程价款结算的一般程序？

5. 工程价款的主要结算方式有哪些？

6. 简述工程预付款的支付与扣回？

7. 动员预付款怎样扣回？

8. 工程进度款怎样结算？

9. 工程保修金怎样结算和退还？

10. 竣工结算和竣工决算有什么区别？

11. 简述工程项目竣工结算？

12. 简述工程项目的竣工决算？

8 工程造价软件应用

8.1 工程造价软件概述

8.1.1 工程造价软件作用及特点

8.1.1.1 应用工程造价软件计算工程量及编制工程量清单的意义

工程造价计算一直以来以工作量巨大、计算繁杂而著称，手工计算工作效率低、容易出错。因此应用计算机辅助计算，提高计算速度和准确性，减轻劳动强度成为我国造价行业和信息技术行业不断追求的目标。

随着计算机应用技术和信息技术的飞速发展以及计算机硬件设备性能的迅速提升和快速普及，进入20世纪90年代以后，我国工程造价行业进行大规模信息技术应用的硬件环境已经成熟。

目前国内造价软件已经形成算量与清单编制、套用定额、完成计价结果直至成果打印整体解决。使用计算机软件计算工程造价、编制工程量清单与手工计算相比不仅速度提高几十倍，而且在原始数据输入无误的情况下，计算的准确率不容怀疑，使得广大的工程造价工作人员大大地减轻了劳动强度，也使得企业在日益竞争激烈的建筑市场进行招投标有了强大的技术支持。

8.1.1.2 常用工程造价软件介绍

在国内众多的工程造价软件中广联达软件股份有限公司的建设工程造价管理整体解决方案和鲁班软件公司的算量软件应用比较广泛，两家公司的软件都各有特点，使用中也都具有较好的使用效果。

由于本教材以清单计价为主，因此以广联达的建设工程造价管理整体解决方案为例对使用方法进行介绍。

广联达建设工程造价管理整体解决方案包含图形算量软件（GCL）、计价软件（GBQ）和钢筋抽样软件（GGJ）三个系列，三个软件既可以独立使用也可以联合工作。图形算量软件（GCL）可以通过画图对建筑、装修等工程除钢筋混凝土构件的钢筋量以外所有项目的工程量进行计算，而且支持 CAD 图纸导入，在计算后即可同时做出清单工程量和定额工程量报表，工程量报表可直接导入计价软件（GBQ）经过调整补充很快计算出总工程造价及各种费用分析、人材机用量分析等，使整个工程各种费用和各部分材料的使用一目了然。当然对于多数建筑工程还需要计算结构构件钢筋用量，此时即可使用钢筋抽样软件（GGJ）计算钢筋用量。

8.1.2 广联达图形算量软件的特点

任何一种软件都是人们经过实践有了丰富、成熟的思想基础后开发的，因此图形算量软件的计算原理是在手工算量思路的基础上形成的，只有在真正会看图、会画图、掌握手工计算的方法、规则后才能用好图形算量软件，同时对软件的计算结果进行审核。

图形算量软件是利用代码进行算量的，代码是该软件人机对话的语言，代码的输入和形成方法对于计算非常重要，代码的设置依据国家工程量清单规范及各地计算规则规定。每个项目都有自己的代码，不输入代码则软件不能计算工程量，代码输入不正确时即使画图正确，定额套用也没错，计算结果也不正确，见表8.1。

表8.1　项目代码输入与计算结果关系

项 目 名 称	计算单位	应输入项目代码或表达式	输入代码	计算项目	计 算 结 果
墙体体积	m³	TJ	TJ	墙体体积	正确
墙体抹灰	m²	QMMHMJ	QQMHMJ	墙群抹灰面积	部位错误
天棚吊顶	m²	DDMJ		无	无代码不计算
室内地面混凝土垫层	m³	DMJ×0.05(厚度)	DMJ	室内地面积	单位不正确(这一项应计算体积)
块料地面	m²	KLDM	DMJ	室内地面积	规则不同,计算结果错误

软件计算以层为单位，并以首层为基础，画一层算一层，首层画完后其他层可以通过复制该层构件，加快画图输入速度。构件越复杂，相互扣减越多，用软件计算与手工计算相比较优势越大。

8.1.3　图形算量软件的功能

8.1.3.1　内置各种计算规则满足不同需求

在实际工程中招标单位与投标单位对工程量计算存在不同的考虑内容，因此计算过程中也存在一定的差异，软件直接将清单计价规则和各种地方定额规则内置，在新的工程项目建立最初就引导计算人员选择好计算规则和所用定额，而且新版GCL2008还内置了全国各地的专业工程量表模板指引用户进行工程量计算，避免漏算，如图8.1所示。

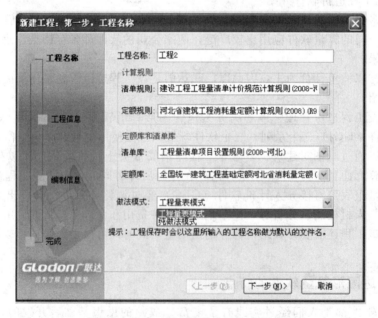

图8.1　新建工程项目首先要确定的内容

此时计算人员只要按照构件的位置将其从图纸搬到屏幕上即可，不必再考虑清单计算规则与定额计算规则的不同，也不用再考虑各种构件间复杂的相互扣减关系。例如：把门窗、过梁直接放在相应的墙段上软件就会自动扣减它们所占的墙体积。由于各地的定额或多或少地都存在一些没有明显界定的算法，此时个人理解可能会存在一些差异，通过 GCL2008 中的计算规则设置既可以明确软件的计算思路，也可以根据需要进行调整。例如对于有天棚吊顶的室内墙面抹灰应抹至吊顶之上多少各地计算规则不同，计算人员可以选择计算规则设置，如图 8.2 所示，具体操作为"主界面—模块导航栏—工程设置—计算设置"。如果计算人员对所使用定额的计算规则不清楚还可以在计算规则栏对定额计算规则进行查阅，如图 8.3 所示。

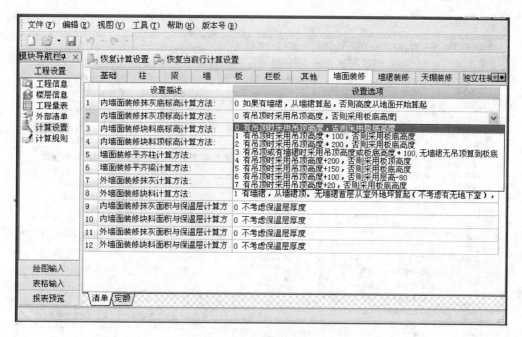

图 8.2　计算规则设置

图 8.3　计算规则查询

8.1.3.2 根据软件使用人的特点设置不同模式

在软件新建工程界面中做法模式一栏有工程量表模式和纯做法模式，对于初学者可以选择工程量表模式，在这种模式中会在做的过程中给予很多提示。

8.1.3.3 画一次图同时得出清单量和定额量

新建一种构件后通过对构件属性和做法的设置，软件可以同时计算出清单和定额两种工程量，此时计算人员需对构件的属性、构造做法按照软件的指引进行定义，主要包括以下几项工作：正确输入构件的尺寸信息、合理套用清单项目和定额项目，选对计算代码，如图8.4所示。

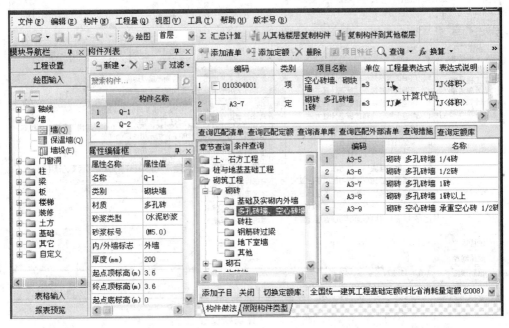

图 8.4　构件属性设置

上述工作完成后画图并汇总计算工程量即可从报表预览中看到墙体的工程量，如图8.5所示。

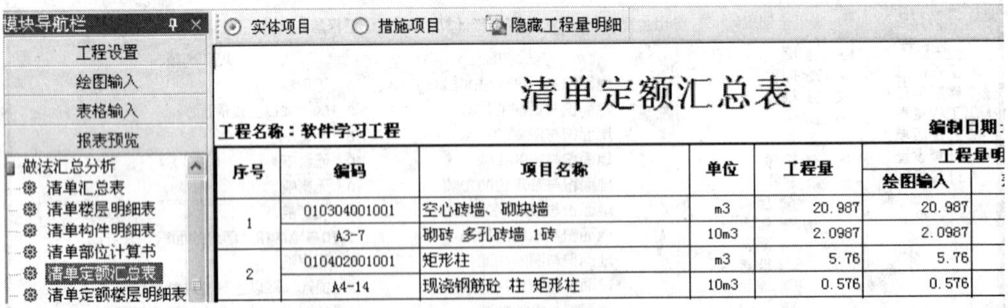

图 8.5　工程量报表

8.1.3.4 三维编辑技术便于观察与修改

通常在计算时很多人由于对工程全面、立体的感知能力差给计算带来很多困难，GCL2008软件可以在三维状态下查看构件、绘制构件并且能够对构件属性信息进行编辑修改。

8.1.3.5 直接导入CAD文件

图形算量软件是靠图形来完成算量的，所以必须将图形绘制到软件中，才会算出量来。但对于比较大的工程画图也是比较费事的，该软件可以直接导入设计院CAD图纸，软件可以快速识别出文件的图形，将图纸文件中的数据转换成算量模型，快速完成墙、柱、梁等最多、最难画的几类构件的绘制，大大提高了工作效率。

8.2 广联达图形算量软件应用

8.2.1 软件使用快速入门

8.2.1.1 软件启动

方法1：在桌面上双击本程序的快捷键，如图8.6所示。

方法2：通过开始程序菜单启动软件。

8.2.1.2 软件退出

点击菜单栏的"文件"→"退出"即可退出软件。

8.2.1.3 操作流程

启动软件→新建工程→建立轴网→建立构件→绘制构件→汇总计算→查看报表→保存工程→退出软件。

图8.6 软件启动

用软件做工程的顺序：先结构后建筑，先地上后地下，先主体后屋面，先室内后室外。将一套图分成四个部分，再把每部分的构件分组，分别一次性处理完每组构件的所有内容，做到清楚、完整。这里需要说明的是做装修工程首先也必须将建筑的主体结构绘制出来之后才能在此基础之上做装修工程。

8.2.2 主界面介绍

图8.7是GCL2008的主界面。最上部是"菜单栏"，主要作用是触发软件的功能和操

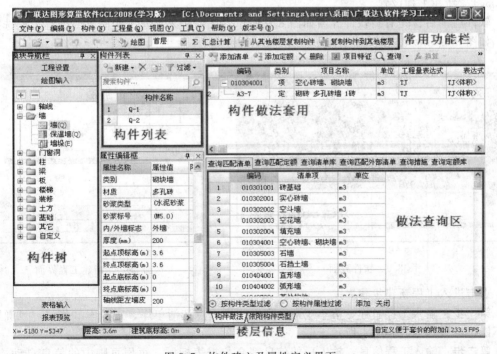

图8.7 构件建立及属性定义界面

作，左侧是构件树，在这里新建"轴网"、"构件"，中间可看到所建立的构件列表并且可在此时输入构件属性，右侧通过查询可套用构件做法、定义构件计算代码。当上述工作完成后点击常用功能栏的"绘图"可进入图8.8构件绘图界面，即可将所定义构件绘制在屏幕上。

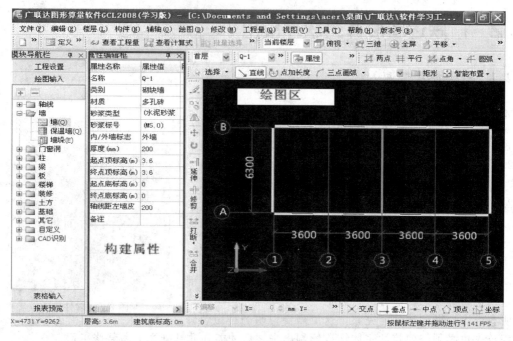

图 8.8　构件绘图界面

8.2.3　新建工程设置

8.2.3.1　新建工程设置

软件启动后首先看到软件界面如图8.9所示，之后进入新建工程向导或已有工程选择界面，如图8.10所示。

图 8.9　软件界面　　　　　　　　　　　图 8.10　新建工程界面

点击进入工程新建步骤。

第一步：输入工程名称、清单规则、定额规则，点选清单库、定额库（此时一旦确定后面不能再修改），如图8.11所示。

第二步：输入工程信息，输入后的信息都会与报表标题、页眉页脚中的信息自动连接。

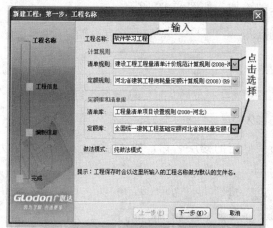

图 8.11　新建工程名称

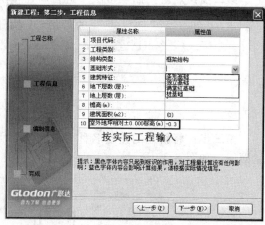

图 8.12　规则输入

其中"室外地坪相对标高"将影响外墙装修工程量和基础土方量的计算,要根据实际工程情况如实填写。工程信息会因地区规则不同有所差异,如图 8.12 所示。

　　第三步:输入编制信息,如图 8.13 所示。

　　第四步:点击完成,如图 8.14 所示。

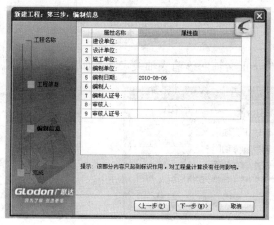

图 8.13　输入编制信息

图 8.14　点击完成

8.2.3.2　新建楼层设置

　　第一步:点击"工程设置"下的"楼层信息",在右侧的区域内可以对楼层进行定义,如图 8.15 所示。

图 8.15　楼层管理

第二步：点击"插入楼层"进行新建楼层的添加，如图 8.16 所示。

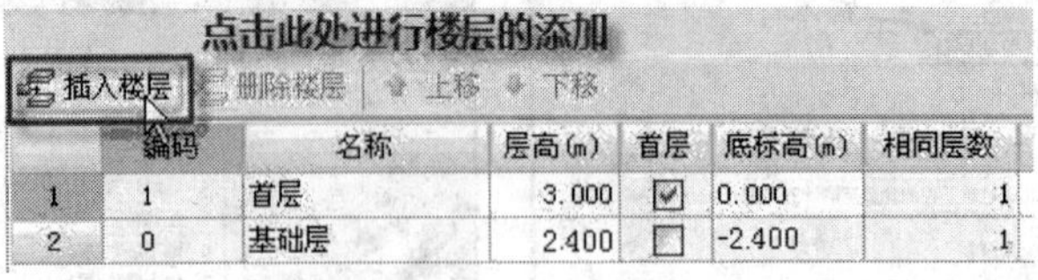

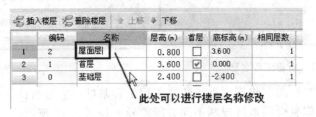

图 8.16 插入楼层

第三步：将新建的楼层名称修改为当前所要确定的楼层名称，如顶层之上的屋面可定为屋面层，如图 8.17 所示。

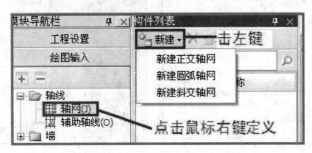

图 8.17 楼层名称的输入

此外当所建工程有错层或层数不同的区域时，软件也可以添加建立不同的区域。

8.2.4 图形输入

8.2.4.1 轴线输入

第一步：在模块导航栏点击绘图输入→轴线→正交轴网→输入轴线尺寸，如图 8.18 所示。

图 8.18 轴线建立

第二步：画轴线，先点击"下开间"→选择或根据工程图纸输入轴线尺寸→点击"添加"开间尺寸完成后再点击"左进深"→选尺寸→添加，如图 8.19 所示。

第三步：点击"绘图"出现图 8.20，点击确认或输入角度轴线绘制完成，如图 8.21 所示。

8.2.4.2 建筑主体构件绘制

（1）柱的定义

第一步：在模块导航栏中，点击柱构件，在构件列表中点击新建，选择"新建矩形柱"，建立一个 KZ-1，查询清单及定额做法对柱进行定义，如图 8.22 所示。

第二步：在属性编辑框中按照图纸来输入 KZ-1 的名称、类别、材质，混凝土类型、标号和截面，如图 8.23 所示。

第三步：在构件列表中 KZ-1 的名称上点击鼠标右键，选择复制，如图 8.24 所示，建立一个相同属性的 KZ-2，利用这种方法，快速建立相同属性的构件。对于个别属性不同的构件，仍然可以利用 KZ-1 进行复制，然后只修改不同的截面信息。利用这种方法，依次定

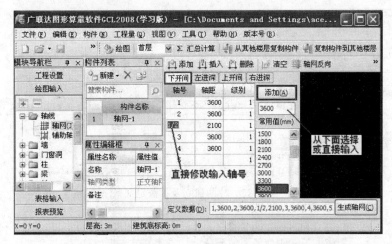

图 8.19　轴线位置确定

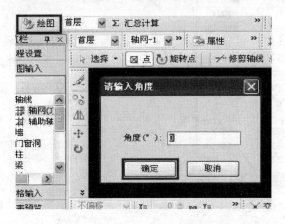

图 8.20　绘制轴线

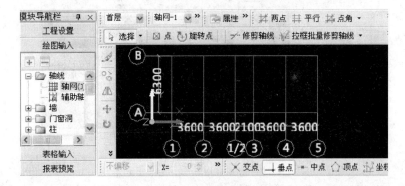

图 8.21　轴线完成后的图面

义所有柱。

（2）柱绘制

第一步： 在绘图区先点击选择 KZ-1，在绘图功能区选择"点"按钮，然后将光标移动到各轴线交点，直接点击左键即可将中间柱 KZ-1 画入，如图 8.25 所示。

第二步： 在左侧构件列表中点击 KZ-2，在绘图功能区选择"点"按钮，然后将光标移动到 B 轴和 1 轴交点，按住键盘上的 Ctrl 键，同时点击左键，这时软件会弹出"设置偏心

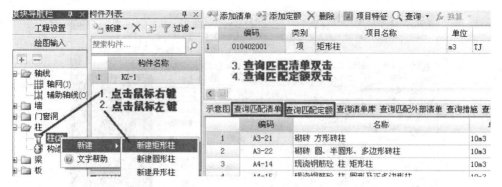

图 8.22　柱的建立及做法定义

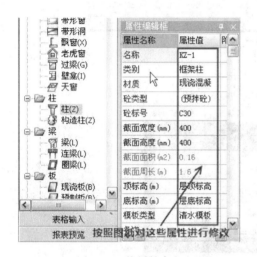

图 8.23　柱属性定义

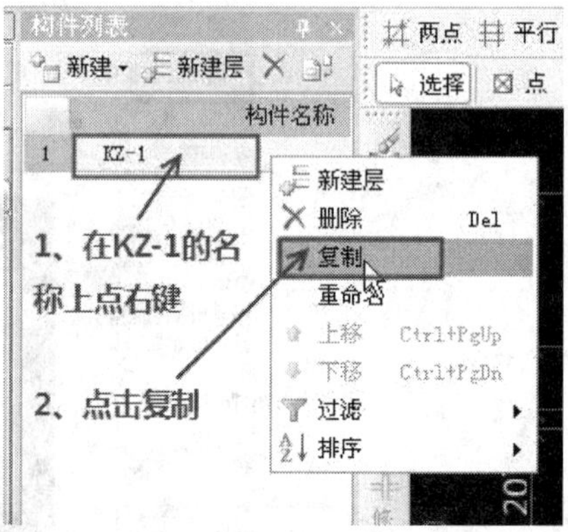

图 8.24　柱的复制

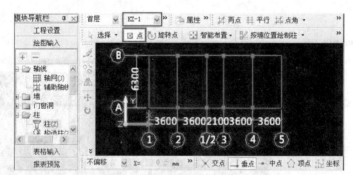

图 8.25　柱的绘制

柱"的窗口，在此窗口中，我们可以直接修改柱和轴线之间的位置尺寸，输入完毕后点击"关闭"即可，如图 8.26 所示，利用以上两种方法，依次将首层中所有的框架柱全部画入。

　　第三步：点击选择按钮，拉框选中首层的所有框架柱，然后点击楼层菜单下的"复制选定图元到其他楼层"，如图 8.27 所示，将弹出对话框中只勾选基础，点击确定即可。

　　第四步：在屏幕下方楼层页签点击地下室完成楼层切换，然后拉框选择所有柱，在属性编辑框中修改混凝土标号为 C30。在修改时要注意：软件中所有数据或定义修改要脱掉括号，否则会告知数据非法，如图 8.28 所示。此时注意在定义基础柱底标高时定义在基础底面，以免因基础顶面标高不一致时反复修改，柱与基础重叠部分软件有自动扣减功能。

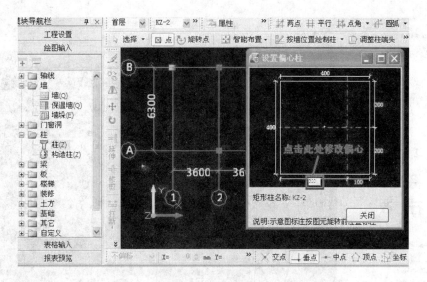

图 8.26　偏心柱的定位

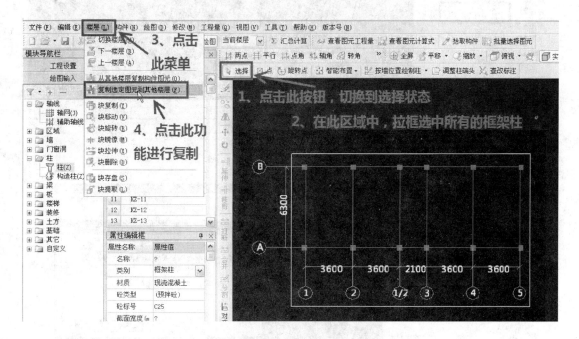

图 8.27　柱复制-1

（3）梁的定义和绘制步骤

第一步：在模块导航栏中点击梁，在构件列表处点击新建，选择新建梁的形式。由于梁的截面形式不一样可分为矩形梁、异形梁和参数化梁，若梁的截面形式为非矩形可以通过异形梁截面多边形编辑器绘制，如图 8.29 所示，或通过参数化截面选择及数值输入建立，如图 8.30 所示。

第二步：使用复制后修改截面的方法来快速建立其他的梁。

第三步：在构件列表中选择 KL-1 点击绘图，点击直线按钮，鼠标左键点击 1 轴和 B 轴的交点，然后再点击 5 轴和 B 轴的交点，先点左键确认，再点击右键，KL-1 就绘制完成，如图 8.31 所示。

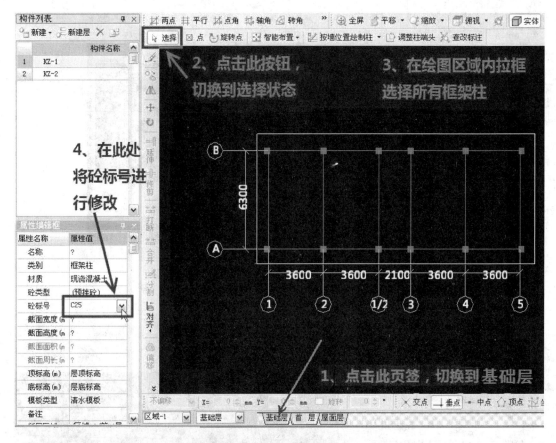

图 8.28　柱复制-2

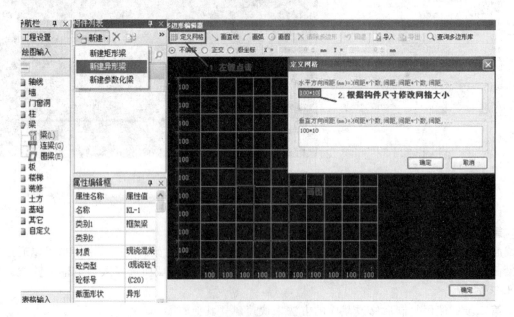

图 8.29　异形梁的建立

　　第四步：KL-1 完成后，打开构件列表选择 KL-2，利用上述方法，我们可以将该层图纸中的其他框架梁全部绘入。

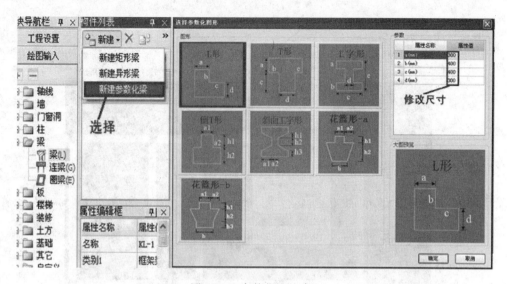

图 8.30　参数化梁的建立

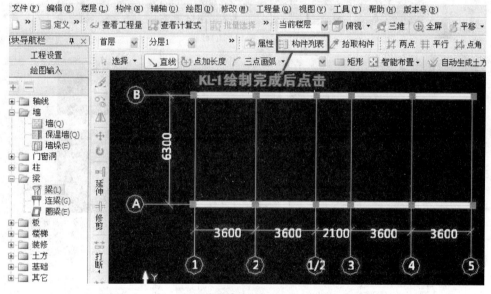

图 8.31　梁的画法

第五步：修改。将1轴上的梁与柱边对齐，点击选择按钮，然后选择要修改的梁，再单击修改按钮，选择单对齐，单击要对齐的柱边一侧，再单击要对齐的梁即完成修改，如图8.32和图8.33所示。

（4）挑梁定义与绘制步骤

第一步：先按照前面构件属性定义的方法定义挑梁属性，然后修改名称，如图8.34所示。

第二步：选择轴线1与B轴的交点作为基点，按住Shift键，同时点击鼠标左键弹出（图8.35）对话框，输入挑梁的起点与轴线交点的相对位，移数值确定梁的起点，再次重复前面操作确定梁的终点，挑梁完成，如图8.35所示。

（5）板的定义和绘制步骤

第一步：在模块导航栏中点击现浇板，在构件列表中点击新建，选择新建现浇板。

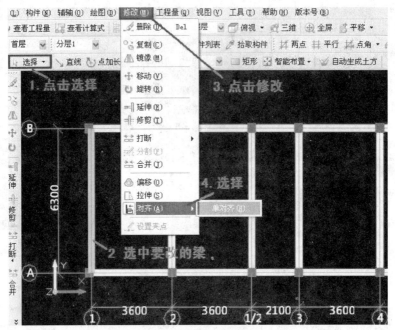

图 8.32 梁位置的修改

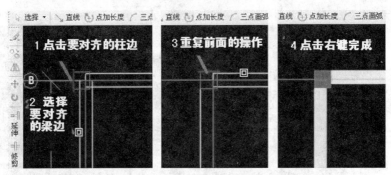

图 8.33 用对齐方式修改步骤

图 8.34 非框架梁名称的修改

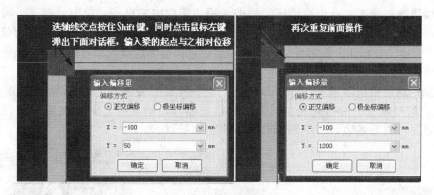

图 8.35　挑梁图的绘制

第二步：在属性编辑框中，我们可以根据板的厚度来定义板的名称，比如 100mm 厚的板，名称可以定义为 B100，然后根据图纸对板的其他属性进行输入。

第三步：点击定义，查看量表，根据实际工程特点套取定额。

第四步：点击构件列表中的 100，点击点按钮，在绘图区域中梁与梁围成的封闭区域内，点击鼠标左键就可以直接布置上 100 厚的板，如图 8.36 所示。

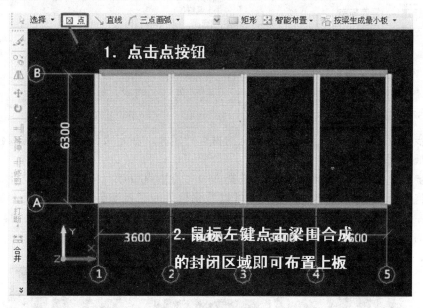

图 8.36　板的布置

（6）墙的绘制方法和步骤

第一步：点击模块导航栏中的墙，点击构件列表中的新建选择新建墙，按照图纸在属性编辑框中输入墙的属性，如图 8.37 所示。软件的扣减和做法的套取是依据类别、材质、内/外墙标志属性值自动考虑的，因此这三个属性值一定要按照图纸准确填写。

属性编辑中起点顶标高和终点顶标高是指在绘制墙面时的墙顶面开始点和结束点的标高是否在同一直线上，在平屋顶情况下，由于墙的形状一般为矩形，墙顶标高在同一条直线上，因此输入数值是一致的，考虑到软件的自动扣减功能可均选在屋顶标高，而不必考虑框架梁的截面高度大小，对于屋顶为坡屋面结构时，建筑顶层山墙因其形状不再是矩形则墙顶面开始点和结束点的标高会出现不同。

第二步：点击绘图，用直线画法将一层平面图中的墙绘制好，然后使用对齐的功能调整内墙与外墙边线的情况，点击绘图区左侧的通用功能栏中的对齐，单图元对齐，构件显示为线框模式，指定对齐的目标线，选择要对齐的边线，即快速完成内墙位置的精确定位。在绘图过程中，针对墙不在轴线上的情况，仍然可以通过选择基准点输入相对位移的方法进行处理。

（7）门窗及过梁的画法和步骤

第一步：点击模块导航栏中的门，点击构件列表中的新建，选择新建矩形门，如图8.38所示，按照图纸中的门窗表在属性编辑框中输入门的名称、洞口宽度、洞口高度等属性，点击定义，查看量表，根据图纸套取相应定额子目。

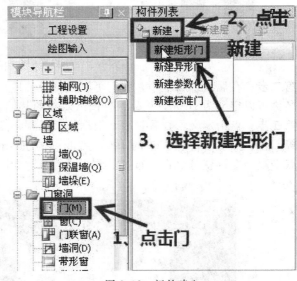

图 8.37　墙体做法套用　　　　　　　　　　图 8.38　门的建立

第二步：依照相同的定义方法将所有的窗进行定义。在定义窗的时候，需要注意窗还需要按照图纸说明输入离地高度。

第三步：点击绘图，在构件列表中选择M-1，点击点按钮，按照图纸一层平面图中M-1的位置，将光标放在M-1所在的墙上，可以看到软件中自动显示门距左右墙端的距离，按一下键盘左侧的Tab键，输入M-1距墙左侧端头的距离，回车后完成门的绘制，如图8.39所示。窗的绘制也是相同的。

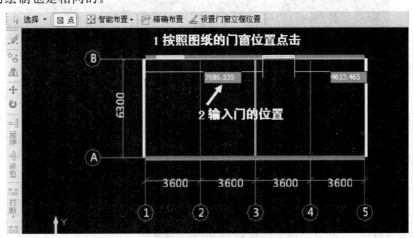

图 8.39　门窗的绘制

第四步：点击模块导航栏中的过梁，点击构件列表中的新建，选择新建矩形过梁，按照图纸在属性编辑框中输入过梁的名称、材质、混凝土类型、标号、截面高度、位置，根据计算规则输入过梁的起点伸入墙内长度、终点伸入墙内长度。点击定义，查看量表，选择相应定额子目，完成过梁的定义。图 8.40 是加门窗过梁的三维立体图。

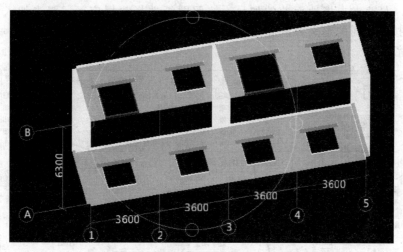

图 8.40 加门窗过梁的三维立体图

第五步：点击绘图，在构件列表中选择 GL-1，点击点，按照图纸直接点画到门窗上。

8.2.4.3 建筑装饰装修部分绘制

（1）内装修的画法和步骤

第一步：重新建立新的算量文件，选择装饰定额，导入前面建筑主体部分画图文件并在此基础上绘制装饰装修部分，以便以后计价时使用方便。

第二步：点击软件左侧模块导航栏中的楼地面，点击构件列表中的新建—新建楼地面，按照图纸中的装修表在属性编辑框中输入楼地面的名称，如图 8.41 所示。

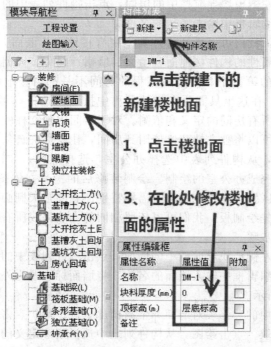

图 8.41 楼地面建立

第三步： 点击定义，因为软件中按照多数工程计算的工程量内置的量表与这个工程的量表一样，所以在这里不需要自己再进行修改，直接选择量表项地面积，点击界面最下方切换专业右侧的双向后拉箭头，选择装饰工程，此时我们可以从定额的章节显示中看到已经转换为装饰定额，左键点击楼地面前的加号，按照图纸选择垫层定额，双击加入量表，如图8.42所示。按照相同的定义方法和定额套取的方法将图纸中所有的楼地面、墙面、墙裙、踢脚、天棚完成。

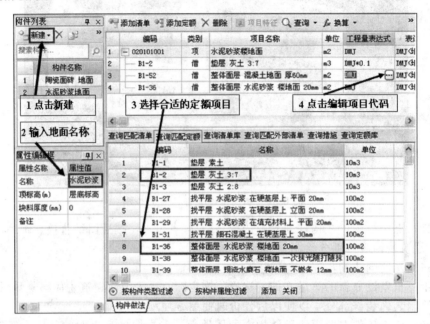

图 8.42　地面各层定义

第四步： 点击软件左侧模块导航栏中的房间，点击构件列表中的新建—新建房间，按照图纸中的装修表在属性编辑框中输入房间的名称。

第五步： 点击定义，我们可以看到构件类型中有楼地面、墙面、墙裙、踢脚、天棚等，在每一类下面依附一种属性的构件楼地面、墙面、墙裙、踢脚、天棚，从名称上我们可以看出都是我们刚才定义好的第一个，但实际工程的房间不是都由楼地面1、墙面1、墙裙1、踢脚1、天棚1组成的，在这里只需要在构件名称中按名称选择即可，如图8.43所示。可以依照相同的方法完成所有房间的定义和依附。对于房间内独立柱的装修需要定义独立柱装修构件，画到柱上，也可以将独立柱装修依附到房间，让软件去自动找房间中的独立柱。

第六步： 点击绘图，从构件列表中选择办公室，选择点画，左键在1、3轴，A、B轴之间的区域点击，即可完成办公室的绘制。绘制装修后的三维立体图如图8.44所示，明显看出与未加装修房间的区别，在绘制房间时需要特别注意的是天棚必须布置在板上，因此我们在绘制房间之前需要先绘制板。我们可以依照相同的方法完成所有房间的绘制。

（2）外装修的绘制步骤

第一步： 点击软件左侧模块导航栏中的墙面，点击构件列表中的新建—新建墙面，按照图纸中的装修表在属性编辑框中输入墙面的名称，将墙面标志改为外墙面，在依附构件类型中选墙裙，如图8.45所示。

第二步： 按照图纸中的装修表对墙面和依附构件套取定额，点击定义，选择量表项墙面抹灰面积，进行做法套取。点击绘图，从构件列表中选择刚才定义的外墙面，选择点画，左键放在A轴的外墙外边线上，此时会看到A轴的外墙外边线上出现一条与墙面不同颜色的

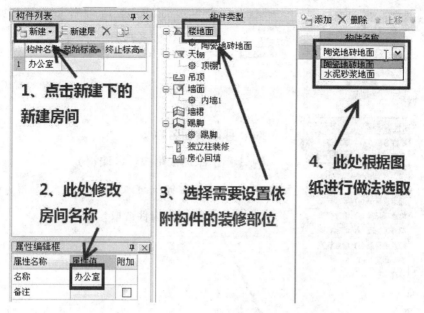

图 8.43 房间依附构件的选取

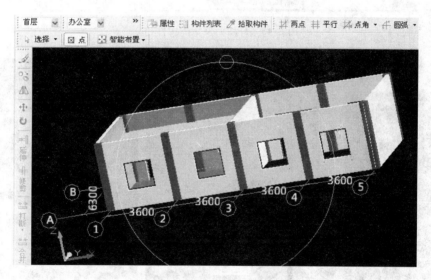

图 8.44 房间装修后的立体图

细线，这就是外墙面，点击左键即可快速完成外墙面的绘制，如图 8.46 所示。

第三步：点击常用功能栏中动态观察器，把光标放在绘图区，按下鼠标左键不放向上推动，马上可以看到三维立体图。选择点画，当我们把左键放在外墙外边线上时，点击左键完成外墙面绘制。选择上述两种绘制方法中的任意一种完成所有墙面的绘制。

（3）台阶的绘制步骤

第一步：在楼层页签中切换到首层，点击台阶，在构件列表中新建台阶，输入台阶的各项属性，点击定义，查看量表，套取相应做法。

第二步：点击绘图，点击绘图功能区中的矩形，打开动态输入，将台阶用画矩形的方法画入软件。

第三步：点击设置台阶踏步边，点击起始踏步边，在弹出的窗口中输入踏步宽度，确

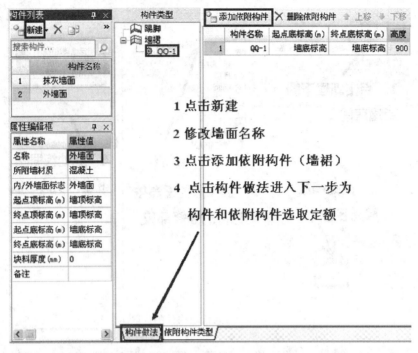

1 点击新建

2 修改墙面名称

3 点击添加依附构件（墙裙）

4 点击构件做法进入下一步为
  构件和依附构件选取定额

图 8.45　外墙面及依附构件建立

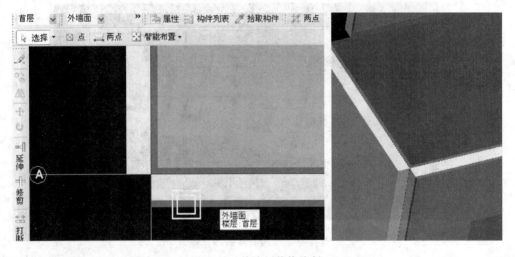

图 8.46　外墙面装修绘制

定，这样就设定好了台阶的踏步。然后对其进行定义，此时可以将建筑做法和装饰做法同时定义，计价时再进一步分开调整。

8.2.5　工程量汇总及成果输出

8.2.5.1　工程量汇总与核对

前面做的许多工作最终目的都是为了得出正确的工程量计算结果，为了保证计算正确在画图中要经常检查计算的情况。特别是当对图元修改后一定要检查计算结果是否已经改好，避免到最后在检查时因为构件太多查不清楚，具体方法如下。

第一步： 点击菜单栏中的工程量—汇总计算弹出确定执行计算汇总提示对话框，如图

8.47 所示。

第二步：单击确定开始计算，计算完成后软件会提示汇总计算成功。

当需要对某一构件的工程做法或工程量进行查看时，操作如下。

第一步：在导航栏选择要查看的构件并切换至绘图界面，如查看当前构件类型下面的图元可直接进入下一步。

第二步：单击查看构件图元工程量，如图8.48 所示。

第三步：点选或拉选需要查看的图元，即可弹出查看构件图元工程量窗口，此时可以查看构件工程量和工程做法，如图8.49 所示。

图 8.47　工程量汇总提示

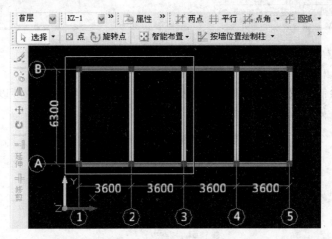

图 8.48　查看图元工程量

图 8.49　构件工程量表

第四步：在菜单中点击查看工程量计算式，即可对所要查看的构件的各种扣减等信息进行核对，如图8.50 所示。同时在这里还可以查看构件扣减的相关规则及三维扣减图。计算时还可以手工将算式输入下面的手工算量一栏进行对比。

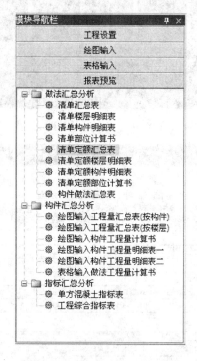

图 8.50　构件工程量计算式

8.2.5.2　成果输出

工程图全部绘制完成后就可以通过报表来查看各种计算信息，并可以导出到 Excel，以备其他软件使用，如图 8.51 所示。

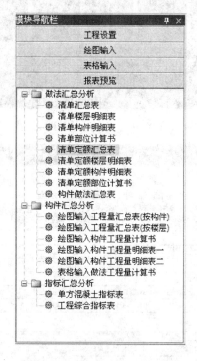

图 8.51　计算成果项目

第一步：点击模块导航栏中的报表预览，如图 8.52 所示。

第二步：设置报表范围，可统一选择设置需要查看报表的楼层、构件范围，点击右键可通过"全选"、"全消"、"全部展开"、"全部折叠"这些功能快速方便地选择。

第三步：查看报表，再次检查计算结果。

图 8.52　报表预览

第四步：导出报表，便于其他软件使用。

8.3　广联达计价软件应用

8.3.1　广联达 GBQ4.0 功能特性

广联达 GBQ4.0 是广联的招投标整体解决方案的核心产品，融计价、招标管理、投标管理于一体，包括清单与定额计价两种计算方式，并提供清单计价转定额计价的功能，同时支持电子招投标应用模式。具体特性如下。

8.3.1.1　文件编制快速便捷

工程项目的所有专业工程数据可自由导入、导出，方便多人分工协作，合并工程数据，工程数据管理方便灵活。对于投标方可直接导入招标方的清单，避免手工录入招标清单导致的误操作。此外还可直接导入 GCL 画图算量文件。

8.3.1.2　自检功能使计价安全可靠

对于招标方通过自检帮助用户检查，对可能存在的漏项、错项、不完整项，软件会自动查出，从而避免招标清单因疏漏而产生招标失败现象。对于投标方软件可自动将当前的投标清单数据与招标清单数据进行对比，检查投标清单与招标清单的一致性，并且列出不一致的项，供投标人进行修改。同时自动检查投标文件数据计算的有效性，检查是否存在应该报价而没有报价的项，减少投标文件的错误。快速实现数据验证和错误修改，保障投标报价快速准确。

8.3.1.3　智能化的版本管理

软件具有智能化的版本管理功能，自动记录对比不同版本之间的变化情况，可输出项目因变更或调价而发生的变化结果。

8.3.2 广联达 GBQ4.0 软件界面介绍

8.3.2.1 主界面介绍

广联达 GBQ4.0 软件分为清单计价、定额计价和项目管理三种模式。

清单计价模式主界面组成如图 8.53 所示。

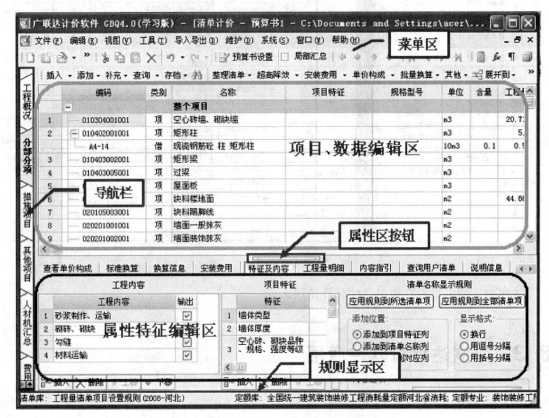

图 8.53　GBQ4.0 软件清单计价主界面

从上面的图可以看出清单计价模式主界面主要由下面几部分组成。

菜单区：第一行菜单栏集合了软件所有功能和命令。第二行通用工具条软件切换到任意界面它都不会随着界面的切换而变化。第三行界面工作条会随着界面的切换而改变。

导航栏：可以将界面切换到不同的编辑界面。

项目数据编辑区：是操作者的主要工作区，可以直接输入清单和定额或编辑修改已有表格的数据或项目。

属性编辑区：可以对不同的清单项目的属性进行编辑，属性区上面的工具条可以选择不同的属性内容，属性区界面也会相应改变，通过属性区按钮可以隐藏或显示这一区域。

规则显示区：显示所用规则、定额的所属地区和专业。

8.3.2.2 快速入门

（1）软件启动方法

【方法1】　通过鼠标左键点击 Windows 菜单→广联达建设工程造价管理整体解决方案→广联达计价软件 GBQ4.0。

【方法2】　在桌面上双击广联达计价软件 GBQ4.0 快捷图标。

（2）软件退出的方法

【方法1】 鼠标左键单击软件主界面右上角的⊠关闭按钮。

【方法2】 通过点击软件菜单栏中的文件—退出。

软件操作流程如图8.54所示。

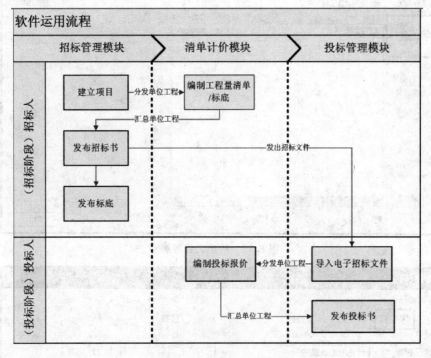

图8.54 软件操作流程

8.3.3 计价文件编制方法

8.3.3.1 计价文件编制流程

建立项目—选择模式—编制分部分项清单及投标报价—选择措施项目—其他项目—费用汇总调整—输出报表。

在建立项目之前首先应对项目进行分析，即所做项目是由多栋建筑组成，还是只由单栋建筑形成。

8.3.3.2 软件操作

（1）项目建立（假设工程名称为软件学习工程，下设单项工程为软件学习工程1#）的方法和步骤如下。

第一步： 启动，双击桌面上的GBQ4.0图标弹出工程文件管理界面，此时可以根据所建内容选择新建项目或新建单位工程。以新建项目为例：在弹出的界面中选择工程类型为"清单计价"，再点击"新建项目"，软件会进入"新建标段"界面，如图8.55所示。

第二步： 新建标段。选择清单计价"招标"或"投标"，选择"地区标准"；输入项目名称，如软件学习工程，则保存的项目文件名也为软件学习工程，另外报表也会显示工程名称为软件学习工程；输入一些项目信息，如建设单位、招标代理；点击"确定"完成新建项目，进入项目管理界面，如图8.56所示。

第三步： 项目管理。点击"新建"，选择"新建单项工程"，软件进入新建单项工程界面，输入单项工程名称后，点击"确定"，软件回到项目管理界面，如图8.57所示；点击"软件学习工程1#"，再点击"新建"，选择"新建单位工程"，软件进入单位工程新建向导

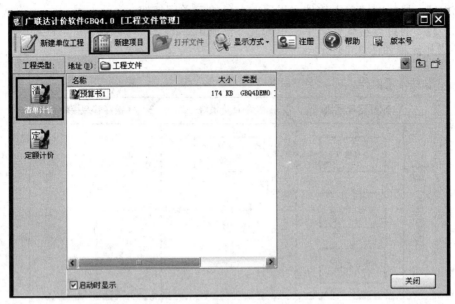

图 8.55　新建工程界面

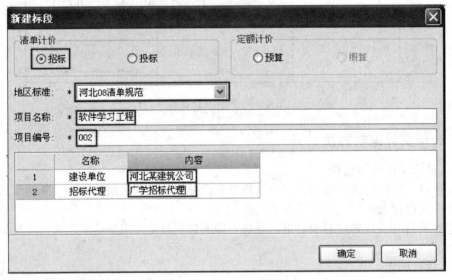

图 8.56　新建标段界面

图 8.57　新建单项工程

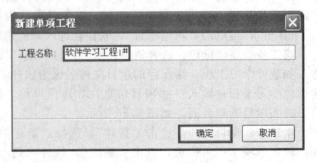

图 8.58　输入新建工程名称

界面，如图 8.58 所示。做法是先确认计价方式，按向导新建；然后选择清单库、清单专业、定额库、定额专业；再输入工程名称，输入工程相关信息如工程类别、建筑面积；最后点击"确定"，新建完成。根据以上步骤，按照工程实际建立一个工程项目，如图 8.59 所示。

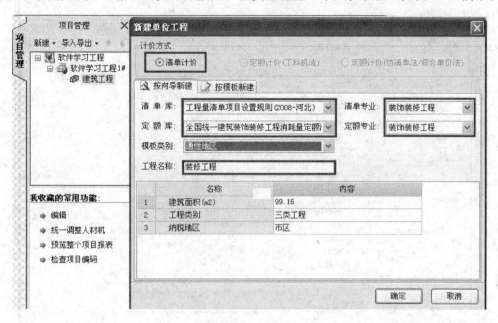

图 8.59　新建单位工程

（2）编制清单及投标报价步骤

第一步：进入单位工程。在项目管理窗口选择要编辑的单位工程，双击鼠标左键或点击功能区"编辑"按钮，进入单位工程主界面，如图 8.60 所示。

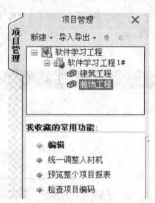

图 8.60　进入单位工程编辑

第二步：核对补充工程概况。点击"工程概况"进行编辑，包括工程信息、工程特征及指标信息，操作者可以在右侧界面根据工程的实际情况在工程信息、工程特征界面输入法定代表人、造价工程师、结构类型等信息，封面等报表会自动关联这些信息；指标信息部分所显示工程总造价和单方造价，系统根据用户编制预算时输入的资料自动计算，在此页面的信息是不可以手工修改的，如图 8.61 所示。

第三步：编制实体项目清单及投标报价。

① 输入清单　点击"分部分项"→"查询窗口"，在弹出的查询界面，选择清单，选择所

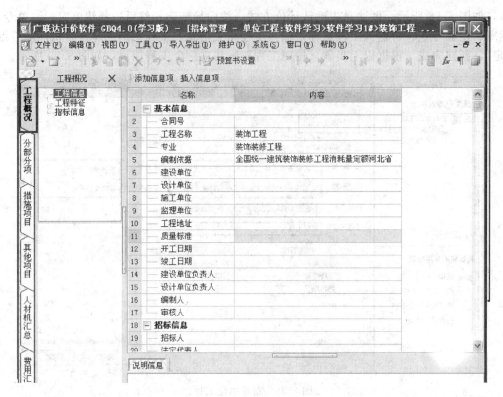

图 8.61　工程信息输入界面

需要的清单项，如块料楼地面，然后双击或点击"插入"输入到数据编辑区，然后在工程量列输入清单项的工程量，如图 8.62 所示。

图 8.62　清单项目输入

②设置项目特征及其显示规则　点击属性窗口中的"特征及内容"，在"特征及内容"窗口中设置要输出的工作内容，并在"特征值"列通过下拉选项选择项目特征值或手工输入项目特征值；然后在"清单名称显示规则"窗口中设置名称显示规则，点击"应用规则到所选清单项"或"应用规则到全部清单"，软件则会按照规则设置清单项的名称，如图 8.63 所示。

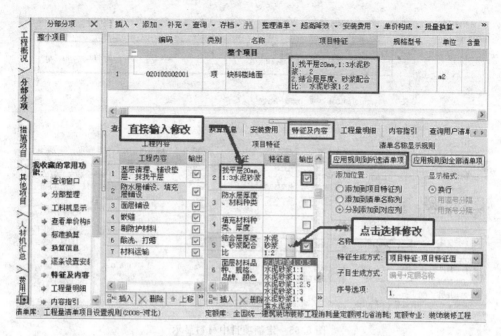

图 8.63　特征项目输入

③ 组价　点击"内容指引"，在"内容指引"界面中根据工作内容选择相应的定额子目，然后双击输入，并输入子目的工程量。此时应注意所选择的定额项目可能会与实际工程项目中有差别，要注意修改。本例中定额项目所用陶瓷地砖为 600×600，实际图纸所用地砖为 800×800，修改方法如下：点击"工料机显示"查看所用材料；点击陶瓷地砖边上的按钮；弹出材料对话框从中选择与图纸中相同的材料。单击"替换"，此时在定额项一行原来的"定"字改为"换"字，价格也会发生相应的改变，如图 8.64～图 8.67 所示。

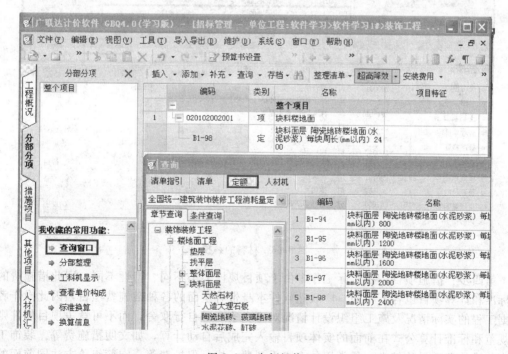

图 8.64　定额组价

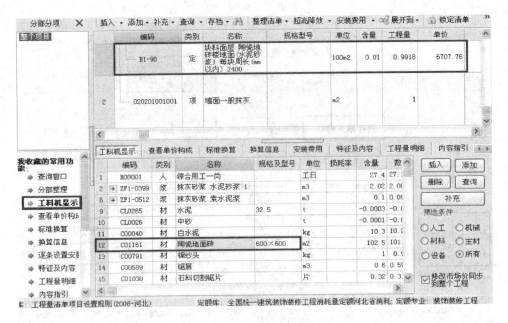

图 8.65　定额项目中材料显示

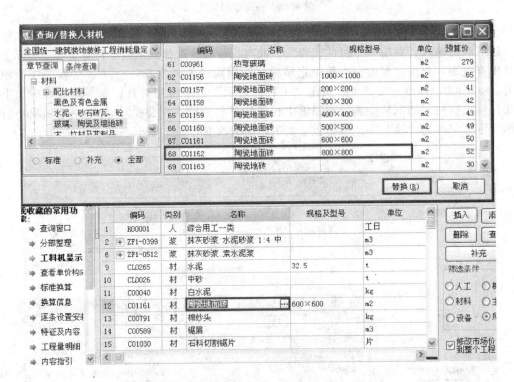

图 8.66　材料的替换

第四步:措施项目。在实际工作中由于项目规模大小不同、特性不同,因此措施费的取费标准和计算项目也各不相同,广联达软件本身带有全面的各种措施费项目,因此操作者应根据工程的实际情况及施工组织设计情况对可竞争项目自行取舍,而不可竞争项目软件则根据规范和标准计算公式在前面的实体项目输入完成后自动计算,如文明措施费等。装饰工程可竞争措施费项目比较少,最常用的有脚手架费、成品保护费等,定额组价方法同前面的实

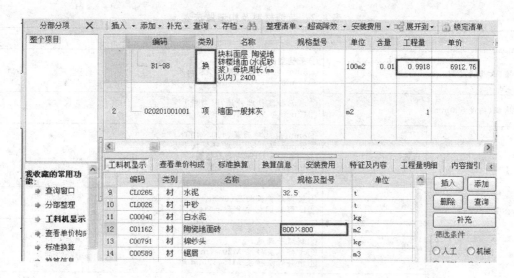

图 8.67　更换材料后界面的变化

体项目。

第五步：人材机汇总方法如下。

① 直接修改市场价　点击"人材机汇总"，选择需要修改市场价的人材机项，鼠标点击其市场价，输入实际市场价，软件将以不同底色标注出修改过市场价的项。

② 载入市场价　点击"人材机汇总"→"载入市场价"，在"载入市场价"窗口选择所需市场价文件，点击"确定"，软件将根据选择的市场价文件修改人材机汇总的人材机市场价。

第六步：费用汇总。点击"费用汇总"进入工程取费窗口，GBQ4.0 内置了本地的计价办法，可以直接使用，如果有特殊需要，也可自由修改。

第七步：报表。点击"报表"，选择需要浏览或打印的报表。

以上步骤是在手工算量基础上，利用 GBQ4.0 进行计价的方法。当采用 GCL 画图算量软件算量时，可将软件计算成果直接导入 GBQ4.0，参见 8.4 应用实例内容。此时可省略第三步操作中的很多工作。

8.4　广联达 GCL2008、GBQ4.0 应用实例

一、工程概况：本工程为小型办公建筑，位于××市外环线以内。

二、图纸说明

（1）结构形式　框架结构。

（2）主体结构材料　所有混凝土构件除图纸注明之外均采用 C30 现浇商品混凝土。±0.00以上框架填充墙均采用 M5 混合砂浆、加气混凝土块砌筑。±0.00 以下墙均采用页岩标砖 M5水泥砂浆砌筑。女儿墙采用加气混凝土砌块 M5 混合砂浆砌筑，压顶采用 C20 混凝土。

（3）屋面做法　①3mm 厚 SBS 改性沥青防水卷材；②20mm 厚 1：3 水泥砂浆找平层；③平均 60mm 厚 1：6 水泥焦渣找坡层；④150mm 厚加气混凝土保温干铺；⑤现浇钢筋混凝土板。

（4）台阶、坡道、散水均为混凝土基层水泥砂浆罩面。装饰材料及构造做法表见表 8.2。

三、计算说明

表 8.2 装饰材料及构造做法表

部　位		材　料　做　法
外墙、女儿墙外侧		①平壁型涂料 ②6mm 厚 1：2.5 水泥砂浆面层 ③12mm 厚 1：3 水泥砂浆打底扫毛
外墙裙（高度 600mm）		①水泥砂浆粘贴外墙砖（勾缝） ②12mm 厚 1：3 水泥砂浆打底
办公室	地面	①8mm 厚地砖面层（400×400） ②20mm 厚 1：3 水泥砂浆找平层 ③50mm 厚 C10 混凝土垫层 ④100mm 厚 3：7 灰土垫层 ⑤素土夯实
	天棚	①装饰石膏板面层（600×600） ②U 形轻钢龙骨平面吊顶（单层不上人）
	内墙	①刷高级乳胶漆 ②刮腻子两遍 ③干拌抹灰砂浆 M20,7mm 厚 ④干拌抹灰砂浆 M15,13mm 厚
	踢脚	地砖踢脚 120mm 高
库房	地面	①20mm 厚水泥砂浆面层带水泥砂浆踢脚 ②50mm 厚 C10 混凝土垫层 ③100mm 厚 3：7 灰土垫层 ④素土夯实
	顶棚	①刷普通乳胶漆 ②干拌抹灰砂浆 M20,7.5mm 厚 ③干拌抹灰砂浆 M15,8mm 厚 ④素水泥浆,2mm 厚
	墙面	①刷普通乳胶漆 ②干拌抹灰砂浆 M20,7mm 厚 ③干拌抹灰砂浆 M15,13mm 厚

（1）计算内容　室外地坪以上所有建筑及装饰装修实体项目，不包括钢筋算量及措施费。

（2）计算依据　建设工程工程量清单计价规范（GB 50500—2008）、天津市建设工程计价办法（DBD 29—001—2008）、2008 年《天津市建筑（装饰装修）工程预算价》材料价格及各项费率均以该基价为准不做调整，规费费率 44.1%，建筑工程利润率 4.5%，装饰工程利润率 20%。

四、作法步骤

① 根据图纸及建筑主体部分材料及构造做法，应用广联达 GCL2008 画图算量软件，以天津市建设工程计价办法（DBD29—001—2008）、2008 年《天津市建筑工程预算价》为依据建立建筑部分单位工程绘图计算建筑主体部分工程量。

② 以天津市建设工程计价办法（DBD29—001—2008）、2008 年《天津市装饰装修工程预算价》为依据，建立广联达 GCL2008 装饰装修单位工程文件，将做好的建筑主体部分算量文件导入，并根据图纸及装饰装修部分材料及构造做法继续做该建筑装饰装修部分工程量计算。

③ 建立广联达 GBQ4.0 清单计价项目文件，在项目文件中分别建立建筑工程和装饰工程两个单位工程子项目。

④ 两个单位工程子项目中分别导入建筑主体部分和装饰部分算量文件。

⑤ 根据图纸和构造做法对算量软件的计算内容所套定额做进一步调整，将算量软件中所套个别定额项目做法与实际工程图纸要求不符之处加以调整，例如砌墙砂浆、墙面抹灰砂浆往往需要调整换算。

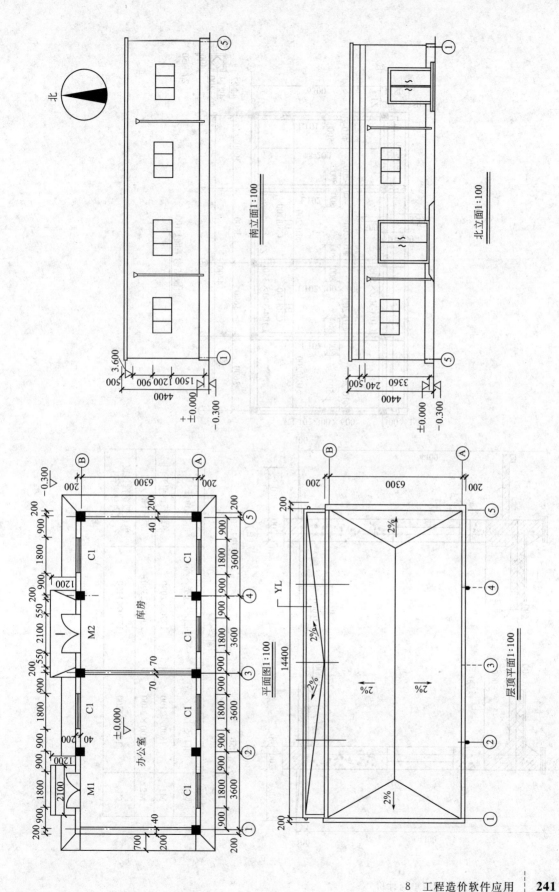

南立面1:100

北立面1:100

平面图1:100

层顶平面1:100

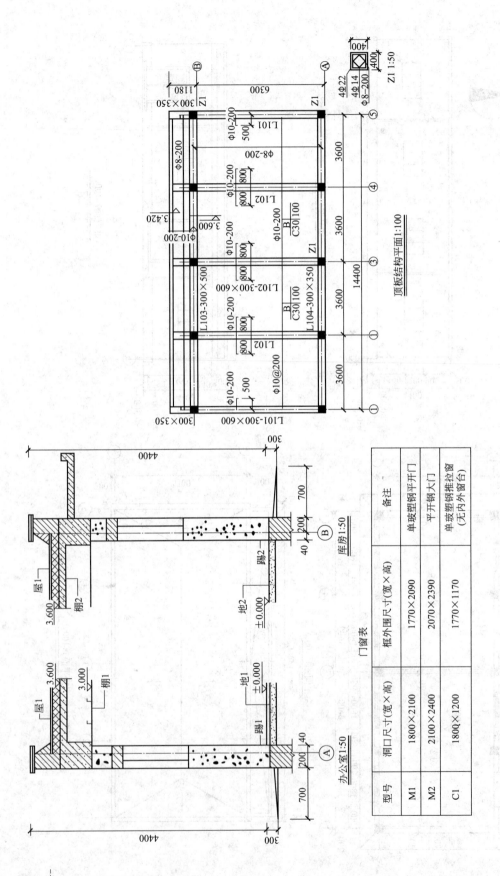

门窗表

型号	洞口尺寸(宽×高)	框外围尺寸(宽×高)	备注
M1	1800×2100	1770×2090	单玻塑钢平开门
M2	2100×2400	2070×2390	平开钢大门
C1	1800×1200	1770×1170	单玻塑钢推拉窗(无内外窗台)

构件做法汇总表

工程名称：框架结构　　　　　　　　　　　　　　　　　　编制日期：2010-10-16

编码	项目名称	单位	工程量	表达式说明
绘图输入→首层				
一、墙				
外墙[加气砌块 干拌砌筑砂浆 M5 240]				
010304001001	空心砖墙、砌块墙	m³	21.9682	TJ〈体积〉
3-46	砌加气砌块墙（干拌砌筑砂浆）	10m³	2.1968	TJ〈体积〉
内墙[加气砌块 干拌砌筑砂浆 M5 140]				
010304001001	空心砖墙、砌块墙	m³	2.478	TJ〈体积〉
3-46	砌加气砌块墙（干拌砌筑砂浆）	10m³	0.2478	TJ〈体积〉
内墙-1[页岩标砖 干拌砌筑砂浆 M5 140]				
010304001001	空心砖墙、砌块墙	m³	0.2478	TJ〈体积〉
3-46	砌加气砌块墙（干拌砌筑砂浆）	10m³	0.0248	TJ〈体积〉
外墙-1[页岩标砖 干拌砌筑砂浆 M5 240]				
010304001001	空心砖墙、砌块墙	m³	2.6928	TJ〈体积〉
3-46	砌加气砌块墙（干拌砌筑砂浆）	10m³	0.2693	TJ〈体积〉
二、门				
M-2				
010501003001	全钢板大门	樘(m²)	5.04	DKMJ〈洞口面积〉
5-73	单层普通钢门安装、油漆	100m²	0.0504	DKMJ〈洞口面积〉
三、过梁				
GL-1[C30 240×180]				
010403005001	过梁	m³	0.6955	TJ〈体积〉
4-30	现浇混凝土过梁	10m³	0.0696	TJ〈体积〉
GL-2[C30 240×180]				
010403005001	过梁	m³	0.1123	TJ〈体积〉
4-30	现浇混凝土过梁	10m³	0.0112	TJ〈体积〉
四、梁				
L-101[C30 300×600]				
010403002001	矩形梁	m³	2.124	TJ〈体积〉
4-26	现浇混凝土矩形梁（单梁、连续梁）	10m³	0.2124	TJ〈体积〉
L-102[C30 300×600]				
010403002001	矩形梁	m³	3.186	TJ〈体积〉
4-26	现浇混凝土矩形梁（单梁、连续梁）	10m³	0.3186	TJ〈体积〉
L-103[C30 300×500]				
010403002001	矩形梁	m³	1.92	TJ〈体积〉

编码	项目名称	单位	工程量	表达式说明
四、梁				
4-26	现浇混凝土矩形梁(单梁、连续梁)	10m³	0.192	TJ〈体积〉
L-104[C30 300×350]				
010403002001	矩形梁	m³	1.344	TJ〈体积〉
4-26	现浇混凝土矩形梁(单梁、连续梁)	10m³	0.1344	TJ〈体积〉
雨棚底梁[C30 300×350]				
010403002001	矩形梁	m³	0.5145	TJ〈体积〉
4-26	现浇混凝土矩形梁(单梁、连续梁)	10m³	0.0515	TJ〈体积〉
五、现浇板				
XB-1				
010405001001	有梁板	m³	8.103	TJ〈体积〉
4-40	现浇混凝土有梁板	10m³	0.8103	TJ〈体积〉
六、柱				
KZ-1[框架柱 C30 400×400]				
010402001001	矩形柱	m³	6.24	TJ〈体积〉
4-21	现浇混凝土矩形柱	10m³	0.624	TJ〈体积〉
七、散水				
散水				
010407002002	散水	m²	30.38	MJ〈面积〉
4-62	50mm 现浇混凝土散水(水泥砂浆面层 20mm)	100m²	0.3038	MJ〈面积〉
4-65	散水沥青砂浆嵌缝	100m	0.406	TQCD〈贴墙长度〉
坡道				
010407002001	坡道	m²	2	MJ〈面积〉
4-66	现浇混凝土坡道	10m³	0.2	MJ〈面积〉
八、台阶				
台阶				
010407001001	台阶及平台	m³(m²)	2.88	PTSPTYMJ〈平台水平投影面积〉+TBSPTYMJ〈踏步水平投影面积〉
1-70	3:7灰土基础垫层	10m³	0.0288	(PTSPTYMJ〈平台水平投影面积〉+TBSPTYMJ〈踏步水平投影面积〉)×0.1
1-79	混凝土基础垫层(厚度在 10cm 以内)	10m³	0.0108	PTSPTYMJ〈平台水平投影面积〉×0.05
4-60	现浇混凝土台阶	100m²	0.0072	TBSPTYMJ〈踏步水平投影面积〉
九、雨篷				
雨篷板[C30 80]				
010405001001	有梁板	m³	1.0898	TJ〈体积〉

编码	项目名称	单位	工程量	表达式说明
九、雨篷				
4-58	现浇混凝土雨篷、阳台板	10m³	0.109	TJ〈体积〉
十、栏板				
雨篷上卷[C30]				
010407001002	其他构件	m³(m²)	0.4456	TJ〈体积〉
4-56	现浇混凝土栏板	10m³	0.0446	TJ〈体积〉
绘图输入→屋顶				
一、墙				
女儿墙				
010304001001	空心砖墙、砌块墙	m³	6.2456	TJ〈体积〉
3-46	砌加气砌块墙(干拌砌筑砂浆)	10m³	0.6246	TJ〈体积〉
二、屋面				
屋面				
010702001001	屋面卷材防水	m²	101.07	MJ〈面积〉+JBMJ〈卷边面积〉
7-1	屋面抹1:3水泥砂浆找平层(在填充材料上 厚2cm)	100m²	1.0107	MJ〈面积〉+JBMJ〈卷边面积〉
7-21	屋面铺SBS改性沥青防水卷材	100m²	1.0107	MJ〈面积〉+JBMJ〈卷边面积〉
8-165	屋面加气混凝土块保温隔热	10m³	1.3608	MJ〈面积〉×0.15
8-176	屋面1:6水泥焦渣屋面泛水	10m³	0.5443	MJ〈面积〉×0.06
三、压顶				
压顶[C20]				
010407001002	其他构件	m³(m²)	0.7596	TJ〈体积〉
4-52	现浇混凝土压顶	10m³	0.076	TJ〈体积〉

工程名称：框架结构   编制日期：2010-10-16

序号	编码/楼层	项目名称/构件名称/位置/工程量明细				单位	工程量
1	010304001001	空心砖墙、砌块墙				m³	33.6324
	3-46	砌加气砌块墙（干拌砌筑砂浆）				10m³	3.3633
1.1	绘图输入	首层	外墙[加气砌块 干拌砌筑砂浆 M5 240]	〈1,B〉〈1,A〉	[（6.46〈长度〉×3.6〈墙高〉）×0.24〈墙厚〉－0.4838〈扣柱体积〉－0.8496〈扣梁体积〉]	10m³	0.4248
				〈1,A〉〈5,A〉	[（14.56〈长度〉×3.6〈墙高〉－8.64〈扣窗面积〉）×0.24〈墙厚〉－1.5206〈扣柱体积〉－1.0752〈扣梁体积〉－0.3974〈扣混凝土过梁体积〉]	10m³	0.7513
				〈5,A〉〈5,B〉	[（6.46〈长度〉×3.6〈墙高〉）×0.24〈墙厚〉－0.4838〈扣柱体积〉－0.8496〈扣梁体积〉]	10m³	0.4248
				〈5,B〉〈1-160,B〉	[（14.56〈长度〉×3.6〈墙高〉－8.82〈扣门面积〉－4.32〈扣窗面积〉）×0.24〈墙厚〉－1.5206〈扣柱体积〉－1.536〈扣梁体积〉－0.4104〈扣混凝土过梁体积〉]	10m³	0.59592
			内墙[加气砌块 干拌砌筑砂浆 M5 140]	〈3,B〉〈3,A〉	[（6.22〈长度〉×3.6〈墙高〉）×0.14〈墙厚〉－0.1613〈扣柱体积〉－0.4956〈扣梁体积〉]	10m³	0.2478
			内墙－1[页岩标砖 干拌砌筑砂浆 M5 140]	〈3,B〉〈3,A〉	[（6.22〈长度〉×3.6〈墙高〉）×0.14〈墙厚〉－0.0134〈扣柱体积〉]	10m³	0.02478
			外墙－1[页岩标砖 干拌砌筑砂浆 M5 240]	〈1,B〉〈1,A〉	[（6.46〈长度〉×0.3〈墙高〉）×0.24〈墙厚〉－0.0403〈扣柱体积〉]	10m³	0.04248
				〈1,A〉〈5,A〉	[（14.56〈长度〉×0.3〈墙高〉）×0.24〈墙厚〉－0.1267〈扣柱体积〉]	10m³	0.09216
				〈5,A〉〈5,B〉	[（6.46〈长度〉×0.3〈墙高〉）×0.24〈墙厚〉－0.0403〈扣柱体积〉]	10m³	0.04248
				〈5,B〉〈1-160,B〉	[（14.56〈长度〉×0.3〈墙高〉）×0.24〈墙厚〉－0.1267〈扣柱体积〉]	10m³	0.09216
			小计			10m³	2.7388
		屋顶	女儿墙	〈1,A〉〈5,A〉	[（14.6〈长度〉×0.8〈墙高〉）×0.2〈墙厚〉－0.1752〈扣压顶体积〉]	10m³	0.21608
				〈5,A〉〈5,B〉	[（6.5〈长度〉×0.8〈墙高〉）×0.2〈墙厚〉－0.078〈扣压顶体积〉]	10m³	0.0962
				〈5,B〉〈1,B〉	[（14.6〈长度〉×0.8〈墙高〉）×0.2〈墙厚〉－0.1752〈扣压顶体积〉]	10m³	0.21608
				〈1,B〉〈1,A〉	[（6.5〈长度〉×0.8〈墙高〉）×0.2〈墙厚〉－0.078〈扣压顶体积〉]	10m³	0.0962
			小计			10m³	0.6246
		合计				10m³	3.3634

序号	编码/楼层		项目名称/构件名称/位置/工程量明细			单位	工程量
2	010402001001		矩形柱			m³	6.24
	4-21		现浇混凝土矩形柱			10m³	0.624
2.1	绘图输入	首层	KZ-1[框架柱 C30 400×400]	〈1,B〉	(0.16〈截面面积〉)×3.9〈原始高度〉)	10m³	0.0624
				〈2,B〉	(0.16〈截面面积〉)×3.9〈原始高度〉)	10m³	0.0624
				〈3,B〉	(0.16〈截面面积〉)×3.9〈原始高度〉)	10m³	0.0624
				〈4,B〉	(0.16〈截面面积〉)×3.9〈原始高度〉)	10m³	0.0624
				〈5,B〉	(0.16〈截面面积〉)×3.9〈原始高度〉)	10m³	0.0624
				〈5,A〉	(0.16〈截面面积〉)×3.9〈原始高度〉)	10m³	0.0624
				〈4,A〉	(0.16〈截面面积〉)×3.9〈原始高度〉)	10m³	0.0624
				〈3,A〉	(0.16〈截面面积〉)×3.9〈原始高度〉)	10m³	0.0624
				〈2,A〉	(0.16〈截面面积〉)×3.9〈原始高度〉)	10m³	0.0624
				〈1,A〉	(0.16〈截面面积〉)×3.9〈原始高度〉)	10m³	0.0624
			小计			10m³	0.624
			合计			10m³	0.624
3	010403002001		矩形梁			m³	9.0885
	4-26		现浇混凝土矩形梁(单梁、连续梁)			10m³	0.9089
3.1	绘图输入	首层	L-101[C30 300×600]	〈1,B〉〈1,A〉	(0.3〈宽度〉×0.6〈高度〉×6.7〈梁长〉−0.144〈扣柱体积〉)	10m³	0.1062
				〈5,A〉〈5,B〉	(0.3〈宽度〉×0.6〈高度〉×6.7〈梁长〉−0.144〈扣柱体积〉)	10m³	0.1062
			L-102[C30 300×600]	〈2,B〉〈2,A〉	(0.3〈宽度〉×0.6〈高度〉×6.7〈梁长〉−0.144〈扣柱体积〉)	10m³	0.1062
				〈3,B〉〈3,A〉	(0.3〈宽度〉×0.6〈高度〉×6.7〈梁长〉−0.144〈扣柱体积〉)	10m³	0.1062
				〈4,B〉〈4,A〉	(0.3〈宽度〉×0.6〈高度〉×6.7〈梁长〉−0.144〈扣柱体积〉)	10m³	0.1062
			L-103[C30 300×500]	〈5,B〉〈1,B〉	(0.3〈宽度〉×0.5〈高度〉×14.4〈梁长〉−0.24〈扣柱体积〉)	10m³	0.192
			L-104[C30 300×350]	〈1,A〉〈5+200,A〉	(0.3〈宽度〉×0.35〈高度〉×14.6〈梁长〉−0.189〈扣柱体积〉)	10m³	0.1344
			雨篷底梁[C30 300×350]	〈1,B+1180〉〈1,B〉	(0.3〈宽度〉×0.35〈高度〉×1.18〈梁长〉−0.021〈扣柱体积〉)	10m³	0.01029
				〈2,B+1180〉〈2,B〉	(0.3〈宽度〉×0.35〈高度〉×1.18〈梁长〉−0.021〈扣柱体积〉)	10m³	0.01029
				〈3,B+1180〉〈3,B〉	(0.3〈宽度〉×0.35〈高度〉×1.18〈梁长〉−0.021〈扣柱体积〉)	10m³	0.01029
				〈4,B+1180〉〈4,B〉	(0.3〈宽度〉×0.35〈高度〉×1.18〈梁长〉−0.021〈扣柱体积〉)	10m³	0.01029
				〈5,B+1180〉〈5,B〉	(0.3〈宽度〉×0.35〈高度〉×1.18〈梁长〉−0.021〈扣柱体积〉)	10m³	0.01029
			小计			10m³	0.9089
			合计			10m³	0.9089

序号	编码/楼层		项目名称/构件名称/位置/工程量明细			单位	工程量
4	010403005001		过梁			m³	0.8078
	4-30		现浇混凝土过梁			10m³	0.0808
4.1	绘图输入	首层	GL-1[C30 240×180]	〈2-596,B+80〉〈1+703,B+80〉	(0.0432〈截面面积〉×2.3〈原始长度〉)	10m³	0.00994
				〈1+579,A-80〉〈2-720,A-80〉	(0.0432〈截面面积〉×2.3〈原始长度〉)	10m³	0.00994
				〈2+596,A-80〉〈3-703,A-80〉	(0.0432〈截面面积〉×2.3〈原始长度〉)	10m³	0.00994
				〈3+687,A-80〉〈4-612,A-80〉	(0.0432〈截面面积〉×2.3〈原始长度〉)	10m³	0.00994
				〈4+654,A-80〉〈5-645,A-80〉	(0.0432〈截面面积〉×2.3〈原始长度〉)	10m³	0.00994
				〈5-794,B+80〉〈4+505,B+80〉	(0.0432〈截面面积〉×2.3〈原始长度〉)	10m³	0.00994
				〈3-728,B+80〉〈2+571,B+80〉	(0.0432〈截面面积〉×2.3〈原始长度〉)	10m³	0.00994
			GL-2[C30 240×180]	〈4-586,B+80〉〈3+413,B+80〉	(0.0432〈截面面积〉×2.6〈原始长度〉)	10m³	0.01123
			小计			10m³	0.0805
			合计			10m³	0.0805
5	010405001001		有梁板			m³	9.1928
	4-40		现浇混凝土有梁板			10m³	0.8103
5.1	绘图输入	首层	XB-1	〈1+1800,B-3150〉	(6.3〈长度〉×3.6〈宽度〉×0.1〈厚度〉-0.016〈扣柱体积〉-0.2115〈扣梁体积〉)	10m³	0.20405
				〈2+1800,B-3150〉	(6.3〈长度〉×3.6〈宽度〉×0.1〈厚度〉-0.016〈扣柱体积〉-0.241〈扣梁体积〉)	10m³	0.2011
				〈3+1800,B-3150〉	(6.3〈长度〉×3.6〈宽度〉×0.1〈厚度〉-0.016〈扣柱体积〉-0.241〈扣梁体积〉)	10m³	0.2011
				〈4+1800,B-3150〉	(6.3〈长度〉×3.6〈宽度〉×0.1〈厚度〉-0.016〈扣柱体积〉-0.2115〈扣梁体积〉)	10m³	0.20405
			小计			10m³	0.8104
			合计			10m³	0.8104
	4-58		现浇混凝土雨篷、阳台板			10m³	0.109
5.2	绘图输入	首层	雨篷板[C30 80]	〈3,B+590〉	(13.622〈水平投影面积〉×0.08〈厚度〉)	10m³	0.10898
			小计			10m³	0.109
			合计			10m³	0.109
6	010407001001		台阶及平台			m³(m²)	2.88
	1-70		3∶7灰土基础垫层			10m³	0.0288
6.1	绘图输入	首层	台阶	〈1+1800,B+800〉	[(2.16〈平台水平投影面积〉)+(0.72〈原始面积〉)]×0.1	10m³	0.0288
			小计			10m³	0.0288
			合计			10m³	0.0288

序号	编码/楼层		项目名称/构件名称/位置/工程量明细			单位	工程量
6	010407001001		台阶及平台			m³(m²)	2.88
6.2	1-79		混凝土基础垫层（厚度在10cm以内）			10m³	0.0108
	绘图输入	首层	台阶	〈1+1800,B+800〉	(2.16〈平台水平投影面积〉)×0.05	10m³	0.0108
			小计			10m³	0.0108
			合计			10m³	0.0108
6.3	4-60		现浇混凝土台阶			100m²	0.0072
	绘图输入	首层	台阶	〈1+1800,B+800〉	(0.72〈原始面积〉)	100m²	0.0072
			小计			100m²	0.0072
			合计			100m²	0.0072
7	010407001002		其他构件			m³(m²)	1.2052
7.1	4-52		现浇混凝土压顶			10m³	0.076
	绘图输入	屋顶	压顶[C20]	〈1,A〉〈5,A〉	(0.3〈宽度〉×0.06〈高度〉×14.6〈原始中心线长度〉)	10m³	0.02628
				〈5,A〉〈5,B〉	(0.3〈宽度〉×0.06〈高度〉×6.5〈原始中心线长度〉)	10m³	0.0117
				〈5,B〉〈1,B〉	(0.3〈宽度〉×0.06〈高度〉×14.6〈原始中心线长度〉)	10m³	0.02628
				〈1,B〉〈1,A〉	(0.3〈宽度〉×0.06〈高度〉×6.5〈原始中心线长度〉)	10m³	0.0117
			小计			10m³	0.076
			合计			10m³	0.076
7.2	4-56		现浇混凝土栏板			10m³	0.0446
	绘图输入	首层	雨篷上卷[C30]	〈1-160,B〉〈1-160,B+1140〉	(0.028〈截面面积〉×0.94〈中心线长度〉-0.0096〈扣梁体积〉)	10m³	0.00167
				〈1-160,B+1140〉〈5+160,B+1140〉	(0.028〈截面面积〉×14.72〈中心线长度〉)	10m³	0.04122
				〈5+160,B+1140〉〈5+160,B〉	(0.028〈截面面积〉×0.94〈中心线长度〉-0.0096〈扣梁体积〉)	10m³	0.00167
			小计			10m³	0.0446
			合计			10m³	0.0446
8	010407002001		坡道			m²	2
8.1	4-66		现浇混凝土坡道			10m³	0.2
	绘图输入	首层	坡道	〈3+1800,B+1150〉	(2〈原始面积〉)	10m³	0.2
			小计			10m³	0.2
			合计			10m³	0.2
9	010407002002		散水			m²	30.38
9.1	4-62		50mm现浇混凝土散水（水泥砂浆面层20mm）			100m²	0.3038
	绘图输入	首层	散水	〈3,B-3150〉	(32.06〈原始面积〉-1.68〈扣台阶面积〉)	100m²	0.3038
			小计			100m²	0.3038
			合计			100m²	0.3038

序号	编码/楼层		项目名称/构件名称/位置/工程量明细			单位	工程量
9	010407002002		散水			m²	30.38
	4-65		散水沥青砂浆嵌缝			100m	0.406
9.2	绘图输入	首层	散水	〈3,B-3150〉	(43〈原始贴墙长度〉)－2.4〈扣台阶贴墙长度〉)	100m	0.406
			小计			100m	0.406
			合计			100m	0.406
10	010501003001		全钢板大门			樘(m²)	5.04
	5-73		单层普通钢门安装、油漆			100m²	0.0504
10.1	绘图输入	首层	M-2	〈3+1713,B+80〉	(2.1〈宽度〉×2.4〈高度〉)	100m²	0.0504
			小计			100m²	0.0504
			合计			100m²	0.0504
11	010702001001		屋面卷材防水			m²	101.07
	7-1		屋面抹1:3水泥砂浆找平层(在填充材料上 厚2cm)			100m²	1.0107
11.1	绘图输入	屋顶	屋面	〈3,B-3150〉	(90.72〈原始面积〉)＋(10.35〈实际卷边面积〉)	100m²	1.0107
			小计			100m²	1.0107
			合计			100m²	1.0107
	7-21		屋面铺SBS改性沥青防水卷材			100m²	1.0107
11.2	绘图输入	屋顶	屋面	〈3,B-3150〉	(90.72〈原始面积〉)＋(10.35〈实际卷边面积〉)	100m²	1.0107
			小计			100m²	1.0107
			合计			100m²	1.0107
	8-165		屋面加气混凝土块保温隔热			10m³	1.3608
11.3	绘图输入	屋顶	屋面	〈3,B-3150〉	(90.72〈原始面积〉)×0.15	10m³	1.3608
			小计			10m³	1.3608
			合计			10m³	1.3608
	8-176		屋面1:6水泥焦渣屋面泛水			10m³	0.5443
11.4	绘图输入	屋顶	屋面	〈3,B-3150〉	(90.72〈原始面积〉)×0.06	10m³	0.54432
			小计			10m³	0.5443
			合计			10m³	0.5443

分部分项工程量清单综合单价分析表

专业工程名称：建筑　　　　　　　　　　　　　　　　　　　　　　　　　　　　　　　　　金额单位：元

序号	项目编号	项目名称	计量单位	工程量		合计	其中					
							人工费	材料费	机械费	管理费	规费	利润
1	010304001001	空心砖墙、砌块墙	m³	33.63	单价	450.62	64.1	323.19	5.67	9.92	28.34	19.4
					合价	15154.35	2155.54	10869.04	190.67	333.61	953.07	652.42
	3-46	砌加气砌块墙（干拌砌筑砂浆）	10m³	3.3633	单价	4505.8	640.9	3231.66	56.69	99.18	283.34	194.03
					合价	15154.36	2155.54	10869.04	190.67	333.57	952.96	652.58
2	010402001001	矩形柱	m³	6.24	单价	553.76	89.53	381.78	0.71	18.32	39.58	23.85
					合价	3455.46	558.69	2382.3	4.41	114.32	246.98	148.82
	4-21	现浇混凝土矩形柱	10m³	0.624	单价	5537.62	895.33	3817.79	7.06	183.15	395.83	238.46
					合价	3455.47	558.69	2382.3	4.41	114.29	247	148.8
3	010403002001	矩形梁	m³	9.09	单价	504.58	59.88	383.5	0.71	12.29	26.47	21.73
					合价	4586.63	544.27	3486.04	6.42	111.72	240.61	197.53
	4-26	现浇混凝土矩形梁（单梁、连续梁）	10m³	0.9089	单价	5046.34	598.82	3835.45	7.06	122.96	264.74	217.31
					合价	4586.62	544.27	3486.04	6.42	111.76	240.62	197.51
4	010403005001	过梁	m³	0.81	单价	595.8	110.83	386.98	0.7	22.64	49	25.65
					合价	482.6	89.77	313.45	0.57	18.34	39.69	20.78
	4-30	现浇混凝土过梁	10m³	0.0808	单价	5972.79	1111.05	3879.33	7.06	226.95	491.2	257.2
					合价	482.6	89.77	313.45	0.57	18.34	39.69	20.78
5	010405001001	有梁板	m³（m²）	9.19	单价	497.67	54.1	386.39	0.71	11.12	23.92	21.43
					合价	4573.59	497.15	3550.97	6.54	102.19	219.82	196.94
	4-40	现浇混凝土有梁板	10m³	0.8103	单价	4866.45	480.8	3857.4	7.12	99.01	212.56	209.56
					合价	3943.28	389.59	3125.65	5.77	80.23	172.24	169.81
	4-58	现浇混凝土雨篷、阳台板	10m³	0.109	单价	5782.78	986.75	3902	7.06	201.71	436.24	249.02
					合价	630.32	107.56	425.32	0.77	21.99	47.55	27.14
6	010407001001	台阶及平台	m³（m²）	2.88	单价	60.33	12.71	36.65	0.66	2.09	5.62	2.6
					合价	173.75	36.61	105.54	1.9	6.02	16.19	7.49
	1-70	3∶7灰土基础垫层	10m³	0.0288	单价	1922.37	352.16	1282	11.91	37.83	155.69	82.78
					合价	55.36	10.14	36.92	0.34	1.09	4.48	2.38
	1-79	混凝土基础垫层（厚度在10cm以内）	10m³	0.0108	单价	4494.86	508.03	3361.26	144.5	62.91	224.6	193.56
					合价	48.54	5.49	36.3	1.56	0.68	2.43	2.09
	4-60	现浇混凝土台阶	100m²	0.0072	单价	9701.24	2914.29	4489.12		591.66	1288.41	417.76
					合价	69.85	20.98	32.32		4.26	9.28	3.01

序号	项目名称	计量单位	工程量		合计	人工费	材料费	机械费	其中 管理费	规费	利润
7	01040700 1002 其他构件	m²(m²)	1.21	单价	615.34	120.08	390.42	0.74	24.53	53.09	26.5
				合价	744.56	145.3	472.41	0.89	29.68	64.24	32.07
	4-52 现浇混凝土压顶	10m³	0.076	单价	6100.32	1129.44	3966.04	11.3	231.52	499.33	262.69
				合价	463.62	85.84	301.42	0.86	17.6	37.95	19.96
	4-56 雨篷卷边	10m³	0.0446	单价	6299.02	1333.08	3833.83	0.73	270.78	589.35	271.25
				合价	280.94	59.46	170.99	0.03	12.08	26.29	12.1
8	01040700 2001 坡道	m²	2	单价	517.9	86.97	349.61	2.44	18.14	38.45	22.3
				合价	1035.8	173.94	699.22	4.87	36.28	76.9	44.6
	4-66 现浇混凝土坡道	10m³	0.2	单价	5179.01	869.7	3496.09	24.36	181.35	384.49	223.02
				合价	1035.8	173.94	699.22	4.87	36.27	76.9	44.6
	01040700 2002 散水	m²	30.38	单价	54.44	15.64	25.81	0.47	3.27	6.91	2.34
				合价	1653.89	475.11	784.18	14.13	99.34	209.93	71.09
9	4-62 50mm现浇混凝土散水（水泥砂浆面层20mm)	100m²	0.3038	单价	4591.56	1171.52	2410.92	46.5	246.97	517.93	197.72
				合价	1394.92	355.91	732.44	14.13	75.03	157.35	60.07
	4-65 散水沥青砂浆嵌缝	100m	0.406	单价	637.93	293.6	127.45		59.61	129.8	27.47
				合价	259	119.2	51.74		24.2	52.7	11.15
10	01050100 3001 全钢板大门	樘(m²)	5.04	单价	12933.16	2529.27	7485.61	766.37	476.79	1118.19	556.93
				合价	65183.13	12747.52	37727.47	3862.5	2403.02	5635.68	2806.93
	5-1 平开式全板钢厂库房门制作、安装油漆	t	5.04	单价	12933.16	2529.27	7485.61	766.37	476.79	1118.19	556.93
				合价	65183.13	12747.52	37727.47	3862.5	2403.02	5635.68	2806.93
11	01070200 1001 屋面卷材防水	m²	101.07	单价	112.55	10.68	90.32	0.3	1.69	4.72	4.85
				合价	11375.43	1078.97	9128.71	30.01	170.81	477.05	490.19
	7-1 屋面抹1:3水泥砂浆找平层(在填充材料上 厚2cm)	100m²	1.0107	单价	1284.44	299.89	734.93	29.69	32.04	132.58	55.31
				合价	1298.18	303.1	742.79	30.01	32.38	134	55.9
	7-21 屋面铺SBS改性沥青防水卷材	100m²	1.0107	单价	3855.23	159.14	3443.43		16.29	70.36	166.01
				合价	3896.48	160.84	3480.27		16.46	71.11	167.79
	8-165 屋面加气混凝土块保温隔热	10m³	1.3608	单价	3502.88	230.24	2974.27		45.74	101.79	150.84
				合价	4766.72	313.31	4047.39		62.24	138.52	205.26
	8-176 屋面1:6水泥焦渣屋面泛水	10m³	0.5443	单价	2598.21	554.32	1576.82		110.13	245.06	111.88
				合价	1414.21	301.72	858.26		59.94	133.39	60.9

构件做法汇总表

工程名称：框架装饰　　　　　　　　　　　　　　　　　　　　编制日期：

编　码	项　目　名　称	单位	工程量	表达式说明
绘图输入→首层				
一、门				
M-2[2100×2400]				
010501003001	全钢板大门	樘(m²)	5.04	DKMJ〈洞口面积〉
[964]5-73	单层普通钢门安装、油漆	100m²	0.0504	DKMJ〈洞口面积〉
二、窗				
C-1[1800×1200]				
020406007001	塑钢窗	樘	6	SL〈数量〉
4-99	单层塑钢窗安装	100m²	0.1296	DKMJ〈洞口面积〉
三、楼地面				
办公室地面				
020102002001	块料楼地面	m²	44.0998	KLDMJ〈块料地面积〉
1-253	3：7灰土垫层夯实	10m³	0.441	DMJ〈地面积〉×0.1
1-261	现浇无筋混凝土垫层（厚度100mm以内）	10m³	0.2205	DMJ〈地面积〉×0.05
1-284	地面在混凝土或硬基层上抹1：3水泥砂浆找平层（厚2cm）	100m²	0.441	DMJ〈地面积〉
1-42	镶铺陶瓷地砖楼地面（周长1600mm以内）	100m²	0.4388	KLDMJ〈块料地面积〉
库房地面				
020101001001	水泥砂浆楼地面	m²	44.0998	DMJ〈地面积〉
1-1	干拌水泥砂浆带踢脚线地面（厚度20mm）	100m²	0.441	DMJ〈地面积〉
1-253	3：7灰土垫层夯实	10m³	0.441	DMJ〈地面积〉×0.1
1-261	现浇无筋混凝土垫层（厚度100mm以内）	10m³	0.2205	DMJ〈地面积〉×0.05
1-284	地面在混凝土或硬基层上抹1：3水泥砂浆找平层（厚2cm）	100m²	0.441	DMJ〈地面积〉
四、天棚				
库房天棚				
020301001001	天棚抹灰	m²	49.9038	TPMHMJ〈天棚抹灰面积〉
3-13	矩形梁抹素水泥浆底混合砂浆面	100m²	0.0767	LMHMJ〈梁抹灰面积〉
3-3	混凝土天棚抹素水泥浆底干拌砂浆面（2mm＋8mm＋7.5mm）	100m²	0.499	TPMHMJ〈天棚抹灰面积〉
5-223	天棚及内墙面刷钙塑涂料（成品）	100m²	0.5757	TPMHMJ〈天棚抹灰面积〉＋LMHMJ〈梁抹灰面积〉
五、吊顶				
办公室吊顶				
020302001001	天棚吊顶	m²	44.0998	DDMJ〈吊顶面积〉
3-114	石膏板天棚面层（安在U形轻钢龙骨上）	100m²	0.4266	DDMJ〈吊顶面积〉－0.6×0.6×4

编码	项目名称	单位	工程量	表达式说明
五、吊顶				
办公室吊顶				
3-157	嵌入式不锈钢格栅	100m²	0.0144	1.44
3-42	装配式 U 形轻钢天棚龙骨（不上人型、平面、规格 600mm×600mm）	100m²	0.441	DDMJ〈吊顶面积〉
六、墙面				
库房内墙				
020201001002	墙面一般抹灰	m²	92.008	QMMHMJ〈墙面抹灰面积〉＋TCQMZMHMJ〈凸出墙面柱抹灰面积〉
2-20	砌块内墙面涂 TG 胶浆，底抹 TG 砂浆、混合砂浆、水泥砂浆面（7mm＋13mm＋5mm）	100m²	0.9201	QMMHMJ〈墙面抹灰面积〉＋TCQMZMHMJ〈凸出墙面柱抹灰面积〉
5-223	天棚及内墙面刷钙塑涂料（成品）	100m²	0.9201	QMMHMJ〈墙面抹灰面积〉＋TCQMZMHMJ〈凸出墙面柱抹灰面积〉
5-276	水泥砂浆混合砂浆墙面刮腻子二遍	100m²	0.9201	QMMHMJ〈墙面抹灰面积〉＋TCQMZMHMJ〈凸出墙面柱抹灰面积〉
办公室内墙				
020201001002	墙面一般抹灰	m²	79.5	QMMHMJ〈墙面抹灰面积〉＋TCQMZMHMJ〈凸出墙面柱抹灰面积〉
2-20	砌块墙内墙面涂 TG 胶浆、TG 砂浆、混合砂浆、水泥砂浆面（7mm＋13mm＋5mm）	100m²	0.8232	QMMHMJ〈墙面抹灰面积〉＋TCQMZMHMJ〈凸出墙面柱抹灰面积〉
5-223	天棚及内墙面刷钙塑涂料（成品）	100m²	0.8232	QMMHMJ〈墙面抹灰面积〉＋TCQMZMHMJ〈凸出墙面柱抹灰面积〉
外墙				
020201001001	外墙面抹灰	m²	121.29	QMMHMJ〈墙面抹灰面积〉
2-62	砌块、空心砖外墙面抹干拌砂浆面（7mm＋13mm）	100m²	1.2463	QMMHMJ〈墙面抹灰面积〉
5-224	外墙面刷钙塑涂料（成品）	100m²	1.2463	QMMHMJ〈墙面抹灰面积〉
七、墙裙				
外墙裙				
020204003001	块料墙面	m²	23.994	QQKLMJ〈墙裙块料面积〉
2-223	水泥砂浆粘贴面砖 240×60（面砖灰缝 10mm 以内）	100m²	0.2399	QQKLMJ〈墙裙块料面积〉
八、踢脚				
办公室				
020105003001	块料踢脚线	m²	27.228	TJKLCD〈踢脚块料长度〉
1-131	镶铺陶瓷地砖踢脚线	100m²	0.2723	TJKLCD〈踢脚块料长度〉
九、散水				
坡道				
020108003001	水泥砂浆台阶面	m²	2	MJ〈面积〉
1-327	水泥砂浆抹坡道姜蹉	100m²	0.02	MJ〈面积〉

编　码	项 目 名 称	单位	工程量	表达式说明
十、台阶				
台阶				
020108003001	水泥砂浆台阶面	m²	2.88	PTSPTYMJ〈平台水平投影面积〉＋TBSPTYMJ〈踏步水平投影面积〉
1-2	干拌水泥砂浆不带踢脚线地面(厚度 20mm)	100m²	0.0216	PTSPTYMJ〈平台水平投影面积〉
1-249	抹水泥砂浆台阶面(厚度 20mm)	100m²	0.0072	TBSPTYMJ〈踏步水平投影面积〉
十一、雨篷				
雨篷板[现浇混凝土 80]				
020605001001	雨篷吊挂饰面	m²	13.622	MJ〈面积〉
3-17	阳台雨篷抹水泥砂浆底混合砂浆面(5mm＋20mm＋10mm)	100m²	0.1362	MJ〈面积〉
绘图输入→屋顶				
一、墙面				
外墙				
020201001001	外墙面抹灰	m²	43.004	QMMHMJ〈墙面抹灰面积〉
2-49	砖外墙面抹 1：3 水泥砂浆、然后抹 1：2.5 水泥砂浆(13mm＋7mm)	100m²	0.43	QMMHMJ〈墙面抹灰面积〉
二、压顶				
压顶				
020109004001	水泥砂浆零星项目(压顶)	m²	21.944	WLMJ〈外露面积〉
2-137	零星项目抹素水泥浆底水泥砂浆面(2mm＋12mm＋8mm)	100m²	0.2194	WLMJ〈外露面积〉

工程名称：框架装饰   编制日期：

序号	编码/楼层		项目名称/构件名称/位置/工程量明细			单位	工程量
1	020101001001		水泥砂浆楼地面			m²	44.099
1.1	1-1		干拌水泥砂浆带踢脚线地面(厚度20mm)			100m²	0.441
	绘图输入	首层	库房地面	〈4,B-3150〉	(7.09〈长度〉×6.22〈宽度〉)	100m²	0.440998
			小计			100m²	0.441
			合计			100m²	0.441
1.2	1-253		3：7灰土垫层夯实			10m³	0.441
	绘图输入	首层	库房地面	〈4,B-3150〉	(7.09〈长度〉×6.22〈宽度〉)×0.1	10m³	0.441
			小计			10m³	0.441
			合计			10m³	0.441
1.3	1-261		现浇无筋混凝土垫层(厚度100mm以内)			10m³	0.2205
	绘图输入	首层	库房地面	〈4,B-3150〉	(7.09〈长度〉×6.22〈宽度〉)×0.05	10m³	0.2205
			小计			10m³	0.2205
			合计			10m³	0.2205
1.4	1-284		地面在混凝土或硬基层上抹1：3水泥砂浆找平层(厚2cm)			100m²	0.441
	绘图输入	首层	库房地面	〈4,B-3150〉	(7.09〈长度〉×6.22〈宽度〉)	100m²	0.440998
			小计			100m²	0.441
			合计			100m²	0.441
2	020102002001		块料楼地面			m²	44.0998
2.1	1-42		镶铺陶瓷地砖楼地面(周长1600mm以内)			100m²	0.4388
	绘图输入	首层	办公室地面	〈2,B-3150〉	[7.09〈长度〉×6.22〈宽度〉-0.2208〈扣凸出墙面柱截面积(块料)〉]	100m²	0.43879
			小计			100m²	0.4388
			合计			100m²	0.4388
2.2	1-253		3：7灰土垫层夯实			10m³	0.441
	绘图输入	首层	办公室地面	〈2,B-3150〉	(7.09〈长度〉×6.22〈宽度〉)×0.1	10m³	0.441
			小计			10m³	0.441
			合计			10m³	0.441
2.3	1-261		现浇无筋混凝土垫层(厚度100mm以内)			10m³	0.2205
	绘图输入	首层	办公室地面	〈2,B-3150〉	(7.09〈长度〉×6.22〈宽度〉)×0.05	10m³	0.2205
			小计			10m³	0.2205
			合计			10m³	0.2205
2.4	1-284		地面在混凝土或硬基层上抹1：3水泥砂浆找平层(厚2cm)			100m²	0.441
	绘图输入	首层	办公室地面	〈2,B-3150〉	(7.09〈长度〉×6.22〈宽度〉)	100m²	0.440998
			小计			100m²	0.441
			合计			100m²	0.441
3	020105003001		块料踢脚线			m²	27.228

序号	编码/楼层		项目名称/构件名称/位置/工程量明细			单位	工程量
3	020105003001		块料踢脚线			m²	27.228
3.1	1-131		镶铺陶瓷地砖踢脚线			100m²	0.2723
	绘图输入	首层	办公室	〈1+40,B〉〈1+40,A〉	[6.212〈块料长度〉−0.32〈扣柱贴墙长度（块料）〉+0.32〈加柱外露块料长度（块料）〉]	100m²	0.06212
				〈3,B−40〉〈1,B−40〉	[7.082〈块料长度〉−0.698〈扣柱贴墙长度（块料）〉+1.018〈加柱外露块料长度（块料）〉]	100m²	0.07402
				〈3−70,B〉〈3−70,A〉	[6.212〈块料长度〉−0.32〈扣柱贴墙长度（块料）〉+0.32〈加柱外露块料长度（块料）〉]	100m²	0.06212
				〈1,A+40〉〈3,A+40〉	[7.082〈块料长度〉−0.698〈扣柱贴墙长度（块料）〉+1.018〈加柱外露块料长度（块料）〉]	100m²	0.07402
			小计			100m²	0.2722
			合计			100m²	0.2722
4	020108003001		水泥砂浆台阶面			m²	4.88
4.1	1-2		干拌水泥砂浆不带踢脚线地面（厚度20mm）			100m²	0.0216
	绘图输入	首层	台阶	〈1+1800,B+800〉	（2.16〈平台水平投影面积〉）	100m²	0.0216
			小计			100m²	0.0216
			合计			100m²	0.0216
4.2	1-249		抹水泥砂浆台阶面（厚度20mm）			100m²	0.0072
	绘图输入	首层	台阶	〈1+1800,B+800〉	（0.72〈原始面积〉）	100m²	0.0072
			小计			100m²	0.0072
			合计			100m²	0.0072
4.3	1-327		水泥砂浆抹坡道姜蹉			100m²	0.02
	绘图输入	首层	坡道	〈3+1800,B+1150〉	（2〈原始面积〉）	100m²	0.02
			小计			100m²	0.02
			合计			100m²	0.02
5	020109004001		水泥砂浆零星项目			m²	21.944
5.1	2-137		零星项目抹素水泥浆底水泥砂浆面（2mm+12mm+8mm）			100m²	0.2194
	绘图输入	屋顶	压顶	〈1,A〉〈5,A〉	（1.46〈底面面积〉+1.752〈侧面面积〉+4.38〈顶面面积〉）	100m²	0.07592
				〈5,A〉〈5,B〉	（0.65〈底面面积〉+0.78〈侧面面积〉+1.95〈顶面面积〉）	100m²	0.0338
				〈5,B〉〈1,B〉	（1.46〈底面面积〉+1.752〈侧面面积〉+4.38〈顶面面积〉）	100m²	0.07592
				〈1,B〉〈1,A〉	（0.65〈底面面积〉+0.78〈侧面面积〉+1.95〈顶面面积〉）	100m²	0.0338
			小计			100m²	0.2194
			合计			100m²	0.2194
6	020201001001		外墙面抹灰			m²	164.294

序号	编码/楼层		项目名称/构件名称/位置/工程量明细			单位	工程量
6	020201001001		外墙面抹灰			m²	164.294
6.1	2-49		砖外墙面抹1∶3水泥砂浆、1∶2.5水泥砂浆(13mm+7mm)			100m²	0.43
	绘图输入	屋顶	外墙	〈1,A−200〉 〈5,A−200〉	［14.8〈长度〉×0.8〈高度〉+3.849〈外墙面面积加压顶面积(抹灰)〉−0.888〈外墙面面积扣压顶贴墙面积(抹灰)〉］	100m²	0.14801
				〈5+200,A〉 〈5+200,B〉	［6.7〈长度〉×0.8〈高度〉+1.743〈外墙面面积加压顶面积(抹灰)〉−0.402〈外墙面面积扣压顶贴墙面积(抹灰)〉］	100m²	0.06701
				〈5,B+200〉 〈1,B+200〉	［14.8〈长度〉×0.8〈高度〉+3.849〈外墙面面积加压顶面积(抹灰)〉−0.888〈外墙面面积扣压顶贴墙面积(抹灰)〉］	100m²	0.14801
				〈1−200,B〉 〈1−200,A〉	［6.7〈长度〉×0.8〈高度〉+1.743〈外墙面面积加压顶面积(抹灰)〉−0.402〈外墙面面积扣压顶贴墙面积(抹灰)〉］	100m²	0.06701
			小计			100m²	0.43
			合计			100m²	0.43
6.2	2-62		砌块、空心砖外墙面抹干拌砂浆面(7mm+13mm)			100m²	1.2463
	绘图输入	首层	外墙	〈1−200,B〉 〈1−200,A〉	(6.7〈长度〉×3.3〈高度〉)	100m²	0.2211
				〈5+200,A〉 〈5+200,B〉	(6.7〈长度〉×3.3〈高度〉)	100m²	0.2211
				〈5,B+200〉 〈1,B+200〉	［14.8〈长度〉×3.3〈高度〉−7.65〈扣门洞口面积(抹灰)〉+0.819〈加门侧壁面积(抹灰)〉−4.32〈扣窗洞口面积(抹灰)〉+0.84〈加窗侧壁面积(抹灰)〉］	100m²	0.38529
				〈1,A−200〉 〈5,A−200〉	［14.8〈长度〉×3.3〈高度〉−8.64〈扣窗洞口面积(抹灰)〉+1.68〈加窗侧壁面积(抹灰)〉］	100m²	0.4188
			小计			100m²	1.2463
			合计			100m²	1.2463
6.3	5-224		外墙面刷钙塑涂料(成品)			100m²	1.2463
	绘图输入	首层	外墙	〈1−200,B〉 〈1−200,A〉	(6.7〈长度〉×3.3〈高度〉)	100m²	0.2211
				〈5+200,A〉 〈5+200,B〉	(6.7〈长度〉×3.3〈高度〉)	100m²	0.2211
				〈5,B+200〉 〈1,B+200〉	［14.8〈长度〉×3.3〈高度〉−7.65〈扣门洞口面积(抹灰)〉+0.819〈加门侧壁面积(抹灰)〉−4.32〈扣窗洞口面积(抹灰)〉+0.84〈加窗侧壁面积(抹灰)〉］	100m²	0.38529
				〈1,A−200〉 〈5,A−200〉	［14.8〈长度〉×3.3〈高度〉−8.64〈扣窗洞口面积(抹灰)〉+1.68〈加窗侧壁面积(抹灰)〉］	100m²	0.4188
			小计			100m²	1.2463
			合计			100m²	1.2463
7	020201001002		墙面一般抹灰			m²	171.508

序号	编码/楼层			项目名称/构件名称/位置/工程量明细		单位	工程量
7	020201001002			墙面一般抹灰		m²	171.508
	2-20			砌块墙内墙面涂 TG 胶浆底,抹 TG 砂浆、混合砂浆、水泥砂浆面(7+13+5)		100m²	1.7433
7.1	绘图输入	首层	库房内墙	⟨3+70,B⟩⟨3+70,A⟩	[6.22⟨长度⟩×3.5⟨高度⟩-1.12⟨扣柱贴墙面积(抹灰)⟩+1.081⟨加柱外露面积(抹灰)⟩-2.95⟨扣平行梁贴墙面积(抹灰)⟩+2.95⟨加墙上板下梁侧面面积(抹灰)⟩]+(1.081⟨凸出墙面柱外露面积(抹灰)⟩)]	100m²	0.22812
				⟨5,B-40⟩⟨3,B-40⟩	[7.09⟨长度⟩×3.5⟨高度⟩-5.04⟨扣门洞口面积(抹灰)⟩-2.16⟨扣窗洞口面积(抹灰)⟩-2.415⟨扣柱贴墙面积(抹灰)⟩+3.267⟨加柱外露面积(抹灰)⟩-2.56⟨扣平行梁贴墙面积(抹灰)⟩+2.56⟨加墙上板下梁侧面面积(抹灰)⟩]+3.267⟨凸出墙面柱外露面积(抹灰)⟩	100m²	0.21734
				⟨5-40,A⟩⟨5-40,B⟩	[6.22⟨长度⟩×3.5⟨高度⟩-1.12⟨扣柱贴墙面积(抹灰)⟩+1.081⟨加柱外露面积(抹灰)⟩-2.95⟨扣平行梁贴墙面积(抹灰)⟩+2.95⟨加墙上板下梁侧面面积(抹灰)⟩]+1.081⟨凸出墙面柱外露面积(抹灰)⟩	100m²	0.22812
				⟨3,A+40⟩⟨5,A+40⟩	[7.09⟨长度⟩×3.5⟨高度⟩-4.32⟨扣窗洞口面积(抹灰)⟩-2.415⟨扣柱贴墙面积(抹灰)⟩+3.285⟨加柱外露面积(抹灰)⟩-1.6⟨扣平行梁贴墙面积(抹灰)⟩+1.6⟨加墙上板下梁侧面面积(抹灰)⟩]+3.285⟨凸出墙面柱外露面积(抹灰)⟩	100m²	0.2465
			办公室内墙	⟨1+40,B⟩⟨1+40,A⟩	[6.22⟨长度⟩×3.1⟨高度⟩-0.992⟨扣柱贴墙外露面积(抹灰)⟩+0.992⟨扣柱外露面积(抹灰)⟩-0.59⟨扣平行梁贴墙面积(抹灰)⟩+0.59⟨加墙上板下梁侧面面积(抹灰)⟩]+0.992⟨凸出墙面柱外露面积(抹灰)⟩	100m²	0.20274
				⟨3,B-40⟩⟨1,B-40⟩	[7.09⟨长度⟩×3.1⟨高度⟩-3.78⟨扣门洞口面积(抹灰)⟩-2.16⟨扣窗洞口面积(抹灰)⟩-2.139⟨扣柱贴墙面积(抹灰)⟩+3.087⟨加柱外露面积(抹灰)⟩]+3.087⟨凸出墙面柱外露面积(抹灰)⟩	100m²	0.20074
				⟨3-70,B⟩⟨3-70,A⟩	[6.22⟨长度⟩×3.1⟨高度⟩-0.992⟨扣柱贴墙外露面积(抹灰)⟩+0.992⟨加柱外露面积(抹灰)⟩-0.59⟨扣平行梁贴墙面积(抹灰)⟩+0.59⟨加墙上板下梁侧面面积(抹灰)⟩]+0.992⟨凸出墙面柱外露面积(抹灰)⟩	100m²	0.20274
				⟨1,A+40⟩⟨3,A+40⟩	[7.09⟨长度⟩×3.1⟨高度⟩-4.32⟨扣窗洞口面积(抹灰)⟩-2.139⟨扣柱贴墙面积(抹灰)⟩+3.087⟨加柱外露面积(抹灰)⟩]+3.087⟨凸出墙面柱外露面积(抹灰)⟩	100m²	0.21694
				小计		100m²	1.743
	5-223			天棚及内墙面刷钙塑涂料(成品叠计)		100m²	1.7433
7.2	绘图输入	首层	库房内墙	⟨3+70,B⟩⟨3+70,A⟩	[6.22⟨长度⟩×3.5⟨高度⟩-1.12⟨扣柱贴墙面积(抹灰)⟩+1.081⟨加柱外露面积(抹灰)⟩-2.95⟨扣平行梁贴墙面积(抹灰)⟩+2.95⟨加墙上板下梁侧面面积(抹灰)⟩]+1.081⟨凸出墙面柱外露面积(抹灰)⟩	100m²	0.22812

序号	编码/楼层			项目名称/构件名称/位置/工程量明细		单位	工程量
7	020201001002			墙面一般抹灰		m²	171.508
7.2	绘图输入	首层	库房内墙	〈5,B-40〉〈3,B-40〉	［7.09〈长度〉×3.5〈高度〉-5.04〈扣门洞口面积(抹灰)〉-2.16〈扣窗洞口面积(抹灰)〉-2.415〈扣柱贴墙面积(抹灰)〉+3.267〈加柱外露面积(抹灰)〉-2.56〈扣平行梁贴墙面积(抹灰)〉+2.56〈加墙上板下梁侧面面积(抹灰)〉］+3.267〈凸出墙面柱外露面积(抹灰)〉	100m²	0.21734
				〈5-40,A〉〈5-40,B〉	［6.22〈长度〉×3.5〈高度〉-1.12〈扣柱贴墙面积(抹灰)〉+1.081〈加柱外露面积(抹灰)〉-2.95〈扣平行梁贴墙面积(抹灰)〉+2.95〈加墙上板下梁侧面面积(抹灰)〉］+1.081〈凸出墙面柱外露面积(抹灰)〉	100m²	0.22812
				〈3,A+40〉〈5,A+40〉	［7.09〈长度〉×3.5〈高度〉-4.32〈扣窗洞口面积(抹灰)〉-2.415〈扣柱贴墙面积(抹灰)〉+3.285〈加柱外露面积(抹灰)〉-1.6〈扣平行梁贴墙面积(抹灰)〉+1.6〈加墙上板下梁侧面面积(抹灰)〉］+3.285〈凸出墙面柱外露面积(抹灰)〉	100m²	0.2465
			办公室内墙	〈1+40,B〉〈1+40,A〉	［6.22〈长度〉×3.1〈高度〉-0.992〈扣柱贴墙面积(抹灰)〉+0.992〈加柱外露面积(抹灰)〉-0.59〈扣平行梁贴墙面积(抹灰)〉+0.59〈加墙上板下梁侧面面积(抹灰)〉］+0.992〈凸出墙面柱外露面积(抹灰)〉	100m²	0.20274
				〈3,B-40〉〈1,B-40〉	［7.09〈长度〉×3.1〈高度〉-3.78〈扣门洞口面积(抹灰)〉-2.16〈扣窗洞口面积(抹灰)〉-2.139〈扣柱贴墙面积(抹灰)〉+3.087〈加柱外露面积(抹灰)〉］+3.087〈凸出墙面柱外露面积(抹灰)〉	100m²	0.20074
				〈3-70,B〉〈3-70,A〉	［6.22〈长度〉×3.1〈高度〉-0.992〈扣柱贴墙面积(抹灰)〉+0.992〈加柱外露面积(抹灰)〉-0.59〈扣平行梁贴墙面积(抹灰)〉+0.59〈加墙上板下梁侧面面积(抹灰)〉］+0.992〈凸出墙面柱外露面积(抹灰)〉	100m²	0.20274
				〈1,A+40〉〈3,A+40〉	［7.09〈长度〉×3.1〈高度〉-4.32〈扣窗洞口面积(抹灰)〉-2.139〈扣柱贴墙面积(抹灰)〉+3.087〈加柱外露面积(抹灰)〉］+3.087〈凸出墙面柱外露面积(抹灰)〉	100m²	0.21694
				小计		100m²	1.743
				合计		100m²	1.743
7.3	5-276			水泥砂浆或混合砂浆墙面上刮腻子二遍		100m²	0.9201
	绘图输入	首层	库房内墙	〈3+70,B〉〈3+70,A〉	［6.22〈长度〉×3.5〈高度〉-1.12〈扣柱贴墙面积(抹灰)〉+1.081〈加柱外露面积(抹灰)〉-2.95〈扣平行梁贴墙面积(抹灰)〉+2.95〈加墙上板下梁侧面面面积(抹灰)〉］+1.081〈凸出墙面柱外露面积(抹灰)〉	100m²	0.22812
				〈5,B-40〉〈3,B-40〉	［7.09〈长度〉×3.5〈高度〉-5.04〈扣门洞口面积(抹灰)〉-2.16〈扣窗洞口面积(抹灰)〉-2.415〈扣柱贴墙面积(抹灰)〉+3.267〈加柱外露面积(抹灰)〉-2.56〈扣平行梁贴墙面积(抹灰)〉+2.56〈加墙上板下梁侧面面积(抹灰)〉］+3.267〈凸出墙面柱外露面积(抹灰)〉	100m²	0.21734

序号	编码/楼层		项目名称/构件名称/位置/工程量明细			单位	工程量
7	020201001002		墙面一般抹灰			m²	171.508
	5-276		水泥砂浆混合砂浆墙面刮腻子二遍			100m²	0.9201
7.3	绘图输入	首层	库房内墙	〈5−40,A〉〈5−40,B〉	[6.22〈长度〉×3.5〈高度〉−1.12〈扣柱贴墙面积(抹灰)〉+1.081〈加柱外露面积(抹灰)〉−2.95〈扣平行梁贴墙面积(抹灰)〉+2.95〈加墙上板下梁侧面面积(抹灰)〉]+1.081〈凸出墙面柱外露面积(抹灰)〉	100m²	0.22812
				〈3,A+40〉〈5,A+40〉	[7.09〈长度〉×3.5〈高度〉−4.32〈扣窗洞口面积(抹灰)〉−2.415〈扣柱贴墙面积(抹灰)〉+3.285〈加柱外露面积(抹灰)〉−1.6〈扣平行梁贴墙面积(抹灰)〉+1.6〈加墙上板下梁侧面面积(抹灰)〉]+3.285〈凸出墙面柱外露面积(抹灰)〉	100m²	0.2465
			小计			100m²	0.92
			合计			100m²	0.92
8	020204003001		块料墙面			m²	23.994
	2-223		水泥砂浆粘贴面砖240×60(面砖灰缝10mm以内)			100m²	0.2399
8.1	绘图输入	首层	外墙裙	〈1−200,B〉〈1−200,A〉	(6.7〈长度〉×0.6〈高度〉)	100m²	0.0402
				〈5+200,A〉〈5+200,B〉	(6.7〈长度〉×0.6〈高度〉)	100m²	0.0402
				〈5,B+200〉〈1,B+200〉	[14.8〈长度〉×0.6〈高度〉−1.17〈扣门洞口面积(块料)〉+0.084〈加门侧壁面积(块料)〉−0.72〈扣台阶贴墙面积(块料)〉]	100m²	0.07074
				〈1,A−200〉〈5,A−200〉	(14.8〈长度〉×0.6〈高度〉)	100m²	0.0888
			小计			100m²	0.2399
			合计			100m²	0.2399
9	020208001001		柱(梁)面装饰			m²	1.715
	2-125		矩形梁抹素水泥浆底水泥砂浆面(2mm+11mm+7mm)			100m²	0.0172
9.1	绘图输入	首层	雨篷底梁[现浇混凝土300×350]	〈1,B〉〈1,B+1180〉	(0.98〈梁净长〉×0.35〈梁截面高度〉)	100m²	0.00343
				〈2,B+1180〉〈2,B〉	(0.98〈梁净长〉×0.35〈梁截面高度〉)	100m²	0.00343
				〈3,B+1180〉〈3,B〉	(0.98〈梁净长〉×0.35〈梁截面高度〉)	100m²	0.00343
				〈4,B+1180〉〈4,B〉	(0.98〈梁净长〉×0.35〈梁截面高度〉)	100m²	0.00343
				〈5,B+1180〉〈5,B〉	(0.98〈梁净长〉×0.35〈梁截面高度〉)	100m²	0.00343
			小计			100m²	0.017
			合计			100m²	0.017
10	020301001001		天棚抹灰			m²	49.9038
	3-3		混凝土天棚抹素水泥浆底干拌砂浆面(2mm+8mm+7.5mm)			100m²	0.499
10.1	绘图输入	首层	库房天棚	〈4,B−3150〉	[7.09〈长度〉×6.22〈宽度〉−1.866〈扣悬空梁所占面积(抹灰)〉+7.67〈加悬空梁外露面积(抹灰)〉]	100m²	0.499038
			小计			100m²	0.499
			合计			100m²	0.499

序号	编码/楼层		项目名称/构件名称/位置/工程量明细			单位	工程量
10	020301001001		天棚抹灰			m²	49.9038
10.2	3-13		矩形梁抹素水泥浆底混合砂浆面			100m²	0.0767
	绘图输入	首层	库房天棚	〈4,B−3150〉	(5.9〈悬空梁侧面抹灰面积〉)+1.77〈悬空梁底面抹灰面积〉	100m²	0.0767
			小计			100m²	0.0767
			合计			100m²	0.0767
10.3	5-223		天棚及内墙面刷钙塑涂料(成品)			100m²	0.5757
	绘图输入	首层	库房天棚	〈4,B−3150〉	[7.09〈长度〉×6.22〈宽度〉−1.866〈扣悬空梁所占面积(抹灰)〉+7.67〈加悬空梁外露面积(抹灰)〉]+5.9〈悬空梁侧面抹灰面积〉+1.77〈悬空梁底面抹灰面积〉	100m²	0.575738
			小计			100m²	0.5757
			合计			100m²	0.5757
11	020302001001		天棚吊顶			m²	44.0998
11.1	3-42		装配式 U 形轻钢天棚龙骨(不上人型、平面、规格 600mm×600mm)			100m²	0.441
	绘图输入	首层	办公室吊顶	〈2,B−3150〉	(7.09〈长度〉×6.22〈宽度〉)	100m²	0.440998
			小计			100m²	0.441
			合计			100m²	0.441
11.2	3-114		石膏板天棚面层(安在 U 形轻钢龙骨上)			100m²	0.4266
	绘图输入	首层	办公室吊顶	〈2,B−3150〉	(7.09〈长度〉×6.22〈宽度〉)−0.6×0.6×4	100m²	0.426598
			小计			100m²	0.4266
			合计			100m²	0.4266
11.3	3-157		嵌入式不锈钢格栅			100m²	0.0144
	绘图输入	首层	办公室吊顶	〈2,B−3150〉	0.6×0.6×4	100m²	0.0144
			小计			100m²	0.0144
			合计			100m²	0.0144
12	020402005001		塑钢门			樘	1
12.1	4-37		全玻塑钢门安装(平开门)			100m²	0.0378
	绘图输入	首层	M-1[1800×2100]	〈2-1678,B+80〉	(1.8〈宽度〉×2.1〈高度〉)	100m²	0.0378
			小计			100m²	0.0378
			合计			100m²	0.0378
13	020406007001		塑钢窗			樘	6
13.1	4-99		单层塑钢窗安装			100m²	0.1296
	绘图输入	首层	C-1[1800×1200]	〈5-1785,B+80〉	(1.8〈宽度〉×1.2〈高度〉)	100m²	0.0216
				〈3-1743,B+80〉	(1.8〈宽度〉×1.2〈高度〉)	100m²	0.0216
				〈1+1717,A-80〉	(1.8〈宽度〉×1.2〈高度〉)	100m²	0.0216
				〈2+1564,A-80〉	(1.8〈宽度〉×1.2〈高度〉)	100m²	0.0216
				〈3+1762,A-80〉	(1.8〈宽度〉×1.2〈高度〉)	100m²	0.0216
				〈5-1785,A-80〉	(1.8〈宽度〉×1.2〈高度〉)	100m²	0.0216
			小计			100m²	0.1296
			合计			100m²	0.1296

序号	编码/楼层		项目名称/构件名称/位置/工程量明细			单位	工程量
14	020605001001		雨篷吊挂饰面			m²	13.622
	3-17		阳台雨篷抹水泥砂浆底混合砂浆面(5mm＋20mm＋10mm)			100m²	0.1362
14.1	绘图输入	首层	雨篷板[现浇混凝土 80]	〈3,B＋590〉	(13.622〈水平投影面积〉)	100m²	0.13622
			小计			100m²	0.1362
			合计			100m²	0.1362

专业工程名称：装饰

分部分项工程量清单综合单价分析表

金额单位：元

序号	编号	项目名称	计量单位	工程量		合计	人工费	材料费	其中		规费	利润
									机械费	管理费		
1	020101001001	水泥砂浆楼地面	m²	44.1	单价	82.87	16.55	50.42	0.78	2	7.32	5.79
					合价	3654.57	730.06	2223.37	34.3	88.2	322.81	255.34
	1-1	干拌水泥砂浆带踢脚线地面（厚度20mm）	100m²	0.441	单价	2852.95	717.33	1445.46	35.09	86.87	317.13	251.07
					合价	1258.15	316.34	637.45	15.47	38.31	139.85	110.72
	1-253	3∶7灰土垫层夯实	10m³	0.441	单价	1992.27	365.19	1281.94	11.91	43.96	161.45	127.82
					合价	878.59	161.05	565.34	5.25	19.39	71.2	56.37
	1-261	现浇无筋混凝土垫层（厚度100mm以内）	10m³	0.2205	单价	4511.56	546.1	3452.47	14.83	65.59	241.43	191.14
					合价	994.8	120.42	761.27	3.27	14.46	53.24	42.15
	1-284	地面在混凝土或硬基层上抹1∶3水泥砂浆找平层（厚2cm）	100m²	0.441	单价	1185.55	299.89	588.01	23.39	36.72	132.58	104.96
					合价	522.83	132.25	259.31	10.31	16.19	58.47	46.29
2	020102002001	块料楼地面	m²	44.1	单价	163.67	25.26	114.96	0.77	2.66	11.17	8.84
					合价	7217.85	1114.12	5069.63	34.11	117.31	492.6	389.84
	1-42	镶铺陶瓷地砖楼地面（周长1600mm以内）	100m²	0.4388	单价	10988.12	1596.18	7939.17	34.82	153.62	705.67	558.66
					合价	4821.59	700.4	3483.71	15.28	67.41	309.65	245.14
	1-253	3∶7灰土垫层夯实	10m³	0.441	单价	1992.27	365.19	1281.94	11.91	43.96	161.45	127.82
					合价	878.59	161.05	565.34	5.25	19.39	71.2	56.37
	1-261	现浇无筋混凝土垫层（厚度100mm以内）	10m³	0.2205	单价	4511.56	546.1	3452.47	14.83	65.59	241.43	191.14
					合价	994.8	120.42	761.27	3.27	14.46	53.24	42.15
	1-284	地面在混凝土或硬基层上抹1∶3水泥砂浆找平层（厚2cm）	100m²	0.441	单价	1185.55	299.89	588.01	23.39	36.72	132.58	104.96
					合价	522.83	132.25	259.31	10.31	16.19	58.47	46.29
3	020105003001	块料踢脚线	m²	27.23	单价	112.32	25.84	63.31	0.23	2.47	11.42	9.04
					合价	3058.47	703.58	1723.98	6.23	67.26	310.97	246.16
	1-131	镶铺陶瓷地砖踢脚线	100m²	0.2723	单价	11231.69	2583.84	6331.18	22.87	247.14	1142.32	904.34
					合价	3058.39	703.58	1723.98	6.23	67.3	311.05	246.25
4	020108003001	水泥砂浆台阶面	m²	4.88	单价	36.41	12.99	11.25	0.33	1.56	5.74	4.55
					合价	177.68	63.37	54.91	1.6	7.61	28.01	22.2
	1-2	干拌水泥砂浆不带踢脚线地面（厚度20mm）	100m²	0.0216	单价	2176.63	480.32	1226.77	30.59	58.49	212.35	168.11
					合价	47.02	10.37	26.5	0.66	1.26	4.59	3.63

序号	项目名称	计量单位	工程量		合计	人工费	材料费	机械费	管理费	规费	利润
								其中			
1-249	抹水泥砂浆台阶面（厚度20mm）	100m²	0.0072	单价	4454.66	1687.15	1191.99	36.89	202.24	745.89	590.5
				合价	32.07	12.15	8.58	0.27	1.46	5.37	4.25
1-327	水泥砂浆抹坡道姜踏	100m²	0.02	单价	4929.99	2042.67	991.7	33.29	244.34	903.06	714.93
				合价	98.6	40.85	19.83	0.67	4.89	18.06	14.3
5 020109004001	水泥砂浆零星项目（压顶）	m²	21.94	单价	36.19	14.32	7.35	1.4	1.77	6.33	5.01
				合价	794.01	314.23	161.24	30.78	38.83	138.88	109.92
2-137	零星项目抹素水泥浆底水泥砂浆面（2mm+12mm+8mm）	100m²	0.2194	单价	3618.53	1432.23	734.9	140.28	176.65	633.19	501.28
				合价	793.91	314.23	161.24	30.78	38.76	138.92	109.98
6 020201001001	外墙面抹灰	m²	164.29	单价	45.7	10.02	25.56	0.97	1.2	4.43	3.51
				合价	7508.05	1646.65	4198.88	159.95	197.15	727.8	576.66
2-49	砖外墙面抹1：3水泥砂浆、1：2.5水泥砂浆（13mm+7mm）	100m²	0.43	单价	2431.16	876.46	673.01	79.63	107.82	387.48	306.76
				合价	1045.4	376.88	289.39	34.24	46.36	166.62	131.91
2-62	砌块、空心砖外墙面抹干拌砂浆面（7mm+13mm）	100m²	1.2463	单价	2992.24	837.72	1285.91	100.87	104.18	370.36	293.2
				合价	3729.23	1044.05	1602.63	125.71	129.84	461.58	365.42
5-224	外墙面刷钙钙塑涂料（成品）	100m²	1.2463	单价	2192.79	181.11	1850.97		17.25	80.07	63.39
				合价	2732.87	225.72	2306.86		21.5	99.79	79
7 020201001002	墙面一般抹灰	m²	171.51	单价	51.99	10.62	30.72	1.01	1.23	4.69	3.72
				合价	8916.8	1821.24	5269.01	173	210.96	804.38	638.02
2-18换	空心砖内墙面抹干拌砂浆M5，换为【干拌抹灰砂浆M15】然后抹干拌砂浆M10换为【干拌抹灰砂浆M20】（7mm+13mm）	100m²	1.7151	单价	2952.54	747.56	1418.49	100.87	93.47	330.5	261.65
				合价	5063.9	1282.14	2432.85	173	160.31	566.84	448.76
5-223	天棚及内墙面刷钙钙塑涂料（成品）	100m²	1.7433	单价	1911.43	169.04	1592.4		16.1	74.73	59.16
				合价	3332.2	294.69	2776.03		28.07	130.28	103.13
5-276	水泥砂浆或混合砂浆墙面上刮腻子二遍	100m²	0.9201	单价	566.69	265.63	65.35		25.3	117.44	92.97
				合价	521.41	244.41	60.13		23.28	108.06	85.54
8 020204003001	块料墙面	m²	23.99	单价	113.2	31.13	54.04	0.38	2.98	13.76	10.9
				合价	2715.67	746.88	1296.5	9.12	71.49	330.1	261.49
2-223	水泥砂浆粘贴面砖240×60（面砖灰缝10mm以内）	100m²	0.2399	单价	11319.91	3113.28	5404.33	38.01	298.26	1376.38	1089.65
				合价	2715.65	746.88	1296.5	9.12	71.55	330.19	261.41

序号	项目名称	计量单位	工程量	合计	合计	人工费	材料费	机械费	管理费	规费	利润
9	02020800101001 柱（梁）面装饰（雨篷底梁）	m²	1.72	单价	32.76	12.84	7.05	1.13	1.58	5.67	4.49
				合价	56.35	22.08	12.12	1.94	2.72	9.75	7.72
	2-125 矩形梁抹素水泥浆底水泥砂浆面（2mm＋11mm＋7mm）	100m²	0.0172	单价	3276.2	1283.74	704.94	112.92	157.75	567.54	449.31
				合价	56.35	22.08	12.12	1.94	2.71	9.76	7.73
10	02030100101001 天棚抹灰	m²	49.9	单价	53.84	11.83	30.31	0.93	1.4	5.23	4.14
				合价	2686.62	590.14	1512.52	46.39	69.86	260.98	206.59
	3-3 混凝土天棚抹素水泥浆底干拌砂浆面（2mm＋8mm＋7.5mm）	100m²	0.499	单价	2689.5	788.52	1103.83	75.4	97.17	348.6	275.98
				合价	1342.06	393.47	550.81	37.62	48.49	173.95	137.71
	3-13 矩形梁抹素水泥浆底混合砂浆面	100m²	0.0767	单价	3181.23	1295.35	586.28	114.36	159.2	572.67	453.37
				合价	244	99.35	44.97	8.77	12.21	43.92	34.77
	5-223 天棚及内墙面刷钙塑涂料（成品）	100m²	0.5757	单价	1911.43	169.04	1592.4		16.1	74.73	59.16
				合价	1100.41	97.32	916.74		9.27	43.02	34.06
11	02030200101001 天棚吊顶	m²	44.1	单价	102.93	18.71	67.52	0.09	1.79	8.27	6.55
				合价	4539.21	825.32	2977.65	3.93	78.94	364.71	288.86
	3-42 装配式U形轻钢天棚龙骨（不上人型,平面,规格600mm×600mm）	100m²	0.441	单价	6878.34	1147.03	4704.17	8.92	109.66	507.1	401.46
				合价	3033.35	505.84	2074.54	3.93	48.36	223.63	177.04
	3-114 石膏板天棚面层（安在U形轻钢龙骨上）	100m²	0.4266	单价	2958.05	724.44	1590.79		69	320.27	253.55
				合价	1261.9	309.05	678.63		29.44	136.63	108.16
	3-157 嵌入式不锈钢格栅	100m²	0.0144	单价	16955.89	724.44	15588.63		69	320.27	253.55
				合价	244.16	10.43	224.48		0.99	4.61	3.65
12	02040200501001 塑钢门	樘	1	单价	1721.64	148.33	1440.66	0.98	14.17	65.58	51.92
				合价	1721.64	148.33	1440.66	0.98	14.17	65.58	51.92
	4-37 全玻塑钢门安装（平开门）	100m²	0.0378	单价	45545.94	3924.05	38112.7	26.01	374.94	1734.82	1373.42
				合价	1721.64	148.33	1440.66	0.98	14.17	65.58	51.92
13	02040600701001 塑钢窗	樘	6	单价	1042.56	73.02	904.17	0.54	6.98	32.28	25.56
				合价	6255.36	438.14	5425.04	3.25	41.88	193.68	153.36
	4-99 单层塑钢窗安装	100m²	0.1296	单价	48266.66	3380.72	41859.87	25.06	323.14	1494.62	1183.25
				合价	6255.36	438.14	5425.04	3.25	41.88	193.7	153.35
14	02060500101001 雨篷吊挂饰面	m²	13.62	单价	135.25	62.31	14.77	1.35	7.47	27.55	21.81
				合价	1842.11	848.66	201.18	18.36	101.74	375.23	297.05
	3-17 阳台雨篷抹水泥砂浆底混合砂浆面（5mm＋20mm＋10mm）	100m²	0.1362	单价	13525.38	6231.02	1477.12	134.79	746.86	2754.73	2180.86
				合价	1842.16	848.66	201.18	18.36	101.72	375.19	297.03

复习思考题

1. 图形算量软件项目代码的输入依据是什么？重要性有哪些？
2. 在算量时当两个构件在某一部位重叠时图形算量软件如何处理？
3. 在清单计价软件中不同单位工程是否可以在同一个文件中计算为什么？
4. 在某个工程项目中如果图纸要求与软件中定额项目所用材料不同时怎么办？
5. 在画图算量时不同的单位工程同时在一个文件中全部画出时会出现什么情况？
6. 在清单计价软件中导入画图算量文件时是否可以导入不同单位工程的项目文件？
7. 在清单计价软件中导入画图算量文件后直接得出的计算结果应做哪些调整？

附录　建设工程工程量清单计价规范

(GB 50500—2008)(节选)

1　总则

1.0.1　为规范工程造价计价行为，统一建设工程工程量清单的编制和计价方法，根据《中华人民共和国建筑法》、《中华人民共和国合同法》、《中华人民共和国招标投标法》等法律法规，制定本规范。

1.0.2　本规范适用于建设工程工程量清单计价活动。

1.0.3　全部使用国有资金投资或国有资金投资为主(以下二者简称"国有资金投资")的工程建设项目，必须采用工程量清单计价。

1.0.4　非国有资金投资的工程建设项目，可采用工程量清单计价。

1.0.5　工程量清单、招标控制价、投标报价、工程价款结算等工程造价文件的编制与核对应由具有资格的工程造价专业人员承担。

1.0.6　建设工程工程量清单计价活动应遵循客观、公正、公平的原则。

1.0.7　本规范附录A、附录B、附录C、附录D、附录E、附录F应作为编制工程量清单的依据。

　　(1) 附录A为建筑工程工程量清单项目及计算规则，适用于工业与民用建筑物和构筑物工程。

　　(2) 附录B为装饰装修工程工程量清单项目及计算规则，适用于工业与民用建筑物和构筑物的装饰装修工程。

　　(3) 附录C为安装工程工程量清单项目及计算规则，适用于工业与民用安装工程。

　　(4) 附录D为市政工程工程量清单项目及计算规则，适用于城市市政建设工程。

　　(5) 附录E为园林绿化工程工程量清单项目及计算规则，适用于园林绿化工程。

　　(6) 附录F为矿山工程工程量清单项目及计算规则，适用于矿山工程。

1.0.8　建设工程工程量清单计价活动，除应遵守本规范外，尚应符合国家现行有关标准的规定。

2　术语

2.0.1　工程量清单

　　建设工程的分部分项工程项目、措施项目、其他项目、规费项目和税金项目的名称和相应数量等的明细清单。

2.0.2　项目编码

　　分部分项工程量清单项目名称的数字标识。

2.0.3　项目特征

　　构成分部分项工程量清单项目、措施项目自身价值的本质特征。

2.0.4　综合单价

　　完成一个规定计量单位的分部分项工程量清单项目或措施清单项目所需的人工费、材料费、施工机械使用费和企业管理费与利润，以及一定范围内的风险费用。

2.0.5　措施项目

　　为完成工程项目施工，发生于该工程施工准备和施工过程中的技术、生活、安全、环境保护等方面的非工程实体项目。

2.0.6 暂列金额

招标人在工程量清单中暂定并包括在合同价款中的一笔款项。用于施工合同签订时尚未确定或者不可预见的所需材料、设备、服务的采购，施工中可能发生的工程变更、合同约定调整因素出现时的工程价款调整以及发生的索赔、现场签证确认等的费用。

2.0.7 暂估价

招标人在工程量清单中提供的用于支付必然发生但暂时不能确定的材料的单价以及专业工程的金额。

2.0.8 计日工

在施工过程中，完成发包人提出的施工图纸以外的零星项目或工作，按合同中约定的综合单价计价。

2.0.9 总承包服务费

总承包人为配合协调发包人对工程分包自行采购的设备、材料等进行管理、服务以及施工现场管理、竣工资料汇总整理等服务所需的费用。

2.0.10 索赔

在合同履行过程中，对于非己方的过错而应由对方承担责任的情况造成的损失，向对方提出补偿的要求。

2.0.11 现场签证

发包人现场代表与承包人现场代表就施工过程中涉及的责任事件所做的签证证明。

2.0.12 企业定额

施工企业根据本企业的施工技术和管理水平而编制的人工、材料和施工机械台班等的消耗标准。

2.0.13 规费

根据省级政府或省级有关权力部门规定必须缴纳的，应计入建筑安装工程造价的费用。

2.0.14 税金

国家税法规定的应计入建筑安装工程造价内的营业税、城市维护建设税以及教育费附加等。

2.0.15 发包人

具有工程发包主体资格和支付工程价款能力的当事人以及取得该当事人资格的合法继承人。

2.0.16 承包人

被发包人接受的具有工程施工承包主体资格的当事人以及取得该当事人资格的合法继承人。

2.0.17 造价工程师

取得《造价工程师注册证书》，在一个单位注册从事建设工程造价活动的专业人员。

2.0.18 造价员

取得《全国建设工程造价员资格证书》，在一个单位注册从事建设工程造价活动的专业人员。

2.0.19 工程造价咨询人

取得工程造价咨询资质等级证书，接受委托从事建设工程造价咨询活动的企业。

2.0.20 招标控制价

招标人根据国家或省级、行业建设主管部门颁发的有关计价依据和办法，按设计施工图纸计算的，对招标工程限定的最高工程造价。

2.0.21 投标价

投标人投标时报出的工程造价。

2.0.22 合同价

发、承包人在施工合同中约定的工程造价。

2.0.23 竣工结算价

发、承包双方依据国家有关法律、法规和标准规定，按照合同约定的最终工程造价。

3 工程量清单编制

3.1 一般规定

3.1.1 工程量清单应由具有编制能力的招标人或受其委托，具有相应资质的工程造价咨询人编制。

3.1.2 采用工程量清单方式招标，工程量清单必须作为招标文件的组成部分，其准确性和完整性由招标人负责。

3.1.3 工程量清单是工程量清单计价的基础，应作为标准招标控制价、投标报价、计算工程量、支付工程款、调整合同价款、办理竣工结算以及工程索赔等的依据。

3.1.4 工程量清单应由分部分项工程量清单、措施项目清单、其他项目清单、规范项目清单、税金项目清单组成。

3.1.5 编制工程量清单的依据

（1）本规范。

（2）国家或省级、行业建设主管部门颁发的计价依据和办法。

（3）建设工程设计文件。

（4）与建设工程项目有关的标准、规范、技术资料。

（5）招标文件及其补充通知、答疑纪要。

（6）施工现场情况、工程特点及常规施工方案。

（7）其他相关资料。

3.2 分部分项工程量清单

3.2.1 分部分项工程量清单应包括项目编码、项目名称、项目特征、计量单位和工程量。

3.2.2 分部分项工程量清单应根据附录规定的项目编码、项目名称、项目特征、计量单位和工程量计算规则进行编制。

3.2.3 分部分项工程量清单的项目编码，应采用十二位阿拉伯数字表示。一至九位应按附录的规定设置，十至十二位应根据拟建工程的工程量清单项目名称设置，同一招标工程的项目编码不得有重码。

3.2.4 分部分项工程量清单的项目名称应按附录的项目名称结合拟建工程的实际确定。

3.2.5 分部分项工程量清单中所列工程量应按附录中规定的工程量计算规则计算。

3.2.6 分部分项工程量清单的计量单位应按附录中规定的计量单位确定。

3.2.7 分部分项工程量清单项目特征应按附录中规定的项目特征，结合拟建工程项目的实际予以描述。

3.2.8 编制工程量清单出现附录中未包括的项目，编制人应作补充，并报省级或行业工程造价管理机构备案，省级或行业工程造价管理机构应汇总报往住房和城乡建设部标准定额研究所。

补充项目的编码由附录的顺序码与 B 和三位阿拉伯数字组成，并应从×B001 起顺序编制，同一招标工程的项目不得重码。工程量清单中需附有补充项目的名称、项目特征、计量单位、工程量计算规则、工程内容。

3.3 措施项目清单

3.3.1 措施项目清单应根据拟建工程的实际情况列项。通用措施项目可按表 3.3.1 选择列项，专业工程的措施项目可按附录中规定的项目选择列项。若出现本规范未列的项目，可根据工程实际情况补充。

表 3.3.1 通用措施项目一览表

序号	项目名称	序号	项目名称
1	安全文明施工(含环境保护、文明施工、安全施工、临时设施)	5	大型机械设备进出场及安拆
		6	施工排水
2	夜间施工	7	施工降水
3	二次搬运	8	地上、地下设施、建筑物的临时保护设施
4	冬雨季施工	9	已完工程及设备保护

3.3.2 措施项目中可以计算工程量的项目清单宜采用分部分项工程量清单的方式编制，列出项目编码、项目名称、项目特征、计量单位和工程量计算规则；不能计算工程量的项目清单以"项"为计量单位。

3.4 其他项目清单

3.4.1 其他项目清单宜按照下列内容列项：

(1) 暂列金额。

(2) 暂估价：包括材料暂估价、专业工程暂估价。

(3) 计日工。

(4) 总承包服务费。

3.4.2 出现本规范第 3.4.1 条未列的项目，可根据工程实际情况补充。

3.5 规费项目清单

3.5.1 规费项目清单应按照下列内容列项：

(1) 工程排污费。

(2) 工程定额测定费。

(3) 社会保障费：包括养老保险费、失业保险费、医疗保险费。

(4) 住房公积金。

(5) 危险作业意外伤害保险。

3.5.2 出现本规范第 3.5.1 条未列的项目，应根据省级政府或省级有关权力部门的规定列项。

3.6 税金项目清单

3.6.1 税金项目清单应包括下列内容：

(1) 营业税；

(2) 城市维护建设税；

(3) 教育费附加。

3.6.2 出现本规范第 3.6.1 条未列的项目，应根据税务部门的规定列项。

4 工程量清单计价

4.1 一般规定

4.1.1 采用工程量清单计价，建设工程造价由分部分项工程费、措施项目费、其他项目费、规费和税金组成。

4.1.2 分部分项工程量清单应采用综合单价计价。

4.1.3 招标文件中的工程量清单标明的工程量是投标人投标报价的共同基础，竣工结算的工程量按发、承包双方在合同中约定应予计量且实际完成的工程量确定。

4.1.4 措施项目清单计价应根据拟建工程的施工组织设计，可以计算工程量的措施项目，应按分部分项工程量清单的方式采用综合单价计价；其余的措施项目可以"项"为单位的方式计价，应包括除规费、税金外的全部费用。

4.1.5 措施项目清单中的安全文明施工费应按照国家或省级、行业建设主管部门的规定计价，不得作为竞争性费用。

4.1.6 其他项目清单应根据工程特点和本规范第4.2.6、4.3.6、4.8.6条的规定计价。

4.1.7 招标人在工程量清单中提供了暂估价的材料和专业工程属于依法必须招标的，由承包人和招标人共同通过招标确定材料单价与专业工程分包价。

若材料不属于依法必须招标的，经发、承包双方协商确认单价后计价。

若专业工程不属于依法必须招标的，由发包人、总承包人与分包人按有关计价依据进行计价。

4.1.8 规费和税金应按国家或省级、行业建设主管部门的规定计算，不得作为竞争性费用。

4.1.9 采用工程量清单计价的工程，应在招标文件或合同中明确风险内容及其范围（幅度），不得采用无限风险、所有风险或类似语句规定风险内容及其范围（幅度）。

4.2 招标控制价

4.2.1 国有资金投资的工程建设项目应实行工程量清单招标，并应编制招标控制价。招标控制价超过批准的概算时，招标人应将其报原概算部门审核。投标人的投标报价高于招标控制价的，其投标应予以拒绝。

4.2.2 招标控制价应由具有编制能力的招标人或受其委托具有相应资质的工程造价咨询人编制。

4.2.3 招标控制价应根据下列依据编制：

（1）本规范；

（2）国家或省级、行业建设主管部门颁发的计价定额和计价办法；

（3）建设工程设计文件及相关资料；

（4）招标文件中的工程量清单及有关要求；

（5）与建设项目相关的标准、规范、技术资料；

（6）工程造价管理机构发布的工程造价信息，工程造价信息没有发布的参照市场价；

（7）其他的相关资料。

4.2.4 分部分项工程费应根据招标文件中的分部分项工程量清单项目的特征描述及有关要求，按本规范第4.2.3条的规定确定综合单价计算。

综合单价中应包括招标文件中要求投标人承担的风险费用。

招标文件提供了暂估单价的材料，按暂估的单价计入综合单价。

4.2.5 措施项目费应根据招标文件中的措施项目清单按本规范第4.1.4条、第4.1.5条和第4.2.3条的规定计价。

4.2.6 其他项目费应按下列规定计价：

（1）暂列金额应根据工程特点，按有关计价规定估算；

（2）暂估价中的材料单价应根据工程造价信息或参照市场价格估算，暂估价中的专业工程金额应分不同专业，按有关计价规定估算；

（3）计日工应根据工程特点和有关计价依据计算；

（4）总承包服务费应根据招标文件列出的内容和要求估算。

4.2.7 规费和税金应按本规范第4.1.8条的规定计算。

4.2.8 招标控制价应在招标时公布，不应上调或下浮，招标人应将招标控制价及有关资料报送工程所在地工程造价管理机构备查。

4.2.9 投标人经复核认为招标人公布的招标控制价未按照本规范的规定编制的，应在开标前5天向招投标监督机构或（和）工程造价管理机构投诉。

招投标监督机构应会同工程造价管理机构对投诉进行处理，发现有错误的，应责成招标人修改。

4.3 投标价

4.3.1 除本规范强制性规定外，投标价由投标人自主确定，但不得低于成本。

投标价应由投标人或受其委托具有相应资质的工程造价咨询人编制。

4.3.2 投标人应按招标人提供的工程量清单填报价格。填写的项目编码、项目名称、项目特征、计量单位、工程量必须与招标人提供的一致。

4.3.3 投标报价应根据下列依据编制：

（1）本规范；

（2）国家或省级、行业建设主管部门颁发的计价办法；

（3）企业定额，国家或省级、行业建设主管部门颁发的计价定额；

（4）招标文件、工程量清单及其补充通知、答疑纪要；

（5）建设工程设计文件及相关资料；

（6）施工现场情况、工程特点及拟定的投标施工组织设计或施工方案；

（7）与建设项目相关的标准、规范等技术资料；

（8）市场价格信息或工程造价管理机构发布的工程造价信息；

（9）其他的相关资料。

4.3.4 分部分项工程费应依据本规范第2.0.4条综合单价的组成内容，按招标文件中分部分项工程量清单项目的特征描述确定综合单价计算。

综合单价中应考虑招标文件中要求投标人承担的风险费用。

招标文件中提供了暂估单价的材料，按暂估的单价计入综合单价。

4.3.5 投标人可根据工程实际情况结合施工组织设计，对招标人所列的措施项目进行增补。

措施项目费应根据招标文件中的措施项目清单及投标时拟定的施工组织设计或施工方案按本规范第4.1.4条的规定自主确定。其中安全文明施工费应按照本规范第4.1.5条的规定确定。

4.3.6 其他项目费应按下列规定报价：

（1）暂列金额应按招标人在其他项目清单中列出的金额填写；

（2）材料暂估价应按招标人在其他项目清单中列出的单价计入综合单价，专业工程暂估价应按招标人在其他项目清单中列出的金额填写；

（3）计日工按招标人在其他项目清单中列出的项目和数量，自主确定综合单价并计算计日工费用；

（4）总承包服务费根据招标文件中列出的内容和提出的要求自主确定。

4.3.7 规费和税金应按本规范第4.1.8条的规定确定。

4.3.8 投标总价应当与分部分项工程费、措施项目费、其他项目费和规费、税金的合计金额一致。

4.4 工程合同价款的约定

4.4.1 实行招标的工程合同价款应在中标通知书发出之日起30天内，由发、承包人双方依据招标文件和中标人的投标文件在书面合同中约定。

不实行招标的工程合同价款，在发、承包人双方认可的工程价款基础上，由发、承包人双方在合同中约定。

4.4.2　实行招标的工程，合同约定不得违背招、投标文件中关于工期、造价、质量等方面的实质性内容。招标文件与中标人投标文件不一致的地方，以投标文件为准。

4.4.3　实行工程量清单计价的工程，宜采用单价合同。

4.4.4　发、承包人双方应在合同条款中对下列事项进行约定；合同中没有约定或约定不明的，由双方协商确定；协商不能达成一致的按本规范执行。

　　（1）预付工程款的数额、支付时间及抵扣方式；
　　（2）工程计量与支付工程进度款的方式、数额及时间；
　　（3）工程价款的调整因素、方法、程序、支付及时间；
　　（4）索赔与现场签证的程序、金额确认与支付时间；
　　（5）发生工程价款争议的解决方法及时间；
　　（6）承担风险的内容、范围以及超出约定内容、范围的调整办法；
　　（7）工程竣工价款结算编制与核对、支付及时间；
　　（8）工程质量保证（保修）金的数额、预扣方式及时间；
　　（9）与履行合同、支付价款有关的其他事项等。

4.5　工程计量与价款支付

4.5.1　发包人应按照合同约定支付工程预付款。支付的工程预付款，按照合同约定在工程进度中抵扣。

4.5.2　发包人支付工程进度款，应按照合同约定计量和支付，支付周期同计量周期。

4.5.3　工程计量时，若发现工程量清单中出现漏项、工程量计算偏差以及工程变更引起工程量的增减，应按承包人在履行合同义务过程中实际完成的工程量计算。

4.5.4　承包人应按照合同约定向发包人递交已完工程量报告，发包人应在接到报告后按合同约定进行核对。

4.5.5　承包人应在每个付款周期末向发包人递交进度款支付申请，并附相应的证明文件。除合同另有约定外，进度款支付申请应包括下列内容：

　　（1）本周期已完成工程的价款；
　　（2）累计已完成的工程价款；
　　（3）累计已支付的工程价款；
　　（4）本周期已完成计日工金额；
　　（5）应增加和扣减的变更金额；
　　（6）应增加和扣减的索赔金额；
　　（7）应抵扣的工程预付款；
　　（8）应扣减的质量保证金；
　　（9）根据合同应增加和扣减的其他金额；
　　（10）本付款周期实际应支付的工程价款。

4.5.6　发包人在收到承包人递交的工程进度款支付申请及相应的证明文件后，应在合同约定时间内核对和支付工程进度款。发包人应扣回的工程预付款与工程进度款同期结算抵扣。

4.5.7　发包人未在合同约定时间内支付工程进度款，承包人应及时向发包人发出要求付款的通知，发包人收到承包人通知后仍不按要求付款，可与承包人协商签订延期付款协议，经承包人同意后延期支付。协议应明确延期支付的时间和从付款申请生效后按同期银行贷款利率计算应付款的利息。

4.5.8　发包人不按合同约定支付工程进度款，双方又未达成延期付款协议，导致施工无法进行时，承包人可停止施工，由发包人承担违约责任。

4.6 索赔与现场签证

4.6.1 合同一方向另一方提出索赔，应有正当的索赔理由和有效证据，并应符合合同的相关约定。

4.6.2 若承包人认为非承包人原因发生的事件造成了承包人的经济损失，承包人应在确认该事件发生后，按合同约定向发包人发出索赔通知。

4.6.3 承包人索赔按下列程序处理：

（1）承包人在合同约定的时间内向发包人递交费用索赔意向通知书。

（2）发包人指定专人收集与索赔有关的资料。

（3）承包人在合同约定的时间内向发包人递交费用索赔申请表。

（4）发包人指定的专人初步审查费用索赔申请表，符合本规范第4.6.1条规定的条件时予以受理。

（5）发包人指定的专人进行费用索赔核对，经造价工程师复核索赔金额后，与承包人协商确定并由发包人批准。

（6）发包人指定的专人应在合同约定的时间内签署费用索赔审批表，或发出要求承包人提交有关索赔的进一步详细资料的通知，待收到承包人提交的详细资料后，按本条第4、第5款的程序进行。

4.6.4 若承包人的费用索赔与工程延期索赔要求相关联时，发包人在做出费用索赔的批准决定时，应结合工程延期的批准，综合做出费用索赔与工程延期的决定。

4.6.5 若发包人认为由于承包人的原因造成额外损失，发包人应在确认引起索赔的事件后按合同约定向承包人发出索赔通知。

承包人在收到发包人索赔通知后并在合同约定时间内，未向发包人做出答复，视为该项索赔已经认可。

4.6.6 承包人应发包人要求完成合同以外的零星工作或非承包人责任事件发生时，承包人应按合同约定及时向发包人提出现场签证。

4.6.7 发、承包人双方确认的索赔与现场签证费用与工程进度款同期支付。

4.7 工程价款调整

4.7.1 招标工程以投标截止日前28天，非招标工程以合同签订前28天为基准日，其后国家的法律、法规、规章和政策发生变化影响工程造价的，应按省级或行业建设主管部门或其授权的工程造价管理机构发布的规定调整合同价款。

4.7.2 若施工中出现施工图纸（含设计变更）与工程量清单项目特征描述不符的，发、承包双方应按新的项目特征确定相应工程量清单的综合单价。

4.7.3 因分部分项工程量清单漏项或非承包人原因的工程变更，造成增加新的工程量清单项目，其对应的综合单价按下列方法确定：

（1）合同中已有适用的综合单价，按合同中已有的综合单价确定；

（2）合同中有类似的综合单价，参照类似的综合单价确定；

（3）合同中没有适用或类似的综合单价，由承包人提出综合单价，经发包人确认后执行。

4.7.4 因分部分项工程量清单漏项或非承包人原因的工程变更，引起措施项目发生变化，造成施工组织设计或施工方案变更，原措施费中已有的措施项目，按原有措施费的组价方法调整；原措施费中没有的措施项目，由承包人根据措施项目变更情况提出适当的措施费变更，经发包人确认后调整。

4.7.5 因非承包人原因引起的工程量增减，该项工程量变化在合同约定幅度以内的，应执行原有的综合单价；该项工程量变化在合同约定幅度以外的，其综合单价及措施费应予以调整。

4.7.6 若施工期内市场价格波动超出一定幅度时，应按合同约定调整工程价款；合同没有约定或约定不明确的，应按省级或行业建设主管部门或其授权的工程造价管理机构的规定调整。

4.7.7 因不可抗力事件导致的费用，发、承包双方应按以下原则分别承担并调整工程价款。

（1）工程本身的损害、因工程损害导致第三方人员伤亡和财产损失以及运至施工现场用于施工的材料和待安装的设备的损害，由发包人承担；

（2）发包人、承包人人员伤亡由其所在单位负责，并承担相应费用；

（3）承包人的施工机械设备的损坏及停工损失，由承包人承担；

（4）停工期间，承包人应发包人要求留在施工现场的必要的管理人员及保卫人员的费用，由发包人承担；

（5）工程所需清理、修复费用，由发包人承担。

4.7.8 工程价款调整报告应由受益方在合同约定时间内向合同的另一方提出，经对方确认后调整合同价款。受益方未在合同约定时间内提出工程价款调整报告的，视为不涉及合同价款的调整。

收到工程价款调整报告的一方应在合同约定时间内确认或提出协商意见，否则视为工程价款调整报告已经确认。

4.7.9 经发、承包双方确定调整的工程价款，作为追加（减）合同价款与工程进度款同期支付。

4.8 竣工结算

4.8.1 工程完工后，发、承包双方应在合同约定时间内办理工程竣工结算。

4.8.2 工程竣工结算由承包人或受其委托具有相应资质的工程造价咨询人编制，由发包人或受其委托具有相应资质的工程造价咨询人核对。

4.8.3 工程竣工结算应依据：

（1）本规范；

（2）施工合同；

（3）工程竣工图纸及资料；

（4）双方确认的工程量；

（5）双方确认追加（减）的工程价款；

（6）双方确认的索赔、现场签证事项及价款；

（7）投标文件；

（8）招标文件；

（9）其他依据。

4.8.4 分部分项工程量费应依据双方确认的工程量、合同约定的综合单价计算；如发生调整的，以发、承包双方确认调整的综合单价计算。

4.8.5 措施项目费应依据合同约定的项目和金额计算；如发生调整的，以发、承包双方确认调整的金额计算，其中安全文明施工费应按本规范第4.1.5条的规定计算。

4.8.6 其他项目费用应按下列规定计算：

（1）计日工应按发包人实际签证确认的事项计算；

（2）暂估价中的材料单价应按发、承包双方的最终确认价在综合单价中调整；专业工程暂估价应按中标价或发包人、承包人与分包人的最终确认价计算；

（3）总承包服务费应依据合同约定金额计算，如发生调整的，以发、承包双方确认调整的金额计算；

  (4) 索赔费用应依据发、承包双方确认的索赔事项和金额计算；

  (5) 现场签证费用应依据发、承包双方签证资料确认的金额计算；

  (6) 暂列金额应减去工程价款调整与索赔、现场签证金额计算，如有余额归发包人。

4.8.7 规费和税金应按本规范第4.1.8条的规定计算。

4.8.8 承包人应在合同约定时间内编制完成竣工结算书，并在提交竣工验收报告的同时递交给发包人。

  承包人未在合同约定时间内递交竣工结算书，经发包人催促后仍未提供或没有明确答复的，发包人可以根据已有资料办理结算。

4.8.9 发包人在收到承包人递交的竣工结算书后，应按合同约定时间核对。

  同一工程竣工结算核对完成，发、承包双方签字确认后，禁止发包人又要求承包人与另一个或多个工程造价咨询人重复核对竣工结算。

4.8.10 发包人或受其委托的工程造价咨询人收到承包人递交的竣工结算书后，在合同约定时间内，不核对竣工结算或未提出核对意见的，视为承包人递交的竣工结算书已经认可，发包人应向承包人支付工程结算价款。

  承包人在接到发包人提出的核对意见后，在合同约定时间内，不确认也未提出异议的，视为发包人提出的核对意见已经被认可，竣工结算办理完毕。

4.8.11 发包人应对承包人递交的竣工结算书签收，拒不签收的，承包人可以不交付竣工工程。

  承包人未在合同约定时间内递交竣工结算书的，发包人要求交付竣工工程，承包人应当交付。

4.8.12 竣工结算办理完毕，发包人应将竣工结算书报送工程所在地工程造价管理机构备案。竣工结算书作为工程竣工验收备案、交付使用的必备文件。

4.8.13 竣工结算办理完毕，发包人应根据确认的竣工结算书在合同约定时间内向承包人支付工程竣工结算价款。

4.8.14 发包人未在合同约定时间内向承包人支付工程结算价款的，承包人可催告发包人支付结算价款。如达成延期支付协议的，发包人应按同期银行同类贷款利率支付拖欠工程价款的利息。如未达成延期支付协议，承包人可以与发包人协商将该工程折价，或申请人民法院将该工程依法拍卖，承包人就该工程折价或者拍卖的价款优先受偿。

4.9 **工程计价争议处理**

4.9.1 在工程计价中，对工程造价计价依据、办法以及相关政策规定发生争议事项的，由工程造价管理机构负责解释。

4.9.2 发包人对工程质量有异议，拒绝办理工程竣工结算的，已竣工验收或已竣工未验收但实际投入使用的工程，其质量争议按该工程保修合同执行，竣工结算按合同约定办理；已竣工未验收且未实际投入使用的工程以及停工、停建工程的质量争议，双方应就有争议的部分委托有资质的检测鉴定机构进行检测，根据检测结果确定解决方案，或按工程质量监督机构的处理决定执行后办理竣工结算，无争议部分的竣工结算按合同约定办理。

4.9.3 发、承包双方发生工程造价合同纠纷时，应通过下列办法解决：

  (1) 双方协商；

  (2) 提请调解，工程造价管理机构负责调解工程造价问题；

  (3) 按合同约定向仲裁机构申请仲裁或向人民法院起诉。

4.9.4 在合同纠纷案件处理中，需做工程造价鉴定的，应委托具有相应资质的工程造价咨询人进行。

附录 A　建筑工程工程量清单项目及计算规则

A.1　土（石）方工程

A.1.1　土方工程。工程量清单项目设置及工程量计算规则，应按表 A1.1 的规定执行。

表 A.1.1　土方工程（编码：010101）

项目编码	项目名称	项目特征	计量单位	工程量计算规则	工程内容
010101001	平整场地	1. 土壤类别 2. 弃土运距 3. 取土运距	m²	按设计图示尺寸以建筑物首层面积计算	1. 土方吊填 2. 场地找平 3. 运输
010101002	挖土方	1. 土壤类别 2. 挖土平均厚度 3. 弃土运距	m³	按设计图示尺寸以体积计算	1. 排地表水 2. 土方开挖 3. 挡土板支拆 4. 截桩头 5. 基底钎探 6. 运输
010101003	挖基础土方	1. 土壤类别 2. 基础类型 3. 垫层底宽、底面积 4. 挖土深度 5. 弃土运距		按设计图示尺寸以基础垫层底面积乘以挖土深度计算	
010101004	冻土开挖	1. 冻土厚度 2. 弃土运距		按设计图示尺寸开挖面积乘以厚度以体积计算	1. 打眼、装药、爆破 2. 开挖 3. 清理 4. 运输
010101005	挖淤泥、流砂	1. 挖掘深度 2. 弃淤泥、流砂距离		按设计图示位置、界限以体积计算	1. 挖淤泥、流砂 2. 弃淤泥、流砂
010101006	管沟土方	1. 土壤类别 2. 管外径 3. 挖沟平均深度 4. 弃土石运距 5. 回填要求	m	按设计图示以管道中心线长度计算	1. 排地表水 2. 土方开挖 3. 挡土板支拆 4. 运输 5. 回填

A.1.2　石方工程。工程量清单项目设置及工程量计算规则，应按表 A.1.2 的规定执行。

表 A.1.2　石方工程（编码：010102）

项目编码	项目名称	项目特征	计量单位	工程量计算规则	工程内容
010102001	预裂爆破	1. 岩石类别 2. 单孔深度 3. 单孔装药量 4. 炸药品种、规格 5. 雷管品种、规格	m	按设计图示以钻孔总长度计算	1. 打眼、装药、放炮 2. 处理渗水、积水 3. 安全防护、警卫
010102002	石方开挖	1. 岩石类别 2. 开凿深度 3. 弃碴运距 4. 光面爆破要求 5. 基底摊座要求 6. 爆破石块直径要求	m³	按设计图示尺寸以体积计算	1. 打眼、装药、放炮 2. 处理渗水、积水 3. 解冻 4. 岩石开凿 5. 摊座 6. 清理 7. 运输 8. 安全防护、警卫
010102003	管沟石方	1. 岩石类别 2. 管外径 3. 开凿深度 4. 弃碴运距 5. 基底摊座要求 6. 爆破石块直径要求	m	按设计图示以管道中心线长度计算	1. 石方开凿、爆破 2. 处理渗水、积水 3. 解冻 4. 摊座 5. 清理、运输、回填 6. 安全防护、警卫

A.1.3　土石方运输与回填。工程量清节项目设置及工程量计算规则，应按表 A.1.3 的规定执行。

表 A.1.3　土石方回填（编码：010103）

项目编码	项目名称	项目特征	计量单位	工程量计算规则	工程内容
010103001	土（石）方回填	1. 土质要求 2. 密实度要求 3. 粒径要求 4. 夯填（碾压） 5. 松填 6. 运输距离	m³	按设计图示尺寸以体积计算。 注：1. 场地回填：回填面积乘以平均回填厚度。 2. 中内回填：主墙间净面积乘以回填厚度。 3. 基础回填：挖方体积减去设计室外地坪以下埋设的基础体积（包括基础垫层及其他构筑物）	1. 挖土方 2. 装卸、运输 3. 回填 4. 分层碾压、夯实

A.1.4　其他相关问题应按下列规定处理。

1　土壤及岩石的分类应按表 A.1.4-1 确定。

表 A.1.4-1　土壤及岩石（普氏）分类表

土石分类	普氏分类	土壤及岩石名称	天然湿度下平均容重/(kg/m³)	极限压碎强度/(kg/cm²)	用轻钻孔机钻进 1m 耗时/min	开挖方法及工具	紧固系数 f
一、二类土壤	Ⅰ	砂 砂壤土 腐殖土 泥炭	1500 1600 1200 600			用尖锹开挖	0.5～0.6
	Ⅱ	轻壤和黄土类土 潮湿而松散的黄土，软的盐渍土和碱土 平均 15mm 以内的松散而软的砾石 含有草根的密实腐殖土 含有直径在 30mm 以内根类的泥炭和腐殖土 掺有卵石、碎石和石屑的砂和腐殖土 含有卵石或碎石杂质的胶结成块的填土 含有卵石、碎石和建筑料杂质的砂壤土	1600 1600 1700 1400 1100 1650 1750 1900			用锹开挖并少数用镐开挖	0.6～0.8
三类土壤	Ⅲ	肥黏土，其中包括石炭纪、侏罗纪的黏土和冰黏土 重壤土、粗砾石，粒径为 15～40mm 的碎石和卵石 干黄土和掺有碎石或卵石的自然含水量黄土 含有直径大于 30mm 根类的腐殖土或泥炭 掺有碎石或卵石和建筑碎料的土壤	1800 1750 1790 1400 1900			用尖锹并同时用镐开挖（30%）	0.8～1.0
四类土壤	Ⅳ	土含碎石重黏土，其中包括侏罗纪和石英纪的硬黏土 含有碎石、卵石、建筑碎料和质量达 25kg 的顽石（总体积 10% 以内）等杂质的肥黏土和重壤土 冰渍黏土，含有质量在 50kg 以内的巨砾，其含量为总体积 10% 以内 泥板岩 不含或含有质量达 10kg 的顽石	1950 1950 2000 2000 1950			用尖锹并同时用镐和撬棍开挖(30%)	1.0～1.5
松石	Ⅴ	含有质量在 50kg 以内的巨砾（占体积 10% 以上）的冰渍石 矽藻岩和软白垩岩 胶结力弱的砾岩 各种不坚实的片岩 石膏	2100 1800 1900 2600 2200	小于 200	小于 3.5	部分用手凿工具，部分用爆破来开挖	1.5～2.0
次坚石	Ⅵ	凝灰岩和浮石 松软多孔和裂隙严重的石灰岩和介质石灰岩 中等硬变的片岩 中等硬变的泥灰岩	1100 1200 2700 2300	200～400	3.5		2～4
	Ⅶ	石灰石胶结的带有卵石和沉积岩的砾石 风化的和有大裂缝的黏土质砂岩 坚实的泥板岩 坚实的泥灰岩	2200 2000 2800 2500	400～600	6.0	用风镐和爆破法开挖	4～6
	Ⅷ	砾质花岗岩 泥灰质石灰岩 黏土质砂岩 砂质云母片岩 硬石膏	2300 2300 2200 2300 2900	600～800	8.5		6～8

土石分类	普氏分类	土壤及岩石名称	天然湿度下平均容重/(kg/m³)	极限压碎强度/(kg/cm²)	用轻钻孔机钻进1m耗时/min	开挖方法及工具	紧固系数 f
普坚石	IX	严重风化的软弱的花岗岩、片麻岩和正长岩 滑石化的蛇纹岩 致密的石灰岩 含有卵石、沉积岩的渣质胶结的砾岩 砂岩 砂质石灰质片岩 菱镁矿	2500 2400 2500 2500 2500 2500 3000	800～1000	11.5	用爆破方法开挖	8～10
普坚石	X	白云石 坚固的石灰岩 大理石 石灰胶结的致密砾石 坚固砂质片岩	2700 2700 2700 2600 2600	1000～1200	15.0	用爆破方法开挖	10～12
普坚石	XI	粗花岗岩 非常坚硬的白云岩 蛇纹岩 石灰质胶结的含有火成岩之卵石的砾石 石英胶结的坚固砂岩 粗粒正长岩	2800 2900 2600 2800 2700 2700	1200～1400	18.5		12～14
普坚石	XII	具有风化痕迹的安山岩和玄武岩 片麻岩 非常坚固的石炭岩 硅质胶结的含有火成岩之卵石的砾岩 粗石岩	2700 2600 2900 2900 2600	1400～1600	22.0		14～16
特坚石	XIII	中粒花岗岩 坚固的片麻岩 辉绿岩 玢岩 坚固的粗面岩 中粒正长岩 非常坚硬的细粒花岗岩 花岗岩麻岩	3100 2800 2700 2500 2800 2800 3300 2900	1600～1800	27.5	用爆破方法开挖	16～18
特坚石	XIV	闪长岩 高硬度的石灰岩 坚固的玢岩	2900 3100 2700	1800～2000	32.5		18～20
特坚石	XV	安山岩、玄武岩、坚固的角页岩 高硬度的辉绿岩和闪长岩 坚固的辉长岩和石英岩	3100 2900 2800	2000～2500	46.0		20～25
特坚石	XVI	拉长玄武岩和橄榄玄武岩 特别坚固的辉长辉绿岩、石英石和玢岩	3300 3300	大于2500	大于60		大于25

2 土石方体积应按挖掘前的天然密实体积计算。如需按天然密实体积折算时，应按表 A.1.4-2 的系数计算。

表 A.1.4-2 土石方体积折算系数表

天然密实度体积	虚方体积	夯实后体积	松填体积	天然密实度体积	虚方体积	夯实后体积	松填体积
1.00	1.30	0.87	1.08	1.15	1.49	1.00	1.24
0.77	1.00	0.67	0.83	0.93	1.20	0.81	1.00

3 挖土方平均厚度应按自然地面测量标高至设计地坪标高间的平均厚度确定。基础土方、石方开挖深度应按基础垫层底表面标高至交付施工场地标高确定，无交付施工场地标高时，应按自然地面标高确定。

4 建筑物场地厚度在±30cm 以内的挖、填、运、找平，应按 A.1.1 中平整场地项目编码列项。±30cm 以外的竖向布置挖土或山坡切土，应按 A.1.1 中挖土方项目编码列项。

5 挖基础土方包括带形基础、独立基础、满堂基础（包括地下室基础）及设备基础、人工挖孔桩等的挖方。带形基础应按不同底宽和深度，独立基础和满堂基础应按不同底面积和深度分别编码列项。

6 管沟土（石）方工程量应按设计图示尺寸以长度计算。有管沟设计时，平均深度以沟垫层底表面标高至交付施工场地标高计算；无管沟设计时，直埋管深度应按管底外表面标高至交付施工场地标高的平均高度计算。

7 设计要求采用减震孔方式减弱爆破震动波时，应按 A.1.2 中的预裂爆破项目编码列项。

8 湿土的划分应按地质资料提供的地下常水位为界，地下常水位以下为湿土。

9 挖方出现流砂、淤泥时，可根据实际情况由发包人与承包人双方认证。

A.2 桩与地基基础工程

A.2.1 混凝土桩。工程量清单项目设置及工程量计算规则，应按表 A.2.1 的规定执行。

表 A.2.1 混凝土桩（编码：010201）

项目编码	项目名称	项目特征	计量单位	工程量计算规则	工程内容
010201001	预制钢筋混凝土桩	1. 土壤级别 2. 单桩长度、根数 3. 桩截面 4. 板桩面积 5. 管桩填充材料种类 6. 桩倾斜度 7. 混凝土强度等级 8. 防护材料种类	m/根	按设计图示尺寸以桩长（包括桩尖）或根数计算	1. 桩制作、运输 2. 打桩、试验桩、斜桩 3. 送桩 4. 管桩填充材料、刷防护材料 5. 清理、运输
010201002	接桩	1. 桩截面 2. 接头长度 3. 接桩材料	个/m	按设计图示规定以接头数量（板桩按接头长度）计算	1. 桩制作、运输 2. 接桩、材料运输
010201003	混凝土灌注桩	1. 土壤级别 2. 单桩长度、根数 3. 桩截面 4. 成孔方法 5. 混凝土强度等级	m/根	按设计图示尺寸以桩长（包括桩尖）或根数计算	1. 成孔、固壁 2. 混凝土制作、运输、灌注、振捣、养护 3. 泥浆池及沟槽砌筑、拆除 4. 泥浆制作、运输 5. 清理、运输

A.2.2 其他桩。工程量清单项目设置及工程量计算规则，应按表 A.2.2 的规定执行。

表 A.2.2 其他桩（编码：010202）

项目编码	项目名称	项目特征	计量单位	工程量计算规则	工程内容
010202001	砂石灌注桩	1. 土壤级别 2. 桩长 3. 桩截面 4. 成孔方法 5. 砂石级配			1. 成孔 2. 砂石运输 3. 填充 4. 振实
010202002	灰土挤密桩	1. 土壤级别 2. 桩长 3. 桩截面 4. 成孔方法 5. 灰土级配	m	按设计图示尺寸以桩长（包括桩尖）计算	1. 成孔 2. 灰土拌和、运输 3. 填充 4. 夯实
010202003	旋喷桩	1. 桩长 2. 桩截面 3. 水泥强度等级			1. 成孔 2. 水泥浆制作、运输 3. 水泥浆旋喷
010202004	喷粉桩	1. 桩长 2. 桩截面 3. 粉体种类 4. 水泥强度等级 5. 石灰粉要求			1. 成孔 2. 粉体运输 3. 喷粉固化

A.2.3 地基与边坡处理。工程量清单项目设置及工程量计算规则，应按表 A.2.3 的规定执行。

项目编码	项目名称	项目特征	计量单位	工程量计算规则	工程内容
010203001	地下连续墙	1. 墙体厚度 2. 成倍深度 3. 混凝土强度等级	m³	按设计图示墙中心线长乘以厚度乘以槽深以体积计算	1. 挖土成槽、余土运输 2. 导墙制作、安装 3. 锁口管吊拔 4. 浇注混凝土连续墙 5. 材料运输
010203002	振冲灌注碎石	1. 振冲深度 2. 成孔直径 3. 碎石级配		按设计图示孔深乘以孔截面积以体积计算	1. 成孔 2. 碎石运输 3. 灌注、振实
010203003	地基强夯	1. 夯击能量 2. 夯击遍数 3. 地耐力要求 4. 夯填材料种类		按设计图示尺寸以面积计算	1. 铺夯填材料 2. 强夯 3. 夯填材料运输
010203004	锚杆支护	1. 锚孔直径 2. 锚孔平均深度 3. 锚固方法、浆液种类 4. 支护厚度、材料种类 5. 混凝土强度等级 6. 砂浆强度等级	m²	按设计图示尺寸以支护面积计算	1. 钻孔 2. 浆液制作、运输、压浆 3. 张拉锚固 4. 混凝土制作、运输、喷射、养护 5. 砂浆制作、运输、喷射、养护
010203005	土钉支护	1. 支护厚度、材料种类 2. 混凝土强度等级 3. 砂浆强度等级			1. 钉土钉 2. 挂网 3. 混凝土制作、运输、喷射、养护 4. 砂浆制作、运输、喷射、养护

A.2.4　其他相关问题应按下列规定处理。

1　土壤级别按表 A.2.4 确定。

表 A.2.4　土质鉴别表

内　　容		土　壤　级　别	
		一级土	二级土
砂夹层	砂层连续厚度	<1m	>1m
	砂层中卵石含量	—	<15%
物理性能	压缩系数	>0.02	<0.02
	孔隙比	>0.7	<0.7
力学性能	静力触探值	<15	>50
	动力触探系数	<12	>12
每米纯沉桩时间平均值		<2min	>2min
说明		桩经外力作用较易沉入的土，土壤中夹有较薄的砂层	桩经外力作用较难沉入的土，土壤中夹有不超过 3m 的连续厚度砂层

2　混凝土灌注桩的钢筋笼、地下连续墙的钢筋网制作、安装，应按 A.4 中相关项目编码列项。

A.3　砌筑工程

A.3.1　砖基础。工程量清单项目设置及工程量计算规则，应按表 A.3.1 的规定执行。

表 A.3.1　砖基础（编码：010301）

项目编码	项目名称	项目特征	计量单位	工程量计算规则	工程内容
010301001	砖基础	1. 砖品种、规格、强度等级 2. 基础类型 3. 基础深度 4. 砂浆强度等级	m³	按设计图示尺寸以体积计算。包括附墙垛基础宽出部分体积，扣除地梁（圈梁）、构造柱所占体积，不扣除基础大放脚 T 形接头处的重叠部分及嵌入基础内的钢筋、铁件、管道、基础砂浆防潮层和单个面积 0.3m² 以内的孔洞所占体积，靠墙暖气沟的挑檐不增加。基础长度：外墙按中心线，内墙按净长线计算	1. 砂浆制作、运输 2. 砌砖 3. 防潮层铺设 4. 材料运输

A.3.2 砖砌体。工程量清单项目设置及工程量计算规则，应按表 A.3.2 的规定执行。

表 A.3.2　砖砌体（编码：010302）

项目编码	项目名称	项目特征	计量单位	工程量计算规则	工程内容
010302001	实心砖墙	1. 砖品种、规格、强度等级 2. 墙体类型 3. 墙体厚度 4. 墙体高度 5. 勾缝要求 6. 砂浆强度等级、配合比	m³	按设计图示尺寸以体积计算。扣除门窗洞口、过人洞、空圈、嵌入墙内的钢筋混凝土柱、梁、圈梁、挑梁、过梁及凹进墙内的壁龛、管槽、暖气槽、消火栓箱所占体积。不扣除梁头、板头、檩头、垫木、木楞头、沿缘木、木砖、门窗走头、砖墙内加固钢筋、木筋、铁件、钢管及单个面积0.3m² 以内的孔洞所占体积。凸出墙面的腰线、挑檐、压顶、窗台线、虎头砖、门窗套的体积亦不增加。凸出墙面的砖垛并入墙体体积内计算。 1. 墙长度 外墙按中心线，内墙按净长计算。 2. 墙高度 （1）外墙：斜（坡）屋面无檐口天棚者算至屋面板底；有屋架且室内外均有天棚者算至屋架下弦底另加 200mm；无天棚者算至屋架下弦底另加 300mm；出檐宽度超过 600mm 时按实砌高度计算；平屋面算至钢筋混凝土板底。 （2）内墙：位于屋架下弦者，算至屋架下弦底；无屋架者算至天棚底另加100mm；有钢筋混凝土楼板隔层者算至楼板顶；有框架梁时算至梁底。 （3）女儿墙：从屋面板上表面算至女儿墙顶面（如有混凝土压顶时算至压顶下表面）。 （4）内、外山墙：按其平均高度计算。 3. 围墙 高度算至压顶上表面（如有混凝土压顶时算至压顶下表面），围墙柱并入围墙体积内	1. 砂浆制作、运输 2. 砌砖 3. 勾缝 4. 砖压顶砌筑 5. 材料运输
010302002	空斗墙	1. 砖品种、规格、强度等级 2. 墙体类型 3. 墙体厚度 4. 勾缝要求 5. 砂浆强度等级、配合比		按设计图示尺寸以空斗墙外形体积计算，墙角、内外墙交接处、门窗洞口立边、窗台砖、屋檐处的实砌部分体积并入空斗墙体积内	1. 砂浆制作、运输 2. 砌砖 3. 装填充料 4. 勾缝 5. 材料运输
010302003	空花墙	1. 砖品种、规格、强度等级 2. 墙体类型 3. 墙体厚度 4. 勾缝要求 5. 砂浆强度等级		按设计图示尺寸以空花部分外形体积计算，不扣除空洞部分体积	
010302004	填充墙	1. 砖品种、规格、强度等级 2. 墙体厚度 3. 填充材料种类 4. 勾缝要求 5. 砂浆强度等级		按设计图示尺寸以填充墙外形体积计算	
010302005	实心砖柱	1. 砖品种、规格、强度等级 2. 柱类型 3. 柱截面 4. 柱高 5. 勾缝要求 6. 砂浆强度等级、配合比		按设计图示尺寸以体积计算。扣除混凝土及钢筋混凝土梁垫、梁头、板头所占体积	1. 砂浆制作、运输 2. 砌砖 3. 勾缝 4. 材料运输
010302006	零星砌砖	1. 零星砌砖名称、部位 2. 勾缝要求 3. 砂浆强度等级、配合比	m³ （m²、 m、个）		

A.3.3 砖构筑物。工程量清单项目设置及工程量计算规则，应按表 A.3.3 的规定执行。

表 A.3.3　砖构筑物（编码：010303）

项目编码	项目名称	项目特征	计量单位	工程量计算规则	工程内容
010303001	砖烟囱、水塔	1. 筒身高度 2. 砖品种、规格、强度等级 3. 耐火砖品种、规格 4. 耐火泥品种 5. 隔热材料种类 6. 勾缝要求 7. 砂浆强度等级、配合比	m³	按设计图示筒壁平均中心线周长乘以厚度乘以高度以体积计算。扣除各种孔洞、钢筋混凝土圈梁、过梁等的体积	1. 砂浆制作、运输 2. 砌砖 3. 涂隔热层 4. 装填充料 5. 砌内衬 6. 勾缝 7. 材料运输
010303002	砖烟道	1. 烟道截面形状、长度 2. 砖品种、规格、强度等级 3. 耐火砖品种规格 4. 耐火泥品种 5. 勾缝要求 6. 砂浆强度等级、配合比		按图示尺寸以体积计算	
010303003	砖窨井、检查井	1. 井截面 2. 垫层材料种类、厚度 3. 底板厚度 4. 勾缝要求 5. 混凝土强度等级 6. 砂浆强度等级、配合比 7. 防潮层材料种类	座	按设计图示数量计算	1. 土方挖运 2. 砂浆制作、运输 3. 铺设垫层 4. 底板混凝土制作、运输、浇筑、振捣、养护 5. 砌砖 6. 勾缝 7. 井池底、壁抹灰 8. 抹防潮层 9. 回填 10. 材料运输
010303004	砖水池、化粪池	1. 池截面 2. 垫层材料种类、厚度 3. 底板厚度 4. 勾缝要求 5. 混凝土强度等级 6. 砂浆强度等级、配合比			

A.3.4　砌块砌体。工程量清单项目设置及工程量计算规则，应按表 A.3.4 的规定执行。

表 A.3.4　砌块砌体（编码：010304）

项目编码	项目名称	项目特征	计量单位	工程量计算规则	工程内容
010304001	空心砖墙、砌块墙	1. 墙体类型 2. 墙体厚度 3. 空心砖、砌块品种、规格、强度等级 4. 勾缝要求 5. 砂浆强度等级、配合比	m³	按设计图示尺寸以体积计算。扣除门窗洞口、过人洞、空圈、嵌入墙内的钢筋混凝土柱、梁、圈梁、挑梁、过梁及凹进墙内的壁龛、管槽、暖气槽、消火栓箱所占体积，不扣除梁头、板头、檩头、垫木、木楞头、沿缘木、木砖、门窗走头、砖墙内加固钢筋、木筋、铁件、钢管及单个面积0.3m² 以内的孔洞所占体积，凸出墙面的腰线、挑檐、压顶、窗台线、虎头砖、门窗套的体积不增加，凸出墙面的砖垛并入墙体积内。 1. 墙长度：外墙按中心线，内墙按净长计算。 2. 墙高度： (1)外墙：斜(坡)屋面无檐口天棚者算至屋面板底；有屋架且室内外均有天棚者算至屋架下弦底另加 200mm；无天棚者算至屋架下弦底另加 300mm，出檐宽度超过 600mm 时按实砌高度计算；平屋面算至钢筋混凝土板底。 (2)内墙：位于屋架下弦者，算至屋架下弦底；无屋架者算至天棚底另加 100mm；有钢筋混凝土楼板隔层者算至楼板顶；有框架梁时算至梁底。 (3)女儿墙：从屋面板上表面算至女儿墙顶面(如有压顶时算至压顶下表面)。 (4)内、外山墙：按其平均高度计算。 3. 围墙：高度算至压顶上表面(如有混凝土压顶时算至压顶下表面)，围墙柱并入围墙体积内	1. 砂浆制作、运输 2. 砌砖、砌块 3. 勾缝 4. 材料运输
010304002	空心砖柱、砌块柱	1. 墙体类型 2. 墙体厚度 3. 空心砖、砌块品种、规格、强度等级 4. 勾缝要求 5. 砂浆强度等级、配合比		按设计图示尺寸以体积计算。扣除混凝土及钢筋混凝土梁垫、梁头、板头所占体积	

A. 3. 5 石砌体。工程量清单项目设置及工程量计算规则，应按表 A. 3. 5 的规定执行。

表 A. 3. 5　石砌体（编码：010305）

项目编码	项目名称	项目特征	计量单位	工程量计算规则	工程内容
010305001	石基础	1. 石料种类、规格 2. 基础深度 3. 基础类型 4. 砂浆强度等级、配合比		按设计图示尺寸以体积计算。包括附墙垛基础宽出部分体积，不扣除基础砂浆防潮层及单个面积 0.3m² 以内的孔洞所占体积，靠墙暖气沟的挑檐不增加体积。基础长度：外墙按中心线，内墙按净长计算	1. 砂浆制作、运输 2. 砌石 3. 防潮层铺设 4. 材料运输
010305002	石勒脚	1. 石料种类、规格 2. 石表面加工要求 3. 勾缝要求 4. 砂浆强度等级、配合比		按设计图示尺寸以体积计算。扣除单个 0.3m² 以外的孔洞所占的体积	1. 砂浆制作、运输 2. 砌石 3. 石表面加工 4. 勾缝 5. 材料运输
010305003	石墙	1. 石料种类、规格 2. 墙厚 3. 石表面加工要求 4. 勾缝要求 5. 砂浆强度等级、配合比	m³	按设计图示尺寸以体积计算。扣除门窗洞口、过人洞、空圈、嵌入墙内的钢筋混凝土柱、梁、圈梁、挑梁、过梁及凹进墙内的壁龛、管槽、暖气槽、消火栓箱所占体积，不扣除梁头、板头、檩头、垫木、木楞头、沿缘木、木砖、门窗走头、砖墙内加固钢筋、木筋、铁件、钢管及单个面积 0.3m² 以内的孔洞所占体积，凸出墙面的腰线、挑檐、压顶、窗台线、虎头砖、门窗套不增加体积，凸出墙面的砖垛并入墙体体积内。 1. 墙长度：外墙按中心线，内墙按净长计算。 2. 墙高度 (1)外墙：斜(坡)屋面无檐口天棚者算至屋面板底；有屋架且室内外均有天棚者算至屋架下弦底加 200mm；无天棚者算至屋架下弦底另加 300mm，出檐宽度超过 600mm 时按实砌高度计算；平屋面算至钢筋混凝土板底。 (2)内墙：位于屋架下弦者，算至屋架下弦底；无屋架者算至天棚底另加 100mm；有钢筋混凝土楼板隔层者算至楼板顶；有框架梁时算至梁底。 (3)女儿墙：从屋面板上表面算至女儿墙顶面（如有压顶时算至压顶下表面）。 (4)内、外山墙：按其平均高度计算。 3. 围墙：高度算至压顶上表面（如有混凝土压顶时算至压顶下表面），围墙柱、砖压顶并入围墙体积内	
010305004	石挡土墙	1. 石料种类、规格 2. 墙厚 3. 石表面加工要求 4. 勾缝要求 5. 砂浆强度等级、配合比		比按设计图示尺寸以体积计算	1. 砂浆制作、运输 2. 砌石 3. 压顶抹灰 4. 勾缝 5. 材料运输
010305005	石柱	1. 石料种类、规格 2. 柱截面 3. 石表面加工要求 4. 勾缝要求 5. 砂浆强度等级、配合比			1. 砂浆制作、运输 2. 砌石 3. 石表面加工 4. 勾缝 5. 材料运输
010305006	石栏杆		m	按设计图示以长度计算	
010305007	石护坡	1. 垫层材料种类、厚度 2. 石料种类、规格 3. 护坡厚度、高度 4. 石表面加工要求 5. 勾缝要求 6. 砂浆强度等级、配合比	m³	按设计图示尺寸以体积计算	1. 铺设垫层 2. 石料加工 3. 砂浆制作、运输 4. 砌石 5. 石表面加工 6. 勾缝 7. 材料运输
010305008	石台阶				
010305009	石坡道		m²	按设计图示尺寸以水平投影面积计算	

项目编码	项目名称	项目特征	计量单位	工程量计算规则	工程内容
010305010	石地沟、石明沟	1. 沟截面尺寸 2. 垫层种类、厚度 3. 石料种类、规格 4. 石表面加工要求 5. 勾缝要求 6. 砂浆强度等级、配合比	m	按设计图示以中心线长度计算	1. 土石挖运 2. 砂浆制作、运输 3. 铺设垫层 4. 砌石 5. 石表面加工 6. 勾缝 7. 回填 8. 材料运输

A.3.6 砖散水、地坪、地沟。工程量清单项目设置及工程量计算规则，应按表 A.3.6 的规定执行。

表 A.3.6 砖散水、地坪、地沟（编码：010306）

项目编码	项目名称	项目特征	计量单位	工程量计算规则	工程内容
010306001	砖散水、地坪	1. 垫层材料种类、厚度 2. 散水、地坪厚度 3. 面层种类、厚度 4. 砂浆强度等级、配合比	m²	按设计图示尺寸以面积计算	1. 地基找平、夯实 2. 铺设垫层 3. 砌砖散水、地坪 4. 抹砂浆面层
010306002	砖地沟、明沟	1. 沟截面尺寸 2. 垫层材料种类、厚度 3. 混凝土强度等级 4. 砂浆强度等级、配合比	m	按设计图示以中心线长度计算	1. 挖运土石 2. 铺设垫层 3. 底板混凝土制作、运输、浇筑、振捣、养护 4. 砌砖 5. 勾缝、抹灰 6. 材料运输

A.3.7 其他相关问题应按下列规定处理：

1 基础垫层包括在基础项目内。

2 标准砖尺寸应为 240mm×115mm×53mm。标准砖墙厚度应按表 A.3.7 计算。

表 A.3.7 标准墙计算厚度表

砖数（厚度）	1/4	1/2	3/4	1	$1\frac{1}{2}$	2	$2\frac{1}{2}$	3
计算厚度(mm)	53	115	180	240	365	490	615	740

3 砖基础与砖墙（身）划分应以设计室内地坪为界（有地下室的按地下室室内设计地坪为界），以下为基础，以上为墙（柱）身。基础与墙身使用不同材料，位于设计室内地坪±300mm 以内时以不同材料为界，超过±300mm，应以设计室内地坪为界。砖围墙应以设计室外地坪为界，以下为基础，以上为墙身。

4 框架外表面的镶贴砖部分，应单独按 A.3.2 中相关零星项目编码列项。

5 附墙烟囱、通风道、垃圾道应按设计图示尺寸以体积（扣除孔洞所占体积）计算，并入所依附的墙体体积内。当设计规定孔洞内需抹灰时，应按 B.2 中相关项目编码列项。

6 空斗墙的窗间墙、窗台下、楼板下等的实砌部分，应按 A.3.2 中零星砌砖项目编码列项。

7 台阶、台阶挡墙、梯带、锅台、炉灶、蹲台、池槽、池槽腿、花台、花池、楼梯栏板、阳台栏板、地垄墙、屋面隔热板下的砖墩、0.3m² 孔洞填塞等，应按零星砌砖项目编码列项。砖砌锅台与炉灶可按外形尺寸以个计算，砖砌台阶可按水平投影面积以平方米计算，小便槽、地垄墙可按长度计算，其他工程量按立方米计算。

8 砖烟囱应按设计室外地坪为界，以下为基础，以上为筒身。

9 砖烟囱体积可按下式分段计算：$V = \sum H \times C \times \pi D$。式中，$V$ 表示筒身体积；H 表示每段筒身垂直高度；C 表示每段筒壁厚度；D 表示每段筒壁平均直径。

10 砖烟道与炉体的划分应按第一道闸门为界。

11 水塔基础与塔身划分应以砖砌体的扩大部分顶面为界，以上为塔身，以下为基础。

12 石基础、石勒脚、石墙身的划分：基础与勒脚应以设计室外地坪为界，勒脚与墙身应以设计室内地坪为界。石围墙内外地坪标高不同时，应以较低地坪标高为界，以下为基础；内外标高之差为挡土墙时，挡土墙以上为墙身。

13 石梯带工程量应计算在石台阶工程量内。

14 石梯膀应按 A.3.5 石挡土墙项目编码列项。

15 砌体内加筋的制作、安装，应按 A.4 相关项目编码列项。

A.4 混凝土及钢筋混凝土工程

A.4.1 现浇混凝土基础。工程量清单项目设置及工程量计算规则，应按表 A.4.1 的规定执行。

表 A.4.1 现浇混凝土基础（编码：010401）

项目编码	项目名称	项目特征	计量单位	工程量计算规则	工程内容
010401001	带形基础				
010401002	独立基础				
010401003	满堂基础	1. 混凝土强度等级 2. 混凝土拌和料要求 3. 砂浆强度等级	m³	按设计图示尺寸以体积计算。不扣除构件内钢筋、预埋铁件和伸入承台基础的桩头所占体积	1. 铺设垫层 2. 混凝土制作、运输、浇筑、振捣、养护 3. 地脚螺栓二次灌浆
010401004	设备基础				
010401005	桩承台基础				
010401006	垫层				

A.4.2 现浇混凝土柱。工程量清单项目设置及工程量计算规则，应按表 A.4.2 的规定执行。

表 A.4.2 现浇混凝土柱（编码：010402）

项目编码	项目名称	项目特征	计量单位	工程量计算规则	工程内容
010402001	矩形柱	1. 柱高度 2. 柱截面尺寸 3. 混凝土强度等级 4. 混凝土拌和料要求	m³	按设计图示尺寸以体积计算。不扣除构件内钢筋、预埋铁件所占体积。 柱高： 1. 有梁板的柱高，应自柱基上表面（或楼板上表面）至上一层楼板上表面之间的高度计算。 2. 无梁板的柱高，应自柱基上表面（或楼板上表面）至柱帽下表面之间的高度计算。 3. 框架柱的柱高，应自柱基上表面至柱顶高度计算。 4. 构造柱按全高计算，嵌接墙体部分并入柱身体积。 5. 依附柱上的牛腿和升板的柱帽，并入柱身体积计算	混凝土制作、运输、浇筑、振捣、养护
010402002	异形柱				

A.4.3 现浇混凝土梁。工程量清单项目设置及工程量计算规则，应按表 A.4.3 的规定执行。

表 A.4.3　现浇混凝土梁（编码：010403）

项目编码	项目名称	项目特征	计量单位	工程量计算规则	工程内容
010403001	基础梁	1. 梁底标高 2. 梁截面 3. 混凝土强度等级 4. 混凝土拌和料要求	m³	按设计图示尺寸以体积计算。不扣除构件内钢筋、预埋铁件所占体积，伸入墙内的梁头、梁垫并入梁体积内。 梁长： 1. 梁与柱连接时，梁长算至柱侧面。 2. 主梁与次梁连接时，次梁长算至主梁侧面	混凝土制作、运输、浇筑、振捣、养护
010403002	矩形梁				
010403003	异形梁				
010403004	圈梁				
010403005	过梁				
010403006	弧形、拱形梁				

A.4.4　现浇混凝土墙。工程量清单项目设置及工程量计算规则，应按表 A.4.4 的规定执行。

表 A.4.4　现浇混凝土墙（编码：010403）

项目编码	项目名称	项目特征	计量单位	工程量计算规则	工程内容
010404001	直形墙	1. 墙类型 2. 墙厚度 3. 混凝土强度等级 4. 混凝土拌和料要求	m³	按设计图示尺寸以体积计算。不扣除构件内钢筋、预埋铁件所占体积，扣除门窗洞口及单个面积 0.3m² 以外的孔洞所占体积，墙垛及突出墙面部分并入墙体体积内计算	混凝土制作、运输、浇筑、振捣、养护
010404002	弧形墙				

A.4.5　现浇混凝土板。工程量清单项目设置及工程量计算规则，应按表 A.4.5 的规定执行。

表 A.4.5　现浇混凝土板（编码：010405）

项目编码	项目名称	项目特征	计量单位	工程量计算规则	工程内容
010405001	有梁板	1. 板底标高 2. 板厚度 3. 混凝土强度等级 4. 混凝土拌和料要求	m³	按设计图示尺寸以体积计算。不扣除构件内钢筋、预埋铁件及单个面积 0.3m² 以内的孔洞所占体积。有梁板（包括主、次梁与板）按梁、板体积之和计算，无梁板按板和柱帽体积之和计算，各类板伸入墙内的板头并入板体积内计算，薄壳板的肋、基梁并入薄壳体积内计算	混凝土制作、运输、浇筑、振捣、养护
010405002	无梁板				
010405003	平板				
010405004	拱板				
010405005	薄壳板				
010405006	栏板				
010405007	天沟、挑檐板	1. 混凝土强度等级 2. 混凝土拌和料要求		按设计图示尺寸以体积计算	
010405008	雨篷、阳台板			按设计图示尺寸以墙外部分体积计算。包括伸出墙外的牛腿和雨篷反挑檐的体积	
010405009	其他板			按设计图示尺寸以体积计算	

A.4.6　现浇混凝土楼梯。工程量清单项目设置及工程量计算规则，应按表 A.4.6 的规定执行。

表 A.4.6　现浇混凝土楼梯（编码：010406）

项目编码	项目名称	项目特征	计量单位	工程量计算规则	工程内容
010406001	直形楼梯	1. 混凝土强度等级 2. 混凝土拌和料要求	m³	按设计图示尺寸以水平投影面积计算。不扣除宽度小于 500mm 的楼梯井，伸入墙内部分不计算	混凝土制作、运输、浇筑、振捣、养护
010406002	弧形楼梯				

A.4.7 现浇混凝土其他构件。工程量清单项目设置及工程量计算规则，应按表 A.4.7 的规定执行。

表 A.4.7 现浇混凝土其他构件（编码：010407）

项目编码	项目名称	项目特征	计量单位	工程量计算规则	工程内容
010407001	其他构件	1. 构件的类型 2. 构件规格 3. 混凝土强度等级 4. 混凝土拌和要求	m³ （m²， m）	按设计图示尺寸以体积计算，不扣除构件内钢筋、预埋铁件所占体积	混凝土制作、运输、浇筑、振捣、养护
010407002	散水、坡道	1. 垫层材料种类、厚度 2. 面层厚度 3. 混凝土强度等级 4. 混凝土拌和料要求 5. 填塞材料种类	m²	按设计图示尺寸以面积计算，不扣除单个 0.3m² 以内的孔洞所占面积	1. 地基夯实 2. 铺设垫层 3. 混凝土制作、运输、浇筑、振捣、养护 4. 变形缝填塞
010407003	电缆沟、地沟	1. 沟截面 2. 垫层材料种类、厚度 3. 混凝土强度等级 4. 混凝土拌和料要求 5. 防护材料种类	m	按设计图示以中心线长度计算	1. 挖运土石 2. 铺设垫层 3. 混凝土制作、运输、浇筑、振捣、养护 4. 刷防护材料

A.4.8 后浇带。工程量清单项目设置及工程量计算规则，应按表 A.4.8 的规定执行。

表 A.4.8 后浇带（编码：010408）

项目编码	项目名称	项目特征	计量单位	工程量计算规则	工程内容
010408001	后浇带	1. 部位 2. 混凝土强度等级 3. 混凝土拌和料要求	m³	按设计图示尺寸以体积计算	混凝土制作、运输、浇筑、振捣、养护

A.4.9 预制混凝土柱。工程量清单项目设置及工程量计算规则，应按表 A.4.9 的规定执行。

表 A.4.9 预制混凝土柱（编码：010409）

项目编码	项目名称	项目特征	计量单位	工程量计算规则	工程内容
010409001	矩形柱	1. 柱类型 2. 单件体积 3. 安装高度 4. 混凝土强度等级 5. 砂浆强度等级	m³ （根）	1. 按设计图示尺寸以体积计算。不扣除构件内钢筋、预埋铁件所占体积。 2. 按设计图示尺寸以"数量"计算	1. 混凝土制作、运输、浇筑、振捣、养护 2. 构件制作、运输 3. 构件安装 4. 砂浆制作、运输 5. 接头灌缝、养护
010409002	异形柱				

A.4.10 预制混凝土梁。工程量清单项目设置及工程量计算规则，应按表 A.4.10 的规定执行。

表 A.4.10 预制混凝土梁（编码：010410）

项目编码	项目名称	项目特征	计量单位	工程量计算规则	工程内容
010410001	矩形梁	1. 单件体积 2. 安装高度 3. 混凝土强度等级 4. 砂浆强度等级	m³ （根）	按设计图示尺寸以体积计算。不扣除构件内钢筋、预埋铁件所占体积	1. 混凝土制作、运输、浇筑、振捣、养护 2. 构件制作、运输 3. 构件安装 4. 砂浆制作、运输 5. 接头灌缝、养护
010410002	异形梁				
010410003	过梁				
010410004	拱形梁				
010410005	鱼腹式吊车梁				
010410006	风道梁				

A.4.11 预制混凝土屋架。工程量清单项目设置及工程量计算规则，应按表 A.4.11 的规定执行。

表 A.4.11 预制混凝土屋架（编码：010411）

项目编码	项目名称	项目特征	计量单位	工程量计算规则	工程内容
010411001	折线型屋架	1. 屋架的类型、跨度 2. 单件体积 3. 安装高度 4. 混凝土强度等级 5. 砂浆强度等级	m³ （榀）	按设计图示尺寸以体积计算。不扣除构件内钢筋、预埋铁件所占体积	1. 混凝土制作、运输、浇筑、振捣、养护 2. 构件制作、运输 3. 构件安装 4. 砂浆制作、运输 5. 接头灌缝、养护
010411002	组合屋架				
010411003	薄腹屋架				
010411004	门式刚架屋架				
010411005	天窗架屋架				

A.4.12 预制混凝土板。工程量清单项目设置及工程量计算规则，应按表 A.4.12 的规定执行。

表 A.4.12 预制混凝土板（编码：010412）

项目编码	项目名称	项目特征	计量单位	工程量计算规则	工程内容
010412001	平板	1. 构件尺寸 2. 安装高度 3. 混凝土强度等级 4. 砂浆强度等级	m³ （块）	按设计图示尺寸以体积计算。不扣除构件内钢筋、预埋铁件及单个尺寸 300mm × 300mm 以内的孔洞所占体积，扣除空心板空洞体积	1. 混凝土制作、运输、浇筑、振捣、养护 2. 构件制作、运输 3. 构件安装 4. 升板提升 5. 砂浆制作、运输 6. 接头灌缝、养护
010412002	空心板				
010412003	槽形板				
010412004	网架板				
010412005	折线板				
010412006	带肋板				
010412007	大型板				
010412008	沟盖板、井盖板、井圈		m³ （块、套）	按设计图示尺寸以体积计算。不扣除构件内钢筋、预埋铁件所占体积	1. 混凝土制作、运输、浇筑、振捣、养护 2. 构件制作、运输 3. 构件安装 4. 砂浆制作、运输 5. 接头灌缝、养护

A.4.13 预制混凝土楼梯。工程量清单项目设置及工程量计算规则，应按表 A.4.13 的规定执行。

表 A.4.13 预制混凝土楼梯（编码：010413）

项目编码	项目名称	项目特征	计量单位	工程量计算规则	工程内容
010413001	楼梯	1. 楼梯类型 2. 单件体积 3. 混凝土强度等级 4. 砂浆强度等级	m³	按设计图示尺寸以体积计算。不扣除构件内钢筋、预埋铁件所占体积，扣除空心踏步板空洞体积	1. 混凝土制作、运输、浇筑、振捣、养护 2. 构件制作、运输 3. 构件安装 4. 砂浆制作、运输 5. 接头灌缝、养护

A.4.14 其他预制构件。工程量清单项目设置及工程量计算规则，应按表 A.4.14 的规定执行。

A.4.15 混凝土构筑物。工程量清单项目设置及工程量计算规则，应按表 A.4.15 的规定执行。

表 A.4.14　其他预制构件（编码：010414）

项目编码	项目名称	项目特征	计量单位	工程量计算规则	工程内容
010414001	烟道、垃圾道、通风道	1. 构件类型 2. 单件体积 3. 安装高度 4. 混凝土强度等级 5. 砂浆强度等级	m³	按设计图示尺寸以体积计算。不扣除构件内钢筋、预埋铁件及单个尺寸 300mm×300mm 以内的孔洞所占体积，扣除烟道、垃圾道、通风道的孔洞所占体积	1. 混凝土制作、运输、浇筑、振捣、养护 2.（水磨石）构件制作、运输 3. 构件安装 4. 砂浆制作、运输 5. 接头灌缝、养护 6. 酸洗、打蜡
010414002	其他构件	1. 构件的类型 2. 单件体积 3. 水磨石面层厚度 4. 安装高度 5. 混凝土强度等级 6. 水泥石子浆配合比 7. 石子品种、规格、颜色 8. 酸洗、打蜡要求			
010414003	水磨石构件				

表 A.4.15　混凝土构筑物（编码：010415）

项目编码	项目名称	项目特征	计量单位	工程量计算规则	工程内容
010415001	贮水（油）池	1. 池类型 2. 池规格 3. 混凝土强度等级 4. 混凝土拌和料要求	m³	按设计图示尺寸以体积计算。不扣除构件内钢筋、预埋铁件及单个面积 0.3m² 以内的孔洞所占体积	混凝土制作、运输、浇筑、振捣、养护
010415002	贮仓	1. 类型、高度 2. 混凝土强度等级 3. 混凝土拌和料要求			
010415003	水塔	1. 类型 2. 支筒高度、水箱容积 3. 倒圆锥形罐壳厚度、直径 4. 混凝土强度等级 5. 混凝土拌和料要求 6. 砂浆强度等级			1. 混凝土制作、运输、浇筑、振捣、养护 2. 预制倒圆锥形罐壳、组装、提升、就位 3. 砂浆制作、运输 4. 接头灌缝、养护
010415004	烟囱	1. 高度 2. 混凝土强度等级 3. 混凝土拌和料要求			混凝土制作、运输、浇筑、振捣、养护

A.4.16　钢筋工程。工程量清单项目设置及工程量计算规则，应按表 A.4.16 的规定执行。

A.4.17　螺栓、铁件。工程量清单项目设置及工程量计算规则，应按表 A.4.17 的规定执行。

A.4.18　其他相关问题应按下列规定处理：

1　混凝土垫层包括在基础项目内。

2　有肋带形基础、无肋带形基础应分别编码（第五级编码）列项，并注明肋高。

3　箱式满堂基础，可按 A.4.1、A.4.2、A.4.3、A.4.4、A.4.5 中满堂基础、柱、梁、墙、板分别编码列项；也可利用 A.4.1 的第五级编码分别列项。

4　框架式设备基础，可按 A.4.1、A.4.2、A.4.3、A.4.4、A.4.5 中设备基础、柱、梁、墙、板分别编码列项；也可利用 A.4.1 的第五级编码分别列项。

5　构造柱应按 A.4.2 中矩形柱项目编码列项。

6　现浇挑檐、天沟板、雨篷、阳台与板（包括屋面板、楼板）连接时，以外墙外边线为分界线；与圈梁（包括其他梁）连接时，以梁外边线为分界线。外边线以外为挑檐、天沟、雨篷或阳台。

7　整体楼梯（包括直形楼梯、弧形楼梯）水平投影面积包括休息平台、平台梁、斜梁和楼梯的连接梁。当整体楼梯与现浇楼板无梯梁连接时，以楼梯的最后一个踏步边缘加 300mm 为界。

表 A.4.16　钢筋工程（编码：010416）

项目编码	项目名称	项目特征	计量单位	工程量计算规则	工程内容
010416001	现浇混凝土钢筋	钢筋种类、规格		按设计图示钢筋（网）长度（面积）乘以单位理论质量计算	1. 钢筋（网、笼）制作、运输 2. 钢筋（网、笼）安装
010416002	预制构件钢筋				
010416003	钢筋网片				
010416004	钢筋笼				
010416005	先张法预应力钢筋	1. 钢筋种类、规格 2. 锚具种类		按设计图示钢筋长度乘以单位理论质量计算	1. 钢筋制作、运输 2. 钢筋张拉
010416006	后张法预应力钢筋	1. 钢筋种类、规格 2. 钢丝束种类、规格 3. 钢绞线种类、规格 4. 锚具种类 5. 砂浆强度等级	t	按设计图示钢筋（丝束、绞线）长度乘以单位理论质量计算。 1. 低合金钢筋两端均采用螺杆锚具时，钢筋长度按孔道长度减 0.35m 计算，螺杆另行计算。 2. 低合金钢筋一端采用镦头插片、另一端采用螺杆锚具时，钢筋长度按孔道长度计算，螺杆另行计算。 3. 低合金钢筋一端采用镦头插片、另一端采用帮条锚具时，钢筋增加 0.15m 计算；两端均采用帮条锚具时，钢筋长度按孔道长度增加 0.3m 计算。 4. 低合金钢筋采用后张混凝土自锚时，钢筋长度按孔道长度增加 0.35m 计算。 5. 低合金钢筋（钢绞线）采用 JM、XM、QM 型锚具，孔道长度在 20m 以内时，钢筋长度按孔道长度增加 1m 计算；孔道长度在 20m 以外时，钢筋（钢铰线）长度按孔道长度增加 1.8m 计算。 6. 碳素钢丝采用锥形锚具，孔道长度在 20m 以内时，钢丝束长度按孔道长度增加 1m 计算；孔道长度在 20m 以上时，钢丝束长度按孔道长度增加 1.8m 计算。 7. 碳素钢丝束采用镦头锚具时，钢丝束长度按孔道长度增加 0.35m 计算	1. 钢筋、钢丝束、钢绞线制作、运输 2. 钢筋、钢丝束、钢绞线安装 3. 预埋管孔道铺设 4. 锚具安装 5. 砂浆制作、运输 6. 孔道压浆、养护
010416007	预应力钢丝				
010416008	预应力钢绞线				

表 A.4.17　螺栓、铁件（编码：010417）

项目编码	项目名称	项目特征	计量单位	工程量计算规则	工程内容
010417001	螺栓	1. 钢材种类、规格 2. 螺栓长度 3. 铁件尺寸	t	按设计图示尺寸以质量计算	1. 螺栓（铁件）制作、运输 2. 螺栓（铁件）安装
010417002	预埋铁件				

8　现浇混凝土小型池槽、压顶、扶手、垫块、台阶、门框等，应按 A.4.7 中其他构件项目编码列项。其中扶手、压顶（包括伸入墙内的长度）应按延长米计算，台阶应按水平投影面积计算。

9　三角形屋架应按 A.4.11 中折线型屋架项目编码列项。

10　不带肋的预制遮阳板、雨篷板、挑檐板、栏板等，应按 A.4.12 中平板项目编码列项。

11　预制 F 形板、双 T 形板、单肋板和带反挑檐的雨篷板、挑檐板、遮阳板等，应按

A.4.12 中带肋板项目编码列项。

12 预制大型墙板、大型楼板、大型屋面板等，应按 A.4.12 中大型板项目编码列项。

13 预制钢筋混凝土楼梯，可按斜梁、踏步分别编码（第五级编码）列项。

14 预制钢筋混凝土小型池槽、压顶、扶手、垫块、隔热板、花格等，应按 A.4.14 中其他构件项目编码列项。

15 贮水（油）池的池底、池壁、池盖可分别编码（第五级编码）列项。有壁基梁的，应以壁基梁底为界，以上为池壁、以下为池底；无壁基梁的，锥形坡底应算至其上口，池壁下部的八字靴脚应并入池底体积内。无梁池盖的柱高应从池底上表面算至池盖下表面，柱帽和柱座应并在柱体积内。肋形池盖应包括主、次梁体积；球形池盖应以池壁顶面为界，边侧梁应并入球形池盖体积内。

16 贮仓立壁和贮仓漏斗可分别编码（第五级编码）列项，应以相互交点水平线为界，壁上圈梁应并入漏斗体积内。

17 滑模筒仓按 A.4.15 中贮仓项目编码列项。

18 水塔基础、塔身、水箱可分别编码（第五级编码）列项。筒式塔身应以筒座上表面或基础底板上表面为界；柱式（框架式）塔身应以柱脚与基础底板或梁顶为界，与基础板连接的梁应并入基础体积内。塔身与水箱应以箱底相连接的圈梁下表面为界，以上为水箱，以下为塔身。依附于塔身的过梁、雨篷、挑檐等，应并入塔身体积内；柱式塔身应不分柱、梁合并计算。依附于水箱壁的柱、梁，应并入水箱壁体积内。

19 现浇构件中固定位置的支撑钢筋、双层钢筋用的"铁马"、伸出构件的锚固钢筋、预制构件的吊钩等，应并入钢筋工程量内。

A.5 厂库房大门、特种门、木本结构工程

A.5.1 厂库房大门、特种门。工程量清单项目设置及工程量计算规则，应按表 A.5.1 的规定执行。

表 A.5.1 厂库房大门、特种门（编码：010501）

项目编码	项目名称	项目特征	计量单位	工程量计算规则	工程内容
010501001	木板大门	1. 开启方式 2. 有框、无框 3. 含门扇数 4. 材料品种、规格 5. 五金种类、规格 6. 防护材料种类 7. 油漆品种、刷漆遍数	樘/m²	按设计图示数量计算或按设计图示洞口尺寸以面积计算	1. 门（骨架）制作、运输 2. 门、五金配件安装 3. 刷防护材料、油漆
010501002	钢木大门				
010501003	全钢板大门				
010501004	特种门				
010501005	围墙铁丝门				

A.5.2 木屋架。工程量清单项目设置及工程量计算规则，应按表 A.5.2 的规定执行。

表 A.5.2 木屋架（编码：010502）

项目编码	项目名称	项目特征	计量单位	工程量计算规则	工程内容
010502001	木屋架	1. 跨度 2. 安装高度 3. 材料品种、规格 4. 刨光要求 5. 防护材料种类 6. 油漆品种、刷漆遍数	榀	按设计图示数量计算	1. 制作、运输 2. 安装 3. 刷防护材料、油漆
010502002	钢木屋架				

A.5.3 木构件。工程量清单项目设置及工程量计算规则，应按表 A.5.3 的规定执行。

项目编码	项目名称	项目特征	计量单位	工程量计算规则	工程内容
010503001	木柱	1. 构件高度、长度 2. 构件截面 3. 木材种类 4. 刨光要求 5. 防护材料种类 6. 油漆品种、刷漆遍数	m³	按设计图示尺寸以体积计算	1. 制作 2. 运输 3. 安装 4. 刷防护材料、油漆
010503002	木梁				
010503003	木楼梯	1. 木材种类 2. 刨光要求 3. 防护材料种类 4. 油漆品种、刷漆遍数	m²	按设计图示尺寸以水平投影面积计算。不扣除宽度小于300mm的楼梯井，伸入墙内部分不计算	
010503004	其他木构件	1. 构件名称 2. 构件截面 3. 木材种类 4. 刨光要求 5. 防护材料种类 6. 油漆品种、刷漆遍数	m³（m）	按设计图示尺寸以体积或长度计算	

A.5.4　其他相关问题应按下列规定处理：

1　冷藏门、冷冻间门、保温门、变电室门、隔声门、防射线门、人防门、金库门等，应按
A.5.1中特种门项目编码列项。

2　屋架的跨度应以上、下弦中心线两交点之间的距离计算。

3　带气楼的屋架和马尾、折角以及正交部分的半屋架，应按相关屋架项目编码列项。

4　木楼梯的栏杆（栏板）、扶手，应按B.1.7中相关项目编码列项。

A.6　金属结构工程

A.6.1　钢屋架、钢网架。工程量清单项目设置及工程量计算规则，应按表 A.6.1 的规定执行。

项目编码	项目名称	项目特征	计量单位	工程量计算规则	工程内容
010601001	钢屋架	1. 钢材品种、规格 2. 单榀屋架的重量 3. 屋架跨度、安装高度 4. 探伤要求 5. 油漆品种、刷漆遍数	t（榀）	按设计图示尺寸以质量计算。不扣除孔眼、切边、切肢的质量，焊条、铆钉、螺栓等不另增加质量，不规则或多边形钢板以其外接矩形面积乘以厚度乘以单位理论质量计算	1. 制作 2. 运输 3. 拼装 4. 安装 5. 探伤 6. 刷油漆
010601002	钢网架	1. 钢材品种、规格 2. 网架节点形式、连接方式 3. 网架跨度、安装高度 4. 探伤要求 5. 油漆品种、刷漆遍数			

A.6.2　钢托架、钢桁架。工程量清单项目设置及工程量计算规则，应按表 A.6.2 的规定执行。

项目编码	项目名称	项目特征	计量单位	工程量计算规则	工程内容
010602001	钢托架	1. 钢材品种、规格 2. 单榀重量 3. 安装高度 4. 探伤要求 5. 油漆品种、刷漆遍数	t	按设计图示尺寸以质量计算。不扣除孔眼、切边、切肢的质量，焊条、铆钉、螺栓等不另增加质量，不规则或多边形钢板以其外接矩形面积乘以厚度乘以单位理论质量计算	1. 制作 2. 运输 3. 拼装 4. 安装 5. 探伤 6. 刷油漆
010602002	钢桁架				

A.6.3 钢柱。工程量清单项目设置及工程量计算规则，应按表 A.6.3 的规定执行。

表 A.6.3 钢柱（编码：010603）

项目编码	项目名称	项目特征	计量单位	工程量计算规则	工程内容
010603001	实腹柱	1. 钢材品种、规格 2. 单根柱重量 3. 探伤要求 4. 油漆品种、刷漆遍数	t	按设计图示尺寸以质量计算。不扣除孔眼、切边、切肢的质量，焊条、铆钉、螺栓等不另增加质量，不规则或多边形钢板，以其外接矩形面积乘以厚度乘以单位理论质量计算，依附在钢柱上的牛腿及悬臂梁等并入钢柱工程量内	1. 制作 2. 运输 3. 拼装 4. 安装 5. 探伤 6. 刷油漆
010603002	空腹柱				
010603003	钢管柱	1. 钢材品种、规格 2. 单根柱重量 3. 探伤要求 4. 油漆种类、刷漆遍数		按设计图示尺寸以质量计算。不扣除孔眼、切边、切肢的质量，焊条、铆钉、螺栓等不另增加质量，不规则或多边形钢板，以其外接矩形面积乘以厚度乘以单位理论质量计算，钢管柱上的节点板、加强环、内衬管、牛腿等并入钢管柱工程量内	1. 制作 2. 运输 3. 安装 4. 探伤 5. 刷油漆

A.6.4 钢梁。工程量清单项目设置及工程量计算规则，应按表 A.6.4 的规定执行。

表 A.6.4 钢梁（编码：010604）

项目编码	项目名称	项目特征	计量单位	工程量计算规则	工程内容
010604001	钢梁	1. 钢材品种、规格 2. 单根重量 3. 安装高度 4. 探伤要求 5. 油漆品种、刷漆遍数	t	按设计图示尺寸以质量计算。不扣除孔眼、切边、切肢的质量，焊条、铆钉、螺栓等不另增加质量，不规则或多边形钢板，以其外接矩形面积乘以厚度乘以单位理论质量计算，制动梁、制动板、制动桁架、车挡并入钢吊车梁工程量内	1. 制作 2. 运输 3. 安装 4. 探伤要求 5. 刷油漆
010604002	钢吊车梁				

A.6.5 压型钢板楼板、墙板。工程量清单项目设置及工程量计算规则，应按表 A.6.5 的规定执行。

表 A.6.5 压型钢板楼板、墙板（编码：010605）

项目编码	项目名称	项目特征	计量单位	工程量计算规则	工程内容
010605001	压型钢板楼板	1. 钢材品种、规格 2. 压型钢板厚度 3. 油漆品种、刷漆遍数	t	按设计图示尺寸以铺设水平投影面积计算。不扣除柱、垛及单个 0.3m² 以内的孔洞所占面积	1. 制作 2. 运输 3. 安装 4. 刷抽漆
010605002	压型钢板墙板	1. 钢材品种、规格 2. 压型钢板厚度、复合板厚度 3. 复合板夹芯材料种类、层数、型号、规格		按设计图示尺寸以铺挂面积计算。不扣除单个 0.3m² 以内的孔洞所占面积，包角、包边、窗台泛水等不另增加面积	

A.6.6 钢构件。工程量清单项目设置及工程量计算规则，应按表 A.6.6 的规定执行。

A.6.7 金属网。工程量清单项目设置及工程量计算规则，应按表 A.6.7 的规定执行。

A.6.8 其他相关问题应按下列规定处理：

1 型钢混凝土柱、梁浇筑混凝土和压型钢板楼板上浇筑钢筋混凝土，混凝土和钢筋应按 A.4 中相关项目编码列项。

项目编码	项目名称	项目特征	计量单位	工程量计算规则	工程内容
010606001	钢支撑	1. 钢材品种、规格 2. 单式、复式 3. 支撑高度 4. 探伤要求 5. 油漆品种、刷漆遍数			
010606002	钢檩条	1. 钢材品种、规格 2. 型钢式、格构式 3. 单根重量 4. 安装高度 5. 油漆品种、刷漆遍数		按设计图示尺寸以质量计算。不扣除孔眼、切边、切肢的质量，焊条、铆钉、螺栓等不另增加质量，不规则或多边形钢板以其外接矩形面积乘以厚度乘以单位理论质量计算	
010606003	钢天窗架	1. 钢材品种、规格 2. 单榀重量 3. 安装高度 4. 探伤要求 5. 油漆品种、刷漆遍数			
010606004	钢挡风架	1. 钢材品种、规格 2. 单榀重量 3. 探伤要求 4. 油漆品种、刷漆遍数			
010606005	钢墙架				
010606006	钢平台	1. 钢材品种、规格 2. 油漆品种、刷漆遍数	t		1. 制作 2. 运输 3. 安装 4. 探伤 5. 刷油漆
010606007	钢走道				
010606008	钢梯	1. 钢材品种、规格 2. 钢梯形式 3. 油漆品种、刷漆遍数			
010606009	钢栏杆	1. 钢材品种、规格 2. 油漆品种、刷漆遍数			
010606010	钢漏斗	1. 钢材品种、规格 2. 方形、圆形 3. 安装高度 4. 探伤要求 5. 油漆品种、刷漆遍数		按设计图示尺寸以重量计算。不扣除孔眼、切边、切肢的质量，焊条、铆钉、螺栓等不另增加质量，不规则或多边形钢板以其外接矩形面积乘以厚度乘以单位理论质量计算，依附漏斗的型钢并入漏斗工程量内	
010606011	钢支架	1. 钢材品种、规格 2. 单件重量 3. 油漆品种、刷漆遍数		按设计图示尺寸以质量计算。不扣除孔眼、切边、切肢的质量，焊条、铆钉、螺栓等不另增加质量，不规则或多边形钢板以其外接矩形面积乘以厚度乘以单位理论质量计算	
010606012	零星钢构件	1. 钢材品种、规格 2. 构件名称 3. 油漆品种、刷漆遍数			

表 A.6.7 金属网（编码：010607）

项目编码	项目名称	项目特征	计量单位	工程量计算规则	工程内容
010607001	金属网	1. 材料品种、规格 2. 边框及立柱型钢品种、规格 3. 油漆品种、刷漆遍数	m²	按设计图示尺寸以面积计算	1. 制作 2. 运输 3. 安装 4. 刷油漆

2 钢墙架项目包括墙架柱、墙架梁和连接杆件。

3 加工铁件等小型构件，应按 A.6.6 中零星钢构件项目编码列项。

A.7 屋面及防水工程

A.7.1 瓦、型材屋面。工程量清单项目设置及工程量计算规则，应按表 A.7.1 的规定执行。

表 A.7.1　瓦、型材屋面（编码：010701）

项目编码	项目名称	项目特征	计量单位	工程量计算规则	工程内容
010701001	瓦屋面	1. 瓦品种、规格、品牌、颜色 2. 防水材料种类 3. 基层材料种类 4. 楔条种类、截面 5. 防护材料种类		按设计图示尺寸以斜面积计算。不扣除房上烟囱、风帽底座、风道、小气窗、斜沟等所占面积,小气窗的出檐部分不增加面积	1. 檩条、椽子安装 2. 基层铺设 3. 铺防水层 4. 安顺水条和挂瓦条 5. 安瓦 6. 刷防护材料
010701002	型材屋面	1. 型材品种、规格、品牌、颜色 2. 骨架材料品种、规格 3. 接缝、嵌缝材料种类	m²		1. 骨架制作、运输、安装 2. 屋面型材安装 3. 接缝、嵌缝
010701003	膜结构屋面	1. 膜布品种、规格、颜色 2. 支柱(网架)钢材品种、规格 3. 钢丝绳品种、规格 4. 油漆品种、刷漆遍数		按设计图示尺寸以需要覆盖的水平面积计算	1. 膜布热压胶接 2. 支柱(网架)制作、安装 3. 膜布安装 4. 穿钢丝绳、锚头锚固 5. 刷油漆

A.7.2　屋面防水。工程量清单项目设置及工程量计算规则,应按表 A.7.2 的规定执行。

表 A.7.2　屋面防水（编码：010702）

项目编码	项目名称	项目特征	计量单位	工程量计算规则	工程内容
010702001	屋面卷材防水	1. 卷材品种、规格 2. 防水层做法 3. 嵌缝材料种类 4. 防护材料种类		按设计图示尺寸以面积计算。 1. 斜屋顶(不包括平屋顶找坡)按斜面积计算,平屋顶按水平投影面积计算。 2. 不扣除房上烟囱、风帽底座、风道、屋面小气窗和斜沟所占面积。 屋面的女儿墙、伸缩缝和天窗等处的弯起部分,并入屋面工程量内	1. 基层处理 2. 抹找平层 3. 刷底油 4. 铺油毡卷材、接缝、嵌缝 5. 铺保护层
010702002	屋面涂膜防水	1. 防水膜品种 2. 涂膜厚度、遍数、增强材料种类 3. 嵌缝材料种类 4. 防护材料种类	m²		1. 基层处理 2. 抹找平层 3. 涂防水膜 4. 铺保护层
010702003	屋面刚性防水	1. 防水层厚度 2. 嵌缝材料种类 3. 混凝土强度等级		按设计图示尺寸以面积计算。不扣除房上烟囱、风帽底座、风道等所占面积	1. 基层处理 2. 混凝土制作、运输、铺筑、养护
010702004	屋面排水管	1. 排水管品种、规格、品牌、颜色 2. 接缝、嵌缝材料种类 3. 油漆品种、刷漆遍数	m	按设计图示尺寸以长度计算。如设计未标注尺寸,以檐口至设计室外散水上表面垂直距离计算	1. 排水管及配件安装、固定 2. 雨水斗、雨水算子安装 3. 接缝、嵌缝
010702005	屋面天沟、沿沟	1. 材料品种 2. 砂浆配合比 3. 宽度、坡度 4. 接缝、嵌缝材料种类 5. 防护材料种类	m²	按设计图示尺寸以面积计算。铁皮和卷材天沟按展开面积计算	1. 砂浆制作、运输 2. 砂浆找坡、养护 3. 天沟材料铺设 4. 天沟配件安装 5. 接缝、嵌缝 6. 刷防护材料

A.7.3　墙、地面防水、防潮。工程量清单项目设置及工程量计算规则,应按表 A.7.3 的规定执行。

A.7.4　其他相关问题应按下列规定处理:

1　小青瓦、水泥平瓦、琉璃瓦等,应按 A.7.1 中瓦屋面项目编码列项。

2　压型钢板、阳光板、玻璃钢等,应按 A.7.1 中型材屋面编码列项。

A.8　防腐、隔热、保温工程

A.8.1 防腐面层。工程量清单项目设置及工程量计算规则,应按表 A.8.1 的规定执行。

项目编码	项目名称	项目特征	计量单位	工程量计算规则	工程内容
010703001	卷材防水	1. 卷材、涂膜品种 2. 涂膜厚度、遍数、增强材料种类 3. 防水部位 4. 防水做法 5. 接缝、嵌缝材料种类 6. 防护材料种类	m²	按设计图示尺寸以面积计算。 地面防水：按主墙间净空面积计算，扣除凸出地面的构筑物、设备基础等所占面积，不扣除间壁墙及单个0.3m²以内的柱、垛、烟囱和孔洞所占面积。 2. 墙基防水：外墙按中心线，内墙按净长乘以宽度计算	1. 基层处理 2. 抹找平层 3. 刷粘接剂 4. 铺防水卷材 5. 铺保护层 6. 接缝、嵌缝
010703002	涂膜防水				1. 基层处理 2. 抹找平层 3. 刷基层处理剂 4. 铺涂膜防水层 5. 铺保护层
010703003	砂浆防水（潮）	1. 防水（潮）部位 2. 防水（潮）厚度、层数 3. 砂浆配合比 4. 外加剂材料种类			1. 基层处理 2. 挂钢丝网片 3. 设置分格缝 4. 砂浆制作、运输、摊铺、养护
010703004	变形缝	1. 变形缝部位 2. 嵌缝材料种类 3. 止水带材料种类 4. 盖板材料 5. 防护材料种类	m	按设计图示以长度计算	1. 清缝 2. 填塞防水材料 3. 止水带安装 4. 盖板制作 5. 刷防护材料

项目编码	项目名称	项目特征	计量单位	工程量计算规则	工程内容
010801001	防腐混凝土面层	1. 防腐部位 2. 面层厚度 3. 砂浆、混凝土、胶泥种类	m²	按设计图示尺寸以面积计算。 1. 平面防腐：扣除凸出地面的构筑物、设备基础等所占面积。 2. 立面防腐：砖垛等突出部分按展开面积并入墙面积内	1. 基层清理 2. 基层刷稀胶泥 3. 砂浆制作、运输、摊铺、养护 4. 混凝土制作、运输、摊铺、养护
010801002	防腐砂浆面层				
010801003	防腐胶泥面层				1. 基层清理 2. 胶泥调制、摊铺
010801004	玻璃钢防腐面层	1. 防腐部位 2. 玻璃钢种类 3. 贴布层数 4. 面层材料品种			1. 基层清理 2. 刷底漆、刮腻子 3. 胶浆配制、涂刷 4. 粘布、涂刷面层
010801005	聚氯乙烯板面层	1. 防腐部位 2. 面层材料品种 3. 粘接材料种类		按设计图示尺寸以面积计算。 1. 平面防腐：扣除凸出地面的构筑物、设备基础等所占面积。 2. 立面防腐：砖垛等突出部分按展开面积并入墙面积内。 3. 踢脚板防腐：扣除门洞所占面积并相应增加门洞侧壁面积	1. 基层清理 2. 配料、涂胶 3. 聚氯乙烯板铺设 4. 铺贴踢脚板
010801006	块料防腐面层	1. 防腐部位 2. 块料品种、规格 3. 粘接材料种类 4. 勾缝材料种类			1. 基层清理 2. 砌块料 3. 胶泥调制、勾缝

A.8.2　其他防腐。工程量清单项目设置及工程量计算规则，应按表 A.8.2 的规定执行。

A.8.3　隔热、保温。工程量清单项目设置及工程量计算规则，应按表 A.8.3 的规定执行。

A.8.4　其他相关问题应按下列规定处理：

1　保温隔热墙的装饰面层，应按 B.2 中相关项目编码列项。

2　柱帽保温隔热应并入天棚保温隔热工程量内。

3　池槽保温隔热，池壁、池底应分别编码列项，池壁应并入墙面保温隔热工程量内，池底应并入地面保温隔热工程量内。

（其余内容略）

表 A.8.2　其他防腐（编码：010802）

项目编码	项目名称	项目特征	计量单位	工程量计算规则	工程内容
010802001	隔离层	1. 隔离层部位 2. 隔离层材料品种 3. 隔离层做法 4. 粘贴材料种类	m²	按设计图示尺寸以面积计算。 　1. 平面防腐:扣除凸出地面的构筑物、设备基础等所占面积。 　2. 立面防腐:砖垛等突出部分按展开面积并入墙面积内	1. 基层清理、刷油 2. 煮沥青 3. 胶泥调制 4. 隔离层铺设
010802002	砌筑沥青浸渍砖	1. 砌筑部位 2. 浸渍砖规格 3. 浸渍砖砌法(平砌、立砌)	m³	按设计图示尺寸以体积计算	1. 基层清理 2. 胶泥调制 3. 浸渍砖铺砌
010802003	防腐涂料	1. 涂刷部位 2. 基层材料类型 3. 涂料品种、刷涂遍数	m²	按设计图示尺寸以面积计算。 　1. 平面防腐:扣除凸出地面的构筑物、设备基础等所占面积。 　2. 立面防腐:砖垛等突出部分按展开面积并入墙面积内	1. 基层清理 2. 刷涂料

表 A.8.3　隔热、保温（编码：010803）

项目编码	项目名称	项目特征	计量单位	工程量计算规则	工程内容
010803001	保温隔热屋面	1. 保温隔热部位 2. 保温隔热方式(内保温、外保温、夹心保温) 3. 踢脚线、勒脚线保温做法 4. 保温隔热面层材料品种、规格、性能 5. 保温隔热材料品种、规格 6. 隔气层厚度 7. 粘接材料种类 8. 防护材料种类	m²	按设计图示尺寸以面积计算。不扣除柱、垛所占面积	1. 基层清理 2. 铺粘保温层 3. 刷防护材料
010803002	保温隔热天棚				
010803003	保温隔热墙			按设计图示尺寸以面积计算。扣除门窗洞口所占面积;门窗洞口侧壁需做保温时,并入保温墙体工程量内	1. 基层清理 2. 底层抹灰 3. 粘贴龙骨 4. 填贴保温材料 5. 粘贴面层 6. 嵌缝 7. 刷防护材料
010803004	保温柱			按设计图示以保温层中心线展开长度乘以保温层高度计算	
010803005	隔热楼地面			按设计图示尺寸以面积计算。不扣除柱、垛所占面积	1. 基层清理 2. 铺设粘贴材料 3. 铺贴保温层 4. 刷防护材料

参 考 文 献

[1] 朱永祥，陈茂明. 工程招投标与合同管理. 武汉：武汉理工大学出版社，2009.

[2] 郭婧娟. 工程造价管理. 北京：清华大学出版社，北京交通大学出版社，2009.

[3] 全国造价工程师执业资格考试培训教材编审组. 工程造价计价与控制. 北京：中国计划出版社，2009.

[4] 中华人民共和国人力资源和社会保障部，中华人民共和国住房和城乡建设部. 建设工程劳动定额—建筑工程、装饰工程（人社部发 [2009] 10 号，LD/T 72.1～11、LD/T 73. 1～4—2008）. 北京：中国计划出版社，2009.

[5] 中华人民共和国建设部. 全国统一建筑工程基础定额—土建上、下册（建标 [1995] 736 号 GJD-101—95）. 北京：中国计划出版社，1995.

[6] 中华人民共和国建设部. 全国统一建筑工程预算工程量计算规则—土建工程（建标 [1995] 736 号 GJDG-GZ-101—95）. 北京：中国计划出版社，1995.

[7] 陈英，赵延辉. 建筑工程概预算. 武汉：武汉工业大学，1997.

[8] 何辉、吴瑛. 工程建设定额原理与实务. 北京：中国建筑工业出版社，2008.

[9] 许焕兴. 新编装饰装修工程预算. 北京：中国建材工业出版社，2005.

[10] 黄伟典. 工程定额原理. 北京：中国电力出版社，2008.

[11] 朱艳，房志勇，张文举. 建筑装饰工程概预算教程. 第二版. 北京：中国建材工业出版社，2010.

[12] 张长江. 环境艺术设计工程量清单与计价. 北京：中国建筑工业出版社，2006.

[13] 天津市建设管理委员会. 天津市建设工程计价办法 DBD 29-001—2008. 2008.

[14] 中华人民共和国建设部. 建设工程工程量清单计价规范 GB 50500—2008. 北京：中国计划出版社，2008.

[15] 建设工程工程量清单计价规范编制组. 建设工程工程量清单计价规范宣贯辅导教材. 北京：中国计划出版社，2008.

[16] 中华人民共和国建设部. 建筑工程建筑面积计算规范 GB/T 50353—2005. 北京：中国计划出版社，2005.

[17] 中国建设工程造价管理协会. 图释建筑工程建筑面积计算规范. 北京：中国计划出版社，2007.